講談社文庫

天使の報酬

外交官シリーズ

真保裕一

講談社

目次

《天使の報酬　登場人物》

黒田康作　外務省　邦人保護担当特別領事

斎藤修助　外務省　領事局邦人安全課課長

吉村進　外務省　国際協力局参事官

安達香苗　外務省　領事局旅券課

松原宏美　外務省　経済局国際貿易二課ＩＴ準備室

片岡博嗣　外務省　事務次官

大垣利香子　警視庁　外事三課警部補

霜村元信　ブライトン製薬本社法務部社員　元厚生労働省キャリア官僚

霜村瑠衣　カリフォルニア大学バークレー校の学生

霜村毅　コロナウイルスの研究者

武石忠実　フリー・ジャーナリスト

宇野義也　消息を絶ったフリー記者

ロベルト・パチェコ　日系ボリビア人　サンフランシスコ州立大の留学生

天使の報酬

1

扉はすでに開かれていた。

苦労して開けた扉ならば、人は勇んでその中へ足を踏み入れる。だが、身内が鍵を持って駆けつけた時、そのドアはすでに開け放たれ、目つきの悪い男たちが立ち入っていたのだ。近づく父親が茫然《ぼうぜん》と足を止めたのも無理はなかったろう。

そこで一人暮らしをする二十二歳の女子大生は、三日前から消息を絶っていた。不安に駆られた父親は昨日から心当たりを探し回った。そして、つい五十分ほど前にサンフランシスコ市警から、電話が入った。家宅捜索に立ち会っていただきます、と。警官は、父親の問いかけに答える義務はないと言わんばかりに電話を切った。親族より早くアパートメントに踏み込みたい理由があったのだろう。

認めがたい事態を前にして戸惑う父親に代わって、黒田《くろだ》康作《こうさく》は外廊下を進んで青いドアの隙間《すきま》から中をのぞいた。初夏の汗ばむ陽気をものともせず、それが多少の強引さも許される証《あかし》だとばかりに、SFPD（サンフランシスコ市警）と文字の入った濃紺のジャンパーを羽織った男たちが束になって、女子大生の一人住まいを蹂躙《じゅうりん》していた。幸いにも下着を引きずり出す悪趣味の者はいなかったが、遅れて玄関にたどり着いた霜村元信《しもむらもとのぶ》の顔が、さらに血の気をなくして白く強張《こわば》っていった。

見たところ、この部屋の鍵をあっさりと渡した、借り主より公権力を重視する不動産屋の姿はどこにもなかった。親族からの非難をさけるために、早々と逃げ出したようだ。脅《おど》しに近い要請も警察からはあったのかもしれない。

もちろん彼らは正式な捜査令状を持っている。が、電話で伝えた「立ち会い」というのは口実にすぎず、父親を呼び出したうえで、姿を消した娘の素行について根掘り葉掘り聴取を行うのが真の目的だと、彼ら自身が行動で表していた。

「何だ、おまえは」

ダイニングの中央で部下に睨《にら》みを利《き》かせていたアフリカ系の男が振り返り、無精髭《ぶしょうひげ》の浮いた顔を向けてきた。五十代の半ば。やや小太り。仕事への誇りと、自らの地位への不満が相なかばする顔つきに見えた。中間管理職たる者、洋の東西を問わず、誰しもが多少の鬱屈《うっくつ》を抱えている。

相手の機嫌を損ねたのでは、話がもつれる。外交官の習いで、黒田は相手を煙に巻くべく慣れない笑顔を心がけて身分証を提示した。

「コウサク・クロダといいます。日本国外務省一等書記官、邦人保護担当領事。こちらが

――この部屋の住人の父親、ミスター・モトノブ・シモムラ」

黒田の後ろで、まだ当惑を引きずったままの霜村元信が、それでも姿勢を正す律儀さを見せて一礼した。異国の捜査官を目の当たりにした際、ほぼ百パーセントの日本人が気後れと心細さと迷惑をかけたとの思いから、やたらと頭を下げたがる。日本人の美徳だったが、当の相手は与《くみ》しやすしと見て、ますます高圧的な態度を取るのが常となる。

案の定、アフリカ系の刑事は、肉付きがよすぎるせいでふたつに割れたあごをさらに突き出し、黒田たちの前に立った。

「どうも理解できないな。ここの住人の親は、よほど日本にとって重要かつ守るべき立場にある者なのだろうか。でなければ、なぜ外交官が立ち会いに来たのか謎だね」

彼としては皮肉で大袈裟《おおげさ》に言ったのだろうが、その指摘は的中していた。黒田自身がまだ納得できずにいたのだ。が、ひとまずは真っ当そうな言い訳を並べ立てた。

「ご存じないかもしれませんが、邦人保護担当領事は、その名のとおりに在留日本人の安全と権利を守るのが仕事です。ここにいるミスター・シモムラから、娘の行方がわからなくなったと在サンフランシスコ総領事館に相談が持ち込まれました。私が担当者に任命され、ミスター・シモムラに連絡を取ったところ、ちょうどあなた方から捜査協力の依頼が入ったというわけです」

「我々は正式な令状を持っている。あんたは黙って、そこらで見ていればいい」

「もちろん、我々はサンフランシスコ市警の捜査を邪魔立てするつもりはありません。ただ——何の容疑での捜索なのか、もう一度確認させてください」

「電話でも伝えたはずだぞ。——テロ準備罪だ」

悪逆非道の憎きテロ組織の摘発に乗り出した正義のヒーローだとばかりに、刑事は胸を張った。

黒田は、横で不安をさらに募らせて瞬《まばた》きをくり返す霜村に目で頷《うなず》いてから、言った。

「仮にテロ準備罪の容疑が彼女にかかっているのであれば、本来は連邦捜査局の管轄になるのではありませんか」

「こっちは上から命じられて来てるんだ。テロ準備罪を視野に入れて捜査しろ、とな」

「つまり、今はまだテロ準備罪の容疑で捜査令状を取ったわけでは、ない。では、正式な容疑をお教えください」

女子大生の私生活を暴《あば》き出すことに全力を傾けていた刑事たちが手を止め、上司の対応ぶりに注目していた。値踏みを込めた部下の視線に気づいた刑事が白髪交じりの髪をかき回しつつ、もう一方の手を黒田の肩にかけるという馴《な》れ馴《な》れしい態度に出てきた。ちょっと外へ行こうか。あまりにお決まりの対応だった。

ここにいてください、と霜村に目で伝えてから、刑事に続いて玄関を出た。

アパートメントの階段には、警察による家宅捜索を見物しようという野次馬が群がり、携帯電話のカメラを向ける者までいた。南部の片田舎でもないのに、日本人を指す差別的な呼び名が聞こえ、黒田はその方向を睨みつけた。警察の捜索イコール犯罪者として決めつけるとともに、わかりやすい人種でしか人を分けて見られない者が、教養と文化の町と言われるバークレーの白人街にもいたとは情けなかった。無論、情けない者たちだから、昼日中から野次馬となれるほどに暇を持てあましているのだった。

差別的な発言などもとより慣れっこだと言いたそうに、アフリカ系の刑事が黒田の前で微笑《ほほえ》みを見せて言った。

「いいかな。我々はルイ・シモムラの父親から詳しく話を聞きたい。あんたは関係ない。どういった権限で立ち会おうっていうのかな」

「では、弁護士の立ち会いを求めましょうか。あなた方がルイ・シモムラにかけられた容疑を隠すのであれば、こちらもそれ相応の心構えが必要ですので」

「OK、OK。外交問題にされたくないからね、正直に言おう。――窃盗《せっとう》容疑だ。ルイ・シモムラは同級生の金を盗んだ。今日の午前中に被害届が出されていた」

要するに、別件容疑でアパートメントの捜索をしているのだった。大急ぎでこしらえた容疑が単なる窃盗とあっては、いくら守備範囲の広い連邦捜査局といえども、大っぴらに関与はしにくかったのだろう。

しかも、彼らはサンフランシスコ市警の刑事たちだった。ここはサンフランシスコ湾にかかったベイ・ブリッジを渡った対岸にあるバークレーの街なのだ。管轄するカウンティ・シェリフの許可を得てまで、彼らは越境捜査に来ているのである。

「金を盗まれたという被害者の名前を教えてください」

隠しても無駄ですよ、と語気をいくらか強めて訊《き》いた。あくまで笑顔は忘れずに。

刑事は黒田をたっぷり睨んでから忌々《いまいま》しそうに肩をすくめ、それから何かを思い出そうとするような演技をしてみせた。

「――何て言ったかな。……ああ、そうそう。ナオだったな。ナオ・カシワバラ。君と同じ日本人だから、彼女の権利も君が守ってやるといい、領事さん」

面と向かった揶揄《やゆ》を、外交上の問題として取り上げる手もあったが、黒田は沈黙で答えに代えた。無言の裏に見え隠れする思惑を気にしたのか、刑事が急に眉を下げて顔を近づけてきた。

「なあ。情報を提供したんだ。弁護士を呼ぶなんて言ってくれるな。ルイ・シモムラの父親から話を聞きたい。協力してくれ」

ギブ・アンド・テイクを強調して言い、不器用な目配せを送ってきた。事情聴取に立ち会えるのなら、やたらと外務省の名を出して威嚇《いかく》するのは控えたほうが無難だった。

霜村瑠衣《るい》のアパートメントは二階の角部屋で、黒田の東京での住まいよりも広い2DKだった。シンプルなデザインで統一された家具と食器の銘柄から見ても、父親の援助がかなり潤沢《じゅんたく》なのだと見当がつく。カリフォルニア大学バークレー校の政治学部に進んでいるのだから、自慢の娘であろうことは想像に難《かた》くない。

アフリカ系の刑事はダイニングの隅に椅子《いす》を運び、そこに霜村を座らせてから組織犯罪課のモーニー警部補だと名乗った。

やはり盗犯課の刑事ではなかった。別件容疑の捜査を認めた以上、所属を偽る必要はなく、聴取の方向性を先に語っておいたほうが話は早い、と判断したのだ。白人の若い刑事が呼ばれもせずに気配を絶つような慎重さで近づき、上司の後ろでメモの用意を調えた。

黒田は霜村と二人の刑事の顔が見える壁際に立った。お手並み拝見である。

モーニー警部補は、霜村の近くに立って見下ろすことで、まずは威圧感を与える手段を執《と》った。子どもに言い聞かせるような口調の英語で言った。

「娘と連絡が取れなくなったのは、いつだね」

「気づいたのは三日前の夜です。携帯にいくら電話を入れても返事がありませんでした」

霜村が肩を落としながらも、ネイティブに近い流暢《りゅうちょう》な英語で答えた。二人の刑事が威圧の目つきも忘れて、驚いたように顔を見合わせた。黒田も正直、ここまでとは思わなかった。

霜村親子の在留届は確認していた。彼らがサンフランシスコに移り住んで来たのは六年前の三月。娘の瑠衣は地元のハイスクールを卒業してからバークレー校に進学を決めた。

兄が一人いて、やはりバークレー校の工学部を出たあと、今はシリコンバレーの大企業に勤めている。

黒田は手にした資料を開いた。霜村が用意した写真にあらためて目を落とす。半年前、日本から友人が来た時の写真だという。瑠衣は父親の肩に手をかけ、この世に一切の不安などあるものかと信じるかのような底抜けの笑顔を見せていた。目が小さく、彫りの浅い典型的なモンゴリアンの顔立ちである父親に幸いにも似なかったようで、黒目がちの目は大きく、鼻も低くはなかった。幾分とがり気味の顎《あご》のラインだけは父譲りだろうか。身長も百七十センチに満たないと思われる父親より高そうだった。

「息子がシリコンバレーで働いていますが、彼のもとにも顔を出してはいません。心配になって、大学に出席状況を尋ねました。すると、六月三十日午前九時からの講義には出席したことがわかりました。そこで、このアパートメントの様子を見に来て……。郵便物の開封状況から見て、一日から娘がここに帰ってきていないようだと知りました」

その辺りの状況は、すでに刑事たちも調べ出していたようで、メモを取る素振りもなかった。モーニー警部補がわざとらしく足音を立てて霜村の横へと歩き、早口に尋ねた。

「娘さんのボーイフレンドを知っているね」

「いいえ。娘はもう二十二歳です。彼女には彼女の生活があります」

「実に理解あふれる父親だ。隠し事は娘のためにならない。そう理解もしてくれると、有り難いね。――では、サリム・カーン、フリーダ・コロベッツ、マシュー・デクスターの名前をルイ・シモムラから聞いたことはあるだろうか」

「もう一度言っていただけますか」

落ち着いた問い返しに、警部補が三人の名前をゆっくりと告げ直した。明らかにインド系と思われる名前がふくまれていた。

霜村は記憶をたぐるように視線を娘の部屋へさまよわせた。刑事たちはあらかた捜索を終えたらしく、ひと塊《かたまり》になって押収品のリストを仕上げる作業にかかっていた。

「……いいえ、聞いたことはありません。その人たちは娘の同級生なのでしょうか」

単なる同級生の名を父親に確認したところで意味はなかった。霜村は、誰なのだと問う代わりに、あえてそういう訊き方をしたのである。質問の意図を理解できない親を演じつつ、無理なく警官に問い返す術《すべ》を思いつけるのだから、落ち着きようといい、度胸の良さといい、目端《めはし》の利く男だった。

モーニー警部補も明らかに問い返しの意図を悟り、しばしの沈黙で答えてから、次の質問に移った。

「ルイ・シモムラは何らかの政治活動に参加していたかね」

「娘は大学でボランティア・サークルに所属していました。グローバル・ボランティア研究会と言ったはずです。彼女から聞いたことがあります。政治活動とは関係ない、と」

「政治学部に在籍する学生が、政治とは無縁のボランティア・サークルを立ち上げるものだろうか」

「民主、共和、それぞれの党と結びついたグループも大学にはあるそうですが、娘たちは、あえて政党とは距離を置いた活動をしていると言ってました」

「なるほど。政治学を学んだからこそ、アナーキズムを選んだということだね。面白い」

「ずいぶんと古めかしい言い方をしますね、刑事さんは」

霜村が、こじつけ同然の難癖を口にした刑事に、やんわりと抗議の意思を表した。馬鹿馬鹿しいにもほどがあるとの本意を相手に示しつつも、それでいて笑いに紛らわせようという配慮があった。娘の失踪《しっそう》に困惑する親が、ここまで理性と知性のにじむ態度を取れるのである。

モーニー警部補は、さらに瑠衣の普段の暮らしぶりについて矢継ぎ早に質問を浴びせた。アルバイト先はどこか。親しい友人の名前を知っているだけ教えろ。大学への出席状況をつかんでいたか。親の援助を越えた出費に気づいたことはあるか。

霜村の答えはいずれもノーであり、娘には娘の生活がある、と先ほどと同じ回答がくり返された。理解ある親の無関心が娘を非行に走らせると信じるらしい刑事は、大袈裟に天を仰いで嘆き、本音とは裏腹に「マーベラス」との感想を連発した。なかなかの名演技だった。

「あなたがた家族がサンフランシスコに移り住んだのはなぜかね」

「……私が転職したからです。二〇〇三年に、長らく勤めていた役所を辞めて、ブライトン製薬日本支社に勤め始めました。その翌年に、日本法人が日本の大手製薬企業に売却されたのを機に、こちらの本社勤務となりました」

「ほう。あのブライトン製薬か。いい身分なんだな、あんたは」

モーニー警部補が皮肉を越えた敵意を匂わせるように言い、肩を揺らした。

黒田も初めて霜村の勤める会社名を知った。今朝、総領事に呼び出された際には、元厚生労働省キャリア官僚という経歴を持つ人物に手を貸してやってくれ、と言われたにすぎなかった。ヘイトアシュベリーにある霜村の自宅からここまで、車中でも彼は自分の勤め先を口にしなかった。その理由がやっと理解できた。

モーニー警部補が言葉に刺《とげ》をまぶすように言った。

「もしかしたら娘さんは、あんたの仕事に強い義憤を抱いてはいなかったろうか」

ブライトン製薬の名は、日米両国と言わず、今や世界に轟《とどろ》いていた。北米圏では屈指の製薬会社であるとともに、数年前からは薬害訴訟の被告としてマスコミを賑わせていたからである。

急性脳炎の治療薬として開発された薬剤が、一部の患者に肝機能障害の副作用を引き起こし、主な市場であったアメリカと日本で二十六名の死者を出していた。しかも、日本法人を売却した直後に、アメリカで薬害が表面化して、日本にも被害が飛び火した。いち早く新薬の承認を受けた日本での責任の所在を曖昧《あいまい》にするため、日本法人を慌てて整理したのではないか、と各メディアは騒ぎ立てた。日本法人を買収した大手製薬会社は速やかに、薬害事件の兆候を知らされていなかったとして、ブライトン本社を訴えた。企業として自らを守る真っ当な戦略であったが、日本の被害者は、本社を相手にしたアメリカでの訴訟を余儀なくされた。

被害者家族は身内を失ったうえに、海外での裁判という重い負担を背負わされたのである。集団訴訟という金の生《な》る木に引かれてアメリカの弁護士がこぞって売り込みに来日したというが、和解金の大半を巻き上げていく彼らを嫌って、家族は日本の弁護士を選んだ。サンフランシスコ地裁へ原告団が乗り込んでいく映像を、黒田も海外のテレビニュースで見た記憶があった。

その渦中にあるブライトン製薬の本社に、霜村は勤めているのだった。

まず興味を引くのは、彼が元厚生労働省の官僚であった事実だ。ブライトン製薬日本支社への転職にも、例によって、官と財を結ぶ霞《かすみ》が関《せき》系の人脈が深く根を張っていたと考えられる。だから、在サンフランシスコ総領事自らが、手を貸してやってほしい、と手厚い庇護《ひご》を要請してきたのだろう。

霜村が、疚《やま》しさなどないと態度で表すかのように、胸をわずかに反らせてから言った。

「私が転職したのは、問題になった薬剤が開発されたあとのことでした。私は本社に移ってからも、主に薬害訴訟の和解を担当してきました。言わば、日本で被害に遭われた方々のために仕事をしてきたようなものなのです」

無論、言葉どおりに信じるほど善良な者は、この場に一人もいなかったろう。彼は会社側の人間であり、会社の実害——つまり和解金や裁判費用——を抑えるために働いてきたはずなのだ。

「今年の二月四日と六月十一日の二度、あんたはサンフランシスコ市警に被害届を出しているね」

霜村の表情の移ろいを黒田は見逃さなかった。驚きのあと、自らを納得させるような頷きをくり返し、息をついた。テロ準備罪を視野に入れての捜査なのであれば、この程度の事前調査は当然で、驚くほうが世間知らずと言えた。

「——はい。何者かが私の留守中に忍び込んだと思われる形跡があったためです」

「ところが、二度とも盗まれたものは何もなかった？」

「たまたま現金を置いていなかったもので」

「実に行儀のいいコソ泥だよ。現金がないなら、金目のものをごっそり持っていくのが、ここらの窃盗犯のやり方だ。あんたはよほどツイていたんだろうな。——いや、盗まれたものがないようでも、案外、窃盗犯は目的を果たして帰ったのかもしれない」

「どういうことでしょうか」

「なあに。気づかないのは、あんただけ。そういうケースだってあるだろうからね」

はっきりと挑発する意を込めた目と口調で、モーニー警部補は演技過剰に笑ってみせた。政治学部に通う娘の失踪。二度の空き巣被害。父親の勤める会社が抱える薬害訴訟……。刑事たちが興味を覚えたくなるのも当然の状況だった。

在留する日本人が姿を消した。事故や事件にあったのではないか。そういう相談が、時として大使館や総領事館に持ち込まれる。通常、外交官は、地元の警察に捜索願を出すべきとのアドバイスを送る。被害者の国籍がどうであれ、事故の処理や事件解決に当たる責任は、その国の捜査当局に属するからだ。外交官は、彼らに速やかな解決を図るよう要請することはできても、捜査権がないために、手出しはできない。事態の推移を見守り、適切な対応を取る。

ところが、今回は推移を見守る前に、捜索と聴取に立ち会う手厚い支援をせよ、と命令に等しい指示が上からあった。非常に希《まれ》なケースなのだ。そこに、霜村が元キャリア官僚だった事実が関係している。

彼は霞が関を支える人脈を頼り、外務省に助けを求めた。かつての同僚のためにひと肌脱ごうという篤《あつ》き志が組織の間を木霊《こだま》のように伝わっていった結果、在サンフランシスコ総領事へと支援を求める電話が入れられたのだ。身内を守りたがり、自らも守られるべき地位にあると考える官僚たちによく見られる、美しくも厚かましき助け合いの構図だった。

邦人保護担当領事としては、日本人からのSOSに応えるのが当然の任務であり、透けて見える裏事情はこの際関係ないと目をつぶるしかないことだった。そうやって我が身を慰めねば、誇れもしない霞が関人脈の中に自分までが搦《から》め捕られたようで嫌気が差す。外交官は感情を押し殺して人に接するのが、仕事を進める際の鉄則なのだ。

人を脅しつけて真実を暴き出すのが任務と信じる刑事は、娘の失踪を異様な冷静さで受け止めている父親を睨み、最後まで乱暴な口調を変えずに言った。

「娘さんから連絡があったら、すぐに居場所を聞き出し、我々に連絡をしてもらいたい。隠し立てをすれば、たとえ親子であろうと、犯人隠匿《いんとく》の容疑者となる。外交官の面会を受けたくなければ、我々の言葉にしたがってほしい。わかるね」

「娘は逮捕されるのでしょうか」

「友人の金を盗んでおいて、許されるという法律が日本にはあるのかな」

「娘はいくら盗んだというのですか」

「額の問題と思っているなら、金持ちの日本人らしい誤解だな。正式な被害届が出されている。犯罪要件は成立ずみだ」

モーニー警部補は、またも霜村の質問には答えずに言った。胸を張って答えられる額ではない、と認めるようなものだった。それを霜村は、警部補の態度から見抜きながらも、反論の言葉を控えた。ここで捜査員に法解釈を挑んだところで意味はない、と悟っているのだ。相手の胸中を量る力にも長《た》けている。かなりやり手の官僚だったと思われる。

刑事たちはあらかた部屋をひっくり返すと、押収品のリストを残し、代わりに段ボール箱三つを抱えて出ていった。あらゆるノートに手紙やはがきの束。ラップトップ・コンピューターにメモリーカード。瑠衣の交友関係を調べつくしたいとの意志が伝わる押収品だった。

指紋採取の白い粉があちこちに残る部屋を見回してから、霜村が肩を落とし、またダイニングの椅子に座り込んだ。

「黒田さん……。娘には充分な生活費を渡していました。アルバイトもしていたはずなので、同級生のお金を盗むなんて、私には考えられません……。警察はテロ準備罪を視野に入れての捜査と言ってましたが、あり得ませんよ。娘が、浅はかな連中とつき合うはずはない」

「総領事館には、現地の警察と密に連絡を取り合っている者がいます。その者から探りを入れさせることは可能だと思います。ですが、あまり期待はしないでください。もし彼らが言ったようにＦＢＩが背後で動いていたとすれば、市警も口を閉ざさざるをえないでしょう」

「総領事が正式な抗議をして、事情説明を求めても、なのでしょうか」

「おそらく駐米大使がホワイトハウスへ抗議に出向いたとしても、相手にされないでしょう。被害届が出されている以上、捜査を止めることは不可能です。今は娘さんに電話やメールを続けてみてください。おそらく警察は、携帯電話の通話記録を追いかけ、発信場所を突き止めようとしているでしょうが」

このアメリカでは、毎年数万人もの行方不明者が出る。今は娘に呼びかけるほかはできることが見当たらなかった。

当然のアドバイスを送ったにもかかわらず、霜村はまるで娘を誘いにきた悪友を前にしたような目を黒田に向けた。

「日本人が不当に逮捕されそうだとわかっていながら、外交官は黙って見ているだけなのですね」

黒田は一方的な、かつ、ありがちの非難を受け止め、頷いた。彼は、娘が事件に巻き込まれたかもしれない可能性を、露ほども疑っていないように見えた。姿を隠すべき理由に心当たりでもあるかのように思えてならない。

「総領事館から市警に働きかけはしてみます。しかし、霜村さん。我々外交官は、捜査権や司法権を持ちません。日本人の権利を守るための申し入れはできますが、それ以上のことは残念ながら、この国の捜査当局に任せるほかはないのです」

「実に役人らしい答弁ですね。私も役人だったので、よくわかりますよ」

自らの過去も見下すように言って立ち上がり、ひっくり返された娘のベッドルームへ歩いていった。黒田はその背中に声をかけた。

「霜村さんは、かなり優秀な官僚であられたとお見受けします。サンフランシスコ総領事に手を貸してくれと頼めるのですから」

彼の背中がわずかに揺れた。振り向きもせずに、硬い声で答えた。

「ちょっとした知り合いでね。藁《わら》をもつかむ心境でしたから」

「神坂《かみさか》総領事とは、いつお知り合いになられたのですか」

「いつだったかな。神坂さんには、私からお礼を言っておきます」

強かった。神坂さんには、私からお礼を言っておきます。ありがとう。君に立ち会ってもらえて、大いに心強かった。

君にもう用はない、と言われていた。総領事との関係を答えたくないため、黒田を遠ざけようとしたのだろう。つまり――彼が助けを求めたのは神坂総領事ではなく、別の人物だった。その人物との関係を隠したい、と考えている……。

やはり娘が失踪した理由を、霜村は知っているのではないか。だから、その理由を隠したまま手助けをしてもらいたくて、元官僚の立場を利用して外交官を頼った。深読みのしすぎだろうか。

すでに上司の言いつけを守り、一応の務めは果たし終えていた。役人ならば、縄張りを越える仕事に手を出してはならない。決まって横槍が入り、上司までも巻き込んだ騒動になる。役所の領分は侵されざるものなのだった。

沈黙を押し通そうとまだ背を向け続ける男をもう一度見たあと、その理由に考えを巡らせながら黒田はアパートメントから立ち去った。

2

在サンフランシスコ総領事館は、ダウンタウンの一角、フレモント・センタービルの二十二階と二十三階にオフィスを構えていた。パスポートを紛失した者が二十三階の領事サービス窓口を訪れようとしても、一階の受付で写真付きのIDカードを提出せねば入館できない。紛失したパスポート以外にIDを持たない旅行者は、どうやったら門前払いにならないのか、と疑問を覚えたくなるほどの厳重な警備が自慢だった。もちろん、パスポートを紛失した者であっても、執拗《しつよう》な身体検査と不備のない申請書類で入館はできる。大使館や領事館は、自覚を持たない呑気《のんき》な旅行者の駆け込み寺ではない、と考える者がいたのだろう。

黒田は地下の駐車場に車を入れた。身分証を提示して関係者用の入り口からエレベーターへ進み、二十二階へ上がった。受付のステイシー・バンクスが、ふくみを込めた飛びきりの笑顔で手を振ってくれた。

「ミスター・クロダ。総領事がお待ちかねです」

バークレーからサンフランシスコのダウンタウンまで、フリーウェイを経由しておおよそ二十分。その間に霜村が早速日本の知人に電話を入れて苦情を訴え、そこからまた総領事へと新たな電話が入ったのかもしれない。

呼び出された理由を考えていると、ステイシーが長い睫毛《まつげ》を揺らした。

「私の気のせいかしら。あなたが来てからずっと、総領事の機嫌が悪いみたいですね」

「たぶん、私に総領事の身分を奪われると勘違いしているんだろう」

「ホント、そうなればいいのに。早くトップになってください」

サンフランシスコ総領事の神坂俊司《しゅんじ》は、ひたすらミスから遠い場所に身を置くことで、今の地位までこぎ着けた苦労人だった。よって部下の些細《ささい》なミスにも過剰なまでに反応し、渾々《こんこん》と説教を垂れる悪癖がある。上司の覚えは良くとも、部下からは煙たがられる典型だった。

総領事の性格は、そのまま勤務先の隅々へと伝わり、総領事館の空気は日々張り詰めていた。だが、国益と在留邦人の権利を守るために国が置いた公館であり、これくらいの緊張感があって当然と黒田は思っていた。

まだ上司への不平をこぼし足りなそうな顔をしてみせたステイシーに手を振り、黒田は総領事室へ急いだ。ノックをすると、不機嫌を隠そうともしない「カムイン」の声が返ってきた。

ドアを押し開けると、早くも神坂総領事は書類を手にデスクを離れて、前に置かれた応接用のソファへ歩いていた。こういう忙《せわ》しない態度も、現地採用の職員から見れば、ボスとして相応《ふさわ》しくない軽さと映る。が、神坂は気にした様子もなく、ずっと己《おのれ》を貫き通していた。その一点のみでは尊敬に値する。周囲の目を気にして背伸びをしたがるのが、役人だからだ。

「参ったよ、黒田君。さあ、座って。環太平洋農水相会議の八日前だっていうのにな。どうして、こう厄介事が増えるんだろうか……」

ぼやきが多く、前向きな発言はほぼ聞かれない。さらに貧乏揺すりが相手を苛《いら》つかせる。神坂はソファに腰を落とすなり、今も床を激しく踏み鳴らしにかかっていた。

「わけがわからん。今度はＳＦＰＤから、正式な捜査協力依頼が入った。ところが、霜村親子とは無関係で、ある日本人男性について渡航記録をはじめとするあらゆる情報を教えてほしいという」

言うなりテーブルに書類を投げ出し、腕を組み合わせた。

日本人が滞在先で犯罪に巻き込まれた場合、大使館や領事館に身元照会の依頼が入ることは珍しくない。霜村親子とは別に、日本人の関わる事件が起きたのである。

黒田は手を伸ばして書類に目を通した。タダミ・タケイシ。四十二歳。六月二十五日にサンフランシスコ空港からアメリカに入国し、六月二十九日に同空港から日本へ帰国していた。

「確かにちょっと不可解ですね。……この男はもう日本に帰国しているわけですよね」

「そうなんだよ。そのタケイシって男が何らかの被害にあったわけじゃないようなんだ。しかも、インターポールを通じて人物照会がきたわけでもない。まあ、そのケースでは警察の国際捜査課に直接話がいくものだがね」

黒田はあらためて書類を眺め回した。事件の容疑者としてこの男が浮かんできたのなら、日本の捜査当局に協力を申し入れるのが普通だ。あくまで参考人として、このタダミ・タケイシという男に興味を覚え、基本的な情報を入手すべきと考えたわけなのか。

「狙いが見えてこないので、ローカル・スタッフに問い合わせをさせた。そうしたら、ある事件で捜索が行われた現場から、この人物の名前が記された品物が見つかったという。ところが、容疑者の一人と断定する証拠は出てきていない。そこで、インターポールを通じてではなく、こちらに照会依頼が来たらしい」

確かにそういうケースであれば、在外公館への協力要請が入るだろう。

日本の入国管理局は法務省の内部部局だった。が、そもそもは外務省の外局として発足した経緯があり、国外情勢や他国との協力関係も必要となってくるため、今なお外務省からの出向者が多い部署である。本省に連絡を入れれば、入国管理局の有するデータベースを調べてもらうことができた。

「——黒田君。正式な依頼とあっては断るわけにもいかんだろう。本省の領事局に問い合わせてくれたまえ。君のような専門家がいてくれて非常に助かる。あとのことはお願いするよ」

面倒事はすべて、本省から送られてきた者に押しつけようという胸算用だった。

予想はできていたが、黒田は当然のことを総領事に尋ねた。

「今朝の件もありますが、私は農水相会議の警備を指揮するため、こちらに呼ばれたのだと思っていました」

「忙しいのはどこも同じだよ。頼りになるのは君以外にはいない」

早くも席を立たれそうな雰囲気だった。黒田はすかさず言葉を継いだ。

「霜村さんの娘が失踪した件ですが……」

「ああ……」

自分で仕事を無理に押しつけたくせに、早くもその事実を失念していたと言いたげな、気のない相槌が返された。やはり霜村は直接の知人ではないのだ。だから、もとより関心もない、とわかる。

「家宅捜索とか言っていたが、何か進展はあったかな」

まるでつけ足しか何かのように尋ねられた。長年の経験から、近づくべき案件ではない、と決め込んだと見える。黒田は手短に事の次第を報告し、その最後に素朴な疑問をさりげなくつけ足した。

「霜村さんとはいつごろ知り合いになられたのでしょうか」

問いかけの意図をすぐさま悟ったらしい。神坂は腰を据え直して黒田を見つめた。何を言いたい。目が口ほどに物を言っていたが、黒田はあえて黙して神坂の返事を待った。

わざとらしく視線をそらしてから、神坂がやっと口を開いた。

「いつだったかは、もう忘れたな。それほどの知り合いでもないんだよ。とはいえ、元官僚でもあるし、冷たくするわけにはいかない。また何か言ってきたら、手を貸してやってくれないか」

「市警への問い合わせは入れてみます。しかし、それ以上のことは難しいでしょう」

「その件は、何か動きがあり次第、必ず私に報告をしてくれるね。情報は私から霜村さんに伝えることにしよう。忙しいだろうが、ぜひとも頼む。これからレセプションの打ち合わせで、出なきゃならない。君が来てくれて、本当に助かったよ。じゃ——」

軽やかに手を振られ、執務室から早く出ていけ、との宣告を受けた。

神坂総領事と霜村元信が、互いを良く知る関係になかったことは、もはや明らかだった。外務省経由で依頼が下りてきた、と考えられる。

霜村が厚生労働省を辞めて七年になる。いまだに彼は、海外の総領事という要職にある他省の人物を動かせるほどの太いパイプを、日本で保っているのだ。刑事を前にした落ち着きぶりから感じられた予測は的中し、かなりの要職にあった者と思えた。支援の要請が下りてきた経路は気になったが、それを探る必要に迫られているとは言えず、今は様子見に徹するべきだった。黒田の藪《やぶ》をつつく趣味は、省内に広く伝わりすぎていた。

黒田は、例によって大部屋に間借りした自分のデスクへ戻った。邦人保護特別領事として個室を与えられたのでは、職員との意思疎通が図りづらい。本省から送られてきた黒田は、あくまで部外者としての扱いを受けやすく、周囲に警戒される。そこで必ず、若手やローカル・スタッフと並んでデスクを借り、自らの仕事ぶりをまず見せることに決めていた。

「黒田さん。警備員の名簿、用意できてます」

「ミスター・クロダ。カールトンの警備担当者から巡回の予定表が届いています」

環太平洋農水相会議の開催まではまだ八日の猶予《ゆうよ》があった。本国からの問い合わせや、新たな予定の変更はきていなかった。が、レセプション客の追跡調査や警備員名簿のチェック等、仕事はまだ山と残っていた。

政治部の若手に細かく指示してから、黒田は細野《ほその》久志《ひさし》の個室をノックした。

　彼がこの総領事館の警備対策官であり、本来の邦人保護担当領事だった。神奈川《かながわ》県警警備部からの出向者で、在外公館での勤務は初めてだという。四十一歳。黒田とほぼ同世代でありながら、名前とは逆に早くも腹の周りに贅肉《ぜいにく》をたっぷりまとい、その体型から現場を離れて長いのがわかる。本省から送られてきた者に仕事を奪われても動じず、表向きに黒田を立てる世知に長けながら、その裏で仕事ぶりをすべてチェックし直すという細心さも持ち合わせる男だった。警察も外務省に劣らず、なかなかに敵の多い役所なのだろう。

「今すぐ誰かを市警本部へ向かわせてほしい。知り合いの警官を通じて、霜村瑠衣が本当にテロ準備罪の捜査対象となっているのか、確認してもらえないか」

「まあ、やってはみますが……」

　総領事館の仕事ぶりを知る細野は、結果を見越した感想を口にし、笑ってみせた。警察官の徹底調査と比較したなら、外交官という人種は押しにも粘りにも欠ける、と思っているのだ。

「それと本省領事局を通じて、入管に問い合わせをしてほしい。この人物の渡航記録を市警が知りたいそうだ」

　資料を押しつけると、自分では何もしない気ですか、と問いたげな目を返された。総領事を真似てその意を気にせず、にこやかに手を振って執務室を出た。

　デスクに戻ってパソコンに向かうと、先ほどモーニー警部補から聞き出したナオ・カシワバラについて在留届のデータベースを検索していく。

直《ただ》ちにヒットした。柏原奈緒《かしわばらなお》。瑠衣より二つ下の二十歳。日本生まれで、今も国籍は日本。ただし、米国在留は瑠衣より長く、今年で十年目になる。

領事部のオフィスへ出向いて、柏原奈緒の正式書類を確認した。届け出の日時から、彼女の履歴が少しは見えてくる。

彼女の母親は、日本で米国人と結婚し、夫の帰国とともにアメリカへ移り住んだ。が、アメリカ国籍を取得していないことから見て、その夫の子ではない、とわかる。一度日本人と結婚して奈緒を産んだものの離婚、その後に米国人と結ばれたのだ。ところが、その米国人ともアメリカに来て三年後に離婚していた。

ただし、母子ともに永住権――いわゆるグリーンカード――を取得している。その取得から三年経てば、アメリカ人の親族としてアメリカ国籍に移ることも可能なのだが、母子ともに手続きをすませてはいなかった。申請する前に離婚が決まったのだろう。よって、アメリカでの永住権を持ちながらも、柏原奈緒はいまだ日本人として在留届を出しているのだった。

自宅はオークランドの郊外。母親の住まいだろう。瑠衣の同級生であれば、バークレー校の近くにアパートメントを借りていそうだ。柏原奈緒の連絡先としては、携帯電話のものらしき番号のみが書かれていた。

電話を入れてみたが、つながらなかった。留守番電話機能のメッセージが流れた。母親の自宅に電話を入れても同じだった。受話器を置くと、黒田は再び細野の執務室に顔を出した。

「電話を拝借するよ」

驚き顔の細野に、待てと手で断りを入れてから、柏原奈緒の携帯に再度電話をかけた。

「柏原奈緒さんの電話でよろしいでしょうか。こちらは在サンフランシスコ総領事館の細野久志と言います。あなたが提出された在留届に、一部不備が見つかりました。早急にご相談すべきことがございます。在サンフランシスコ総領事館の細野あてに電話をいただけますでしょうか」

細野の名前を騙《かた》って領事館の電話番号をメッセージに残し、受話器を置いた。

「待ってくださいよ。現職警官の前で、身分詐称《さしょう》をしないでください」

「電話がかかってきたら、住所を聞き出し、黒田という職員があなたに会いに行くので、あとはその担当者から話を聞くように、と伝えてくれないか」

「共犯になれというなら、正直に教えてください。どういう女性なんです？」

「霜村瑠衣に金を取られたと被害届を出した同級生だ。あとは頼む」

それだけ言い残して、黒田は地下二階の駐車場へ急いだ。

再び総領事館の車を借り出すと、今日三度目になるベイ・ブリッジを渡り、バークレーの中心街に再び舞い戻った。午後一時五十分。こう人使いが荒くては、ゆっくり昼食をとっている暇もなかった。

3

カリフォルニア大学バークレー校の学生数は、三万人を超える。ゲートに車を着けると、正面に高さ百メートルはあろうかという白い鐘楼《しょうろう》がそびえ立っていた。緑の多いキャンパス内にはシャトルバスが走り、日本の大学とは比較にならない規模である。

職員棟を訪ねて、学生名簿を管理する総務の部屋を教えてもらった。コンクリートの素《そ》っ気《け》ない壁が囲む廊下を進み、田舎の役場じみた殺風景なオフィスを訪ねた。

身分証を提示して、在留邦人の安否確認に協力を願いたい、と申し入れた。が、窓口の若い女性には信じてもらえなかったらしく、五十年配の逞《たくま》しい白人職員が呼び出された。

「学生の個人情報はみだりに教えられません」

胸板の厚い男は、捜査機関からの依頼にしか協力はできない、とくり返すばかりだった。在外公館からの正式な申し入れを拒むのだから、個人情報の秘匿《ひとく》とは、仕事をしたくない時の格好の言い訳を、世の役人たちに与えたことになる。

「もう一度言いましょう。我々はナオ・カシワバラの携帯電話の番号もわかっていれば、母親の住所も電話番号も承知しています。わからないのは、彼女の住所だけなのです」

ならば、母親から聞けばいい、と言い張られた。これからの外交官は、在留邦人の安否を確認するにも、地元の捜査組織の手を借りねば何もできなくなるおそれがあった。司法権を持たない外交官の身分が恨《うら》めしくなる。

頑固な職員の分厚い信念に跳ね返されて、総務のオフィスから追い払われた。次なる手段として、学生会館に電話を入れた。

「学生ボランティアに興味を持っている者です。グローバル・ボランティア研究会というサークルがあると聞きました。詳しい活動内容を確かめたいので、代表者の連絡先を教えてください」

学生サークルへの取材となれば、代表者の連絡先を教えてもらえる。正々堂々と身分を告げて頼むより、嘘を語って近づくほうが成果を得られるのだから、どこか世の中が間違っている。

ジェイコブ・カートライトという学生が、ボランティア・サークルの代表者だった。学生会館の一室を借りて活動を行っている、と教えられた。

黒田は正面ゲートに近い学生会館の古めかしい扉を押した。彼らがいつも借り受けている部屋は、二階の九号室。やたらと手描きのポスターが壁に貼られた階段を上がった。

ここでも扉は、来訪者を歓迎するかのように開け放たれていた。中をのぞくと、学生とおぼしき若者が五人、ラップトップを囲んで額を寄せるように集まっていた。すべて白人で、男が二人に女が三人。そのうち一人の男は、口の周りを髭《ひげ》だらけにして年齢不詳だった。三十代の後半と聞かされても驚かなかったろう。

形ばかりにノックしてから、身分証を掲げて部屋に入った。十畳に満たない広さだが、窓が大きいために陽射しがふんだんに入り、廊下と違って壁は汚れていなかった。

「在サンフランシスコ日本領事館の、邦人保護担当領事の黒田と言います」

名乗りを上げると、学生たちが互いの表情をうかがい合った。日本の外交官が訪ねてきてもおかしくない理由を、彼らは承知しているようだった。

「在留邦人の安否を確認しています。こちらのメンバーでもあるルイ・シモムラさんと、ここ数日で話をした人はいるでしょうか」

また若者が互いの顔を見回した。誰が答えるのか、アイコンタクトですぐに決まったらしい。髭の男がどこか得意そうな顔で黒田を見上げた。

「ルイはこの三ヵ月ぐらい、ぼくらの前には現れていません」

「ボランティア活動に興味をなくしたのだろうか」

「どうなのかな。辞める気かって訊いてはみたんです。でも、まともに答えてくれなかった。彼女にはボランティアよりもっと大切なことがあるらしくてね」

醒《さ》めた口ぶりと、女の子たちの頬に浮かんだ笑みから見当をつけて、黒田は尋ねた。

「就職活動ではなく、男の子との交際のほうだろうか」

また五人が顔を見合わせ、今度は首をひねり合った。投げかけられた質問の的外れぶりを笑い合うような顔ではなかった。髭の男が口元をゆがめるような微笑みを見せた。

「詳しいことは、ジェイコブに訊いたほうがいいと思いますよ」

「このサークルの代表者だね」

五人が一様に頷きを見せた。が、ジェイコブに訊いたほうが早い理由を語ってくれる者はいなかった。大人に対する漠然とした警戒感を、彼らは抱いている。見ず知らずの者に仲間の素行を告げるのでは、学生の風上にも置けない者になると信じているのだろう。

「君たちは、ルイの友人で、ナオ・カシワバラという女の子を知っているだろうか」

またも五人が顔を見合わせ、今度は一様に薄笑いを頬に刻んだ。

「何がおかしいんだろうか。ナオはルイに金を奪われたと正式な被害届をサンフランシスコ市警に出しているんだがね」

「ワオ。やるなあ、彼女。被害届とは穏やかじゃないね。よっぽど恨んでるんだな」

ラップトップの前に座っていた痩《や》せた男が手をたたいて隣の女の子に笑いかけた。

日本人同士で恋の鞘当《さやあ》てでもあったのか。あまりに事を面白がる彼らの様《さま》を見ていると、日本人への軽視がその背景にありそうに思えて、黒田は痩せた男の子に言い返した。

「市警がルイの行方を捜している。君たちのところにも刑事は来たんじゃないだろうか」

え、おまえはどうなんだよ。探り合いの視線が五人の中で行き来した。

黒田は疑問を覚えた。モーニー警部補はテロ準備罪を視野に入れて捜査に当たっていると語った。が、ここにいる五人の同級生は、単なる日本人同士の取るに足らない諍《いさか》いとしか考えてはいない。しかも、男絡《がら》みのもの、と明らかに信じていた。

「ジェイコブは、今日ここに来るだろうか」

「まず来ないと思うな。彼のほうは、結構本気だったみたいだから、まだ立ち直れずにいるらしい」

どうやら恋の鞘当てに、ジェイコブという男の子が関係しているようだ。黒田は五人の同級生に礼を言い、一階のホールに戻った。酒でもないペットボトルを手に笑い合う若者たちから離れて裏庭へ出た。ジェイコブ・カートライトの電話番号はすでに聞いてある。

五回目のコールで相手が出た。覇気のない男の声が「ハロー」と答えた。

黒田は身分を名乗り、在留邦人の安否を確認していると断ってから告げた。

「ルイ・シモムラと連絡が取れなくなっているため、調査をしています。彼女のことで話を聞かせてください」

「嫌がらせはやめてほしいな。どうせラリーやマーサから聞いたんでしょ。ボクはもう、とっくにお払い箱なんだ。訊くなら、ロベルトに決まってるだろ。勘弁してほしいな」

それで電話を切られてしまった。

かけ直してみたが、今度は留守電機能に接続するとのメッセージが流れた。投げやりな口ぶりからして、伝言を残しても電話がかかってくることは期待できそうもなかった。

再び学生会館の二階へ戻り、九号室のドアをノックした。同級生を迎えるような親しみのこもった目が向けられた。彼らは間違いなく、黒田が舞い戻ってきた理由を知っていた。

「たった今ジェイコブに電話をした。すると、ロベルトに話を聞くべきだと言われた」

「ああ見えて繊細なんだよな、あいつ。どうするんだろ。このままおれたちに丸投げする気かな」

髭の男がサークルの行方を案じる目を仲間に送った。

細い眼鏡《めがね》をかけた小太りの女の子が、口の前を手で隠して笑い返した。

「ラリーはそのほうがいいんじゃないの。うちで最大のボランティア・サークルを仕切ってたってことになれば、企業も興味持ってくれるものね」

「ひどい言い方だこと。おれは純粋な博愛の精神から活動してる。マーサと同じだって」

二人の間では、もう何度も演じられてきたひと幕だったらしい。横にいた同級生が、また始まった、とでも言いたそうに笑い合っている。

「ロベルトもこのサークルの仲間なのか」

黒田が話を本題に引き戻すと、髭のラリーが驚いたような顔で首を横に振った。

「冗談言わないでよ。ロベルトってのは、サンフランシスコ州立のほうの学生だってば。あそこは留学生を、とにかくやたら引き受けてるからね」

明らかに相手とその大学を軽んじる口調だった。

黒田が黙っていると、眼鏡のマーサがまるで弁解でもするように言った。

「サンフランシスコ州立大学ってご存じありませんか？　レイクマーセドにあって、うちとも幾つか共通するコースがあるんです。一応、同じ州立大学の仲間ですから」

「よその大学の学生なのに、ロベルトは君たちの間で随分と人気があるようだ」

「人気があるのは、ルイのほうさ。何しろロベルトってのは、彼女目当てにわざわざサンフランシスコまで来たって話だからね」

「どこだったかしら？　パラグアイとかボリビアとか言ってたっけか」

マーサが仲間に話を振ったが、ほかの三人は首をひねり合っていた。あまりロベルトについては詳しくないと見える。

「この中で、ロベルトに会ったことがある人は？」

「話したことはないけど。ルイと一緒にいるところは、何度か見かけたな」

痩せた男の子が言って仲間に同意を求め、横にいた赤毛の女の子が頷いた。

「あとで話を聞いて驚いたのよね。だって、あたしたちは日本人の彼氏ができたのかと思ってたんだもの」

「日本人？」

パラグアイやボリビアからの留学生でありながら、ロベルトは日本人に見えたという。ブラジルやペルーをはじめとした南米各国には、かつて日本からの移民団が入植していた。ロベルトは、その三世か四世辺りなのだろう。

黒田はあらためて五人の学生を見回した。

「そのロベルトは、ナオ・カシワバラとも知り合いなんだろうか」

髭のラリーが訳知りふうの苦笑を浮かべて答えた。

「知り合いどころか……。ロベルトをルイに紹介したのが、ナオだったんだ」


事情が呑み込めてきた。黒田は学生会館を出て、車に戻った。南米からの日系人留学生、ロベルト。サンフランシスコ市警の狙いは、彼のほうではないのか。

ロベルトは、南米からの留学生として、このサンフランシスコに住むようになった。最初に出会ったのは、柏原奈緒。そして、霜村瑠衣とも知り合いになった。

瑠衣と会うために南米から来たというが、それは言葉の綾《あや》だったろう。ロベルトは、奈緒ではなく、瑠衣のほうを交際相手に選んだのだ。その想いの強さを表すため、留学してきたのは君と出会うためだ、と口にしたことは充分に考えられる。

だが、奈緒はロベルトのことをあきらめきれなかった。そこで、瑠衣を貶《おとし》めるため、金を盗まれたと市警に訴え出たのだ。

市警としても、ロベルトと交際していた瑠衣の動向が気になっていた。あるいは、最初から瑠衣を別件で逮捕するため、奈緒に被害届を出すよう依頼した、とも考えられる。テロ準備罪を視野に入れて捜査中の相手とは、ロベルトである可能性が高い。南米からの留学生としてアメリカに入国し、何らかの不審な行動を見せ、当局の捜査網に引っかかってきた。そう考えれば、筋は通る。

瑠衣は、ロベルトと一緒に行動しているのではないか。捜査当局から追われていると気づき、ロベルトは姿を消した。だから、瑠衣も連絡を絶った——。

黒田はハンドルに手をかけ、少し迷った。もしロベルトが捜査当局から逃げているのであれば、その理由を瑠衣も知っていると見ていい。彼女はロベルトに好意以上の気持ちを抱き、覚悟の上でロベルトに手を貸している。そういう女性に、父親がいくら呼びかけても返事があるとは思いにくい。

黒田は霜村元信の携帯に電話を入れた。まるで待っていたかのように、たった一度のコールでつながった。

「霜村です。娘のことで何かわかったのでしょうか」

「大学の同級生から話を聞いてみました。霜村さんは、サンフランシスコ州立大に通うロベルトという留学生をご存じでしょうか」

「いえ……聞いたことはありません」

記憶をさらおうとするような間もなく、すぐさま答えが返ってきた。娘の失踪に関わるかもしれない人物の名を聞き、どういう素姓《すじよう》の男なのか、霜村は訊こうともしてこない。

「もしかしたら霜村さんは、ロベルトという男をご存じなのではないですか」

「いいえ、知りません。誰なんですか、その男は」

「娘さんの交際相手です。柏原奈緒さんから紹介され、二人は交際することになったようです」

「その男がどうしたというのです。娘はその男と一緒なのですか」

「霜村さん。あなたは娘さんがなぜ消息を絶ったのか。ご存じなのではありませんか」

「知るわけないでしょう。知っているなら、どうして外務省に助けを求めたりしますか」

「こちらの警察にはあまり知られたくないことがあった。だから、日本政府の力を借りて、その秘密を隠そうとされた」

「君は何を言ってるんだ。娘と連絡が取れなくなった親の気持ちがわからないのかね。外務省に苦情を訴えてもいいんだよ」

人は図星を指されると、まずは抗《あらが》おうとする気持ちが高じる。黒田は冷静に言葉を継いだ。

「娘さんに私からも呼びかけをさせてください。覚悟の上で姿を隠しているのかもしれません。父親よりも、私のような第三者の言葉のほうが耳に入ることもあります」

「……わかりました。やってみてください。うまくいくとは思えないがね」

怒りを宥《なだ》めるような声に続いて、電話が切られた。今度こそ、外務省を経由して神坂総領事に次なる電話が入りそうだ。少しは覚悟をしておいたほうがいいだろう。

瑠衣の携帯の番号は、渡された資料に書かれていた。ダイヤルボタンを押したが、やはり電話はつながらず、留守電機能に接続するとのメッセージが流された。

「こちらは在サンフランシスコ総領事館の邦人保護担当領事、黒田と言います。おそらくご承知だとは思いますが、このままではあなたに逮捕状が請求されるでしょう。ロベルトのことを問い質《ただ》そうというのではありません。どうかまず私に電話をください。総領事館が全力を挙げて、あなたを守ります。大学の仲間も心配していました。至急、連絡をください」

ロベルトのことはもうわかっている。そうメッセージを残しておいた。

警察はすでに瑠衣の通話記録を調べ、発信源を逆探知しようと動きだしているだろう。事件に巻き込まれたのでないのなら、総領事館を頼りたくなる状況はそろっていた。

ポケットにしまいかけた携帯電話が身を震わせた。着信表示を見ると、在サンフランシスコ総領事館からだった。霜村の苦情が日本の外務省を経由して、叱責となって到着したのでは少しばかり早すぎた。

電話に出ると、すぐに細野の間延びした声が聞こえてきた。

「あ――つい今し方、柏原奈緒から電話が入りました」

「住所は確認したかな」

「ええ。これからアルバイト先に出かけるとかで。そっちのほうも住所は訊いておきました」

「市警のほうは？」

「社会部の森田君に行ってもらいました。彼、日系の刑事と連絡を取り合ってますから。でも、箝口令《かんこうれい》が敷かれてると言ってました。上はもちろん、現場も口が堅くて、情報はひとつも引き出せなかったそうです」

やはりＦＢＩが裏で動いているのだ。総領事館にとって厄介な事件となるのはさけられそうもないようだった。

4

柏原奈緒がアルバイトをする店は、バークレー校の北西にあたるシャタック・アベニューの外れにあるピザ屋だった。周囲は閑静な住宅街で、瑠衣のアパートメントからも五百メートルほどしか離れていない。

店のドアを押しても日本人らしき店員の姿はなかった。逃げられたのかと危惧《きぐ》しながらカウンターにいた白人の娘に声をかけると、ナオは奥のオフィスだと教えられた。ところが、六畳もない狭苦しいオフィスに日本人女性の姿はなく、店長らしき三十代の男に、さらなる奥のドアを指さされた。

礼を言ってドアを開けると、裏庭に出た。水色に塗られた木柵が広くもない裏庭を囲み、廃車とおぼしき小型のスクールバスが停めてあった。そこが女性店員たちの休憩室兼更衣室だった。

秘密の花園、と走り書きされたプレートが斜めに貼られたドアをノックすると、長い黒髪を制服の帽子に押し込みながら一人の女の子が姿を見せた。その娘が柏原奈緒だった。訪ねてきた日本人を見て、彼女はそばかすの浮かんだ顔を素っ気なく振って黒田に背を向けた。

「五分待っててください」

たっぷり十五分は待たされてから、オレンジ色の制服に身を包んだ柏原奈緒が窓をカーテンで隠したスクールバスの中から、男の視線を意識したような足取りで降りてきた。

「書類の不備なんて、嘘ですよね。元官僚の娘だと、あなたたちみたいな外交官まで手助けしてくれるなんて、ホント羨《うらや》ましい」

政府の回し者への厳しい目をぶつけられた。被害届を出して何が悪い。彼女は黒田の訪問理由を見抜いていた。それなら話は早い。

「サンフランシスコ市警の依頼を受けて、ありもしない被害届を出したことを認めるのですね」

「だって、あたしにまでテロ準備罪の容疑がかかるだなんて言うのよ。あたしはロベルトのこと、ちっとも知らないのに」

「霜村瑠衣さんにロベルトを紹介したのは君だった。そうラリーやジェイコブから聞きました」

柏原奈緒は、それが何よりも悔しいとばかりに唇を嚙《か》んだ。店のドアへ歩きかけ、あとを追おうとした黒田をやおら振り返って、小さな胸を反らした。

「ロベルトは何をしたんですか？」

「残念ながら、我々総領事館では何ひとつ情報をつかんでいません。君のほうこそ、心当たりはないだろうか」

「本当に何も知りません。あたしは日系人だとしか聞いてなくて……。ロベルトは、瑠衣と知り合うため、ただバークレーに通う日本人だと知ってあたしに近づいてきたんです」

彼女は屈辱をこらえるように肩をわずかに震わせ、地面に向けて言った。

「待ってくれ。ロベルトという男は本当に、霜村瑠衣と会うため、このサンフランシスコに留学してきたというのかね、南米から」

「ええ、そう聞きました」

「本人が言っていたのかな？」

激しく首を横に振られた。では、誰からなのか。

「——瑠衣です。彼女が自慢そうに言ってました。ロベルトは私に会うため、ボリビアからサンフランシスコへ来たんだ、と」

ボリビアから一日本人女性に会う目的でアメリカに来た——。

留学の動機として本当にありうるのか。素朴な疑問が浮かんでくる。

「霜村瑠衣は、ボリビアからわざわざ会いに来たくなるほどの有名人ではありませんよね」

「当たり前でしょ。ちょっと成績はよかったみたいだけど、別にあたしと同じ、どこにでもいる日本人だもの。なのにロベルトは、わざわざ偽名を使ってまで、瑠衣に近づこうとしたの」

「偽名を……？」

ますます謎が深まっていく。名もなき日本人女子大生と会うために、なぜ偽名を使って別の日本人女性に近づく必要があったのか。

「最初から詳しく話してください。ロベルトとはどこで知り合い、偽名とわかったのはなぜなのか」

ロベルト・パチェコ、二十四歳。南米ボリビアからの留学生で、奨学金を得て、昨年九月にサンフランシスコ州立大学の行動社会学部に入学していた。

彼はまず同級生の名を騙って、柏原奈緒が当時アルバイトをしていたメキシコ料理店で働き始めた。店で奈緒と親しくなると、バークレー校にボランティア・サークルがあると聞き出し、ぜひ参加したいと言ってきた。ふたつの大学が連携することで、お互い得るものは多いはずだ、と主張する彼を信じて、奈緒はバークレー校の仲間を紹介した。

彼は言葉どおり、ボランティア・サークルの手伝いに精を出した。ところが、いつしかサークルには顔を出さず、メキシコ料理店でのアルバイトも辞めてしまった。驚いた奈緒はロベルトの携帯に電話をしたが、体調が悪いとくり返すばかりだった。思い詰めた奈緒はサンフランシスコ州立大学へ足を運び、ロベルトが偽名を使っていた事実を突き止めたのである。

さらに、同級生がロベルトと瑠衣のデート現場を目撃するに及び、ロベルトの行動に不審を覚え、彼が偽名を使っていた事実を瑠衣に面と向かって打ち明けたのだという。

「……彼女、最初は信じようとしませんでした。でも、どこか覚悟でもしてたのかと思いたくなるほど取り乱したふうもなく、落ち着いて見えました。そして、あたしに言い返したんです。ロベルトは自分と会うためにサンフランシスコへ来たんだ、と」

そして、テロ準備罪で警察が動き、瑠衣が姿を消した——。

当然ながら、ロベルトも同時に行方を隠していると考えるべきだろう。

「ロベルトがどこに住んでいるのか、あたしは何も聞かされていませんでした。連絡も取ってないので、今どこにいるのかも知りません」

「では、ロベルトが怪しげな仲間とつき合っていたという噂《うわさ》はなかったでしょうか。近くにいて、何か気づいたことはありませんか」

「本当にわからないんです。彼はボリビアのことも、ほとんど教えてくれませんでしたから……」

柏原奈緒は早口で言い終えると、小さく頭を下げつつ店に続くドアを手荒く開けた。これ以上話すことはない。丸まりかけた小さな背中が、そう黒田に訴えていた。


ダウンタウンの総領事館へ帰り着くと、日本からメールで届いた文書を手に、思案顔の細野久志が待っていた。午後五時二十五分。日本では午前九時二十五分になる。本省に登庁してきた職員が、タダミ・タケイシの渡航記録を入国管理局に問い合わせて、その資料を送信してきたのだった。

「何者ですかね、この武石《たけいし》って男は。——見てください。この五年でやたらと海外へ行ってますよ。マニラ、釜山《プサン》、アブダビ、それにカブールまで……。まともな会社員じゃありませんね」

武石忠実《ただみ》、四十二歳。本籍地は神奈川県厚木市《あつぎ》。現住所は東京都練馬区《ねりま》桜台《さくらだい》。

二〇〇一年までは、出国の際にイミグレーション・カウンターに提出するEDカードに、最初の目的地を記入する決まりになっていた。今では航空券の電子処理化に伴い、出入国者の渡航先情報は航空券の電子記録から簡単に取得できるようになった。表向きには、イミグレーションでの手続きが簡素化されたことのみ発表されていたが、実はその裏で、入管が取得する情報は逆に増えているのである。

黒田は武石忠実の渡航先リストを眺め、ひとつの地名に目が吸い寄せられた。

「どうかしたんですか……」

黒田はリストの最後から二番目の地名を指さした。

六月十九日、武石忠実は日本を出国しており、渡航先がラ・パスとなっていたのである。

ボリビアの首都だった。

つまり、武石はアメリカに入国する直前、ボリビアに滞在していたのである。

「え？　じゃあ、そのロベルトって男の母国ってわけですか。どういうことですかね」

「これで霜村瑠衣とつながったと見ていいだろうな。本当にテロ準備罪を視野に入れているのかどうか、まだわからないことは多い。ただ、サンフランシスコ市警は霜村瑠衣よりロベルトのほうに強い関心を持っていそうだ」

「この武石って男もくせ者ですね。ボリビア経由でサンフランシスコへ来るなんて。まるでロベルトを追って来たように思えますからね」

細野が現職の警察官らしいとらえ方をして、一人で確信ありげに頷いてみせた。

黒田はデスクのパソコンに向かった。武石忠実の名前でネット検索を試みる。

「あ、出ましたね」

横で細野が驚きの声を上げた。ある程度の予測はあったが、まさに的中だった。数は少ないが、日本のウェブサイトに武石忠実の名前が登場しているのである。

最初に表示されたアドレスをクリックした。そこは新聞社系週刊誌のホームページだった。掲載記事の見出しが並び、そのうちの何本かが読めるようになっていた。

武石忠実の名前は、ある殺人事件を追った記事の最後に記されていた。取材・武石忠実――と。

「週刊誌の記者ですか。どうりで海外へ何度も出かけていたわけだ」

記事を何本か開いてみると、中には「本紙・村田和也」という記述の仕方も見られた。本紙と断り書きを入れてあるのが編集部に在籍する社員であり、名前のみ記されているのがフリーの取材記者だと想像がつく。

ほかにも武石忠実の名前が登場するサイトがあった。フリー・ジャーナリストを名乗る人物が開設するブログで、取材日記の中に武石の名前がたびたび出てくるのだ。ブログの記述者と一緒に取材現場で撮った写真も掲載されていた。

内外の紛争地帯を渡り歩くタフガイを思い描いていたが、武石忠実は優秀なサラリーマン然とした男だった。中肉中背。髪も短く整え、ジャケットに綿のパンツという、ごくありふれた身形《みなり》で写真に収まっていた。が、考えるまでもなく、記者は多くの人と会い、話を聞くのが仕事だった。薄汚い身形をしていたのでは、人から敬遠される。

武石忠実の名前でヒットしたサイトをすべて確認した。が、取材記事の要約が六つ、フリー・ジャーナリストのブログに登場したのが三回。あとは同姓同名の別人と思われる人物が経営する花屋のホームページだった。

黒田はデスクの受話器を取り上げた。横で細野が何をする気かと見つめてくる。武石が記者として働いていた編集部の番号をネットで調べ、電話を入れる。

日本は午前九時半をすぎたばかりだった。編集部に人がいるかどうか不安はあったが、眠そうな声の男が電話に出た。

「こちらは在サンフランシスコ総領事館の邦人保護担当領事、黒田と言います。そちらで記事を書かれている武石忠実さんと至急連絡を取りたいのです」

「ああ……。そういやサンフランシスコに寄るとか言ってましたね。武石さん、向こうで何かあったんですか」

「いえ、落とし物をされたみたいで、こちらの警察から問い合わせがありました」

ありもしない理由をでっち上げて言った。横で細野が興味津々といった風情で腕を組んでいる。警官のように捜査権を持たない外交官の強引な調査ぶりに、同情と関心の入り交じった目を向けてくる。

狙いどおりに、携帯電話の番号を教えられた。見つめる細野に目配せしつつ、すぐにダイヤルボタンを押した。が、電話は通じなかった。今日一日で何度身分を騙り、メッセージを吹き込んだろうか。

「突然お電話差し上げ、失礼いたします。先月末までこちらに滞在されていたと思いますが、サンフランシスコ市警の刑事があなたの所在を確認したいと言っています。武石さんの身分を守るためにも、まず私ども在サンフランシスコ総領事館の職員に電話をいただけないでしょうか。コレクト・コールで構いません。どうぞよろしくお願いいたします」

アメリカの警察が捜していると聞かされれば、不安を覚えて、まずは総領事館に電話をくれるはずだった。

細野が腕時計を気にしながら、笑いかけてきた。

「まさか黒田さん。今日はここに泊まる気ですか」

「仕方ないだろ」

「でも、窃盗容疑で在留邦人に逮捕状が出そうなだけなんですよね」

どうしてそこまでするんですか？　声にはせずに、軽く首をひねってみせた。

霜村元信に手を貸してやってくれ。神坂総領事から依頼され、家宅捜索の現場に立ち会い、すでに瑠衣への呼びかけもしていた。一外交官としての務めは果たしたと言える。が、霜村の落ち着きすぎた言動が気になってならない。娘が姿を消した理由に、あの父親は見当をつけていそうだった。そして、本省を通じて総領事にまで協力依頼が下りてきている。さらにはボリビアの日系人留学生の存在もある――。

「職務より、単なる好奇心だよ。先に帰ってくれていい。お疲れ様」

細野に告げて再び受話器を取ると、黒田は忘れていた昼食をとるため、宅配ピザ屋の番号を押した。

5

ずっと息苦しくてならなかった。

成田までの飛行機の中でも、ろくに眠れなかった。無愛想な係官の目を意識しながら入国審査をパスして到着ロビーへ出ると、リムジンバスでひとまずは東京に出た。車窓を流れる景色を見ても、懐かしさは感じなかった。このホテルにチェックインした時には、身も心も疲れ果てていた。

その日のうちにやれることはやっておこうと考えて、取材を依頼する偽《にせ》の電話はかけておいた。三年ぶりの日本だったが、言葉に不自由するはずはなく、言うべき台詞《せりふ》もすべて考えてあった。入国審査に続いて二度目になる素姓を偽る行為だったが、今度は相手に顔を見られているわけでもなかった。簡単なはずなのに、サンフランシスコを発つ前からずっと続く息苦しさのため、声が幾度もかすれかけた。そのたびに、素姓を疑われるのではないかと、怯《おび》えが暴れて胸と喉をさらに締めつけた。

在留ボリビア人会の連絡先にも電話を入れた。

こちらは素姓を偽る必要がないので、もっと楽に話せると考えていた。けれど、どこから話せばいいのか。真実を口にしていいものか。千々《ちぢ》に乱れる心がまたも声を詰まらせた。自分を偽ろうとするたびに息苦しさが増し、過呼吸の発作に襲われかけた。手がかりは得られなかったが、仲間に声をかけてみる、との有り難い言葉はもらえた。その瞬間、わずかな光が見えた気になり、受話器を握りしめて神に感謝していた。クリスチャンの多い同級生たちとは違って、信仰心など欠片《かけら》もなかったくせに。

二十二年も生きてきて、まともに電話をかけることさえできない自分が悔しかった。涙が出た。助けて、と誰彼かまわず叫びたかった。が、頼れる相手は一人としていない。十五年も生きてきた日本に帰ってきたというのに……。

不安というのは寂しがり屋だ。次なる新たな不安を招き、胸を押しつぶしてくる。

母と兄、二人の身内を早くに亡くした。その哀しみを自分は乗り越え、今日まで生きてきた。何の苦労も知らずに育ってきたそこらの若者とは、鍛え方が違っている。そう信じていた自分は、脆《もろ》くも崩れた。父親ともう一人の兄や、友人たちの庇護《ひご》を受けて、ぬくぬくと守られてきたことを、今さらながらに教えられた。

一人で何ができるか。自分が今試されていた。早まったことをするとは思えないが、彼の苦しみは想像にあまりある。

昨夜は携帯電話を使わなかった。電源を入れただけで、発信源を探ることができるという話もあった。だが……。

父はどこまで気づいているのか。

まずは警察に捜索願を出すのが普通だろう。日本にまで手配が回っているか。それが問題だった。今ここで携帯電話の電源を入れても心配はないものなのか。

確認するとなれば、今かもしれない。あとになればなるほど、危なくなる。

おそらくは、もういくつものメールやメッセージが残されている。父や友人たちから。だが、彼からのメッセージは届いていないだろう。

彼はサンフランシスコを発つ前に言った。

――君はここに残るべきだ。受け止めるのはボク一人でいい。

その言葉を、ドラマに出てくる安っぽいヒーローのような言い方だと思った。思いやりから言ったのだとわかるが、核心から遠い地へ置きざりにするも同じなのだ。怒りが湧いた。身内が罪を犯していたかもしれないのに、それを直視せず、ただ安穏とした日常をすごせる者がいるとすれば、よほどの愚か者だった。

人は時に目をつぶり、己の疚《やま》しさを見まいとしたがる。逃げの行為をくり返すうち、心の薄皮が一枚ずつ乾いて剝がれ、胸の真ん中に空洞を持つ人間ができあがっていくのだ。今感じている息苦しさは、まだ自分が少しは真っ当な人の心を失っていない証拠に思えた。ならば、この苦しさも受け止めていける。

顔を洗うと、窓にかかったカーテンを開けた。

東京の街並みが目の前に迫ってくる。アメリカに負けない不況の中にあると聞くが、また高層ビルが増えていた。三年前は、懐かしさをもってこの国の土を踏んだ。今は大切な家族の記憶までが、反転したネガの映像みたいに虚しく色褪《あ》せ、目の前の景色までを暗く塗り隠そうとしていく。それでも自分はまだ、家族の記憶を持てるだけ幸せなのだった。

気後れをしている時ではなかった。キーをつかんでホテルを出た。

やるべきことはわかっていた。彼が足を運ぶであろう先を訪ねていけば、必ずその背中が見えてくる。

まずは偽の名刺を作る必要があった。東京駅より新橋のオフィス街のほうがいい。取材記者に見えるよう、デジタルカメラも必要だ。クレジットカードを使ったのでは、足がつく。少ない現金の使い道を考えながら、ＪＲで新橋駅に出た。

三年ぶりでも迷わずに体は動いた。ただ、ビルの壁を埋める日本語の看板を、どこか鬱《うっ》陶《とう》しく感じる自分がいた。

日本に住んでいたころは、この国を嫌いだと思ったことなど一度もなかった。アメリカで暮らそう。そう父に言われた時は、本気で一人東京の家に残ろうと覚悟を決めかけたほどだった。

アメリカに渡って、背伸びしない自分を知った。日本には大らかさが欠けていた。満員電車に揺られて働きづめの日々を送るサラリーマンたち。受験勉強に明け暮れながら、大学では遊ぶことしか考えない若者。醒《さ》めた目をした子どもたち。働くようになれば、遊ぶ暇はなくなってしまう。アジアの小国が世界へ伸《の》していくには、せかせかと懸命に働くほかに道はなかったのだ、と理解はできた。

単にアメリカが恵まれていただけなのだ。国土が広く、たとえ街中でも土地は安く、日本ほど家のローンに苦しめられることがないから、貯蓄を考えずに消費生活を謳《おう》歌《か》できる。

だが、努力する者は必ず報われると信じる前向きさが、アメリカ社会にはあふれていた。学校でも、白人だけでなく、有色人種も夢を当たり前のように語る者が多かった。刺激を受けることばかりだった。日本での日々が色褪せて見えた。

父は日本と変わらずに仕事の日々を送っていたが、昔のように深夜の帰宅が続くことはなくなった。父に似て面白味のなかった兄も、口数が多くなり、別人のようにジョークを言うようになった。自分も少しは変われたと思う。

だからといって、日本を嫌いになったわけではなかった。大切な思い出が自分にはある。そう信じていた……。

たった一枚の名刺を作りたいと正直に打ち明けたのでは、いらぬ腹を探られる。五十枚なら一時間ですぐに完成する、と文具店の主人は言った。

刷り上がるまでの時間を使って、デジタルカメラを買うことにした。いつのまにか駅前にも家電の量販店が進出していた。平日の午前中だというのに、早くも客で賑わっていた。暑さを涼みに来たサラリーマンもいたし、中国人の団体客もいた。

デジタルカメラの売り場へ歩きかけて、瑠衣は自分の耳を疑った。

なぜその名前が聞こえてきたのか。慌てて売り場を見回した。

すぐ横に、大型の液晶テレビが誇らしげに並び、ワイドショーのような番組を流していた。鼻筋が整いすぎた女性アナウンサーが真面目くさった顔を作り、画面に向かってニュースを読み上げている。たった今聞こえてきた名前は、確かにアナウンサーが読み上げたのだ。

悪夢の中で果てしなく同じ光景が続く場面に放り込まれたのかと勘違いしたくなるほ

ど、目の前には同じ映像が十メートル以上にわたって連なっていた。そのひとつに目が吸い寄せられた。

新木場の運河で水死体――。

「……東京湾岸署では殺人の可能性もあると見て捜査を始めています」

殺人事件のニュースだった。その中で名前が読み上げられた。しかし、なぜ――。

五日前、サンフランシスコから日本へ帰国したのは間違いなかった。先に真相をつかんでみせる。そうあの男は言っていたのだった。

瑠衣はふらふらと画面に向かって歩んだ。女性アナウンサーは早くも次のニュースを無表情に読み上げていた。今のは錯覚だったか。

いや、聞き違えたのではない。確かに聞こえた。

――武石忠実、と。

6

いくら待っても、武石忠実からの電話は入らなかった。こちらからも電話を入れたが、電子音の響きを帯びたメッセージが返ってくるだけだった。午後八時をすぎて、黒田はみたび霜村元信の携帯に電話を入れた。

「何かわかったのでしょうか」

憤りを込めた声を放った前回とは打って変わり、急ごしらえで繕ったような謙虚さが感じられた。

「武石忠実というフリーの記者をご存じでしょうか。五日ほど前まで、このサンフランシスコに滞在していました。ボリビアから入国したことがわかっています。さらにサンフランシスコ市警も、武石忠実の渡航記録に興味を抱いています」

「さあ……。武石という人に心当たりはありませんね。タダミというのは、女性ですか、男ですか」

切り返しの質問としては疑問の余地がなかった。タダミと響きだけ聞いたなら、男と女の区別をつけにくい名前ではある。ボリビアという国名への反応も、霜村は出さなかった。懸命に演技をしていたのであれば、かなり成功していた。

「週刊誌に記事を書いている男性記者です」

「その人と、娘との間に何かあったとでも……」

「いえ。警察からの問い合わせがありました。霜村さんに心当たりがないとなれば、ボリビアからの入国も、ただの偶然なんでしょうか」

黒田のその意見にも感想を挟まず、霜村は「何かわかったら電話をください」と言い残して電話を切った。

やはり、消息を絶った娘を持つ父親の態度としては腑《ふ》に落ちないところが多すぎた。彼は間違いなく何かを知っている。知りうる事実を地元の警察には伝えたくない。それで本省のお偉方を頼った。そう考えるのが、今のところ最も無理のない筋書きに思えた。

デスクの上で携帯電話が震えだした。着信表示を確認して、黒田は目を疑い、苦笑を作った。ここ二年近くは、表示されたことのない名前だったからだ。

「どうしたんだ、こんな時間に。と言っても、そっちは昼の十二時くらいかな」

「十二時十一分です。今お昼のニュースを見てました」

省内で顔を合わせてはいたものの、久方ぶりにわざわざ電話をかけてきたことへの挨拶《あいさつ》はなく、安達香苗《あだちかなえ》は気忙しく言った。二年前はまだ研修生の身で、ろくに囀《さえず》ることもできない雛《ひな》のように肩身を狭くしていたが、今は先輩外交官と対等に話せるぐらいには成長できたようだった。

「黒田さん。今サンフランシスコでしたよね。こっちの領事局に、武石って男の渡航記録を入管に問い合わせるよう、依頼があったのは知ってますよね」

「もちろんだとも。君が問い合わせてくれたのか」

彼女は今年の春にイタリア大使館から本省へと戻され、今は同じ領事局内の旅券課に配属されていた。

「問い合わせたのは私じゃありません。サンフランシスコからの依頼なんで、黒田さんが関係してるはずだって、私に仕事を押しつけようとした人がいたんです。——そんなことより、武石ですよ。たった今ニュースで武石忠実の名前を聞いたんです」

「そっちのニュースで、か……？」

嫌な予感が胸をひたしていった。黒田は受話器を握り直した。返ってきた香苗の声も、心なしか震えがちに聞こえた。

「私にもまったくわけがわかりません。どういうことなのか、とにかくちょっと調べてみますけど……」

「前置きが長すぎるぞ、武石に何があった？」

「実は……。今朝、新木場の貯木場近くの運河に浮いているところを発見されたそうです。他殺の可能性が高い、と言ってました」

湧き起こる感情を押し殺すために、「そうか」と実のない言葉を口にした。このサンフランシスコでボリビア人留学生が行方をくらませ、その交際相手である日本人女性を警察が追いかけている。そしてボリビアからサンフランシスコに来ていた記者が日本へ帰国し、殺害された——。単なる偶然と考えるほうがどうかしていた。

「詳しいことがわかり次第、教えてくれ。頼む」

香苗の返事を聞かずに電話を切ると、黒田は神坂総領事に報告を入れるべく、短縮ダイヤルの番号を押した。

日本人記者の殺害という事実を聞かされても、神坂は相も変わらずすべてを黒田に任せると言うのみで、自ら行動を起こそうとしなかった。予想された身の振り方であり、黒田としてもそのほうが自由に動けるので助かったとは言えた。続いて本来の邦人保護担当である細野にも一報を入れた。こちらは予想外に前向きの返事があった。

「黒田さん。市警に出向く気ですよね。私も同行させてください」

殺人の可能性が高いと聞き、血が騒ぐのを抑えきれなかったようだ。細野とは、総領事館からそう遠くない中央警察署の前で落ち合うことを決め、黒田は一人でオフィスを出た。

車のハンドルを握りながら、中央署に電話を入れた。昼前に霜村瑠衣のアパートメントで顔を合わせた組織犯罪課のモーニー警部補《はげ》を呼び出してもらう。

アメリカにも就業時間を気にせず仕事に励む刑事はいたようで、彼はまだ署にいてくれた。武石忠実の件で極秘情報がある。今そちらに向かっている。そう告げると、警部補は黒田に問い質すこともなく「待っている」と告げた。彼らとしても手詰まりに陥っていたのかもしれない。

近くのモータープールに車を停めると、人気《ひとけ》の絶えたバレジョ・ストリートを中央署まで走った。五分も待たずに細野がタクシーで到着した。受付で名前を告げると、話が通っていたらしく、二階にある組織犯罪課のオフィスへ案内された。

廊下の先にガラスで仕切られたミーティング・ルームが設けられ、そこでモーニー警部補が三人の捜査員とともに待っていた。

「ようこそサンフランシスコ清掃局へ」

警部補は歓迎の微笑みもなく言って、申し訳ばかりに手を広げてみせた。本気で世の清掃作業が仕事なのだと信じている目だった。

細野を紹介してから、勧められた椅子に座った。三人の捜査員は立ったままで、モーニー警部補だけが黒田たちの向かいに腰を下ろした。

「では、教えてもらおう。タダミ・タケイシとは何者なのか」

黒田はメモをテーブルに置いた。武石の名前が登場するホームページのアドレスを書き写したものだ。

「タダミ・タケイシはフリー・ジャーナリストで、ここにあるホームページを持つ有名週刊誌と契約し、記事を定期的に執筆していました。残念ながら、彼と話すことはできません。日本時間の今朝早く、彼は東京のある運河で遺体となって発見されたからです」

メモを受け取ろうとした手が止まり、モーニー警部補が三人の部下へと視線を移した。刑事の一人が髪を掻《か》きむしるようなポーズを作り、別の一人が肩で息をつき、残る一人は目を見開いていた。

「他殺の可能性が高いという報道があります。現在、本省の者が詳しい情報を集めています。報告が入り次第、皆さんにもお伝えすることを約束しましょう」

「事実なんだな」

モーニー警部補が間合いを計るかのように、ゆっくりと口を開いた。信憑性《しんぴょうせい》に疑問を抱いての質問ではなく、偶然の可能性を探ろうとしての問いかけだったろう。

「あなた方はなぜ、タダミ・タケイシの渡航記録を知りたいと考えたのでしょうか」

質問で返すと、警部補が部下の一人に手を上げた。二十代と思われる白人の刑事が、紙片の入ったビニール袋をテーブルに置き、黒田たちの前に押しやった。見ると、日本人女性の顔写真が入っていた。証明写真のようで、じっと女性がカメラのレンズを見据えている。

霜村から提供された写真にあった瑠衣の顔に間違いなかった。

ビニール袋の中には、もう一枚の紙片が収められていた。ちょうど顔の周囲を、おおよそ八センチ角ほどに切り取った残りと見られる。もう一枚の写真にある白のアンサンブルと同じ服装から、瑠衣の顔の部分を切り取ったものとわかる。

「我々は、ひとつの密告情報をもとに、あるインド人留学生のアパートメントを捜索した。すると、盗んだと見られるパスポート四冊とともに、この写真が見つかった。その留学生は、偽造パスポートの売買容疑で、うちの捜査員が目をつけていた一人だった」

「まさか、ルイ・シモムラがパスポートの偽造グループに関与していたなんて、言いたいわけではありませんよね」

当然の疑問を放ったつもりだが、警部補は両手を開いて首をすくめるような仕草を返してきた。写真の入ったビニール袋を人差し指でつつきながら言った。

「残念ながら、その可能性は薄そうだ。ただし、逮捕したインド人留学生はふたつの携帯電話を持っていてね。その片方の通話記録から、ルイ・シモムラの名前が出てきた。留学生本人はまだ偽造パスポートの製造並びに売買容疑を認めてはいないがね」

「では、ルイ・シモムラが、その男に偽造パスポートの手配を依頼した、と?」

「答えるまでもない。見なさい、写真の一枚が使用済みだ」

警部補がまたテーブルのビニール袋を指でつついた。

「ルイ・シモムラはかなり急いでいたようだ。ノースビーチのよからぬバーに出没しては、偽造パスポートを手に入れたい、とインド人相手に触れ回っていたらしい。密告者の証言どおりに、名指しされたバーを調べて、見事証言を得られたよ」

一女子大生であろうと、今時ならインターネットを通じて偽造パスポートの情報を得ることは不可能ではなかった。警察に密告した者は、瑠衣の行動に不審を覚えて自らバーへ出かけていき、その情報をつかんだものと思えた。

「この市警には、多くの密告情報が入るのでしょうね、きっと。その中から、信憑性のある情報を選《よ》り分けるのは、大変なことだと想像します。よほど信憑性の高いものだったのでしょうか」

「当然ながら、密告情報をもたらした人物が誰かは、この際、事件とは何の関係もない」

「ルイ・シモムラに金を奪われたという被害届が出されたのは、今日の午前中で間違いないのですね」

質問の意図を探るような目を返された。

「ルイ・シモムラがいつパスポートを手に入れたのか、非常に興味があります。偽造パスポートを手に入れたがっていたということは、それを早いうちに使う予定があった、と思われますので」

「いいかな。密告は罪ではない。おかしな穿鑿《せんさく》はしないことだ」

急に人権派の弁護士にでもなったかのように、モーニー警部補の口調が硬さを増した。ここまで密告者を守ろうとするからには、その人物が瑠衣の近くにいるからだろう。

それまで口を噤《つぐ》んでいた細野が、たどたどしい英語で警部補に訊いた。

「肝心の捜査なのですが、ルイ・シモムラは偽造パスポートを手に入れた容疑で、さらに逮捕状が請求されたと考えていいのでしょうか」

「容疑はあっても、まだ逮捕状の請求はしていない。わざわざ偽造パスポートを手に入れてまで海外に行きたがる理由が不明だからね。何しろ彼女は在留外国人であり、君たち日本のパスポートを所持しているはずだ。それを使えば、誰に邪魔されることもなく、このアメリカから出国できる」

正規のものを所持していながら、偽造パスポートを手に入れたがった理由は、誰にでも想像できる。彼女は海外へ行くことを隠しておきたかったのだ。正規のパスポートを使ったのでは、アメリカから出国した事実を知られてしまう。自分が姿を消せば、まず身内が心配して警察に出向く。日本のパスポートは使えない。そう信じる理由が、彼女にはあった。

今のところ、彼女にかけられた容疑は、友人の金を盗んだ窃盗罪にすぎなかった。海外へ逃亡を図るまでもない微罪だ。となれば、ロベルトのほうに逃亡すべき容疑がかけられていた。あるいは——父親に出国を隠しておかねばならない何らかの理由が彼女の側にあった。そのふたつが考えられる。

「偽造パスポートを製造するグループの摘発に当たっていたあなた方が、なぜタダミ・タケイシの渡航記録に興味を持たれたのでしょうか」

黒田が話を元に戻すと、またも警部補が部下の一人に手を上げた。

今度はテーブルに一冊のファイルが置かれた。開かれたページを見ると、日本人としか見えない若者の顔写真が貼られていた。長めの黒髪を後ろへ流し、よく陽に焼けた肌を誇るかのようにカメラを見ていた。彼の後ろには身長の目安となる黒い線が描かれ、逮捕の際に撮られた写真だとわかる。

　黒田は隣の細野にもファイルを示しつつ、あらためて写真を見つめた。目つきの力強さは日本人のものではなかった。日本人が逮捕されたなら、いくら気の強い者であろうと、ここまでカメラを正視する目は作れなかったろう。逮捕の事実に憤っている目つきとも思えなかった。現実を受け止め、それでも顔を上げるべきと信じるかのような力強さが漲《みなぎ》って見えた。

　写真の横には、ロベルト・パチェコと名前が記されていた。

「先月の二十七日、レイクマーセドのあるバーで一人の男が、傷害と器物損壊の容疑で逮捕された。ただし怪我を負った人物が、殴られたのは弾みであり、彼に罪はない、と証言した。さらには、彼が壊したテーブルや食器類を、その被害者が弁償するとも言ったため、翌日に彼は釈放された。だが、彼は留学生であり、身内がサンフランシスコはもちろん、アメリカ国内に一人もいなかった。そこで、身元引受人として彼が連絡を取った相手というのが、ルイ・シモムラだった」

　娘が身元引受人になっていた事実を、霜村は知っていたのだろうか。

　ボリビア人留学生の名前を聞いても、心当たりはないと言っていた。その事実を、彼が隠そうとするべき理由があるか。モーニー警部補も、娘が身元引受人になっていた事実を霜村に語らなかった。父親がその事実を知らずにいることを確かめる意図もあったのだろう。

「もしかすると、その被害者というのが……」

細野が、警察官らしく先を読んで訊いた。

「そのとおり。——タダミ・タケイシ。日本人旅行者だった。この記録を読むと、たまたま入ったバーで日本人を見つけたので声をかけたという。日本人ではなく、日系ボリビア人とわかったものの、日本について話し込んでいるうちに意見の衝突が起こり、ちょっとした諍いになった、と両者は証言している」

「そういった事件があったとは知りませんでした。ですが、捜査に忙しいあなた方が、酒場での外国人同士の喧嘩《けんか》に興味をなぜ抱いたのか。その理由にこそ、我々は興味を抱きたくなりますね」

黒田が笑顔を心がけて核心に触れると、モーニー警部補が白髪交じりの巻き毛を撫《な》でつけた。

「それくらいは想像つくだろ。パスポートを偽造したのはインド人留学生だ。そこに、傷害事件を起こしかけたボリビア人留学生に、怪しげな日本人旅行者まで登場してきた。もっと関係者をつついてみろ、と命令を出した差別主義者が我々の上にはいるんだよ。それだけのことだ」

アフリカ系の警部補は、いつものことだと言いたげな顔で頷いてみせた。9・11同時多発テロ以降、アメリカの捜査当局は今なお、外国人の動向に監視の目をそそぎ続けている。

「憎らしいことに、その上司の目のつけどころは悪くなかったらしい。何しろタダミ・タケイシはボリビアからアメリカに入国していたわけだからね。たまたまボリビア人留学生と酒場で知り合ったなんて、あまりにできすぎたテレビドラマのストーリーだよ」

在留日本人の女子大学生が偽造パスポートを手に入れようとしていた。その事実が密告によって浮かんできた。彼女は、ボリビア人留学生の身元引受人となっており、その二人がなぜか姿を消していたのだ。

テロ準備罪を視野に入れた捜査というのも、あながち嘘ではなかったらしい。そのこじつけに近い猜疑《さいぎ》は見事に的中し、日本人のフリー・ジャーナリストの関与まで出てきたうえ、その人物が日本へ帰国した直後に殺害されたのだった。

酒場での喧嘩の理由が大きくクローズアップされてくる。そして、瑠衣が偽造パスポートを手に入れた理由も――。

「実に残念だよ。タダミ・タケイシが日本で殺されたとあっては、もう我々に手出しはできない。インターポールを通じて捜査協力の依頼があれば、我々としても情報提供は惜しまないつもりだ」

気が抜けた風船のように、モーニー警部補の顔が萎《しぼ》んだように見えた。彼らの捜査は暗《あん》礁《しょう》に乗り上げたのだ。パスポートの偽造グループは摘発できた。行方を絶ったボリビア人留学生の行方は気になるが、すでに事件は別の方向へと動いていた。

警部補は気怠《けだる》そうにデスクを押して立ち上がると、黒田に右手を差し出してきた。

「情報提供に礼を言う。今後も我々市警の捜査に協力を願いたい」

気落ちを隠せずにいる警部補の右手を強く握り返した。

警部補が力なく目配せを送ってきた。

「最後にもうひとつ。——密告は罪ではない。罪を犯した者を探すような目は作らないことだ」

「わたしもそう思います。ご協力を感謝します」

7

組織犯罪課のオフィスを出ると、細野が吐息《といき》をつくように話しかけてきた。

「警察に密告があったってことは、霜村瑠衣の行動に目を光らせる人物がいたってことですよね。ちょっと恐ろしい気がしますね」

彼も見当をつけて言っていた。

瑠衣の行動を見張り、警察に訴え出てもおかしくない人物の心当たりは、この事件を少しでも調べた者であれば、すぐにつけられたろう。ここ数日の柏原奈緒の行動を調べることで、何か見えてくるものがあるかもしれない。が、そんなことに、もはや意味はなかった。

黒田は携帯電話をつかみ、東京の安達香苗の番号を押した。

「まだ警察の確認は取れてません。ですけど、コネを使って新聞社の社会部に問い合わせてみました。頭部打撲《だぼく》のほかに、首を絞められたあとがあったそうです。遺留品はなし。どこから見ても、殺人だそうです」

「また探りを入れてみてくれ。それと、領事局らしい仕事を頼みたい」

「また渡航記録の問い合わせですか」

「勘がいいじゃないか。ロベルト・パチェコ。二十四歳。日系ボリビア人だ。日本に入国していないかどうか、入管に確認してくれ。先月二十八日以降の記録をさかのぼるだけでいい。すぐにできるな」

「やってみます」

なぜその人物を調べるのか。一切の質問もなく、香苗は答えた。どう訊いたところで、黒田がその気にならなければ教えてくれるはずもないことを、彼女はすでにイタリアで学習していた。

午後十時になっていた。黒田はモータープールから車を出し、総領事館に戻った。細野も泊まり込む覚悟を決めて車に同乗してきた。

総領事館には、農水大臣の訪米に備えて会議用の資料を作成する政治部の職員がまだ残っていた。黒田が自分のデスクへ向かったため、細野も一人で執務室に籠《こ》もるわけにいかないと考えたらしく、大部屋について来た。椅子に腰を落ち着ける暇《ひま》もなく、東京の香苗から電話がきた。

「入国してます。こちらの日付で一日の午後二時十五分、成田空港で入管手続きを終えています」

黒田が手早くメモした記述を見て、細野が胃痛を訴えるような目つきになった。

「まさか、武石を追って日本に――」

「よく聞いてくれ。武石忠実は先月の二十七日、サンフランシスコ市内の酒場でロベルト・パチエコに殴られ、軽い怪我を負っている。ただ、酔ったうえでの弾みにすぎないと両者が証言したため、ロベルトはすぐに釈放された。そう警視庁に伝えてほしい。我々が知った情報は今夜中――そっちでは夕方までにはメールで送る」

「了解です。念のため、外務省の担当者として黒田さんの名前も警視庁には伝えておきます。そのほうが、うちを通さずにすむので、話も早いでしょうから。そうしますからね」

「勝手にしてくれ。頼んだからな」

通話を終え、早速細野と手分けして報告書の作成に着手した。

午後十一時が近くなって、オフィスの電話が鳴った。政治部の職員が受話器を取り、すぐに黒田の名前を呼んだ。

「神坂総領事からです」

こんな夜中に、しかも総領事館に電話がかかってくる。黒田がここにいることを知っていたとは驚きだった。

「――黒田君。今から私のところに来てほしい。時間はあるね」

有無《うむ》を言わせぬ響きがあった。彼の独断でないことは確かだったろう。

「すぐにうかがいます」

受話器を置くと、好奇心に目を光らせる細野に断り、また車を出して総領事公邸へ急いだ。

ダウンタウンの西、ジャパンタウンと呼ばれる高級住宅街の一角に、呆れるほど広い日本庭園を持つ公邸が設けられていた。総領事という大使に次ぐ地位ではあったが、大国アメリカに在する要職であるため、小国の大使が羨むほどの住環境を誇る。

すでに十一時半が近かったが、緑の植え込みに囲まれた玄関前に車を着けると、現地採用の警備員とハウスキーパーが出迎えてくれた。

自慢の庭が見える豪華な応接室で、神坂俊司は待っていた。ポロシャツというくつろいだ姿ながら表情は首脳会議の席より硬く、どちらが上司に呼び出された者か疑いたくなる顔つきだった。彼のもとに、さらなる上司からの命令が下されたのである。

「座ってくれ」

水一杯出される気配もなく、応接室のドアが閉められた。黒田は仕事以外では座ったことのない高価なソファに腰を下ろした。相手をくつろがせるための調度品であっても、見るからに値の張りそうな品は、おのずと相手に緊張感を与える。その意味で、高価な品を揃《そろ》えることにも意味はある、と言えるのだった。

神坂は長くもない足を組み合わせてから、切り出した。

「君の正直な感想を聞かせてほしい。霜村瑠衣はどこに姿を消したと思うかね」

「偽造パスポートを手に入れたとすれば、アメリカ国外へ出たと見るべきでしょう」

「渡航先はどこだと思う」

それくらいは神坂にも予測はできたはずだ。どうしても黒田の口から言わせたいらしい。その意を深く考えず、上司のリクエストに応えて黒田は告げた。

「日本でしょうね」

「なぜそう考える」

「瑠衣の交際相手であったと思われる日系ボリビア人留学生のロベルト・パチェコが、三日前に成田から日本に入国しています。となると、サンフランシスコ空港を発ったのが、こちらの三十日午後と思われます。瑠衣が最後に姿を人前に見せたのが、その日の午前中です。それ以降、彼女は消息を絶っています。同じ便で日本に渡ったのか。それとも違う便を利用したのかはわかりませんが」

「同じ便ではなかった可能性もある、と思うのかね」

「はい。彼女は偽造パスポートを手に入れる手段を尋ね回って、です。そのために、何者かに行動を怪しまれ、警察に密告された。つまり彼女は、たとえ人に気づかれようとも、急いで偽造パスポートを手に入れたがっていた。すぐにもアメリカを出国したかったが、正規のパスポートは使えない、と考えた。では、なぜ正規のパスポートを使わなかったのか」

「もう少しわかりやすく話してくれ」

「正規のパスポートを使用した場合、どんな不利益が彼女にあったか、を考えました。正規のものですから、警察が捜査に動けば、すぐに彼女の渡航先は知られてしまう。彼女は渡航先を隠しておきたかったのです。では、誰に知られたくなかったのか――。通常、消息を絶てば、まず最初に家族が気づき、警察に相談を入れます。パスポートがなくなっていれば、海外へ出たと誰もがわかる。瑠衣には、父親や警察に渡航先を知られたくない理由があった」

「なるほど。ロベルトが日本へ向かうと知り、彼女は急いで偽造パスポートを手に入れたわけか……」

「先月二十七日に、ロベルト・パチェコは武石忠実とバーで喧嘩をして、サンフランシスコ市警に逮捕されています。その二日後の二十九日、武石が日本へ帰国。そのあとを追うように、三十日、今度はロベルト・パチェコが日本へ向かった。瑠衣は、ロベルト・パチェコを追って日本へ発った。そう考えるのが自然だと思います」

「なるほどな。直ちに警視庁に、霜村瑠衣の写真と指紋を送ってくれ」

「わかりました」

世界のテロリズムに対抗すべく、先進各国では入国審査の強化が進められている。日本も二〇〇七年十一月から、アメリカの入国管理システムに倣《なら》い、入国審査の際に新たな身元証明の手段を取るようになっていた。永住権を持たない外国人に対して、審査ゲートで顔写真を撮り、人差し指の指紋を記録するのである。

瑠衣が日本以外の偽造パスポートを使って日本に入国した場合、顔写真を撮られ、指紋を採取されているはずなのである。確認は簡単にできる。

「それと――これは極秘情報なんだが、ロベルト・パチェコにはテロリストの嫌疑がかかっているようなんだ」

黒田は神坂の目を見つめ返した。

市警本部で話を聞いた際、明らかにモーニー警部補は落胆を隠さなかった。テロ準備罪を視野に入れた捜査は、もう潰れたと思っていたように見えた。が、ロベルト・パチェコにテロリストの嫌疑がかかっているという。

「情報の出どころは、どこなのでしょうか」

「ここだけの話にしてくれ。——ボリビア大使館からの情報だ」

まさか、と声が出かかった。日本の外交官でも入手できた情報を、アメリカの捜査当局がつかんでいなかったとは信じられない。それほどに、アメリカと日本の情報収集能力には差がある、と言われていた。

ロベルト・パチェコは留学生である。テロリストの嫌疑がかかった男を、アメリカが留学生として受け入れるはずはなかった。もしロベルトに何かしらの疑いがあると知った場合、どんな理屈をでっち上げてでも留学の話を潰しにかかる。が、ロベルトは留学を認められ、昨年九月からサンフランシスコ州立大の学生となっていた。

今になってボリビアの警察関係者が、アメリカにも伝えていなかった情報を、日本の外交官からの問い合わせに際して認めた、というのだろうか。どう考えても、納得し難い話だった。

「ロベルトがテロリストかもしれないという根拠は、どういうものなのでしょうか」

「母国の仲間にテロリストがいた、とされているようだ。このサンフランシスコでも、捜査当局が目をつけていたとの情報もある。それらが真実だとすれば、ボリビア人テロリストが日本に入国したことになりかねない。しかも、霜村瑠衣という日本人までが、そのボリビア人テロリストと行動を共にしている可能性が出てきた」

「日本の警察庁に、すべて情報は渡っているのですね」

「当然だよ。警視庁外事課に、ロベルト・パチェコを追跡するチームがまもなく設置される。殺害された武石忠実との関係もあって、渡航記録のさらなる調査が求められている。そこで、外務省にも捜査に協力してくれ、との依頼が来た」

夜中に呼び出された理由が見えてくる。

目をそらした黒田に気づき、神坂の声が大きくなる。

「ロベルト・パチェコが日本に入国した目的は謎だ。霜村瑠衣がどこまで協力しているのか。ただの交際相手を追いかけるために、偽造パスポートを手に入れたとは考えにくい状況もある。そこで、警視庁の捜査に協力するには、こちらの事情に詳しい者が最適だと判断された。――君に日本への帰国命令が出た、というわけだ」

「農水相会議の警備は細野君に任せていいのですね」

「彼も警察官だ。任せるしかないだろ。――君は世界のあちこちで地元警察と協力してきた経験がある。警視庁に手を貸し、霜村瑠衣を捜し出してほしい」

それが外務省の本音だったらしい。やはり霜村元信からのSOSが外務省を動かしたのだ。今は偽造パスポートの所持容疑だけだが、もしロベルト・パチェコと行動を共にしているとなれば、さらなる重大な容疑者になるとも考えられる。

「直ちに指名手配をかければ、すぐにロベルト・パチェコと瑠衣の行動を捕捉できるのではないでしょうか」

「ロベルト・パチェコは何ひとつ罪を犯してはいない。別件容疑を作り上げるにしても、さらなる情報が求められている。霜村瑠衣も日本に入国したとの確証はまだ得られていない。要するに、現状では打つ手がない、と警視庁側も頭を抱えている。――これは本省からの正式な命令だ。すぐにも日本へ向かってくれ。できるのは君しかいない。頼むぞ」

8

成田到着は定刻より早く、午後一時四十二分だった。

外交官のあまり嬉しくもない特権でVIPゲートへ向かい、身分証のみで入国審査をパスした。黒田の普段の任務は、受け入れ国側が認めた外交使節団の一員ではなく、あくまで外務省が派遣する行政事務執行官である領事としてのものだった。正式には外交官と言えず、そのために異国で罪を犯せば逮捕されるし、公文書以外の手荷物を調べられても抗議するしかない立場なのである。もっとも、国際問題をことさら煽《あお》りたくない各国は、領事も外交官と見なすのが常ではあった。

それでも国へ戻れば特権はなくなる。海外赴任が長くなれば、免税の特権があるため、赴任手当に所得税がかからないという役得もあるが、出張ばかりの黒田にとって、入国審査のフリーパスだけがほぼ唯一のさして嬉しくもない役得だった。

いつものように、公務員の一人にすぎないとの自覚を胸にゲートを抜けると、黒田は手《て》提《さ》げ鞄《かばん》ひとつで到着ロビーへ出た。予約しておいた車を探そうと歩きかけたところで、予想もしなかった声が追いかけてきた。

「失礼ですが、黒田康作さんですね」

ささやくような小声でありながら、咎《とが》め立ての響きを感じて振り返った。すると、レスリングや柔道の経験者とおぼしき耳のつぶれた体格のいい四十代の男が、足音もなく歩み寄ってくるところだった。後ろには、そろって着古したスーツに身を包む三人の男が続き、その厳《いか》めしさを気取った面構えと、逞しい身形で彼らの職業が読み取れた。

先頭に立つ猪首《いくび》の男が、ジャケットの内懐《うちぶところ》から警視庁のマークが入った身分証をちらつかせ、あらたまって背筋を伸ばした。体の厚みは黒田の二倍近くもありそうだが、身のこなしは軽やかだった。

「警視庁のアライです。斎藤《さいとう》課長から、こちらへ到着する便名と時間を教えていただきました。本来なら、上司ともどもご挨拶と引き継ぎをすべきですが、あまりに情報が少ないため、実は今なお事態に進展が見られずにおります。ここは一刻も早く情報をいただき、直ちに新たなアプローチに取りかかりたいと考え、失礼を顧《かえり》みずにここまで足を運ばせていただきました。どうかご協力ください」

周囲の耳を気にしてだろう、事件を連想させる言葉は一切使わず、アライ刑事は用意してきたような流暢《りゅうちょう》さで語った。その話しぶりひとつで、彼が体格のみで仕事をこなしてきた男ではない、と見当がつく。

「すでにロベルトと霜村瑠衣の写真並びに指紋、それに経歴も、そちらへ届いていると思います。あとは補足の情報と言える程度のものしか、今は――」

「斎藤課長からうかがってはおります。しかし、我々としては、どんな些細な情報も手に入れておきたいのです。ご協力をお願いします」

さあ、早くこの場で資料をよこせ。後ろに並ぶ男たちまでが、物欲しげな目つきを隠さなかった。

黒田は鞄の中から資料の入ったファイルを取り出した。

「霜村瑠衣が入国した形跡は見つかったのでしょうか」

「懸命に捜査に当たってはいます。あとは我々にお任せください。ご協力、感謝します」

黒田の質問には答えを返さず、アライ刑事は奪うかのような性急さでファイルを受け取った。後ろに並ぶ男たちが形ばかりに頭を下げた。

「入管のデータと指紋の照合はできなかったわけですね」

進展がないと言っている以上、指紋は一致しなかったのだ。彼女が入国したのであれば、日本の偽造パスポートを手に入れた、と考えられる。そうなると、瑠衣が消息を絶った七月一日以降、帰国した日本人女性の追跡調査をする必要があった。数万人の規模にのぼるはずで、すべてを確認するのは並大抵の労力ではない。

「あとは我々にお任せください」

またもアライが取り澄まして言い、身を翻した。続いて後ろの男たちも歩きだした。

黒田は彼らの前へと素早く回り込み、抗議の視線は抑えて微笑みかけた。

「あなた方のチームに手を貸せと言われて、日本に帰国しました。もう少し状況を教えていただきたいのですが」

「我々は現場の一員であり、残念ながらその任にはありません。あとは外事課に直接お尋ねください。では、失礼します」

アライはまったく悪びれたふうもなく言い、大股に黒田の横をすり抜けた。一切の苦情は受けつけられない。我々はあくまで捜査に集中すべき実働隊であり、他省との連携は幹部の務めだ。自らの仕事への誇りと同時に、現場の頭越しに他省庁の手を借りようとした幹部への対抗意識を感じさせる態度だった。どこの組織にも上下間の軋《きし》みは存在する。

逃げるような早さで立ち去る男たちに、恨みがましい視線を送り続けたところで時間の無駄だった。彼らのあとを追うように、黒田は南ウイングのターミナルから出た。成田には政府関係者が利用できるハイヤーが常に待機していた。予約を入れておいたので、その一台を使って霞が関の外務省へ急いだ。

まずは帰国の報告をすべく、領事局邦人安全課へ車内から電話を入れた。

「早かったじゃないか、お疲れ様。外事の刑事がすぐにもこっちへ来ると言っていた。三時には着けるかな。早速、見合いの席をセッティングしておこう。担当者は女の刑事だそうだよ」

電話に出た斎藤修助《しゆうすけ》が、真面目くさった声ながらも、最後に笑いを洩《も》らすようにして言った。彼が邦人安全課の課長となって一年半。さして面白くもない軽口を聞かされるたびに、日本へ帰ってきたのだなと実感させられる。

斎藤修助は独身、離婚歴あり。出身大学も省内では数少ない地方の私大であり、本人は入省時から出世など期待していないと公言していた。そのため、納得できないとなれば、平然と上司に反抗してみせる。だからといって、部下に優しいわけでもない。相手が誰であろうと態度を変えない姿勢は、上昇志向の権化《ごんげ》が跋扈《ばっこ》する役所の中ではかなりの異彩を放っていたが、あまりにとらえどころのない性格から、幹部たちが彼をウナギと陰で呼んでいるらしい。

「たった今空港で、外事の刑事に資料を奪われたところです」

「それは気が早いね。警視庁さんも、まあ、それだけ焦っているって証拠だろう。まずは見合いをすませておこうか。相手の気持ちがわからないことには、こちらも動きようがない。すべてはそれからだ。いいね」

通話を終えてほぼ二分後に、携帯電話が震えだした。着信表示を見ると、外務省の邦人安全課からだった。

「黒田君。早く帰ってきてくれたまえよ。どうやら君は、とんだ詐欺《さぎ》に引っかかったみたいだぞ」

またも斎藤のふくみ笑いが耳に届いた。いきなり詐欺とは穏やかではない。

「今、外事に電話を入れたところでね。すると、成田までわざわざ出迎えに行った熱心な刑事などいない、と笑われたよ。とんだ恥をかかされたな」

人を疑うことを知らない呑気な外交官から奪った資料を手に、会心の笑みを浮かべる男たちの顔が想像できた。警察手帳を見せられ、頭から彼らを信じた自分が悪かったのだ。

「君らしくもない。手帳をよく見なかったんだろう。間違いなく所属の欄には、外事とは書いてなかったはずだ。でも……少し安心したのは事実だよ。君でもケチな詐欺に引っかかるとは、ね」

「では――外事ではなく、捜査一課の者だったのですね」

「ほかにいると思うのかな。外事の女刑事も断定してたよ。武石の事件があるので、外事とは別に捜査一課も動いている。警視庁もどこかの省と同じで、縄張り争いが激しいようだ。まあ、役人の間じゃ、よくある話だがね」

斎藤が自嘲《じちょう》を込めた密かな笑い声を響かせた。

外務省が近づくと、またも携帯電話が鳴りだした。帰国したとたん、省内一の人気者になったのではなく、次々と良くない知らせがもたらされる立場をあらためて教えられた。次は大臣官房総務課からの電話だった。

「帰国早々、詐欺にやられたそうじゃないか」

警備対策室長の山口悟《やまぐちさとる》だった。大学の五年先輩に当たるが、お互い同窓や学閥の意識をとりわけ持つ仲ではなかった。黒田が海外への派遣を命じられるたび、まず顔を出しにいく部署が、大臣官房総務課警備対策室だった。

本省や在外公館の警備、並びに防諜《ぼうちょう》体制を掌握、管理する部署である。

在外公館には、警備対策官が派遣されている。その多くが、警察や自衛隊に海上保安庁、時に公安調査庁の職員が外務省への出向を経て任命される。彼らは邦人保護担当領事も兼ねるケースが多いため、連携して任務に当たるべき立場の黒田は、まず警備対策官の経歴を確認させてもらっていた。

「わかってるだろうけど、外事は厄介だからな」

「ええ。以前、シンガポールで外事の対策官に手こずらされています」

警察の外事課は、防諜捜査を専門とする。東西の冷戦は二昔《ふたむかし》も前に終わったものの、スパイ天国と言われる日本は、依然として国家や企業の機密が荒らされる恰好《かっこう》の狩場となっている。外事課は特定国の外交官に監視の目をそそぎつつ、時に帰国した彼らの追跡調査を行う目的で、外務省に警備対策官の派遣を強引に押し込んでくることがあった。

目的が、帰国した外交官の調査にあるため、邦人保護担当領事としての任務は放り出して当然と考える者までがいた。黒田がシンガポール大使館へ派遣された時には、外事の対策官は中国とつながる華僑《かきょう》の経済人をマークしていたため、領事としての任務を果たそうとせず、会議に出ることさえ嫌がるほどだった。

「経験ずみか。なら、多少の免疫はできているな」

「同じ外事課でも、今度はテロ担当ですよね」

「そうだ。外事三課のほうになる。情報は吸い尽くして溜《た》め込み、決して外には出そうとしない。中東や南部アジア局の連中は、ハイエナ呼ばわりして嫌っているよ。外務省など自分らの調査機関のひとつと見なしているらしいからな」

「覚悟しておきます。担当者は女性だと聞きましたが、山口さんは情報をお持ちでしょうか」

「外三の大きなガキと言ったら有名だよ。人の顔を見たら、決して忘れない特技があるとかで、女ながら公安と警備の捜査専門で歩いてきた人物だと聞いた。まあ、女とは思わないことだ。君は、うちには珍しく、少々フェミニストの嫌いがありすぎる」

「ご忠告、感謝いたします」

同窓ならではの容赦ない揶揄を聞き流して電話を切った。フェミニストの気《け》は毛頭なく、ただ霞が関で露骨な男尊女卑の伝統がまかり通っているにすぎなかった。

三時前には霞が関に到着できた。わざわざ玄関先に邦人安全課の若い事務官が迎え出ており、黒田は領事局のフロアに足を運ぶ暇も与えられず、直ちに北庁舎の応接室へと連行された。

ドアを開けると、大柄な女性が席を立ち、視線を床に向けるだけの一礼をしてみせた。

「外事三課の大垣《おおがき》です」

三十代の前半か。髪は男のように短くそろえていた。が、化粧には手抜かりがない。紺のスーツを着込んでいるのも、他省庁との会合を意識したものに思えた。体つきは細く見えるが、立ち姿の見事さから、何かしらかの武道の経験者なのだろう。

向かいに座っていた斎藤が席を立つでもなく、黒田に軽く手招きをして言った。

「やはり捜査一課の刑事だったらしい。その名の通りに、アライっていう鼻息の荒い警部補がいるそうだ」

「黒田さんとの資料の引き継ぎを、すべて外務省任せにしていた我々のミスです。ご迷惑をおかけしました」

また外事の女刑事が視線のみを落としながら黒田に言った。自分たちのミスだと口にしながらも、同時に外務省に任せたのがそもそもの失敗だった、と表明していた。

当の引き継ぎを請け負った当事者でもある斎藤が、苦笑いを隠して黒田に目配せを送ってきた。いくら省内とはいえ、彼はいつものサンダル履きのまま、警視庁側との会合に臨んでいた。飾らないのはいいが、礼を失した態度と取られかねない。もちろん、女性の刑事を軽く見たのではなく、普段の自分に疑問を持っていないだけなのだ。

黒田は名刺を出して名を告げた。すると、外事の女刑事は名刺を受け取る素振りもなく、先にさっさとソファに腰を下ろした。黒田ではなく、斎藤に向かって言った。

「捜査課に渡した資料と同じものを早急に、我々のもとに届けてくださいますね」

「わかったかな、黒田君」

責任回避の答弁とともに、斎藤が黒田の腕をたたき、座れと目で伝えてきた。テーブルの名刺に目を走らせながら、斎藤の横に腰を下ろした。外事三課警部補、主任、大垣利香《りか》子《こ》、とある。

視線を上げて、黒田は気づいた。大垣警部補の目が、前に座る斎藤と黒田をとらえておらず、その間の空間に据えられているのだった。

正面から相手を見ないようにする刑事に向かって、黒田は尋ねた。

「アライという捜査一課の方にも尋ねましたが、やはり霜村瑠衣が日本に入国した形跡は見つかっていないのですね」

「霜村瑠衣の指紋と一致した入国者は今のところ見つかっていません。永住権を持つ外国人の帰国者も同様でした」

「日本の偽造パスポートを手に入れていたにしても、調べ出す方法はありますよね」

斎藤が先ほどの仕返しとばかりに言って、笑みを投げかけた。その目を軽くいなすように、大垣警部補はまた黒田と斎藤の間に視線を据えて、淡々と語った。

「霜村瑠衣がサンフランシスコで消息を絶った一日以降、成田、関空、中部国際空港でサンフランシスコから到着した便に搭乗していた日本人女性のうち、該当する年代の者は、この一週間で三千人に及びます。また、別の地を経由して日本に入ったという可能性も否定はできません。追跡調査は事実上、不可能と言えます。空港に設置された防犯カメラの映像を手に入れ、ロベルト・パチェコが利用した一日着ユナイテッド八五三便から降りてきた客についてはチェックしましたが、霜村瑠衣らしき女性は搭乗していませんでした。他の便に関しては、現在も確認中ですが、まだ特定するにいたってはおりません」

偽造パスポートを手に入れるという手段を講じて日本へ帰国したのである。防犯カメラに備えての変装ぐらいはしたに違いなかった。最近では、カメラの映像から顔の輪郭を読み取り、本人確認を瞬時に判定するコンピュータ・ソフトも開発されている。警察が採用しているかどうかの情報はなかったが、いまだ人海戦術で映像の確認をしているとは思いにくい。

「ロベルト・パチェコ、霜村瑠衣、両名ともに海外ローミングサービスの機種でしたので、携帯電話の通信記録から追ってもいますが、明らかに警戒しているらしく、どちらも使用された形跡はありません。これほど長く電話を使わないのは不自然なので、入国は間違いないものと見なしたほうがいいとは思いますが」

「霜村瑠衣が入国したとの証拠はまだ見つかっていないとなれば、現状ではロベルト・パチェコの行方を追うことに主眼をおいているわけですね」

黒田が確認を入れると、大垣警部補がテーブルへ視線をそらした。

「そこに大きな問題がひとつあります」

「ロベルトが容疑者ではない、ということですか」

「はい。ロベルト・パチェコが何かしらの事件の容疑者であれば、氏名を公表し、ホテルや旅館に協力を求めることはできます。しかし、大使館の方に直接確認させていただいたところ、ボリビア時代の友人に政治活動を手がける者がいたという程度の情報で、テロリストと見なすことは難しいと言わざるをえません。現状では、一旅行者にすぎないのです。そこで、ボリビア当局へのさらなる確認とともに、ロベルト・パチェコがどういう人物であったのか、サンフランシスコでの情報が重要視されてくるわけなのです」

入国の目的は何か。日本に関係者はいるのか。なぜ武石忠実と騒動を起こしたのか。すべてはサンフランシスコでの調査にかかっているのだ、と言いたいらしい。

「残念ですが、サンフランシスコ市警も、彼が日本に向かった目的をつかんではいません。また摘発されたパスポート偽造グループとの関係も出てきてはいないそうです。注目すべき点があるとすれば、武石との接点ぐらいでしょうか」

警視庁の捜査こそが重要だと黒田がにおわせて言うと、斎藤が隣で思案げに宙を見上げた。

「武石という男の周辺に、ボリビアと関係する人物は見つかってないのですかね。武石はロベルトの母国に渡り、それからサンフランシスコに来て、一悶着《ひともんちゃく》を起こした。で、武石が帰国し、あとを追うようにロベルトも日本に渡ってきた」

「武石との関係は、現在捜査中です」

大垣警部補の口調は、にべもなかった。外務省に報告する義務はない、と言うに等しい。情報を溜め込んで外に出そうとしない外事としては、当然の回答だった。

「武石の事件は、捜査一課が中心となって動いているわけですよね。そこに外事課のあなた方が割り込み、外務省からの情報を一手に握ろうとした。だから、アライという刑事は私を待ち伏せして、資料を奪っていった」

「同じ警視庁の人間として、恥ずかしいばかりです。必ずお詫《わ》びを入れるよう、私どもからも強く申し入れたいと思います」

役人答弁さながらに、実感のこもっていない言葉だった。斎藤がちらりと黒田に目配せしてきた。頬には笑みさえ浮かんでいた。彼女の言質《げんち》を取られないような答え方に、いたく感心したようだった。

「ロベルト・パチェコが日本に入国したのは初めてなのでしょうか」

黒田がさらに確認を入れると、大垣警部補が初めて正面から見つめてきた。本意を読み取ろうとする鋭さに満ちている。

「ええ。過去の記録はありません」

「ここが考えどころですね。ロベルトは武石を追って一人で日本に来た。そのロベルトを追いかけて、今度は霜村瑠衣が偽造パスポートを使って入国した。そう考えると、ロベルトは日本人の知り合いである武石を失ったことになるのかもしれない」

大垣警部補は相槌もなく、また黒田から目をそらした。指摘の意味を悟ったのだろう。

斎藤がストレートに尋ねてくる。

「つまり、何が言いたい？」

「ロベルトは初めての日本入国で、武石のほかに頼りとする者がいたのかどうか。日系人であるため、遠い親戚がいたのなら、その人をまず頼ろうとする。もちろん、霜村瑠衣が行動を共にしているのであれば、その可能性はないでしょうが」

「そうか……。一緒の便で来ていなかったとすれば、瑠衣はロベルトを追いかけて日本へ来たことになる。しかも、二人ともに携帯電話を日本国内で使ってはいない。ともに、電波から居場所をつかまれると警戒しているからだろうな。となれば――待ってくれよ。最初から打ち合わせができていたんじゃないだろうか」

「いいえ。打ち合わせができていたなら、慌てて偽造パスポートを手に入れようとはしないでしょう」

「じゃあ、先にロベルトが日本へ発って、それを知った瑠衣が急いであとを追いかけた。しかも、携帯電話を使わずにいる……。よほど日本に来たことを知られたくない理由が、二人ともにあった――」

「あとは我々の捜査にお任せください」

黒田から資料を奪っていったアライ警部補と同じ言い方をして、大垣警部補が席を立った。黒田が口を開こうとしたのを見たためか、早口でつけ足して軽く頭を下げた。

「ご協力ありがとうございました。今後も我々の捜査に力をお貸しください。では、会議を控えておりますので、失礼させていただきます」

9

斎藤の言う見合いの席どころか、甲斐性《かいしょう》なしのパートナーに別れを切り出しに来られたようなものだった。警視庁の要請は、単に情報を逐一《ちくいち》上げてほしかっただけであり、外交官のアドバイザーなど求めてはいなかったのである。

「課長。私は何のために日本へ戻されたのでしょうか」

いくらか抗議の意を込めた視線を送ると、斎藤が大真面目な頷きを返してきた。

「正直、私にもちょっと解《げ》せないところがある。情報を上げるだけなら、そう言ってくれればいい話だからね。稲葉《いなば》審議官からは、警視庁の協力要請に応えてくれ、と言われたので、君が適任だと考えたんだが……」

稲葉知之《ともゆき》は、外務審議官の一人であり、省内では事務次官につぐナンバー2の存在だった。警視庁からの要請があったのは事実だろうが、それは現場の頭越しに幹部同士で話し合いが持たれたからにすぎず、実際に捜査を進める者たちからすれば、外務省の関与などは迷惑なのだ。その意思をやんわりと告げておくべきと考え、わざわざ出向いてきたとしか思えなかった。

「警視庁から次なる協力依頼が入るまで、何もせずに黙っていろというわけではないでしょうね」

「当然だよ。外務省としても、テロリストかもしれない人物の入国を黙って見すごすわけにはいかない。我々にも邦人の安全を守るという重要な任務がある。外務省の一員として、あらゆる情報を集めてくれ。警視庁だって、我々の仕事を邪魔する権利はないはずだからね」

多少は血の気の多い上司を持ったことを、初めて感謝したくなった。斎藤は外交官の習いで表情を顔に出しはしなかったが、明らかにあの大垣という女刑事の、外務省を軽んじるとも言える態度に腹を立てていた。

「刑事たちに目に物見せてやりたいとは思うだろ。君ならできる。期待しているよ」

不器用なウインクとともに言って、斎藤がサンダルの音も高らかに廊下を歩きだした。

省内で黒田ほどひとつの部署にかかわっている職員はいない。専門職試験を経て入った特定言語のスペシャリストであっても、四年前後の任期で在外公館と本省を行き来するのが普通だった。

だが、入省直後の研修先として赴任した某国で、黒田は大使と衝突したあげく、その不正を自力で摘発し、本省へと報告を上げた。その大使は、海外での醜聞が表沙汰《おもてざた》になることを嫌った本省幹部による懸命の揉《も》み消し工作によって、ひとまず処分は免れた。が、のちに降格といえる閑職へ左遷され、その後すぐ辞職に追い込まれた。

一連の顚末《てんまつ》は省内に轟き渡り、黒田は一躍有名人となった。が、腹を探られてはたまらないと考える上司に敬遠され、黒田の引き取り手はなくなった。ちょうどテロ対策室の設置に動いていた当時の領事部長――片岡博嗣《かたおかひろつぐ》が黒田の経歴に目をつけ、邦人保護担当特別領事という肩書きを与えたのである。

以来、邦人保護のスペシャリストとして、邦人安全課やテロ対策室に所属し続け、海外を飛び回る日々をすごしていた。

黒田は三週間ぶりに新庁舎四階の邦人安全課へ戻った。利用することが少ないためにデスクは常に片づいたままだ。警備のたびに集めた資料は、次の機会に備えてキャビネットに保存する決まりで、書類はすべて黒田のデスクを素通りしていく。現場がすべての仕事であり、自分の席は文字どおりに単なる腰かけ場所としての意味しかなかった。

持ち帰った資料をひとまずデスクに置いて、受話器を手にした。内線の番号表を確認してから、二ブロック隣にある旅券課の番号を押した。

「はい、旅券課、安達です」

「黒田だ。たった今、デスクに戻ってきた」

「お帰りなさい。でも、どうして内線で帰国報告なんかしてくださるのでしょうか」

彼女は早くも危険を察知し、電話の先で声を落とした。よほど勘が悪い者でも、わざわざ内線をかけてきた思惑は読み取れたに違いなかった。

「本当なら、そっちに行って君の顔を直接拝みたかった。けど、君のところの課長に睨《にら》まれたくはないからね」

「とっくにご存じだとは思いますが、私は旅券課の一員なんです」

「例によって手が足りない。ちょっとまた手伝ってくれ。入国管理局に依頼して、関東近郊に住むボリビア人在留者のリストを至急取り寄せてくれ」

黙殺されるのかと疑いたくなるほど間があいた。電話を切られる前に、続けて言った。

「電話一本ですむはずだ」

「はい。ですから黒田さんにもできますよね」

声をひそめながらも、彼女は果敢に抵抗してきた。ほかの課員の手前もあって、安請け合いはできない、と自戒しているのだ。

「こっちはこれから中南米局へ挨拶にいかなきゃならない。頼んだからな」

言うだけ言って、受話器を置いた。彼女なら必ず依頼に応えてくれる。多少はあとで恨まれるだろうが。

中南米局にも内線を入れて、これから訪ねる許可を得てから席を立った。サンフランシスコを発つ前に電話を入れてすでに用件は伝えてあったが、上を通さずに動き回ると、機嫌を損ねる者が生じかねない。出かける時は一声かけて。まるで防犯キャンペーンの標語だが、人目が多く、複雑に入り組む省内の路地をつつがなく歩くには、それ相応の守るべきマナーがあるのだった。

外務省は中庭を囲む形で、南、北、中央、新、と四つの庁舎が連なっている。南庁舎の廊下を抜けて、中央庁舎三階の中南米局南米課のオフィスを訪ねた。

市川《いちかわ》課長に挨拶をして、あらためて事件の概要を伝えるとともに、ボリビアの情報を得たい旨を申し出た。すると、青山《あおやま》という三十代の担当者が呼ばれた。まずは、資料を見せられ、簡単なレクチャーを受けた。もちろん、彼らが部外秘とする情報の入っていない、表向きの資料である。

やはりボリビアには、第一次大戦の前から日本の移民団が入植していた。多くがペルーを経て、内陸のボリビアへ入った者たちだという。今も一万人を超える日系人が暮らし、ボリビア各地には日系人会が作られ、祖国を同じくする者の連帯を図るとともに、日系人の地位向上に努めていた。ロベルト・パチェコは、その三世か四世辺りではないかというのである。

青山が、ボリビアから送られてきたメールをプリントした書面を開いて言った。

「実は、大使館の者が現地の警察に確認したところ、興味深い事実が出てきています。ロベルトは、十七歳の時、パチェコ家に引き取られて養子となっているというのです。それ以前の名前は、イシイ――。ですので、間違いなく日系人です」

「養子に入った経緯《いきさつ》は？」

「確認中です。ただし、親族に関して、新たな情報があります」

青山が別の紙面を開いてテーブルに置いた。

「ロベルト・パチェコのテロリスト情報についても、向こうの者が再度確認を入れました。すると、大学時代の友人に逮捕者が出ていたのは事実でしたが、もっと直接的な理由を教えられたというんです。大使館の者が連絡を取り合っている警察関係者に言わせると、どうもロベルトの死んだ兄というのがテロリストの容疑で逮捕されていた事実があるようです。その詳細は、正式に大使館から問い合わせを入れたと言っていますが、回答はまだきていません」

すでに死亡している兄がテロリストの容疑で逮捕された過去を持つ。そして弟がイシイ一家を離れてパチェコ家の養子となっていた。その辺りに理由がありそうだった。イシイ一家は警察による取り調べを受けたのだろう。今後も監視下に置かれることになるかもしれない。そう考えて、若いロベルトを親族に預けたという可能性はあった。

逮捕された兄が、すでに死亡している事実も、気にはなる。

「とにかくロベルト・パチェコという男の情報を可能な限り手に入れたい。そう向こうには伝えてはあります。まずは各地にある日系人会に尋ねてみるのが早道だと言ってました。ですが、もし親族の居場所がつかめたとしても、住所によっては、確認に数日を要するケースもありますので、その点はご了解ください」

日系人が入植した地は、地方の農村部がほとんどだった。今なおそこに親族が住み続けていた場合、大使館職員に現地へ向かってもらうしか方法はなかった。交通手段が整っていない地も少なくないのだ。

説明をすべて部下に任せていた市川課長が、ようやく口を開いた。

「向こうも頑張って動いてはくれています。しかし、お国柄もあって、正式な回答がなかなか来ないそうで。とりあえず、今日入った情報は、稲葉審議官にも上げてあります」

またもここで稲葉の名前が登場してきた。

やはり稲葉知之が、現場とは別に動いていたのだ。ロベルト・パチェコの名を審議官自らがボリビア大使館へと伝え、確認作業が行われたと見える。本来その種のテロ情報は、まず邦人安全課の邦人テロ対策室に下りてくるべきだが、ここでも斎藤の頭越しに、大使館からの情報が稲葉審議官を経由して在サンフランシスコ総領事の神坂俊司へと伝えられ、黒田に知らされることとなったのだ。

霜村が頼った霞が関人脈の中に、稲葉審議官がどっぷりと浸かっているのは間違いない。二人はほぼ同年代に思えた。大学時代から親交と称される馴れ合いがあったとすれば、直接SOSの電話を入れたとしても不思議はなかった。

命令系統の目星はついたが、その糸をたぐることで、霜村に何かしらのプレッシャーを与えられるかは疑わしい。黒田は礼を言ってボリビアの資料を借りると、新庁舎の四階へ戻った。午後四時八分。サンフランシスコはすでに零時をすぎている。神坂総領事に電話を入れたところで、気分を害され、しらを切られるのが落ちに思えた。

受話器を睨みながら思案を重ねていると、女性の声が黒田の名前を呼んだ。課内で聞く声ではなく、開け放たれたままのドアへ目を走らせた。

「失礼ですが、少しお話をさせていただいて、よろしいでしょうか」

廊下に一人の女性が立ち、黒田に向かって頭を下げた。腰の前に両手を重ねて深く腰を折るという、省内では珍しい非の打ちどころのない一礼だった。

歳のころは二十代の半ばだろう。安達香苗と同じ年代に思えた。少なくとも領事局では見かけたことのない顔だった。

黒田が椅子ごと向き直ると、それを了解の証と受け取って、女性が遠慮がちに邦人安全課のフロアへ足を踏み入れてきた。が、ドアを抜けたところで立ち止まり、また寸分の乱れもない一礼を見せた。

「初めてお目にかかります。経済局国際貿易二課ＩＴ準備室に今年配属になりました、マツバラヒロミと言います」

首から下がったＩＤカードに目を走らせた。松原宏美。ＩＴ準備室の名を聞いた覚えはあるが、省内勢力図に興味のない黒田はどういう部署なのか知らなかった。ＩＴの名を頼れば予算が新たに獲得できると踏んだ幹部がいたのだろう。が、そこの職員が、日本に戻ったばかりの黒田を、わざわざ名指しで訪ねてくる。

理由がわからず、切れ長の細い目を見つめ返した。課長席で書類を読む振りを続けながら、斎藤もこちらの様子をうかがっていた。黒田の遠慮ない視線を受け流すかのように、松原宏美がうつむきがちになった。

「差し出がましいことかもしれませんが……。実は、私は昨年まである商社で働いておりまして、ボリビアに一度行ったことがあります。その時――」

思わせぶりな口調ではなかった。声にもその立ち姿と同様に多少の遠慮がにじんで見えた。が、自ら発した言葉にある種の確信を得ているのがわかる語りぶりだった。

「――以前ボリビアにボランティアで来ていた医療チームの日本人医師が、轢《ひ》き逃げ事件にあって命を落としたという話を耳にしました。その時の犯人が、イシイという名の日系人だったと記憶しているんです」

心構えをしていたにもかかわらず、黒田は椅子から腰が浮いた。

イシイという名の日系人――。つい数分前に、南米課で耳にしたばかりの名前だった。その名が、経済局という場違いな部署の一事務官から飛び出してくるとは予想もしていなかった。

慌てて席を立った。手で示して、彼女を廊下に誘った。課長席にいた斎藤の耳にも入ったらしく、すぐに追いかけてきた。

「待ってくれ、君。今の話は本当なのかね」

黒田が尋ねるより先に、斎藤がサンダルを鳴らして松原宏美の前へ詰め寄った。

他部署の上司に迫られたというのに、彼女は臆するふうもなく姿勢を正した。

「はい。南米課の青山さんと廊下で立ち話をしていて、日系ボリビア人のテロリスト情報が入ったと聞きました。たまたま先ほど旅券課へ書類を届けに行ったところ、イシイという日系人らしき名前が聞こえました。まさか、その人物が日本に入国したというテロリストなのかと思い、ちょっと驚いたんです」

斎藤が黒田に目で問いかけてきた。南米課からの情報を得た稲葉審議官か、その人脈にある内部の者が、イシイという名の日系ボリビア人が日本に入国していないか、入管に問い合わせを入れさせた、と思われる。警察に情報を上げる前に、その補強をしておこうというのだろう。

黒田と斎藤の目配せに、松原宏美の声が途切れかけた。黒田は彼女に視線を戻して頷き、先をうながした。

「それで邦人安全課に来た、と？」

「はい。青山さんに相談しようと思ったんですが、邦人保護のスペシャリストでもある黒田さんが急遽《きゆうきよ》帰国なさったと聞きました。もしかしたら、その日系人と何か関係があるのかと考え、まずは黒田さんにお話しすべきと思って参りました」

「確認だ」

すぐに斎藤が目で、行け、と合図を送ってきた。黒田は再び中央庁舎の南米課へ急いだ。ロベルト・パチェコの兄がテロリストの容疑で逮捕されている。そして、イシイという名の日系人が、日本から来た医師をボリビアで轢き殺していたという。たとえ現地の日系人にイシイという名が多かったとしても、気になる偶然に思えてくる。

海外で日本人が事故や事件に巻き込まれて死亡した場合、現地の外交官が確認に当たる。松原宏美のもたらした情報に事実誤認がない限り、ボリビア大使館の過去の記録に詳しい報告内容が記載されているはずだった。

「あ――いや、ぼくはただ、松原君がボリビアへ行ったことがあると言ってたので、つい……」

青山英弘《ひでひろ》は、黒田の語調と顔色から、外部に情報を洩らした事実を咎《とが》められると思ったらしく、しどろもどろになった。その是非を判断するのは上司の務めであり、彼の仕事ぶりに興味はなかった。今は先に確認すべきことがある。

「本当にイシイという日系人が轢き逃げ事件を起こしていたのか、調べられるね」

「あ、はい。事件や事故の記録なら、すぐに……」

青山は失いかけた名誉を回復すべく、直ちにパソコンに向かってキーボードを連打し始めた。近年、役所では様々な報告書が電子文書化されている。ボリビア大使館の業務報告も、文書ファイルとして保存されているのだった。

その作業の最中に、遅れて斎藤修助がサンダルを鳴らして現れた。どこかへ報告をすませてきたと見える。上から逐一報告せよと命じられて当然の案件だった。稲葉審議官か、それに対抗するラインからの指示、とも考えられた。

「ありました。これですね」

青山がひとつの文書をディスプレイに表示させた。斎藤が黒田を押しやるようにして、画面に顔を近づけた。仕方なくその肩越しにのぞき込むと、斎藤の肩が震度五クラスの揺れを見せて、叫びを呑むような声が放たれた。

黒田も目が釘《くぎ》づけになった。心臓が一気に暴れ始める。何度も画面を見つめ直して、名前に間違いはないかをくり返し確かめていた。

死亡した日本人の氏名は――霜村毅《つよし》、二十六歳。轢き逃げ事件の発生日は、二〇〇三年十月二十七日。七年前である。

その二日後に犯人が逮捕されている。リカルド・イシイ、十九歳。

「何だよ、これは……」霜村なんて名前が、そこらにあると思うか」

斎藤が声を押しつぶすような唸《うな》りを上げた。もはや偶然などではあり得なかった。

すべての謎は、ボリビアで七年前に発生した轢き逃げ事件に隠されていたのだ。写真でしか知らないロベルトと瑠衣の顔が生々しく脳裏で膨れあがっていく。

斎藤が絞り上げた声を聞き、南米課の職員が何事かと集まりかけていた。黒田はその場で携帯電話を取り出すと、番号登録のリストを表示し、デスクの受話器をつかみ上げた。

サンフランシスコはすでに深夜の一時が近い。だが、一民間人への配慮を考えている時ではなかった。霜村元信の自宅へ電話を入れた。斎藤も心当たりをつけて、黒田を見つめてくる。

電話は通じなかった。電子音の響きを帯びた声が英語で不在を告げた。娘が行方を絶ったというのに、父親が深夜まで飲み歩いているとは思いにくい。だが、ボリビアでの一件を黒田たちに隠していた人物である。やはり娘が姿を消した理由を、彼は知っていたのだと思えてくる。

見つめる斎藤に目で不在を告げると、黒田は霜村の携帯に電話をかけ直した。こちらも通じなかった。着信表示を確認した場合、国の識別番号をひと目見れば、日本からの電話だとわかるはずなのだ。それでも出ないとなれば、電源が入っていないか、出られる状況にないか、または黙殺すべきと決めたか。

「――外務省の黒田です。すぐに電話をください。ボリビアで二〇〇三年に亡くなっている霜村毅とは、あなたの親族ですね。しかも、事故を起こした犯人はリカルド・イシイ。ロベルト・パチェコはイシイ家から養子に入ってパチェコを名乗っていたんです。こちらも親族に間違いないでしょう。娘さんが日系ボリビア人と交際していたと聞けば、二〇〇三年の事故との関連を疑いたくなるのが本当ではないでしょうか。しかし、あなたは霜村毅が轢き逃げされて命を落としていた事実を、一切我々に告げなかった。娘さんは、ロベルト・パチェコから親族が起こした事故の経緯を知らされたのではなかったでしょうか。そしてロベルトは日本へ向かい、娘さんも彼を追いかけていった。あなたは何を隠しているんです。大至急、この番号に電話をください。あなたの娘さんの行方をつかむためなんです。必ず電話をください、お願いします」

10

「南米課は今日まで何を調べていたんですか。ボリビアに赴任していた職員に当たっていれば、この事件を簡単に探り出せていたはずじゃないですか」

「無理を言わないでください。我々はまずテロリスト情報を確認しろと言われたんです。交通事故の記録を調べろとは言われていない」

「いやいや、弁解も甚《はなは》だしい。ロベルトの兄がボリビア当局によって逮捕されていた事実を、私らはあなた方から聞かされたばかりなんですよ。しかも養子の一件がある。どちらも、イシイという日系人だ。あなた方がイシイという名の日系人を調べていれば、二〇〇三年の轢き逃げ事件があぶり出されていたと思わないのですか」

「それは結果論ですよ。あなた方も、私らの報告を受けた時点で、イシイという日系人について調査しろとは言わなかった。こんな事件が隠されていると、誰が想像できますか」

「ボリビア大使館の者に、ロベルトの兄についてもっと情報を取り寄せさせるべきだったんですよ」

その場で非難の応酬と、責任のなすり合いが始まった。斎藤が憤りを秘めながらも冷静に言葉を選んで抗議すれば、市川も一歩も引くまいとする態度を崩さなかった。

部署の威信を背負った鍔迫《つばぜ》り合いは、省内でよく見られる年中行事のひとつだが、また物見高い野次馬が増えていた。廊下にまで見物人が鈴生《すずな》りとなり、南米課の事務官が立ち入り規制をかけようとドアを閉めにかかるほどだった。黒田は体ごと間に割って入り、斎藤に告げた。

「課長。まずは確認です。——青山君、その報告書の執筆者は？」

ボリビア担当としての責任を感じているのか、慌てて文書ファイルを確認した青山がかすれがちの声で答えた。

「……吉村《よしむら》さんです」

その場にいた男たちの動きが、そこで止まった。

吉村進《すすむ》。省内では、黒田に並ぶ、一種の有名人と言ってよかった。ノンキャリアゆえに途上国ばかりを渡り歩きつつ、現地での実践的な語学研鑽《けんさん》と実務の経験を積み重ね、今では国際協力局の参事官の地位にある。

彼を語るエピソードは省内で半ば伝説化している。旅先で旅行資金を使い果たして大使館に助けを求めてきた若者を自宅に泊めてやったうえ、旅費まで貸してやったことがあった。その若者は帰国したあとも借りた金を返しにこなかったため、見かねた上司が警察に相談した。すると、吉村の腕時計をふたつも盗んでいた事実が発覚したのである。彼は紛失に気づきながらも表沙汰にせず、その若者に返却はいつでもいいという手紙まで出していたのだった。ある中米の国では、遠征に来た大学サッカーのチームが、通訳の手配をおろそかにしたため宿泊先の予約が入っていないとわかり、大使館に助けを求めてきた。すると、バスのチャーターと宿を手配し、妻を通訳代わりに送り、自らも試合の応援に出かけたと聞く。

つい最近も、元大臣の経歴を持つ国会議員の息子が異国で病死した際、親身になって家族を支え、その誠実な対応ぶりから、与党の候補として参院選に出馬しないかとの声がかかった。が、上司を通じて正式に断りを入れ、さらに吉村の名声を高めることとなった。手柄の競い合いとは別の道を進み、その歩き方を誇る素振りも見せず、日々坦々と仕事をこなす希有《けう》の人だった。

二〇〇三年当時、吉村はボリビア大使館の二等書記官として領事部に在籍していた。直ちに斎藤が国際協力局に内線を入れた。

幸いにも、吉村進は局内で開発協力室の職員と打ち合わせの最中だった。斎藤の話を聞くと、わざわざ会議を中座してまで南米課のフロアへ来てくれるという。

吉村参事官の到着を待ち、南米課の一画を借りての緊急対策会議が始められた。

「今もよく覚えてますよ、霜村さんのことは」

斎藤より四つも歳上であり、役職も上であるにもかかわらず、吉村進は姿勢を正すようにして丁寧な言葉遣いで切り出した。

「ええ、忘れはしません。この事故で亡くなった霜村さんの父親は、厚生労働省の官僚でしたからね」

その瞬間、斎藤が天を仰いで息をついた。

やはり霜村元信だった。その息子がボリビアで轢き逃げ事件の被害者として死亡していたのである。霜村自身が語ろうとしなかったのだが、重大すぎる情報をなぜ見逃したと、重箱の隅をつつく者が出てくるのはさけられないだろう。矢面《やおもて》に立つ斎藤としては、状況説明に幹部の間を走り回らねばならなかった。

「息子さんを亡くされて取り乱されていたのはわかりますが、我々大使館員は、ずいぶんとあの方に振り回されたものでした。厚労省ではかなりの幹部だったとは聞きましたが」

キャリアへの批判をまぶして、吉村は苦笑を頬に刻んだ。

黒田の前で見せた霜村の態度からも、現地のスタッフを引きずり回したであろうことは想像に難くない。身内を突然に亡くしたショックのあまり、怒りのぶつけどころを見出したがる者は珍しくなかった。嘆き悲しみ怒ることでしか、被害者の親族は自分を支えられないものなのだった。

「犯人として逮捕された、このリカルド・イシイという人物のことは覚えておられますか」

黒田が問いかけると、吉村は記憶を掘り起こそうとするように宙の一点をしばらく見据えてから、視線をわずかに落とした。

「……申し訳ない。犯人逮捕の情報は数少ない朗報のひとつなので、霜村さんにすぐ伝えた記憶はあります。しかし、この犯人がどういう素姓の者だったのかは、警察からはほとんど知らされず、大使館の力不足を責められました。名前から日系人だとわかり、祖国を同じくする者同士が事故に遭い、皮肉なものだと我々は思っていましたが、霜村さんにとっては、何か手酷い裏切りを受けたように思われたんでしょうね。親族を捜し出せとまで言われたのを覚えています……。当時のことは、私よりも霜村さんのほうが承知しておられると思います」

よほど手を焼きでもしたのか、吉村の表情が曇り、言葉尻も沈んでいった。

実はその霜村と連絡が取れないのだと伝えると、彼はゆっくりと掌で顎の先を撫で回した。さらに、ロベルト・パチェコが日本に入国し、娘の瑠衣も偽造パスポートを使ってロベルトを追いかけて来た可能性が高いと告げると、吉村は幾度もまばたきをくり返した。

「どういうことですか……。何が起こったというんです？」

「ボリビア大使館が地元の警察に問い合わせたところ、ロベルトの兄はテロリストの容疑で逮捕された事実があるというのです。リカルド・イシイはロベルトの実の兄なのではないでしょうか」

「名前から見て、充分に考えられますね。ただ……当時は、犯人の日系人にテロリスト情報があったとは聞いていませんでしたが――」

そこで吉村は表情を急に引き締め、あらたまるように黒田たちを見回した。

「……今思い出しましたが、確か逮捕されたリカルド・イシイは、被害にあった霜村さんが働いていた医療チームに学生ボランティアの一員として加わっていたと思います。日系人なので日本語の勉強をしていたのでしょうね。それで、日本の医療チームのサポートメンバーになっていた。日系の、しかも同じボランティアという立場の者に轢き逃げされたことになるのですから、あまりにも不幸な事故でした」

「二〇〇三年は、確か、ボリビアでガス戦争の騒ぎが起きた年ではなかったですかね」

そこで斎藤が、サンダルをひとつ鳴らして膝を前に乗り出した。吉村が納得顔で目を向けた。

「ああ……。そういえば斎藤さんは、お隣のアルゼンチンに赴任されていた――」

「はい。そちらは大変なことになっているな、と仲間うちで案じてました」

ボリビアは、南米の最貧国だが、実は南米二位の埋蔵量を誇る天然ガスを有する国だった。その利用計画を巡って、二〇〇三年にガス戦争と呼ばれるほどの暴動が国内で勃発した。

二〇〇二年、政府は埋蔵するガスを多国籍企業に売却すると発表した。ところが、その金額があまりにも安すぎたため、国を売り飛ばすに等しい行為だ、と国民は反発を強めた。内陸国であるボリビアは、ガスを輸出するにも、パイプラインを作らねばならず、取引額には限度がある、と政府は主張した。年が明けて各地で抗議のデモが相次ぎ、国の機能が麻痺《まひ》状態に陥る事態にまで発展した。ついに政府は軍の出動を決め、一部で戒厳令が出されたのである。

軍によってデモ隊は力ずくで鎮圧され、七十人を超える死者と、数千に及ぶ怪我人を生むこととなった。ボランティアの医療チームがボリビアを訪れたのも、その混乱の中で多くの怪我人を治療するのが目的だったという。

「青山君。ボリビア大使館の者に大至急確認をさせてくれ。よろしいですよね」

斎藤が、市川課長にも配慮を見せながら指示を出すと、青山がまたパソコンの前へ戻り、メールの文面を打ち始めた。が、ボリビアは真夜中であり、明日の朝になってからでないと、地元警察への確認は難しい。

「当時、被害者の家族の世話は、吉村さんが担当されたのですね」

黒田が話しぶりから見当をつけて確認すると、吉村がすぐに頷き返した。

「最初はローカル・スタッフが遺体の身元を確認に行ったのですが、あとで私も霜村さんと二人で再度確認をしました。検死の結果は、即死だったと思います。かなり酷い事故でしたが、幸いにも遺体に損傷は少なく、それがせめてもの慰めでしたね」

身元確認は、外交官にとって最も辛い仕事のひとつだ。黒田にも片手では足りない数の経験がある。日本から駆けつけた遺族に残酷な事実を告げ、変わり果てた姿と対面してもらわねばならない。時には歯形や医療機関のカルテを日本から取り寄せる必要に迫られる。死亡の状況によっては、大挙して日本からマスコミが押し寄せ、その遠慮会釈もない取材攻撃から遺族を守る盾ともなることが求められる。

「ただ……」

吉村が唇をすぼめるようにしてから、小さく声を押し出した。その場の視線を集めてから、わずかに首をひねるような仕草を見せた。

「――私も驚いたのですが、霜村さんはあの事故の当日、実はもうボリビアに到着していたという記憶がありますね」

「待ってください。知らせを聞いて日本から駆けつけたんじゃなかったのですか」

斎藤が声を上擦《うわず》らせて訊いた。

「それは、厚労省の仕事で、ですかね」

市川が遠慮がちながらも、当然の質問を投げかけた。が、吉村の首が振られ、NOとの答えがまず返された。

「最初は私もそう思ったのですが、仕事ではありませんでした。息子さんを亡くし、かなり取り乱されていたので、私たちも多くは訊けなかったのですが……。霜村さんと息子さんは、ボリビア行きのことでかなり揉めていたようで。息子さんは一切の相談もなく仕事を辞めてボリビアへ発ったとかで、霜村さんとしては日本へ連れ戻すつもりで来たと言っていたように覚えています」

いくら二十歳を超えた息子でも、仕事を辞めてまで中南米の途上国に旅立たれたのでは、親として心配になるのはわかる。だが、連れ戻そうと自らボリビアへ渡るとは、只事《ただごと》ではなかった。

親子の間に何があったのか。その確執を話したくなかったから、霜村は黒田に過去の事件を隠そうとしたのかもしれない。

斎藤が苛々《いらいら》とテーブルの端を指でつつき、黒田に視線を寄越した。

「謎だよ、これは……。どう考えても、娘の行方が知れなくなった親の態度じゃない。霜村元信は、ロベルト・パチェコという日系ボリビア人の存在を知らされ、大いに驚いたはずだ。ところが、自分の息子の事故を語ろうとしなかった……。不可解すぎる」

今になって、柏原奈緒の言葉が思い出された。ロベルト・パチェコは霜村瑠衣に会うため、サンフランシスコへの留学を決めた。そう瑠衣自身が語っていたというが、その言葉は真実をありのままに告げていたのである。

「ロベルト・パチェコは、兄のリカルドが起こしたという轢き逃げ事件に何か重大な疑問を抱いた。その疑問を解決するには、被害者である霜村毅の親族に会う必要があった」

黒田が切り出すと、すぐに斎藤が応じた。

「最初は日本に留学する気だったのかもしれない。しかし、霜村親子がサンフランシスコにいると知り、留学先を変えた……」

おそらく奨学金を得ての留学だったろう。自費でアメリカに来ることができたのなら、もっと早く霜村家の者の前に、彼は現れていたはずだ。が、ロベルトにとって、ボリビアから出国するには奨学金による留学という形を取るほかに方法がなかった。

ロベルトは晴れて奨学金を得てサンフランシスコへ渡り、偽名を使って瑠衣に接近を図った。直接、本名で訪ねていったのでは、兄を轢き殺した男の親族と悟られ、相手にすらされないおそれがあった。そこで、同級生の名を騙って近づき、まずは親しくなることを優先したのだ。

彼の慎重な作戦は成功し、ロベルトと瑠衣は、他人が恋人と思うほどに親しくなった。二人の間では、すでにボリビアでの轢き逃げ事件が話題となっていたはずだ。

そこに、武石忠実というフリーの記者が現れた。

どういう目的があったのかはまだ謎だが、彼はボリビアに立ち寄り、そこで二〇〇三年に発生した日本人轢き逃げ事件を知った。さらに、犯人リカルドの親族であるロベルトがサンフランシスコにいると探り出し、彼の前に現れたのである。

「ロベルトって男は、サンフランシスコで武石を殴りつけているんでしたよね」

市川課長が、すでに周知の事実を黒田に確認してきた。頷き返すと、わずかに首をひねり、半信半疑のような口調で言った。

「殴りつけた動機が問題ですね。その内容いかんによっては、ロベルトが武石を――」

「警視庁の連中は、そう考えているのかもしれない。彼らはわかりやすい動機から攻めていくのを常套手段《じょうとうしゅだん》としているからね」

斎藤がすぐさま同意を示し、黒田にもふくみを込めた目を向けた。

殺人の捜査は、まず怨恨《えんこん》を軸に進められる。一週間前に武石を殴りつけて逮捕された人物が日本に来ていたのだから、容疑者の一人と見なさないほうがどうかしていた。

しかし、腑に落ちない点もある。

「なぜサンフランシスコで知り合ったばかりの武石を、わざわざ日本に追いかけて来てまで、殺害する必要があったのか」

誰にでも浮かぶ疑問を黒田は口にした。斎藤が身を引いて頷き、顎《あご》をさすりながら言う。

「そうだな……。武石は、ボリビアでの轢き逃げ事件を調べていたと見ていいだろう。ロベルトに会い、彼はさらなる情報をつかんで日本へ帰った。もしかしたら、ロベルトのほうは、武石が逃げたものと考えたのかもしれない。それで、急いで日本へ旅立った。身元引受人となり、騒動の事情を知る霜村瑠衣は、ロベルトを一人にしてはいけないと思って、あとを追うことにした。ただし、父親に知られてはならないと考えて、偽造パスポートを手に入れた。そう考えれば、筋は通ってきそうだ」

「あとは警察の仕事だ。我々には犯人逮捕の任はない。情報を集めて精査し、警視庁側に協力する。もしテロリスト情報があるなら、その収集には力を尽くす。もちろん、君たちのほうが専門だから、わかってはいると思うがね」

吉村が、裏づけのない推測を語り始めた部下を牽制《けんせい》するかのように言った。それでいて、斎藤の立場への理解も示し、よその部署への配慮も見せていた。

こういう言い方をされれば、斎藤としても素直に頷くほかはなかった。

「もちろん、そのつもりです。参事官、また何かありましたなら、相談に乗ってください。お願いいたします」

「いつでも声をかけてくれていい。私でよければ、どんなことでも協力させてもらう。あとは邦人安全課と南米課で密に連絡を取り合うことだ。情報はすべて共有し合うことも忘れないでくれ。絶対、小出しにはしない。あとで必ず問題になるケースが多い。もちろん、警視庁側にもだ。そう心得ておくこと。いいね」

緊急の対策会議を終えて、南米課のオフィスを出た。部署へ戻っていく吉村参事官を廊下で見送ると、斎藤が頬を動かさずにささやいてきた。

「噂の意味がわかったよ」

「は？」

「あの人の下で働くのは並大抵のことじゃない」

噂の中身はわからなかったが、言いたいことは想像できた。

誠実に仕事をこなす。当然の心構えだったが、誠実を求めすぎるやり方は、時として窮屈さを周りに与える。役人は、ミスをさけて手柄を欲しがるものだ。が、吉村は功績とは無縁の道を歩いてきたため、手柄につながる情報までを相手に与えよと言っていた。

部署の手柄とメンツを捨てれば、直属の上司の顔を潰し、仕事と実績を奪われることになるのが、役所の常識なのだ。

「黒田君。吉村さんの言いつけを守って、私が警視庁への報告書を仕上げる」

淡々とした口調の中に、明らかな意志を感じ取って、黒田は上司の横顔を見つめ返した。電話で直ちに報告することはない。その間に、君はやれることをやれ。そう斎藤は言っていた。

情報を提供するにも駆け引きが必要であり、相手に恩を感じさせてこそ、主導権も握れるし、次の機会に相手の譲歩を引き出せる。誠実のみで渡り歩いていけるほど、霞が関は甘い世界ではなかった。

出世はあきらめたと公言する斎藤ではあっても、手柄をみすみす譲る気はないのだった。一度譲れば、そこにつけ込まれ、今の地位までが脅《おびや》かされていく実例を、黒田でさえ過去に何度も見てきた。

「君ほどじゃないかもしれないが、これでも今の仕事にそこそこ誇りを持っているんだ。同胞の安全は何より優先されていい。そのためには、我々が実績を積み、パーティー外交を仕事と誤解してる連中を導いていく必要がある。君もそう思うだろ」

ともに働いて一年半になるが、初めて聞く所信表明だった。黒田の目を見ようとしないところに、ウナギと呼ばれる男に似つかわしくない発言だったと自覚する気持ちが表れていた。

「あとは任せた。ちょっと寄り道してから戻る」

また幹部への報告だろう。斎藤は軽く手を振ると、サンダルを鳴らしながら節約のために照明が半分落とされた廊下を歩き始めた。

11

新庁舎の四階へ戻ると、邦人安全課の前の廊下で、二人の女性が互いを意識しながら待っていた。

近づく黒田に気づいた二人が、ほぼ同時に名前を呼んできた。それで目的が同じと知った二人が、まるで相手の品定めをするような目つきで見つめ合った。男も女も、同業の同性に向ける眼差しは厳しい。

特に安達香苗のほうは職務を離れた仕事を押しつけられたために、黒田を呼ぶ声には秘めた苛立ちが感じられた。よって、先に香苗のほうに微笑みを送った。

「ありがとう。リストが手に入ったんだな」

「私には旅券課の仕事があるんです。次からは、ほかの人にお願いします」

近くに立つ松原宏美を意識しての言葉だった。案外に可愛いところがある。

「あの……私でよければ、お手伝いをさせてください」

遠慮がちながらも、すかさず松原宏美が横から言葉を挟んできた。また少し香苗の目つきに険しさが増した。黒田にこき使われる立場を奪われるのが嫌だったのでは、もちろんない。余分な仕事を進んで受けようという、まるで上司に媚《こ》びるような態度が気に入らなかったと見える。

香苗の目の刺々しさに気づいた松原宏美が姿勢を正して頭を下げた。

「国際貿易二課ＩＴ準備室の松原宏美です。よろしくお願いいたします」

商社で揉まれてきた経験を持つだけあって、そつがなかった。香苗のほうは海外で研修を積んできた自負があるらしく、軽く頭を下げるにとどめた。役人の悪癖から、まだ抜けきれていないところがある。

　香苗が、手にしたリストを、黒田ではなく松原宏美に向かって差し出した。

「はい。在留届の出ているボリビア人のリスト。片っ端から当たっていけば、ロベルト・パチェコから連絡をもらった者がいるかもしれない。そうですよね、黒田さん」

「我々素人が動くより、虱潰《しらみつぶ》しの作業は警視庁に任せたほうが早い。これは外事の刑事に送っておく。また頼む」

「では、わたしは仕事に戻らせていただきます」

　すでに時刻は五時三十分をすぎていたが、まだ仕事が残っているらしい。多くの仕事を任されている身だと、松原宏美の前でアピールする狙いも感じられた。香苗は堅苦しい動きで身を翻すと、足音を強調させるような歩き方で階段へ消えた。

　それを待っていたかのように松原宏美が近づき、香苗に押しつけられたリストを持ち上げた。それを受け取り、黒田は言った。

「ありがとう。君のおかげで新たな情報がつかめた」

「では――やはり、日本に入国したイシイという日系ボリビア人は、轢き逃げ事件の犯人と親族だったのですね」

　黒田の言い方から見当をつけて先を読み、同意を求める目を向けてきた。事実は少し違っていたが、黒田は訂正せずに、別の問いかけをした。

「君がボリビアへ行ったのは、いつのことだね」

「去年の八月です。岩塩の仕入れルートを広げるため、上司と一週間ほど滞在しました。商談を進めた相手に日系人の方がいて、不幸な事故が昔あったと聞きました」

「商社にいたなら、こっちへ来てかなり給料が下がったんじゃないのか」

転職の動機を尋ねるために水を向けると、松原宏美が唇を引き結んで首を横に振った。胸に秘めていた想いを表すかのように、力のこもった首の動きだった。

「三年、商社にいました。でも、年々、外務省の試験を受けたいと思うようになりました」

過去にも試験を受けたことがあったのかもしれない。しかし、合格にはいたらず、商社に進路を変更せざるを得なくなったのだろう。つまりは、一種試験の受験経験者か。

「多少は英語ができたこともあります。でも、商談の席に女がいると話が弾む、そういつも上司には言われてきました。語学を生かすのなら、もっと世の中のためになる仕事をしたい、そう思わされる毎日でした」

面接官に志望動機を訴えるような熱心さだったが、生憎と商社に負けず、役所の世界も男尊女卑がまかり通っている。志だけで渡っていける世界ではなかった。

「また手を貸してもらうことがあるかもしれない。その時には、頼む」

「――はい」

この省内で、黒田は決して理解者が多いとは言えない立場にあったが、経済局という畑違いの部署の者に仕事を任せるのでは問題がありすぎた。上司の間で間違いなく諍いが起こる。ここはしばらく安達香苗に泣いてもらうしかなかった。

松原宏美が南庁舎へ帰っていくと、黒田はデスクのパソコンに向かい、二〇〇三年十月の新聞記事をネットで検索した。霜村毅、ボリビア。そのふたつの単語を打ち込むと、即座に記事がヒットした。

ボランティア医師団の一員としてボリビアに渡った若き医師が、現地で交通事故に遭って死亡した。全国紙の社会面に、小さな囲み記事となっていた。轢き逃げであった事実を指摘する記述はなく、ボランティアという崇高な動機が仇《あだ》となった不幸な事故だと、ありがちな哀しみを誘う記事としてまとめられていた。犯人が日系人の未成年者であったため、轢き逃げの事実は地元警察からも発表されていなかったのかもしれない。

ただ、記事からは貴重な情報が手にできた。霜村毅が参加していたボランティア医師団の正式名称が記されていたのだ。世界の医師団日本支部。世界的なNPO——非営利組織——として、活動を広く知られた団体だった。

次に、そのNPOのホームページを検索して日本支部の所在地と電話番号をメモに取った。東京オフィスは新宿四谷。直ちに受話器を取って、番号を押す。午後六時が近かったが、幸いにも電話はつながった。

まずは外務省の所属を告げた。七年前にボリビアで命を落とした霜村毅について尋ねたい。できれば今からそちらに向かいたい。そう伝えると、一人の医師を紹介された。

梅本勉《うめもとつとむ》。霜村毅とともにボリビアで仕事をした医師で、都内の大学病院に勤務しているという。

外務省邦人保護担当領事という肩書きは、人から話を聞く際に大きくものを言う。邦人保護のために調査をしていると告げれば、相手は警官を前にした時ほど身構えないし、人助けのためなら協力はしようと考えてくれる者が多いからだ。日本人の人情もまだ捨てたものではなかった。

礼を言って受話器を置き、大学病院に電話を入れた。梅本医師を呼び出してもらった。

「ああ……毅君のことですか。じゃあ、とても断るわけにはいきませんね。今日は準夜勤なので、八時まではちょっと仕事を離れられません。そのあとでよろしければ……」

霜村毅の死には、幾ばくかの責任を感じている、そう言いたげな声に聞こえた。

「ありがとうございます。では、八時に、お邪魔させていただきます」

早くも午後六時になろうとしていた。日本に帰り着いて、まだ四時間ほどしか経ってはいない。黒田は在留ボリビア人のリストを警視庁外事三課の大垣警部補あてにファクシミリで送った。リストの中身を見れば、刑事ならば黒田の真意を読み取れる。

報告から戻ってきた斎藤に断りを入れてから、一人で外務省を出た。タクシーを使って築地《つきじ》へ向かう。そこに、武石忠実がフリーの記者として原稿を書いていた週刊誌の編集部があった。

黒田の肩書きは、ここでも力を発揮し、副編集長と名乗る男が対応してくれた。

「初めて知りました。外務省の役人さんまで、殺人事件の調査をするものなんですね」

一緒に働いてきた記者の一人が殺されたばかりだというのに、副編集長は好奇心を隠そうともせず、黒田の名刺を眺め回した。これくらいの太い神経がなければ務まらない職業だとは、理解が及んだ。

「武石さんはなぜボリビアに行かれたのでしょうか。編集部の仕事ではありませんよね」

「へー。さすが外務省の人ですね。交友関係とか、恨まれそうな仕事はしていなかったかとか、訊いてはこないんですね」

副編集長は、受け取った黒田の名刺を手の中でくるりと回した。自分で発した質問を得意がるような顔になっていた。

「その方面は警察の仕事です。我々は、武石さんが日本に帰国する直前、ある場所で警察沙汰を起こしていた事実に着目し、調査を進めています」

「驚いたな……。武石さん、無茶な取材をするような人じゃないんですがね。こっちがもうちょい突っ込んでほしい時だって、結構慎重に取材を進めるタイプの人でしたけど」

それが記者としての弱点だった、と故人の性格を惜しむような口調で言ってみせたあと、副編集長は心底疑問があると言いたげな目つきになった。

「でも、何をして向こうの警察の厄介になったんですか、武石さん？」

「ある日系人と喧嘩になった、と訊いています」

「あり得ないな、喧嘩だなんて……。うちらの中でも、かなりの大人でしたからね、あの人は」

またも大人を長所としてとらえていない口調だった。その意見に口を挟む資格はないので、黒田は黙って副編集長を見つめ返した。自由に語ってもらいたいと考えるならば、いい聞き役になるのが最良の手段だった。

「……あ、そうそう。ボリビア行きの理由でしたよね。――我々には、ちょっと人捜しに行く、と言ってました。知り合いの記者が消息を絶ったとかで、その親御さんだか親戚だかに相談を受けたようなんですよ。えーと、名前は――宇野義也《うのよしや》」

すでに刑事にも語っていたらしく、副編集長は用意しておいたような歯切れの良さで語り、近くに置いてあった原稿用紙を引き寄せて、「宇野義也」と書いた。走り書きにしては達筆だった。

「うちの編集部に面識のある者はいません。何しろもう五年近くも行方がわからなくなってるとかで。どうもその宇野という記者が、昔ボリビアに行ってたそうなんです」

黒田は手帳に宇野義也の名前を書き取った。武石のほかに、別の記者までがボリビアに関係していた。その人物は五年前から姿を消している——。警視庁はすでにこの情報をつかんでいたにもかかわらず、外務省には知らせていなかった。ただし、稲葉審議官辺りを通して報告があった可能性は、まだ残っている。

「では、宇野さんを捜しに、武石さんはボリビアに向かわれたのですね」

「警察の人にも言ったんですが……それがどうも、ちょっと、また違うようなニュアンスだったんですよ」

「違う?」

「ええ。宇野って記者仲間を捜していたのは確かだったと思います。でも、武石さん、過去を掘り返しに行く、そう言ってました。どういう意味だって訊いたんだけど、言葉を濁して笑うばかりで。その時だけは、やり手の記者みたいな顔してましたよ、武石さんは」

12

過去を掘り返しに行く——。そう言い残して武石忠実はボリビアへ向かい、サンフランシスコまで足を伸ばしたあげく、ロベルト・パチェコに殴られた。その過去とは、ロベルトの兄と思われるリカルド・イシイが起こした轢き逃げ事件のことだろう。ほかにも事件がまだ隠されているのであれば別だったが。

黒田は編集部を出ると、外務省の旅券課に電話を入れた。

「あら、黒田さん。何か困ったことでもあるんですか。先ほどの美人に相談なされればいいんじゃないでしょうか」

電話口に出た安達香苗が堂に入った皮肉を返してきた。彼女の成長ぶりをいくらか逞しく思いながらも、聞き流して黒田は言った。

「宇野義也。宇宙の野原に、義理、なりだ。メモに取ってくれ」

「今度は何者なんです。また入管への問い合わせですか？」

「素晴らしい読みをしてるじゃないか。ボリビアにいつ入国したのか、知りたい。ここ十年の記録でいい。頼む」

「アルバイト代を、あとでたっぷり弾んでくださいね」

不平を返すことなく、香苗は言って受話器を置いた。彼女なりに今回の事件に興味を抱いているのがわかる。

築地まで来たついでに、帰国後初めての夕食を寿司屋ですませた。時間がないため、ろくに味わいもせずに慌ただしく詰め込み、地下鉄とＪＲを乗り継いで信濃町《しなのまち》駅に近い永応《えいおう》大学病院を訪ねた。

夜間受付の隣にある応接室に現れた梅本勉は、まだ白衣を身にまとったままだった。歳は五十代の前半だろう。時間ぎりぎりまで仕事をしていたらしく、白衣の胸に小さく血の痕《あと》がついていた。救急医療に携わっているのかもしれない。

ボランティアでボリビアへ渡ったと聞き、見るからに精力的な医師を想像していたが、梅本は小柄で顔色もいいとは言えなかった。よほどハードワークを強《し》いられているのか、梅本は大きく息をついてビニール張りのソファに腰を落とし、首筋の汗を手で拭いだした。

「今になって、どうして外務省の人が、毅君の事件を調べようっていうんです？」

言葉と態度の端々に、仕事の疲れとは別の本音が垣間見えた。責任感から答えはするが、外務省を快くは思っていない、そう告げられていた。

「霜村毅さんが、あなた方のNPOに加わることになった経緯をお聞かせ願えますでしょうか」

「実を言うと、ぼくにもよくわからないんです。ただ、熱心だったのは、確かでしたね。とにかくボリビアへ行きたい。そう言って、我々の前に現れたんです」

「最初からボリビア行きを希望していた、と？」

梅本勉はわずかに肩をすくめるような素振りをみせた。

「ちょうど天然ガスを巡る暴動があちこちで起きてましてね。ボリビア政府は民衆やメディアを弾圧するばかりで、怪我人には見向きもしなかった。貧困層の労働者ほど組合運動に関わっていて、暴動に参加する者が多かったんです。政府の公式発表は、かなり外の目を意識して、怪我人の数を意図的に抑えてました。どこかの国の交通事故死の数と似たり寄ったりでね」

　救急医療に携わる医師という見方は当たっていたようだ。事故から二十四時間以内に命を落とした者のみ、事故死として発表される。実体数は遥《はる》かに多く、その現場を知る者としては、一言言わずにはおれなかったらしい。

「――あの時のボリビアは、ろくな医療措置も受けられず、多くの人が死を待つしかない状況にあったんです。日系人がかなりいるというのに、あなた方外務省は手を差し伸べず、国連にも働きかけひとつしなかった。だから、我々がボリビアへ乗り込むしかなかった……」

　二〇〇三年当時も、黒田は邦人保護のために世界を飛び回っていた。あくまで日本国籍を持つ者に手を差し伸べる仕事であり、日系人は日本に根を持ってはいても、外国籍を有する人々だった。もちろん、この場で外務省の務めを指摘されるまでもなく、梅本もわかって言っているのだった。

「ボリビア行きのメンバーを募っている最中でしたね。四谷の支部に穀君が現れたんです。それも、仕事を辞めてまで、ね」

「医師の仕事を、ですか」

　正直言えば、日本人でボリビアという国に興味を持っている者はほとんどいないと言っていいだろう。純粋なる動機からボリビアを案じていたのか。疑問が湧いた。

「医師の資格は持ってましたが、彼は研究所に勤めていました。顕微鏡やシャーレをのぞいて実験をくり返す日々に飽き飽きして、人を救う仕事がしたい、と言ってましたね」

霜村毅が勤務していたのは、厚生労働省の管轄する研究所で、中央医学研究センターという財団法人だった。

毅の父親は厚労省のキャリア官僚である。その傘下の財団法人に息子が勤めていたとなれば、どこかで父の影響力が働いていたとも考えられる。

梅本が黒田の思惑を見透かすかのように言った。

「たぶん彼は、父親のお膝元で働くこと自体にも、嫌気を感じていたんでしょうね」

同情の中に、不平のニュアンスを秘めた声に聞こえた。どうやら梅本勉は、外務省だけでなく、厚生労働省の役人にも好感は抱いていないようだった。

「彼は珍しくボリビアの現状を知ってましたし、あまりに熱心なので、メンバーに加えようと決まりました。中には、ボランティア活動を実績として、日本で新たな就職先を見つけるための点数稼ぎをしたいだけじゃないかって、勘ぐる者もいました。それに、臨床経験が乏しいという弱点も彼にはありましたし。けれど、人手はいくらあっても足りないほどでしたから、一緒にボリビアへ行ってもらったんです。それなのに、到着早々の事故でしたからね……」

梅本の声と肩が沈んでいった。その落差がありすぎて、黒田の目を意識した演技のようにも見えてしまう。仲間を思う気持ちは薄れていない。それを声と身振りで訴えたかったのだろう。

「ボリビアに入って三日めのことでした……」

現地でフランス支部やアメリカ支部など海外のメンバーと合流し、彼らはボリビア西部の山岳地帯にあるソラタという町の郊外にテント村を設営した。そこに、現地の学生もボランティアで加わり、早速、医療活動が開始された。

日本チームの担当となった学生の一人が、リカルド・イシイだったのである。

「彼はひときわ真面目そうな学生に見えましたよ。我々が現地で調達した車の一台を彼に預けて、運転を任せてました。何せ辺りはろくに街灯もなかったし、道も悪くて、慣れた者でないと運転はできなかったほどでしてね。事故の当日、毅君は酔っていたと聞いたんで、不幸な偶然が重なったんだと思います」

「轢き逃げ事件だったと聞きましたが」

黒田の問いかけに、梅本はまたも大袈裟な頷き方をしてから視線を戻して言った。

「考えてもみてくださいよ。ボランティアで自分の国を助けに来てくれた医師の一人を、誤って撥《は》ねてしまったんですよ。逃げ出したくなったって、当然じゃないですか」

それを許しがたい罪という気ですかね。梅本は崇高な理念のもとに、貧しい国の人々に手を貸すべきだと考えていた。日本は世界でも数少ない富裕国であり、手を差し伸べようとしない外務省の役人などはもってのほか、と心得ている。

「なぜ自分が担当する医師団の一人を、リカルド・イシイは轢き殺すことになってしまったのでしょうか」

そこに何か特殊な事情があったのではないか。そう匂わせて訊くと、梅本が暗い窓へと視線をそらした。

「実は……毅君が町までの買い出しのため、車を動かしてもらったようなんです。あとでそう知らされて、驚きました。食料はたっぷりありましたし、買い出しに出かける必要などなかったはずでしたから。ただ――突然仕事を辞めてNPOに加わった毅君を追って、厚労省に勤めていた父親までがボリビアに来ていたとか……。毅君としては、出迎えのために酒でも用意しておこうと考えたのかもしれませんね」

すでに吉村参事官から聞きだしていた情報だった。黒田が驚かなかったことにいくらか拍子抜けしたらしく、梅本が目を忙しなくまたたかせた。黒田は小さく頷き、先をうながした。

「……ところが、あの事故で、結局彼の父親は息子に会えなかったわけでね。ずいぶんと恨まれましたよ、あの人には。なぜこんな国に息子を連れて来たんだって。毅君が望んだことだと事実を告げたんですが、あの人はまったく耳を貸そうとしなかった」

吉村たち大使館の職員にだけでなく、霜村は医師団のメンバーにも食ってかかったらしい。

頭ごなしにＮＰＯのメンバーを詰《なじ》った彼の行為を、明らかに梅本は、キャリア官僚にありがちな高圧的な態度と受け取っていた。ボランティア活動の先々で、国を問わず、役人たちとの衝突があったであろうことは充分に察せられた。

「つかぬことをうかがいますが、リカルド・イシイと霜村毅さんの間で何か諍いなどはなかったのでしょうか」

「あなたもそう思うんですか？　彼の親父さんも、そうしつこく訊いてきましたよ。事故じゃなくて、故意に殺された。そう思わなければ、あきらめがつかなかったのかもしれませんがね」

「家族の心情としては、そうでしょうね。霜村さんには、どう答えられたのでしょう」

「ボリビアに入国してたった三日なんです。リカルドが手伝いに来てからは、二日しか経っていなかった。親しくなる間もないほどでした」

人は二日で殺意を抱くにいたるのか。黒田も自分で尋ねながら、自信はなかった。

だが、リカルドの弟と思われるロベルトが、毅の妹に偽名を使って近づいていたのだ。ロベルトは明らかにリカルドの事件に何かしらの疑問を抱いたと見える。真実を掘り起こすために、被害者の身内に接近を図ったのである。

そしてもう一人、過去を掘り返しに行く、と言っていた人物が、ボリビアからサンフランシスコを経由して帰国した直後、何者かによって命を奪われている。

「梅本さんは、宇野義也というフリーの記者に心当たりはないでしょうか」

「はあ？」

何を急に言いだすのか、と問うような目を返された。

宇野義也もボリビアに行っていたはずなのだ。どこかで今回の事件に、必ず宇野という男も関係している。そうでなければ、説明がつかない。

「名前も聞いたことはありませんね。我々の活動を取材してくれる記者の人は、ほとんど決まってましたからね。ただし、あのボリビアでは、現地まで来てくれた日本の記者はいませんでしたよ。フランスのテレビや新聞が、フランス人医師を取材していたのはよく覚えていますが」

南米最貧国の現状と志あるボランティアに、日本のマスコミが関心を寄せないことへの非難を込めて、梅本は言った。売名での行為ではないにしても、関心を持たれないことへの苛立ちは理解ができた。外務省の一員として、似たような苦々しさは幾度も味わっている。

「当時、ボリビアに出向いたお仲間にも訊いていただけないでしょうか。宇野義也という記者と面識があったかどうか」

「断言できます。日本の記者なんか、我々を取材には来ていませんでした」

ボリビアへ渡った医師のリストならば、支部で手に入るはずだ。そう梅本は言って席を立った。尋ねて回るのなら、あなたがやるべきだ。それが公僕たる役人の務めでしょうから。人任せにしたがるとは、いかにも日本の役人らしい。本音を態度で語り、梅本勉は早々とドアへ歩いた。

「あ、そうだ――。ひとつ訊いていいでしょうか」

ドアノブに手をかけたところで、梅本が振り返った。

「はい」

「――外務省ってのは、何のためにあるんです？」

あんたはどう答えるのかな。さして期待もしていない、と言いたげな目がそそがれた。

「日本の国益と日本人の権利を守るよう努めています。近年では国際交流を図り、途上国への人道支援も行っております」

「なるほどね」

その一言に、彼の落胆のほどが表れていた。崇高な理念を信条とする者たちから見れば、国の利益を守るために汲々《きゅうきゅう》とする者の集まりに見えたのだろう。

この三年に限っても、日本はボリビアに対して、森林保全や貧困農民支援、上下水道整備に太陽光発電などのため、総額三十億円を超える無償資金協力を行っていた。おそらく彼にその額を言っても始まらない。マスコミは総額でしか国際援助を報道しない。それに、彼は政府を通じて資金を与えるという高みに立った援助ではなく、草の根の支援こそが必要なのだと考えているのだった。

それを誤解とは誰にも言えなかった。


携帯電話の電源を切っておいた間に、着信がひとつ入っていた。黒田は病棟の夜間受付を抜けて、まだ蒸し暑さの残る外へ出ると、外務省の旅券課に電話を入れた。

受話器が取られ、黒田が名乗ると、前置きもなく言われた。

「黒田さんのデスクにメモを置いときました。そろそろ帰ろうと思ってましたから」

「すまない。人と会っていた。で、ボリビアにはいつ入国してた？」

「二〇〇三年十月です」

「本当か」

あまりの命中精度に、耳を疑いたくなった。霜村毅の轢き逃げ事件は、十月二十七日。

「法務省の記録を信じないつもりですか。十月二十五日に日本を出国して、霜村毅が事故にあった翌々日には日本に戻っています」

ここまでくれば、もう偶然などではあり得なかった。我知らずと呼吸が荒くなる。

冷静になれ、と言い聞かせた。が、毅が事故にあった当日、宇野義也というフリーの記者がボリビアにいたのだ。さらに、霜村までが息子を追いかけてボリビアに到着していた。その七年後、宇野義也の足取りを追い、過去を掘り返すために武石がボリビアへ飛び、サンフランシスコでロベルト・パチェコと喧嘩騒ぎを起こすにいたった……。

毅はボリビア行きを熱望してNPOに加わった。財団法人での仕事を突然辞めて、だ。彼にはボリビアへ行くべき理由があったと思える。その父親は、日系ボリビア人の名前を出されても、死んだ息子の一件を打ち明けなかった。今も電話を寄越そうともしない。霜村は、七年前の事実を隠すべき理由を持っている。だから霞が関の人脈を頼ってSOSを発信した。

「黒田さん。もういいですよね。今日はそろそろ帰りますから――」

香苗が何か言っていたが、携帯電話の通話を切った。登録番号を表示して、再びサンフランシスコに電話を入れる。向こうはそろそろ朝の五時が近い。やはり電話は通じなかった。機械的な女性の声でメッセージをどうぞ、と言われた。

「外務省の黒田です。霜村さん。大至急、電話をください。あなたは何を隠しているんです。息子さんはなぜボリビアに行き、あなたもなぜ追いかける必要があったのか。宇野義也という記者までが、ボリビアに行ってましたね。必ず電話をください。一刻も早く瑠衣さんを捜し出すためです」

もはや外務省には頼っても無駄と考え、今ごろは警察庁の知り合いに泣きついているとも考えられた。沈黙の理由は、そこにあるのではないか。だが、そう指摘する言葉を残すことはできなかった。

13

夜の住宅街に黒い小型のバンが停車していた。フロントガラスのほかはスモークフィルムが貼られ、車内の様子は見えなかった。あまりに怪しすぎる車だった。

「ちょっと見てくる。ルイはここにいてくれ」

発音にやや難のある日本語で言うなり、アラン・グスマンが運転席のドアを開けて素早く外へ滑り出た。

「気をつけて。顔を見られないようにね」

胸を埋める予感に目をつぶり、霜村瑠衣はアランに告げた。彼は指でOKサインを作ると、ジーンズの尻ポケットに突っ込んであった埼玉西武《さいたませいぶ》ライオンズの野球帽を目深に被った。軽く手を振り、踊るようなステップで軽やかに夜の住宅街を歩きだした。

警察はすでにアランの周囲にまで監視の者をつけているはずだ。それを承知で彼は瑠衣に会ってくれた。おそらく刑事の尾行をまくかして、待ち合わせたファミリー・レストランに来たのだろう。だから、ここでいったん車を停めたとわかる。警察の監視が、カルロス・コバヤシにまでついている、そう確信しているからなのだった。

アランはずっと瑠衣の前で笑顔を絶やさなかった。どこまで気の優しい男なのだろう。いくら日本に来たボリビア人を捜していると告げたにしても、彼はロベルトと面識はなく、名前すら聞いたこともなかったという。ただ、出身地がトリニダと知り、隣町の仲間じゃないかと笑い、瑠衣に協力を誓ってくれた。たとえロベルトの出身地がもっと遠く離れた場所であっても、アランなら快く手を貸してくれたろう。いや、隣というのも、瑠衣に負担を感じさせないための嘘とも考えられた。

日本という異国の地で、彼らはボリビアの仲間と支え合い、家族のために今日まで働いてきた。母国から来たボリビア人は、面識の有無など関係なく大切な仲間なのだ。

アランは五分もせずに戻ってきた。手には缶コーヒーを二本持っていた。一本を差し出し、瑠衣に微笑みかけた。

「さすが、日本の警察だよ。ロベルトの生まれた町、もう調べだしてる。だから、カルロスに目をつけた。マグニフィコ」

スペイン語で素晴らしいとつけ足してから、アランは缶コーヒーのプルタブを引き開けた。それを一気に飲み干すと、瑠衣に向かって子どもに諭《さと》し聞かせるような顔を作った。

「ボクたちを信じてくれるね」

瑠衣は迷わず頷いた。

「この国の誰よりも、信じます」

「グラシアス。カルロスのところに、ロベルト、来てる。仲間の話から、間違いない。ただ、広めたくない。だから、ボクの電話に応えなかった。でも、このままだと、警察に知られる。それだとまずい。だよネ？」

「ロベルトは何ひとつ悪いことはしていません。武石というフリーライターが殺され、彼はその人をサンフランシスコで殴っていますが、絶対に彼じゃありません」

「ボクだって、信じてる」

「彼は、武石と同じ目的を持ってました。ただ、武石は、事実を探り出してお金に替えようと考えてました。そこだけが違ってたんです。ロベルトが人を殺せるはずもないし、武石を殺す理由もありません」

「ロベルトもタケイシが殺された、と知った。必ずまたカルロスに連絡してくる。もう、してるかもしれない。だから、カルロスに警察の監視を教えようと思う」

「電話は危険です……。もしかしたら、もう警察は――」

「トウチョウ……でよかったかな？　ウン、してるかも、ね」

さも当然のようにアランは言って、また人懐こそうな笑顔になった。瑠衣に不安を与えないよう、ここまで気遣ってくれている。

「うまくやるよ。待っててくれ。これ、置いてく」

そう言ってアランは、自分の携帯電話を瑠衣の手に握らせた。それからまた飛びきりの笑顔を作って、再び運転席から出ていった。

どうする気なのだろう。宅配ピザを頼み、メッセージを届けるのなら、車内からでもできた。直接カルロスの部屋を訪ねるのでは、警察の前に姿を見せることになってしまう。

前方に見えている黒塗りのバンに動きはなかった。出入りする者はいない。カルロスはまだ自宅のマンションにいると見ていいだろう。

五分もすると、手の中で携帯電話がラテン・ミュージックを奏でだした。アランからだ。

「はい、瑠衣です」

「運転、できたよネ」

「ええ……」

「よく聞いて。今すぐエンジンをかけて、最初の角を右に曲がってくれるかい」

「どうして……?」

「いいから、早く車を出して。電話はこのまま、切らないで。できるよネ?」

何か考えがあってのことなのだ。今はアランを信じるしかない。

瑠衣は運転席へ移ると、言われるがままに車を出した。免許はアメリカで取っていた。三年前に日本へ来た時、念のために国際免許も申請したが、今は携帯していない。日本の路地はあまりに狭い。不安はあったが、幸いにも軽自動車なので取り回しは楽だった。

「次の角を左だ」

まるで瑠衣の運転を助手席から見ているかのようにアランが指示を出してきた。どこか近くの高いビルの屋上から、車を見ているとしか思えなかった。

「グラシアス。いいぞ。次の交差点で、頭を少しだけ出して、停めるんだ。そう――もう少し。あと、五十センチ。横から車が来ても、そのままでいること。ボクが出してと言ったら、ゴー。いいネ」

こんな狭い交差点の角で、前輪を少し出したような位置で車を停めろという。

横から来る車を停めるのが目的だと悟った瞬間、クラクションの連打が聞こえた。交差点の角に設置されたミラーへ目を走らせる。驚いたことに、例の黒塗りのバンが近づいてくるのが見えた。カルロスの部屋を見張っていた警察の車に間違いなかった。

「まだだ。もう少し……」

またもクラクションが鳴らされた。彼らは大通りへ出ようとしていた。それをここで食い止めるのが狙いなのだ。つまり、カルロスが外出して、表のバス通りへ向かったのだろう。おそらくは、アランの指示どおりに。

ミラーの中に見えたバンの助手席でドアが開いた。刑事らしき男の一人が走ってくる。

「今だ、スタート。車を出して!」

瑠衣は携帯電話を首と肩の間に挟んだまま、アクセルを踏んで車を出した。バックミラーで警察のバンの動きを見ているようなゆとりはなかった。

今にもサイレンが響き、追いかけてくるのではないかと思われた。汗が噴き出し、ハンドルが滑る。前方の信号は、青。このタイミングを見て、アランは合図を出してきたのだった。

そのまま直進した。携帯電話の中でアランが何か言っていた。片手を離す心のゆとりがなかった。次に見えた交差点で左へ曲がった。それでも瑠衣は、車のスピードを落とすことができなかった。


「よくやったよ、ルイ。君はスバラシイ！」

運転席へ乗り込んできたアランが、笑顔で親指を突き出してみせた。

まだ心臓が悲鳴を上げている。警察の尾行をまいた。彼らはこの車のナンバーを記憶しているはずだ。早く次の手を打つ必要がある。

「ダイジョーブ。盗難届、あとで出しに行く。その前に、ちょっと寄るよ」

アランがまた不器用そうに片目をつぶり、軽自動車をスタートさせた。細い路地を幾つも曲がり、やがて片側二車線の大通りに出た。

ただでさえこの辺りの土地勘がないため、どこへ向かっているのか見当がつかなかった。「外環道」という緑の看板が見えた。高速道路がこの近くを走っているらしい。やがて、大きな橋を越えると、「外環道三郷《みさと》西」という緑の表示板が見えた。

車が停まったのは、土手に近い空き地の一角だった。

建築資材の置き場になっているらしい。街灯の薄明かりに、山と積まれた鉄パイプとプレハブ小屋が見えた。青い重機も置いてある。小さなパワー・ショベルだった。

「さあ、降りた、降りた」

アランがにこやかに言って、瑠衣をうながした。その悪戯《いたずら》を楽しむような笑みに、予感を覚えてドアを押し開けた。砂利《じゃり》敷きの地面に足を降ろすと、前に見えたプレハブ小屋でも細いドアの片側が横に開いた。

薄明かりを背負って、一人の男が外へ出てきた。

シルエットをひと目見ただけで、誰かわかった。向こうも同じだったらしい。人影が弾《はず》むように走りだした。

「ルイ！」

呼ばれて瑠衣も駆けだした。長く声を聞いていなかったように思えるが、まだ六日だった。

ロベルトの差し出す腕の中へ、瑠衣は飛び込んでいった。

14

黒田は中目黒に借りていたマンションにいったん戻った。十日ぶりの帰宅だったが、黴《かび》臭い空気を入れ換える余裕もなく、泊まりの支度を調えると、すぐに再び霞が関の外務省へ急いだ。この十年、自宅マンションより海外や外務省庁舎ですごした時間のほうが、どう考えても長い。給料を振り込んでもらうための銀行口座を維持するには、ひとまず日本に住所を確保しておく必要があり、そのためだけに家賃を払っているようなものだった。

午後十時をすぎた本省内には、疲れを知らない多くの職員が、いつものようにまだ居残っていた。本来黒田が警備すべき環太平洋農水相会議が迫っているため、その準備に追われる者も多かった。あとは国会審議のための資料作成と、間もなく始まる予算の概算要求をまとめるためのスタッフだろう。

驚いたことに、邦人安全課のエリアでは、ワイシャツの袖を捲《まく》り上げた斎藤が一人、資料の束と格闘していた。課員はほかに残っていない。上司が帰ろうとしないために、多くの者がサービス残業を強いられたに違いなかった。

斎藤は、黒田が肩から下げたリュックを目で確認してから、曰《いわ》くありげに眉を少し持ち上げてみせた。いつもの淡々とした口調で言った。

「どうして君は報告を入れてくれない」

斎藤が確認していた資料は、香苗が入管から取り寄せた宇野義也の渡航記録に、南米課がネットで集めた現地の新聞記事だった。

「見てくれ。宇野という男も、武石に負けず劣らず、海外を飛び回っている。ところが、ボリビアから戻ったあとは、一度マニラへ行ったきりで、あとはずっと日本国内に留まってる。この記録を信じる限りは、だがね。パスポートの有効期限が切れても、更新は行われていない」

黒田も差し出された資料を受け取り、目を通していった。二〇〇三年までは、ニューヨーク、ハワイ、ソウル、ニューデリー、バンコク、ジャカルタ、ホーチミンなど、毎年最低でも三ヵ国は訪れていた。ところが、ボリビアから戻ったあとは、八ヵ月後にマニラで五日間すごしたあとは、ぱたりと出国記録が途絶えるのである。

「この宇野が姿を消したのは、いつからかね」

「五年ほど前からだったと聞いています」

ボリビアから戻って二年ほどしてから、宇野義也は消息を絶ったことになる。

斎藤が散らかりきったデスクに肘《ひじ》をつき、脂の浮き始めた顔を両手で撫《な》で回した。

「どうも臭ってこないかな」

「はい……」

「財団法人を突如退職して、ボリビア行きを願い出た男。その男を連れ戻そうと、キャリア官僚の父親までがボリビアへ旅立った。そして、怪しげなフリージャーナリストが二人もボリビアへ行き、一人が殺され、もう一人は五年も前に行方を絶っている。あまりに多くのことがありすぎる」

これまでの情報を俯瞰《ふかん》して眺めるなら、誰もがそこに犯罪の臭いを嗅《か》ぎ取るだろう。

斎藤が、自分の散らかりきったデスクの上から、二枚のペーパーを選んで黒田にまた差し出してきた。見ると、外務省のウェブページをプリントアウトしたものだった。ボリビアの危険情報を告知するページである。もう一枚はスペイン語の新聞記事。ボリビアの山岳地帯で、コカ畑の摘発が大規模に行われた、と見出しにあった。

斎藤が重々しく吐息を放ち、椅子の背もたれに身を預けて言った。

「ボリビアは、コカの世界的な産地だと、我々外務省も旅行者に警戒を呼びかけている。なあ、黒田君。ボランティアとはいえ、医療チームだったのが気になるとは思わないか」

医療チームとあれば、ボリビア行きに際しても多くの薬剤を持ち込んだはずである。帰国の際、あまった薬剤は地元に置いていくものなのか、梅本医師に確認を取ってはいなかった。

「相手は世界の医師団ですよ。文字どおり、世界中に名を知られたＮＰＯ団体です」

「そうだ。世界に名を知られ、信頼されている団体だ。だから、税関の検査だって簡素化されていたとは思えないかな」

世界の多くの空港に、麻薬探知犬が配されている。コカの栽培地として知られるボリビアの国際空港であれば、麻薬探知犬は不可欠だろう。だが、医療品の間に麻薬を隠しておけば、薬品の臭いによって探知犬の鼻をごまかすことも可能になるのかもしれない。

「霜村毅は、よからぬ企みを抱き、ボリビアへ旅立った。霜村元信は息子の企みを知り、慌ててボリビアへと追いかけた。連れ戻すためではなく、目を覚まさせるためだったのかもしれない。息子が麻薬事件に関係したとなれば、官僚としての彼の立場はないも同じだ。だから、君にも息子の事件のことを伝えなかった」

今なお霜村は黒田に電話をかけてきてはいなかった。自宅と携帯電話の二ヵ所にメッセージを残しておいたにもかかわらず。

「案外、轢き逃げ事件にも裏があったのかもしれない。麻薬を仕入れるために車を使い、リカルドに運転させた。そこで事件が起こり、毅は不幸にも命を落とした。その秘密を探るために、ロベルトはサンフランシスコへの留学を決め、武石もボリビアへ向かった」

斎藤がワイシャツの袖を下ろして立ち上がった。もうサンダルから革靴に履き替えていた。背もたれにかけたジャケットを手にした。

「麻薬が関係してきたとなったら、我々はもうお払い箱だろう。とにかくサンフランシスコの総領事館に連絡を入れて、大至急、霜村元信の口を割らせるように伝えてくれ。向こうにも警察からの出向者がいたと思う」

細野久志。神奈川県警からの出向者だった。

「真夜中でもいい。何かわかったら電話をくれないか」

午後十一時五分。斎藤がどこか気落ちでもしたように力なく手を振り、邦人安全課のフロアから出ていった。


日付が変わる直前になって、南米課の青山英弘がボリビアから届いた情報を持って邦人安全課に駆けつけた。現地は午前九時をすぎ、警察への確認が取れたのだった。

「やはり二人は兄弟に間違いありませんでした。ロベルトは、リカルドの二歳下の弟です。リカルドは、轢き逃げ事件の犯人として逮捕されたのち、テロリストの容疑でも取り調べを受け、同年十二月に獄中で死亡しています。死因は、心不全。取り調べの際に何があったのかは、今となっては調べだすことも難しい状況ですね」

過酷な取り調べに体力が保たなかったか。拷問に近い手段が執られた、とも考えられる。拘置所内という外部からは隔てられた場所で何があったのか、公式発表から断定することはできなかった。ただ、ロベルトは、兄の無実を信じたのだ。パチェコ家の養子となって大学へ進み、留学の道を手に入れた。そして、兄が起こしたという轢き逃げ事件の被害者の身内である瑠衣に接近し、日本へと来た——。

「どうしましょう、黒田さん。やはりロベルトの親族に詳しい話を聞きに行ってもらったほうがいいですよね」

「頼む。ロベルトは兄の事件に疑問を覚えていたと思える。親族に何か話していなかったか、確認してもらいたい」

「了解しました」

霜村からの電話は入らず、こちらからかけてもやはり留守電につながる状況は変わらなかった。黒田はサンフランシスコの細野久志に電話を入れた。

「待ってくださいよ……。まさか霜村元信まで姿を消したなんてことはないでしょうね」

事情を聞いた細野は、先を案じるように声を低めた。

あり得るかもしれない。娘がロベルトを追って日本へ入国した可能性は高い。自らも日本へ向かった、とも考えられる。もし太平洋の上空を飛んでいる最中であれば、メッセージの確認もできなかったろうし、電話もかけられない。成田到着は、早くて明日の午後になる。

「とにかく、至急霜村を探してみてくれ」

一時間も経たずに、細野からの電話が入った。

「やはりいません。自宅はもちろん、会社には三日間の休みを取っていました。娘を追いかけて日本に向かったと見ていいんじゃないですかね」

もしそうであれば、入国する彼を成田空港でつかまえられる。

午前一時。黒田はオフィスの照明をすべて落とし、応接ブースのソファで仮眠を取った。窓からは中庭を挟んで建つ他の庁舎が見える。まだいくつも明かりが灯り、夜を徹して国のために働く者たちの存在が無性に心強く感じられた。日本に帰ってきたのだという安堵《あんど》感を、役所の窓を見て実感できるのだから微笑《ほほえ》ましい。仕事に毒された身を自分で笑いながら眠りについた。

六時半に起き出し、顔を洗いに廊下へ出ると、早くも登庁する職員の姿があった。在外公館の現地時間に合わせて、連絡を取ろうという者たちだった。他国の首脳や幹部役人との電話会談でもあるのだろう。地球の裏側とも渡り合っていかねばならないため、外務省には二十四時間のフル操業が求められる時代だった。

デスクに戻って資料をまとめていると、廊下から女性の声で名前を呼ばれた。ドアを振り返ると、IT準備室の松原宏美が折り目正しく頭を下げていた。

「ずいぶん早いんだな、IT準備室は」

「いえ。黒田さんや青山さんのお手伝いができれば、と思って早く出てきました」

黒田は椅子ごと松原宏美に向き直った。感心を通り越して、何か思惑でもあるのかと考えたのでは、人が悪すぎるか。彼女は今年になって入った新人だった。キャリアでもない。他部署の腹を探ろうとする幹部にスカウトされたとは思いにくかった。

「南米課へ寄ってみたんですけど、青山さんはまだ来ていませんでした」

なるほど。彼女の目当ては青山のほうなのかもしれない。今回の話も、確か彼から聞いたと言っていたはずだ。

「何か私にできそうなことがあれば、言ってください。まだ半人前ですから、任されている仕事はそう多くありません」

自慢にならないことを誇らしげに言い、目でも決意を訴えてきた。商社での経験を見ようとせず、いまだ半人前扱いする上司への不満も感じられた。

「よし。二〇〇三年の暴動について詳しく調べてもらえるかな。それと、麻薬関係の摘発がボリビア国内でどれだけあったかもだ」

麻薬という言葉を聞き、松原宏美の顔がわずかに強張《こわば》っていった。海外の事情を知らされるたび、日本の幸福を実感できる仕事だった。

「君は手の空《あ》いた時にだけ手伝うこと。うちの課長ともども、経済局の幹部に怒鳴り込まれたくはないからね」

「――はい。ご迷惑はおかけいたしません」

青山への伝言係も兼ねてもらうための指示だったが、昨日は訂正しなかった事情も彼がきっと伝えてくれる。そろそろ時間が迫っていたので、黒田は資料を鞄に詰め始めた。それを見て、松原宏美が目をまたたかせた。

「こんな時間に出かけられるんですか？」

「警視庁に行ってくる。あとは青山君と相談してくれ」

外務省の庁舎からワンブロック北に位置する警視庁までは、歩いて五分もかからなかった。午前七時二十分。事件を抱えた刑事たちなら、そろそろ登庁してもおかしくはない時刻だった。捜査にかける時間を確保するため、刑事たちの会議は朝早くに開かれると聞いていた。

詰め所の中にいた制服警官に身分証を提示して、外事三課の大垣警部補に、約束の資料を届けに来た、と告げた。約束などは取りつけていなかったが、あとは向こうがどう考えるかだった。

予想は当たった。内線で確認を入れた制服警官が、廊下の先で待つように、と顎で示してきた。深夜から早朝までの訪問者には、すべて警戒心を抱けという教育が徹底されているのだろう。

警官の視線を浴びながら十分近く待たされた。薄暗い廊下の先から足音が聞こえ、大垣利香子警部補が姿を見せた。

昨日とは違うスーツ姿なので、泊まったわけではないとわかる。彼女の三歩後ろには、黒田に近い年代の大柄な男が、まるでボディーガードのようについていた。

「こちらへどうぞ」

朝の挨拶も、訪問の理由を尋ねることもなく、彼女がまた黒田の目を見ずに言って、すぐにそのまま廊下を引き返し始めた。ボディーガードのような男は無言で顎を引き、それで挨拶をすませた気になったらしい。

テレビドラマで見る取調室とは壁の白さや広さも違う小部屋に案内された。窓にはブラインドが下がり、中古で買いそろえたようなソファのほかには、折りたたみ式の長机がひとつあるだけだった。予算の大半は捜査につぎ込んでいるとアピールするため、殺風景に徹しているかのような部屋だった。

「わざわざ足を運んでいただき恐縮です。まずは資料を拝見させてください」

大垣警部補が黒田の鞄に目を走らせ、言葉少なく言った。横に座った大柄な男も、黒田と目を合わせるのを禁止されているかのように、中空へ視線を据えていた。それでいて、油断なくこちらの動きを捉えているのがわかる目つきだった。

黒田は仕上げたばかりの資料を取り出した。年齢より階級がものを言うのか、大垣警部補が受け取った。目を通したものから、隣の男に手渡していく。信頼に足る外事課の刑事たる者、感情を顔に出してはならないと固く信じているらしく、二人は一切表情を変えなかった。

昨夜のうちに斎藤が警視庁に簡単な報告書を提出していた。そこにボリビアから入った新たな情報と、霜村元信が日本に向かったと思われることをまとめたものである。

「大使館の方々にもご協力をいただき、私どもも感謝しております。ただ――昨夜いただきました情報もふくめて、すでに私どもも承知はしておりました」

警察組織の長たる警視庁のプライドを守るため、大垣警部補は言葉を取り繕った。彼らはボリビア大使館にも在サンフランシスコ総領事館にも問い合わせを一切入れていないのである。霜村殺の轢き逃げ事件を独自に探り出していたというならば、事実確認を怠《おこた》るとは思いにくい。もちろん、彼らには独自の情報網もあるのだろう。黒田は言った。

「そうですか。アメリカ側から、何か接触があったのですね」

外事捜査に限っては、西側諸国の情報機関から、限定された特殊情報が舞い込むことがあった。大使館も例外ではない。特にアメリカ側が動きを警戒する人物については、手配書に近いプロフィールがもたらされる場合があるのだ。邦人保護担当領事という立場上、黒田のもとにもテロリストに関する情報が落ちてくる。通常は、ＦＢＩや地元警察を介してもたらされるが、その裏に情報機関が動いているのは、周知の事実だった。

今になってリカルド・イシイのテロリスト情報をつかんだアメリカ側が、即座に政治的な圧力をボリビア政府にかけて情報を引き出し、日本の警察庁に伝えた可能性は否定できないだろう。

「今やテロリスト情報は、インターポールでも収集に努めています。国連との連携も進み、その情報網は、一国の捜査機関では立ち打ちできないほど確立されております。ご存じないかもしれませんが、第十五代の総裁には、私どもの警察庁国際部長が就任しており、日本の警察庁は世界の要となる警察組織でもあります」

「仕事柄、日本人の総裁が四年の任期を務めた経緯は承知しています。アメリカの強い推薦を引き出し、莫大な運営費を負担して、どうにかその座にこぎ着けたことも」

同盟大国アメリカの力なくしては、日本の外交は成立しない。外務省の一員として、痛いほどに理解している現実だった。黒田が平然と言い返すと、彼女は眉ひとつ動かさずに微笑み返してきた。

「外務省さんは、だいぶご苦労があるようですね」

「あなた方と同じで、アメリカにずいぶんと助けられてもいます。さて、昨日送ったリストは役に立ったでしょうか」

「生憎と、私どもも法務省から同じものを取り寄せておりました」

「では、在留ボリビア人を訪ねて、話を聞いたのですね」

狙いどおりに食いついてくれたことを喜びながら、黒田が抜け目なく確認すると、大垣警部補が初めて横の男に視線を振った。どうすべきか、目で意見をうかがったとすれば、彼のほうが上司に当たるのかもしれない。黒田に挨拶してこなかったのは、自らの素姓を外部の者に打ち明けたところで得るものはないと考えているからだろう。

目で瞬時に対処法の打ち合わせは終わったようで、大垣警部補が余裕ある口ぶりを取り戻した。

「わざわざ資料をお届けいただいたお礼に、私どもも貴重な情報をひとつお教えいたしましょう。昨夜、午後九時二十五分。埼玉県草加《そうか》市に住む在留日系ボリビア人を追跡しようとした捜査一課の者が、尾行に失敗しております。前に回り込んできた車に、前方をさえぎられたからでした。彼らは故意による妨害とは考えず、再び尾行に戻ろうとしたため、その車の運転手を見逃しました。ところが——近くのコンビニ前に設置されていた防犯カメラを私どもで確認したところ、妨害した車の姿がとらえられ、運転者の横顔も確認できたのです」

「霜村瑠衣だと言うんじゃないでしょうね」

黒田が先回りして答えを口にすると、大垣警部補の表情に初めて変化があった。少しはやるじゃないか、外務省さんも。驚きに近いものが、目に走り抜けた。横の男は、相も変わらず黒田を見もしなかった。

淡々と大垣警部補が言う。

「非常によく似ているように思えました。車は盗難車で、あきれたことに、日本に在留する別のボリビア人が所有するものでした」

またもボリビア人だ。防犯カメラの映像はそう解像度も高くはなかったろう。だが、車がボリビア人の所有するものであったのなら、もはや疑いようはなかった。

捜査一課が目をつけていた日系ボリビア人は、入国したロベルト・パチェコを知る人物だったのだ。警察による監視に気づいた彼らは、尾行を妨害してきた。目をつけられていた日系ボリビア人は、ロベルト・パチェコと会う予定になっていたと思われる。

その妨害行為に、瑠衣とおぼしき女性が加わっていた。

「彼女はロベルト・パチェコと行動を共にしている。そう考えていいのでしょうね」

大垣警部補は否定も肯定もしなかった。

「監視を受けていた日系ボリビア人から話を聞きました。しかし、ロベルトという男のことは知らない。その一点張りです。もちろん、私どもとしても確たる証拠があるわけではありません。非常に不鮮明な防犯カメラの映像だけで、霜村瑠衣の関与を証明することは難しいと言えます。車内から、ロベルト、瑠衣、どちらの指紋も見つかってはいません」

警視庁としては、別件容疑をでっち上げてでも捜査令状を取り、在留ボリビア人たちの家宅捜索を行って、ロベルトとの関係を暴き出したいはずだった。今はその方向から、ロベルト・パチェコをたぐり寄せることに捜査を集中しているのだろう。

黒田はテーブルに置かれた報告書に目を落として言った。

「そこにも書きましたように、霜村元信が日本に向かっているのであれば、成田への到着は今日の午後になります。あなた方であれば、各航空会社の搭乗者名簿を調べることができるはずです。帰国した霜村から、ぜひとも話を聞きたいと考えています」

大垣警部補が、またチラリと男に目を向けた。アイコンタクトの指示を得たのか、黒田に視線を戻して言った。

「過去の轢き逃げ事件がどうであろうと、霜村が娘の行方をつかんでいるとは思いにくいでしょうね。空港でつかまえて話を聞いたところで、ロベルト・パチェコの足取りにはつながらないと思われます」

「では、この情報を、捜査一課の新居《あらい》さんにもお伝えすることにしましょう」

演技で席を立つ振りをすると、横の男が初めて動いた。黒田を見上げるや、「待ってください」と野太い声を発したのである。が、してやられたとの表情は見せず、素早く大垣利香子に頷き、またソファに腰を落ち着け直した。やはり名乗りもしなかったこの男のほうが、上司なのである。

ここでも答えたのは、大垣警部補のほうだった。

「わかりました。協力はいたします。到着便の搭乗者名簿に霜村の名前があるか、問い合わせてみましょう。調べがつき次第、外務省に報告させていただきます」

「いえ、私の携帯に直接電話をいただけますでしょうか。名刺の裏に番号を書いておきましたので」

黒田は言って、再びテーブルに置かれた報告書の上に、クリップで留めた名刺を指し示した。

今度は嫌でも名刺を受け取ってくれそうだった。

「そうか。やはり瑠衣はロベルトを追って日本に来てたわけか」

電話で報告を上げると、斎藤は地下鉄を降りて外務省に向かっている途中だと言った。

「でも、待ってくれよ……。携帯電話は使っていなかったはずだったよな。なるほど、瑠衣はロベルトを追って日本に帰ってきたものの、彼と連絡を取る手段がなかった。そこで、日系ボリビア人を訪ねた。たぶん、ロベルトからその人物の名前や住所に関する情報を、何かしら聞いていたんだろう」

そこまでは黒田にも想像がついた。もちろん、得意そうに語る上司の機嫌を損ねないため、黙って話を聞き続ける。

「ところが、日系ボリビア人を監視する警察に気づき、ロベルトが追われていることを知った。……となると、やはり警視庁は、ロベルトを第一容疑者として見ているな」

「おそらく、ロベルトも警察の動きを察知し、姿を隠し続けている、そう考えていいのではないでしょうか」

「君の口ぶりだと、ロベルトは犯人じゃない、と言いたいらしいね」

「断定はできません。ただ、どうして日本に追いかけてきてまで、武石を殺す必要があったのか、その理由が見えてきません」

「しかし、現にロベルトは姿を隠し続けている」

「ロベルトは兄リカルドの無実を信じているんです。無実の罪で逮捕され、テロリストの容疑までかけられ、獄中で死んでしまった。兄と同じように、自分も逮捕されたら、殺人の罪をなすりつけられてしまう、そう考えているのではないでしょうか」

斎藤は荒い呼吸を発するのみで、答えを返さなかった。疑い深い上司を黙らせる程度には、いくらか筋が通っていたのだろう。

「搭乗者名簿の調べがついたら、霜村を出迎えに行く気だね」

「そのつもりですが、ちょっとこれから寄りたいところがあります」

「また世界の医師団のメンバーを訪ねるのか」

「いえ。霜村毅が勤務していた研究所です」

15

中央医学研究センターは、稲城《いなぎ》市内の丘陵地帯を覆う緑の中にそっと身を沈めるように建っていた。ゲートは物々しい鋼鉄製だが、その横にささやかながら掲げられたプレートには、細菌やウイルスを研究する機関であると思わせる文言《もんごん》はふくまれていなかった。さらに、白亜の殿堂を思わせる研究所の屋舎も、ゲートから三十メートルは奥まって建てられ、近隣の環境に苦慮した作りになっていた。

事前に電話で訪問理由を告げてあったので、副センター長の服部《はっとり》という五十代の白衣を着た女性が対応してくれた。首から下げたＩＤカードを見ると、顔写真とともに服部郁子《いくこ》と名前が書いてあった。そのＩＤカードがキーになっているらしい。ドア横のタッチパネルにカードを宛《あて》がい、無菌室かと思いたくなる白一色の応接室に案内された。厚労省から莫大《ばくだい》な補助金が下りてくるのか、在外公館に負けない値の張りそうな応接セットが置かれていた。

「不思議なこともありますね。今になって霜村君のことを尋ねに来る人が続くなんて」

七年前に亡くなった元同僚を悼《いた》むかのように、服部という副センター長はわずかに声を湿らせた。

黒田は違和感を覚えて、ソファに腰を下ろしかけた動きを止めた。外事課がアメリカ側から情報提供を受けるとともに、素早く動いたことは考えられた。だが、警視庁のあとに外務省という捜査とは縁もなさそうな役所の者が同じ目的で訪ねてきたことを不思議がるなら まだしも、続いたことを驚くような口ぶりに聞こえた。外事が捜査課に情報を与え、あの新居たちもここに来ていたというわけなのか。

「警視庁の捜査員が続いてこちらに来られたのですね」

「いいえ。一人は新聞記者の方でした……」

「警察官ではなく？」

「はい。もう一人も、友人だと言ってましたが」

どちらも刑事ではなかった。副センター長の口ぶりに納得ができた。新聞記者に友人。そして、外務省の職員。警察官でもない者が立て続けに、一人の元同僚に関して問い合わせてくれば、誰でも首を傾《かし》げたくなる。

黒田は予感を込めて、副センター長に問いかけの目を送った。

「友人と名乗る人は男性ですね」

「……はい」

「いつでしたか、それは？」

わずかに視線をそらして思案したあと、副センター長は内線電話を使ってどこかへ連絡を取り、受話器を持ったまま答えた。

「……先月の十七日でした」

黒田は懐に手を入れ、彼女の前へ歩み寄った。パスポートの申請書に貼られていた武石忠実の写真をコピーしてきたものを差し出した。

「この男ではなかったでしょうか……」

「似てるような気がします」

武石忠実だ――。霜村毅の友人だと偽り、六月十七日にこのセンターを訪ねていたのだ。その二日後に、彼は成田からボリビアへと旅立っている。

「その友人は何を訊いていきましたか」

「霜村君がなぜうちを辞めたのか。何か、彼を良く知る人物と連絡が取れなくなっているとかで、一緒に仕事をする予定があったらしいと聞き、昔のことを思い出してくれないか、と相談されたんです」

黒田は、副センター長に不安を感じさせないよう、笑顔を心がけて頷いた。毅を良く知る人物とは、宇野義也のことに違いなかった。

「それで……。霜村君はこのセンターで同僚とうまくいっていたかとか――あとは仕事の内容についても訊かれましたが……」

黒田が尋ねようとしていることと、まったく同じだった。毅の過去を探るのであれば、ごく真っ当な質問ではある。一緒に仕事をする予定とは、ボリビアへ渡ったことを指しているのか。もっと具体的な何かを、武石は探り出していたのだろうか。

もう一人の新聞記者の存在も気になる。なぜ七年も経って、今さら毅を調べに来たのか。警視庁の動きを知った記者が、夜討ち朝駆けによって刑事を質問攻めにして、七年前の轢き逃げ事件を探り当てたわけなのか。が、身内である捜査一課にも情報を洩らしたくないと考える外事の刑事が、記者と懇意にしている可能性は少ないだろう。では、新聞記者はどこから毅の名前を探り当て、この研究所を訪ねてきたのか。

「新聞記者のほうは、何を訊いていったのでしょうか」

「その友人という男性と、ほとんど同じことでした」

毅の過去に狙いをつけていたのであれば、当然の質問だった。

記者から名刺を受け取ったかどうかを確認すると、副センター長は席を立って一度自分の部屋へと戻っていった。つい二日前の取材だったので、まだ名刺は取ってあるはずというのである。

「お待たせしました。東日本日報社会部の佐伯杏子《さえききょうこ》さんという方ですね」

「拝借します」

名刺を受け取り、眺め回した。特に不審な点は見当たらなかった。が、今は偽の名刺など、ちょっとコンピュータに詳しい小学生でも簡単に作ることができる。黒田はその場で携帯電話を取り出し、名刺にあった新聞社の代表番号を押した。外務省の者だと名乗り、社会部の佐伯記者を呼び出してもらった。

すると、予想したとおりの答えが返ってきた。

「部署をお間違えではないでしょうか。社会部に、佐伯という者はおりませんが」

やはり、偽者だ。黒田は間違いだったと詫びを入れて通話を終えた。

携帯電話をポケットにしまうと、成り行きに驚きを隠せずにいる副センター長に告げた。

「このセンターに防犯カメラは設置されていますよね。先ほど、正面玄関で見かけました。細菌を研究する機関だとも聞きましたので、それなりに部外秘もあるでしょうし。防犯カメラの映像を確認させていただけないでしょうか。この佐伯という偽の記者が来た当日の映像を」

事態の推移についていけず、急に浮き足立ち始めた副センター長を宥めて、警備員の詰め所に案内してもらった。裏手の通用口横に八畳ほどの部屋があり、そこにふたつのモニター画面が並び、二人の警備員が常駐していた。外務省の調査にご協力ください。そう告げると、警備員は戸惑いながらも二日前の映像を取り出してくれた。

「これです」

DVDに記録された映像が、詰め所にあるパソコン上で再生された。

画面を四分割にしたカラー映像が映し出された。署内に設置された八つのカメラの映像が同時に記録され、画面の下には秒単位で時刻が映し込まれていた。副センター長の記憶から、午後三時前後の正面玄関をとらえた映像を探し出していく。

早送りになった映像がディスプレイ上を流れていった。十五時五分になって、それらしき人物が画面の中に現れた。

「停めてください」

黒田の声が大きすぎたため、警備員が驚いて手を滑らせた。慌てて映像を逆送りにする。そして、画面の中で偽記者の動きが止まった。

アップにしてもらう必要はなかった。写真でしか知らない顔だったが、見分けはついた。防犯カメラに映っていた女性は、どこから見ても霜村瑠衣に間違いなかった。

「そうか。武石だけでなく、瑠衣まで来ていたか。まずは兄の仕事を調べに行ったんだろう。で、二人はそれぞれ何を訊いていった？」

電話で報告を聞き終えた斎藤は、声を張り詰めるでもなく冷静に問い返してきた。武石がボリビアへ向かったのは七年前の事件を調査するためだと予想はできていたし、瑠衣のほうも、捜査一課の尾行を妨害したことで、日本への入国は判明していた。毅がボリビアへ向かった経緯を調べるとなれば、その勤め先の同僚を訪ねるのは、当然すぎる行動だった。記者と称してセンターを訪れた瑠衣は、七年前の事件を語ったうえで、毅の勤務ぶりを詳しく尋ねていったという。

毅は医学部の時代から、担当教授の下で病原体の研究に従事していた。医師免許を取得後、大学に残るという道もあったが、教授の勧めで中央医学研究センターへの就職を決めた。少なくとも、その進路に厚労省のキャリア官僚であった父親の影響力があったわけではない、と副センター長は断言した。

ただ、毅は人づき合いを苦手とするタイプだったらしい。研修医の時代も、患者と接することがうまくできず、それで研究の道を選んだと推察される。勤務ぶりは真面目そのものので、無断欠勤もなく、突然の退職を願い出てきた際には、多くの職員がまず驚いたという。また、彼の退職が決まった直後には、霜村元信が息子の退職理由を尋ねにセンターを訪れるという一幕までがあったのだった。

——でも、ボランティアに参加したと聞き、私個人としては幾らか納得できた気がしました。霜村君は思い詰めやすいところがあったので、もしかしたらずっと研究者でいることへの疑問を持ってしまったのかもしれない、と当時は思ったものでした。

そう副センター長は七年前を振り返って言っていた。

「あとは二人ともに、毅の仕事内容について、かなり丹念に訊いていったと言います」

「何かまた少し嫌な臭いがしてくるじゃないか」

斎藤が電話の向こうで物憂げに声を落として言った。

「薬の中には、麻薬に類するものもある。その研究に携わっていたとなれば、ボリビア行きにも別の説明ができてきそうだ……」

「そう単純な話ではなさそうです。毅は、コロナウイルスの研究班に加わっていたといいます」

「何だね、そのウイルスは」

「人をふくむ多くの動物に感染し、呼吸器系や内臓、それに神経系の疾患を引き起こすウイルスだそうです。ちょうど毅がボリビアへ向かう前年、中国でSARS《サーズ》という呼吸器疾患を引き起こす感染症が話題になりましたよね。あのSARSも、コロナウイルスの変種だそうです」

電話口で斎藤が黙り込んだ。

SARSの最初の発症例は、二〇〇二年の七月だという。中国の広東省で、重症の急性呼吸器疾患による死亡者が出た。その後も同じ症例の患者が続き、死亡率の高さが注目された。

だが、中国政府がWHO——世界保健機関——に情報を上げたのは翌二〇〇三年の二月のことだった。やがて中国で感染が拡大するとともに、世界中のメディアが新型肺炎としてSARSを取り上げた。

中国への渡航は制限され、世界各国は検疫体制を強化する策を次々に打ち出した。四月に入って原因究明は成り、コロナウイルスの変種による感染症であることが発表された。その時点で、中国での死者は三百人を超え、感染者は、台湾、シンガポール、ハノイ、トロントへと広がった。

WHOによれば、SARS制圧宣言が出されるまでに、感染者は八千人を超え、七百人を超える死者を出すにいたっていた。

「麻薬とそのウイルスに、何か関係はあるのか」

「いえ。ＳＡＲＳの治療には、気圧を低くすることが有効で、麻薬系の治療薬が必要とされるケースはないそうです」

「ボリビアとの関連は出てきてないのか」

「それも今のところは……。ボリビアでの発症例があったかどうか、南米課の青山君に問い合わせてみます」

「わかった。すぐに私から声をかけて調べさせる。――で、警視庁からセンターへの接触はなかったわけなのか」

「広報を通しての正式な捜査はなかったようです。もちろん、センターという人目の多い場所に乗り込んだのでは、目立ちすぎます。マスコミの目を警戒して、職員個々を訪ねて回り、口止めをしつつ確認をしていったという可能性はあると思われます」

「特に、隠密行動を得意とする外事課だからね。案外、その線は高いかもしれない」

「情報はすべて外事課へ上げたほうがいいのでしょうか。課長への報告が先だと思いましたので、瑠衣の件もまだ伝えてはいません」

「嬉しいことを言ってくれるね。まあ、黙っているわけにもいかないだろう。例の搭乗者名簿の件で知らせがあったら、その時にでも教えてやることだ。また、承知していると言うに決まっているだろうがね」

「了解しました」

斎藤へ報告を上げたあとも、黒田は中央医学研究センターで霜村毅に関連する調査を続けた。

コロナウイルスには多くの種類があり、総称してコロナウイルス科と呼ばれ、その種類によって、猫にのみ腹膜炎を起こしたり、豚に胃腸炎を、鶏には気管支炎を、といったように様々な感染症を引き起こすのだと教えられた。その変種であるSARSウイルスの死亡率は、一割に及ぶ。だが、終息宣言が出されて以降、発症例はほとんど報告されていない。二〇〇二年七月から、二〇〇四年五月まで、たった一年十ヵ月の間だけに発生が集中するという、希《まれ》な事態なのだった。

あまりに感染の期間と地域が集中していたため、中国の研究機関がコロナウイルスの変種を作り出してしまい、それが外部に漏れ出したバイオハザードの可能性までが盛んに語られたらしい。

「中国政府もWHOも、バイオハザードの可能性は正式に否定しています。ただ、鳥インフルエンザなど、多くの新種が報告されるたびに、研究の過程で人工的な変種が生まれたのではないかという話が出てくるものです。それほど、細菌やウイルスの研究は先進各国で進んでおり、遺伝子操作など新たな技術開発が日々行われているわけです。もし、難病のワクチンや新薬の開発につながれば、莫大な利益を生むことになりますので」

「では、こちらでも、新薬やワクチンの開発も、手がけられているわけですね」

「ええ、まあ……」

　副センター長は急に言葉を濁し、曖昧に頷いた。いくら政府系の機関でも、民間の研究所との開発争いがあり、すべての情報を表には出せないのだと想像はできた。

「霜村毅さんも、コロナウイルスの新たな変種を研究していたのでしょうか」

「いいえ。当時はコロナウイルスの特徴をあらためて探ることで、SARSの治療につながる方法を探り出すことを主眼に据えておりました」

　副センター長はやけに力を込めて言いきった。外部からの穿鑿を受けたくない気持ちの表れにも思え、もしそうであったならば、中国に負けない最先端の研究を進めていたとも考えられる。が、毅が旅立ったのは、中国ではなく、ボリビアだった。

　黒田はひとつの可能性を思い浮かべ、訊いた。

「霜村さんはコロナウイルスの研究班に所属していた。二〇〇三年ですから、SARSウイルスの取材に、マスコミもこのセンターに押しかけたのではないでしょうか」

「対外的にはあまり知られてはいないため、数はそうでもありませんでしたが、幾つか取材を受けたと記憶しています」

「その中に、武石忠実、または宇野義也という記者がいなかったでしょうか」

七年前にさかのぼる必要があるため、調べ出すのは大変かもしれないと思ったが、副センター長はあっさりと頷き返した。

「新聞や雑誌の記事は、すべて保存してあったと思います。もしかしたら、そこに取材担当者の名前が記されているかもしれません。お礼の手紙をいただくこともありますので」

直ちに広報課の資料を確認してくれた。五年をすぎた掲載誌は、すべて資料庫に保管してあるという。

黒田は許可を得て、資料庫にあったスクラップの束を見ていった。テレビ局から送られてきたビデオテープやＤＶＤも箱の中に収められていた。だが、武石、宇野ともにテレビ局の関係者であった形跡はない。週刊誌の記事を中心にチェックしていった。

ある切り抜きはむき出しのまま、別の切り抜きは新聞社の袋に入っているなど、保存状況はまちまちで、ひとつひとつ細かく見ていかねばならなかった。

その最中に、携帯電話が鳴った。記憶にない番号からだった。

「警視庁の大垣です。搭乗者名簿の調べがつきましたので、ご報告させていただきます」

こちらがリクエストしたとおりに、黒田の携帯に電話をくれた。外務省を正式に通すのでは、外事の秘密保持方針に揺るぎが出てしまうと考える者がいる、と危ぶんだうえでの依頼だった。あくまで個人的な協力という形式を取れば、少しは譲歩も引き出せる。

「全日空〇〇七便の搭乗者名簿に、霜村元信の名前が見つかりました。サンフランシスコを定刻十二時五分に発ち、成田着は十五時十分の予定です」

「助かりました。では、こちらもひとつ、新たな情報を報告させていただきましょう」

黒田が告げると、電話の向こうで受話器を握り直すような気配があった。多少は外事の関心を集められる立場になってきたようだった。

彼女たちの懐へさらに入るため、包み隠さずに打ち明けていった。武石だけでなく、瑠衣までが記者と称して毅の勤務先を訪れていた、と。

話を終えても、電話の向こうは鳴りをひそめていた。真偽のほどを疑っているのかと思ったが、返ってきたのは身内への対抗意識を物語る言葉だった。

「その件を捜査一課の者に伝えられましたか」

「いいえ。私が協力要請を受けたのは、警視庁外事課です」

「大変参考になりました。また何かありましたなら――」

電話を切られそうだったので、黒田は彼女をさえぎるように言葉をかぶせた。

「外事課は、霜村元信に興味を持ってはいないのですかね」

「どういうことでしょうか」

「警察官が一緒にいれば、彼としてもしらを切り通すわけにいかないと考えるでしょう。あなたたちも、新たな事実が、またつかめるかもしれない」

ここは共同作戦を採る道もあるのではないか、と誘いをかけた。彼女たち外事三課が、外務省を出し抜いて先に成田で霜村をつかまえて話を聞く計画を企てないとは限らなかった。

彼女は黒田の意図を瞬時に読んだらしい。しばらくまた口をつぐんでいたが、上司に問い合わせることなく、やがて言った。もちろん、電話の横で上司が合図を送った可能性はあったが。

「では、私もうかがわせていただきます。成田の到着ロビーでお会いしましょう」

16

中央医学研究センターの資料庫をひっくり返してみたが、取材先から送られてきた掲載誌には、差出人として宇野義也の名前は見つからなかった。ただし、瑠衣のように取材は名目であり、もとより掲載誌を送るつもりもなかったというケースは考えられた。が、七年前は、SARSの影響から取材が増えていた時期であり、そのすべてを調べ出すことは難しいと言われた。もちろん防犯カメラの映像もすでに保存期間をすぎており、残っていないために確認もできなかった。

黒田は宇野のパスポート申請書に貼られていた写真のコピーを置き、この人物に見覚えがある人はいないかを尋ねてもらうよう依頼してから、中央医学研究センターを出た。そろそろ成田へ急がねばならない時間だった。

最寄りの駅までバスで出て、そこからタクシーを拾った。全日空〇〇七便は午後三時十分に到着する。車中から斎藤にまた報告を上げた。

「今度は下手な詐欺に引っかからないでくれたまえよ。あの女の子をダミーにして、君を出し抜くつもりかもしれない」

そこまで疑ってかかるとは、斎藤もかなり人が悪い。が、霞が関の官僚たちは、相手の先の先を読んで、自らの省益を守るために力を尽くす。同じ省内でさえ、駆け引きが必要なのだ。

「空港職員に協力を求めます」

「それがいい。我々に警察手帳はないが、空港なら充分に顔が利く。イミグレーションで待ち受ければ問題はないだろう。何だったら、向こうに待機している車の予約を入れておこう。車内でじっくりと話を聞いてくれ」

「了解です」

成田空港第二ターミナルには、二時四十六分に到着できた。すぐに到着ロビーへ走り、掲示板で〇〇七便の到着時刻を確認する。予定より十分早く、三時ちょうどの到着になると表示されていた。まだ十五分近くの余裕があった。

ひと息ついて辺りを見回そうとした時、背中に人の気配を感じた。

「宇野は完全に行方を絶っています」

振り返ると同時に、大垣利香子警部補が挨拶もなく、いきなり本題を切り出してきた。他省庁の者と融和を図るなど時間の無駄であり、相手が誰であろうと与えられた仕事を共にこなすのがプロだと信じている目だった。彼女はメモを見るでもなく淡々と、だが早口に言った。

「ボリビアから帰国後は、翌二〇〇四年の四月に、埼玉県所沢《ところざわ》市に転居しています。その二年後の更新時には、すでに行方がわからなくなり、残された荷物を処分するため、家族が福岡から上京しています。二〇〇五年からは確定申告もしていません。よって住民税、健康保険、国民年金もストップしています。二〇〇四年分は、いずれも支払われていますので、宇野は二〇〇五年か、前年の後半に行方をくらました可能性が高くなってきました。宇野の親族も同じように証言をしています。二〇〇四年には珍しく年賀状が来たし、久しぶりに電話もあったそうです」

「その辺りのことは、捜査一課も調べ出しているでしょうね」

黒田は言って、到着ロビーの奥に位置する出入口へ視線を向けた。目の動きに気づいた大垣警部補が肩越しに後ろを見た。

つい昨日、第一ターミナルの到着ロビーで会ったばかりの男たちが肩を揺らし、歩いてくるところだった。今日も皺《しわ》の入ったダークスーツに身を包み、それが身分証だとばかりに厳《いか》めしい顔を気取っていた。新居警部補率いる警視庁捜査一課の面々だった。

「行きましょう」

黒田は大垣警部補の腕に手をかけ、後ろを向かせた。まだ新居たちはこちらに気づいていない。

「逃げる必要はありません」

「そうじゃない。令状を持ってるならともかく、警察手帳だけで空港の中に入ることは難しい。ここは新東京国際空港とは名ばかりで、千葉県警の管轄だからね。その点こっちは外交官だ」

やっと合点がいったらしい彼女に微笑みかけて、歩きだした。税関のゲートから少し離れた関係者専用のドアを開けて、空港施設の中へ入った。狭い廊下の先には、警備員が立っている。黒田は身分証を提示して、彼に話しかけた。

「外務省邦人安全課の黒田です。〇〇七便で到着する霜村元信という日本人に話を聞く必要があります。許可は得ていますので、入国審査のブースへ上がらせていただきます」

警備員は無線で警備本部に確認を入れてから、黒田たちを通してくれた。少しは手際の良さに感心してくれるかと思ったが、刑事として無表情を貫くべきとの教えが徹底しているようで、大垣警部補は顔色ひとつ変えず、先に立って歩くほどの逞しさも見せた。黒田のほうが感心のあまり、苦笑したくなった。

検疫と入国審査は二階だった。荷物受け取りのフロアへ出ると、そこから階段を上がり、審査場へ進んだ。イミグレーションには長い行列ができていた。三時ちょうど。そろそろ〇〇七便も到着したころだった。辺りに刑事らしき男たちがいる様子はない。それを確認しているらしい大垣警部補に、黒田は言った。

「捜査一課は、どこから霜村の帰国を知ったんだろうか」

「うちが洩らすことは絶対にありません」

まるで敵意をぶつけるかのように彼女は言った。外事の結束を強調したいというより、外務省から話が洩れたのではないか、と疑っているのだった。

「当然、あなたは上司に報告なさいましたよね」

「確か、テロリストに関する情報は、警察庁の国際テロ対策課に集約されて、防衛省と公安調査庁にも伝えると聞いた覚えがあるんだが」

当然ながら外事課にも、警察庁からの出向者がいる。いくら外事課員の結束が固かろうと、どの役所の幹部も霞が関人脈に取り込まれている現実がある。霜村は元キャリア官僚であり、その人脈の中枢にいたと思われる人物なのだ。彼自らが、人脈を頼った末に、日本へ帰国する旨をどこかへ告げていたとしてもおかしくはなかった。

「どうも我々がつかんだ情報は、瞬く間に関係する役所の隅々にまで広まると覚悟しておいたほうがいいのかもしれない」

「警視庁と外務省、互いの手柄を競い合っても無駄と仰《おつしや》りたいわけですね」

「違うかな」

「その建設的なご意見は、ぜひ上層部相手に語ってください」

「上に見込みがないから、現場同士で対処したほうが早いと思ったんだ」

その意見は聞き流すべきと考えたらしい。大垣警部補はイミグレーションの奥に続く通路にただ目を据えていた。

五分も経たず、シャトル乗り場のほうから次々と搭乗客が押し寄せてきた。そのうちの一人が持つビニール袋に、〝サンフランシスコ〟との英字が読めた。だが、いつまで待っても、霜村は現れなかった。

大垣警部補が不審を目に浮かべて黒田を見つめてきた。時刻は三時十五分。もう現れてもいいころだった。

「確かめてくる」

彼女に言い置き、黒田は再び近くにいた警備員をつかまえた。空港オフィスに問い合わせを入れ、〇〇七便が駐機したターミナルを調べ、ボーディングブリッジを接続させた担当者を呼び出してもらった。警備員から手渡された無線に話しかける。

「〇〇七便の搭乗客はもう降り始めていますよね」

「いいえ、もう残ってないと思いますよ。清掃作業が始まってますので」

「もしやシャトルではなく、別のルートへ案内された人がいなかったでしょうか」

「ああ……あの人のことかな」

無線の向こうで男の声が頼りなく響いた。手が急に汗ばんでいく。

「空港職員が来て、乗客の一人を連れて行きましたが……」

「まさか、一緒に三人連れのダークスーツを着た男たちがいたんじゃ――」

「ええ、そうでしたね。制服警官も一緒にいたんで、よほどのＶＩＰなんだろうって思いましたから」

警視庁捜査一課の新居たちに違いなかった。

一人で駆け戻った黒田の表情からすべてを読み取ったのだろう。大垣警部補は女だてらに空港施設の床を靴底で蹴り飛ばした。初めて感情の迸《ほとばし》る目で黒田を睨みつけてきた。

「どういうことですか。霜村は何ひとつ罪を犯してはいませんよね。だったら、罪もない民間人をなぜ捜査一課が連行できるんです」

目の前にいる男が捜査一課の回し者だと信じるかのような目つきだった。

詳しい経緯《けいい》はわからないが、彼ら捜査一課は、外事が霜村を迎えに行くと知り、先手を打って千葉県警に協力を求め、別の出口へと導いたのだ。入国審査はすまさねばならないので、第一ターミナルを経由して外へ出た可能性が高い。

「連行じゃないんだ。霜村が自ら捜査一課に協力した。そうとしか考えられない」

「では、霜村が助けを求めていたのは、捜査一課と関係の深い者で――」

「同じ警視庁で、なぜこれほど君たち外事を除《の》け者にする必要がある？」

彼らは間違いなく、明確な意志を持って先手を打ったのである。外事に先を越されたのでは困る理由があったと思われる。しかし、捜査一課が追いかけているのは、武石の殺害事件のほうなのだった。霜村に協力を求める理由がどこにあるのか。

警視庁内の主導権争いだけではない何かが、そこにある、と思われる。

唇を嚙《か》んでいた大垣警部補が横を向いて携帯電話を取り出した。上司への報告である。

「――そうです、捜査一課に先を越されました。……はい。必ず何かあるはずです。刑事部に正式な抗議をしていただけますでしょうか。向こうの返答次第で、探る道も見えてくると思われます。……はい。わかりました」

携帯電話をたたむなり、黒田を振り返った彼女の表情は、通りすがりの市民を見るように他人行儀なものに戻っていた。先ほど見せた怒りの断片すら残ってはいなかった。

「ご協力ありがとうございました。本部へ戻りますので」

「君の携帯の番号を教えてくれないだろうか。個人的な興味からじゃなく、もちろん今後も情報交換をするために、ね」

誤解を受けては困るので精いっぱいに微笑みかけたが、彼女の無機質な目は変わらなかった。

「何か報告すべき情報が入り次第、外務省に連絡させていただきます。では――」

空港を使い慣れている身でありながら、むざむざと裏を掻かれた男を見限るように、彼女は視線を外した。そのまま、足早に到着ロビーから出ていった。

17

一人ですごすごとリムジンバスで東京への帰途についた。斎藤が予約を入れておいたハイヤーを役立たずの男が一人で使えるわけもなかった。またも捜査一課に出し抜かれたことを報告すると、斎藤は電話口でしばし口をつぐんだ。部下を罵倒《ばとう》したい気持ちを精いっぱいに抑え込んでいたのかもしれない。

「どう考えても捜査一課の動きが怪しすぎるな。まあ、何があろうと、悔しいかな、警視庁内の縄張り争いに我々が口を挟める筋合いではない。あとは彼らに任せるだけだな」

悔しいと口にしておきながらも、傍観を決め込むような物言いに聞こえた。あくまでアドバイザーという分をわきまえておいたほうが後々問題にされることもないのは確実だった。背後に張り巡らされているであろう霞が関人脈の入り組みようは想像ができた。一歩身を引くことで、その全容を見極めようという狙いがあるならまだしも、口調にはあきらめの気配が漂っていた。もちろん、部下の動きを牽制しておくべきとの判断から、そういう態度を取っているとも考えられた。相手はウナギと呼ばれ、幹部にも本心を見せない男なのだ。

「とにかく各方面の動きを探ってみよう。それまでは、できる範囲の情報を集めるしかない。いいね」

黒田の返事もろくに聞かず、電話は切れた。早速どこかへ報告を上げるために席を立ったと思われる。ここにも一人、人脈の蜘蛛《くも》の巣を器用に渡り歩こうと励む者がいた。踏み出す先を間違えて、搦《から》め捕られないことを今は祈るだけだった。

黒田はリムジンバスの車内で、いくらか蜘蛛の糸を解こうと努めたが、手がかりが少ないために、めぼしい糸口すら見つからなかった。瑠衣が日本に入国していた事実は確認されている。偽造パスポートを使っての入国に間違いなく、出入国管理法違反に該当《がいとう》する。だが、その罪を犯した者の親族を、警察が連行する権限はなく、任意での同行も考えにくい。新居たちの狙いが見えてこないのだ。そもそも入管法違反で逮捕状が請求されたのかも、大垣警部補は口にしていなかった。外務省の者に隠す意味があるとは思いにくい。

警視庁内で何が起きているのか。単なるテロリスト情報に基づく捜査が本筋なのか、という疑問すら湧いてくる。

霞が関の外務省へ戻り着いた時にはすでに六時が近かった。仕事を終えて家路につく同僚たちの流れに逆らい、新庁舎の四階へ上がった。

　邦人安全課のデスクに斎藤の姿はなかった。サンダルが机の下に残されているので、今日は早くも退庁したのだとわかる。ただし省の外へ出てのロビー活動に精を出していると も考えられた。最近の官僚たちは、政治家に負けず劣らず、密会での決め事を好む傾向が強い。

　デスクの上には、メモと資料の束が置かれていた。

『ボリビア関連の資料です。気になるものが二、三あります。青山英弘』

　走り書きのメモをめくると、新聞記事やホームページをプリントしたものが束ねられていた。最初の一枚に目を通していき、たちまち動悸が跳ねた。青山が言う〝気になるもの〟が、いきなり目に飛び込んできたのだ。現地ボリビアの新聞記事をコピーしたものだった。

　懲役十五年の刑を宣告された元副大統領が、今年五月、服役から七年後に恩赦を受けて釈放され、ロサンゼルスへ向かったという記事だった。副大統領の名は、アルフォンソ・ロペス。軍部出身のロペスは二〇〇三年に勃発したガス戦争の際、抗議デモに参加した住民を弾圧し、死亡させた容疑で逮捕されたのだった。

　釈放されたアルフォンソ・ロペスがロサンゼルスへ向かったのは、妻の実家で静養するためだという。その妻は、ブライトン製薬の幹部の娘だと記事にはあった。

ブライトン製薬――。

霜村元信の勤務する製薬会社だ。

黒田は椅子に腰を落ち着け、次の新聞記事に目を走らせた。ブライトン製薬がボリビアに研究所を設立した経緯がまとめられていた。アメリカの上院議員ドワイト・スミスが、かつてブライトン製薬の顧問弁護士であった経緯から、その仲介でボリビアへの医療援助が決定された。スミスの妻も、ブライトン製薬の創始者一族の娘なのだという。そのスミスがまとめた無償資金援助の中に、ブライトン製薬の研究所と総合病院の建設が入っていたのである。

外交官の一人としてではなく、まっとうな社会人の一人として、黒田もドワイト・スミスの名は記憶にあった。現在のアメリカ副大統領だ。

黒田は資料をデスクに置いた。目の周囲をもみほぐし、幾度も深く息を吸う。

ブライトン製薬と霜村元信。ロベルト・パチェコに、二〇〇三年に獄中で死亡した兄のリカルド・イシイ。その当時の副大統領が逮捕されており、ブライトン製薬の幹部の娘を妻にしていた……。

青山は、よくもこんな資料を置いて帰宅できたものだ。遠い地球の裏側に当たるボリビアの出来事にすぎないと考えているのか、深入りしたのでは面倒に巻き込まれると判断したか。現職のアメリカ副大統領の名前までが登場してきたのだ。すぐに電話で報告してこなかったからには、まず後者に疑いなかった。

もちろん、警視庁から協力を請われたのは黒田であり、青山はその手伝いをしているにすぎなかった。が、ロベルト・パチェコが日本に入国し、ブライトン製薬に勤める霜村元信の娘までが偽造パスポートを使って帰国しているのだ。あまりに危機意識が欠けすぎていた。

おそらく、警視庁でもこの情報をすでにつかんでいるのだろう。現職の副大統領が懇意にしている製薬会社。そこに厚労省から転職した霜村元信。外事に先んじて捜査一課が霜村を出迎えたのも、この情報がどこかで関係していたとも考えられる……。

デスクに置いた携帯電話が震えだした。またも登録のない者からの電話だった。〇九〇が頭につくので、携帯電話だとわかる。

「はい、黒田です」

「今すぐテレビをつけてください。八チャンネルです。霜村元信が出ています」

つい二時間前に別れたばかりの大垣警部補だった。挨拶がないのは例によっていつものことだが、忙しない口調に尻をたたかれ、黒田は反射的に席を立った。フロアの隅にパーティションで区切られた会議用の一画がある。そこにディスプレイも兼ねて大型テレビが置かれていた。

小部屋へ飛び込んで、テレビのスイッチを入れる。もどかしいほどにゆっくりと映像が浮かび上がってくる。声のほうが先にはっきりと聞こえた。

「……すでに消息を絶ってから四日になっています。公開捜査に切り替えられたからには、よほど危険な状態にあると思われる理由があるのでしょうか」

「今はまだ名前と顔写真しか公表はされていません。霜村瑠衣さん、二十二歳。サンフランシスコ在住ですが、六年前まで日本に住んでおり、土地勘はあると思われます」

やっと映像が浮かび上がった。瑠衣の顔写真が映し出されていた。

画面が切り替わり、マイクに囲まれている霜村元信の姿が目に飛び込んでくる。黒田は見逃さなかった。霜村の後ろには、新居警部補と一緒に空港へ来た男の一人が映し出されていたのだった。

「捜査一課の狙いはこれだったんです」

電話の向こうで大垣警部補が口惜しげに声を押し出した。

日本へ帰国すると同時に行方を絶ったとして、瑠衣の公開捜査を仕掛けたのである。もちろん、出入国管理法違反で逮捕するためではない。彼女の情報を集めることで、ロベルト・パチェコを引きずり出すのが真の目的なのだ。この発表を行うため、新居たちは外事に先んじて霜村を確保しておく必要があったのである。

霜村は、日本時間で今日の午前四時には空港を出発している。瑠衣が刑事の尾行を妨害したのが、昨夜の午後九時すぎ。直ちに確認作業が行われたとすれば、その日の深夜にサンフランシスコの霜村と連絡を取り合うことはできた。

だが、彼らは千葉県警にも協力を求めていた。外事や外交官も成田に来るだろうが、事前に話ができているのであれば、千葉県警にまで協力を求める必要はない。彼らは独自に、霜村がその便に搭乗していることを突き止め、急遽出迎えることを決めたのだった。公開捜査という正式な手続きを経て、ロベルト・パチェコを捜し出すという絶妙の策を思いつき、外事には話を通さず、実行に移してきた。

「彼らが得意技とする別件逮捕と同じ手ですよ。指名手配をしたのでは、霜村瑠衣、ロベルト・パチェコともに、ますます潜伏を図ることになりかねない。それならいっそ、行方不明者の公開捜査にして、民間からの情報をくまなく集めたほうがいいですから。さらには、宇野義也をテロリストの一員として、インターポールに国際指名手配の手続きを取るつもりだとの発表も行われました」

宇野がテロリスト……。

めまぐるしく事態が展開していく。だが、疑問が湧き出し、黒田はそれを見つめた。

「宇野がテロリストだという証拠が出てきた、そういうわけじゃありませんよね」

「こっちもまず間違いなく別件容疑だと思われます」

「捜査一課は宇野が日本にいないことを、瑠衣とロベルトに伝えようとしている」

黒田の問いかけに、返事が戻ってこなかった。

「違いますか？」

「いえ、我々もそう考えています」

「しかし、証拠もないのに国際指名手配ができるのですか」

「彼らは、その手続きに入ると発表しただけなのです。形振《なりふ》り構わず、宇野が日本にいないことを公表したがっているとしか思えません」

「なるほど。捜査一課は、ロベルトと瑠衣が、宇野を捜しに日本へ来たと考えている」

「もしそうであれば、目当ての宇野が日本にいないと彼女たちは知ることになります。目的を果たすことができない以上、日本に潜伏している理由はなくなります」

「かといって、サンフランシスコやボリビアへ帰ることもできない。あとはもうすべてを諦め、出頭してくるほかはない……」

新居たち捜査一課は、宇野という姿を消した人物がキーパーソンだ、と捉えているのだ。ロベルトは、兄から日本人記者の存在を聞かされていたのかもしれない。そこに、宇野を捜すためにボリビアまで渡った武石というもう一人の記者が現れた。武石同様に、ロベルトも宇野を捜す目的で日本へ渡ったのではないか。そう推理を逞しくさせて、宇野が日本にいないことをロベルトたちに教え、同時に公開捜査で瑠衣の情報をかき集める策を採ったのである。

「もうひとつ、情報が入ってきました。いずれそちらでも調査されると思いますので、そう貴重な情報ではないかもしれませんが、一応お伝えしておきます」

見当がつかず、黒田は言葉を待った。わざと焦《じ》らしでもするように、彼女は電話口で間をあけてから、言った。

「霜村一家は、サンフランシスコへ住まいを移したとはいえ、六年前まで住んでいた自宅を、今も日本に残してありました」

黒田は自分の迂闊《うかつ》さに唇を嚙んだ。霜村は、厚労省を辞めた時点で五十二歳。官僚という立場から見て、首都圏に自宅を持っていて当然の年代だった。その昔の自宅に、瑠衣やロベルトが出没していた形跡が見つかったのかもしれない。

「刑事部にしてやられて、うちの上のほうは、かなり苛立っています。そちらにもとばっちりが行くかもしれません。ご注意ください」

最後に忠告をつけ足してから、大垣警部補は通話を終えた。わざわざ携帯電話を使って連絡してきた理由は、そこにあったらしい。上司の目を盗んで迂闊な外交官に注意をうながしておいてやろう、と考えてくれたようだった。

大リーグの結果を笑顔で伝え始めたスポーツキャスターにまで笑われている気がした。テレビのスイッチを手荒く切った。確かに、霜村の日本での自宅にまで思いがいたらなかった黒田のミスと言えた。無論、外事もそれに気づくべきで、その点では双方にミスがあり、捜査一課に先を越されたのだ。

捜査のプロの周到さを、今さらながら教えられた。捜査一課は豊富な人員により、手当たり次第に瑠衣の周辺を探っていったという強みはあったろう。だが、日本に残された自宅は、冷静に思いを巡らせていれば、気がつけたはずなのだ。黒田たちなら、パスポート情報から霜村家の住所は簡単に突き止められる。外務省の迂闊さから捜査一課に先を越された。そう外事の幹部らは憤っているからこそ、黒田に電話をかけてきたのだ。

己の甘さを知った。資料の読みが浅いと、こういう事態を招く。先を越されたのが悔しいのではない。打つ手が目の前に見えていたにもかかわらず、気づくことができなかった。邦人保護担当領事には、同胞の命と権利を守る務めがある。一刻の猶予もならないケースもあり得た。ミスが、それこそ命取りにつながる場面も考えられる。

忸怩《じくじ》たる思いで、会議用の小部屋を出た。ドアを閉めようとした時、黒田は自分の席に人影があると気づいて、視線を振った。

女性だった。誰もいない邦人安全課のフロアを見回しつつ、その手がデスクの上を動いている。またも松原宏美が黒田を訪ねて来たのだ。デスクの資料が気になり、それをのぞき込もうとしている。

「松原君。まだ帰っていなかったのか」

黒田は胸の荒《すさ》みを隠して、彼女に声をかけた。

松原宏美が驚いたように顔を上げ、それから微笑みへと表情が和らいだ。

「あの……青山さんが集めた資料ですね、これ」

デスクの上を指さしながら、怪訝《けげん》そうな表情を見せた。

「これだけ置いて先に帰るなんて……。何かあったんですか？」

彼女はなかなか鋭い見方をしていた。青山がもう帰宅したと知り、黒田の部署まで足を伸ばしてきたと見える。

おそらく青山は、上司の顔色から多くを読み取ったのだ。役人としての観察力と直感から、この件に関わっていても得るものは少ない、と見当をつけた。手柄は警視庁にすべて持って行かれ、もし失敗があった場合は外務省側がたたかれそうな状況がそろいつつある。直属の市川あたりが、幹部の反応から、黒田にすべて任せておけ、とアドバイスを送ったとも考えられる。

「何もない。我々はできることをやるだけだよ」

ちっとも答えになっていなかった。が、黒田の態度から何かを察したらしく、松原宏美はそれ以上尋ねようとしなかった。黒田はまだ読んでいない資料を鞄に詰め込んだ。

「君も帰りたまえ。色々とありがとう」

彼女に言って、先に邦人安全課のフロアを出た。案じる若い職員の目を気にしているゆとりはなかった。黒田はその足で北庁舎へ立ち寄り、大臣官房総務課のフロアへ顔を出した。まだ居残っていた職員に声をかけ、七年前の官庁職員録の保管先を聞き出した。

一人で書庫に入り、職員録を見つけ出した。厚生労働省のページを端からめくっていった。霜村元信の名前は、医薬食品局内の審議官として載っていた。住所を書き写すと、タクシーを飛ばして世田谷区梅丘の住宅街へ急いだ。

住所を探り当てる必要はなかった。

黒田は金を払うことさえ忘れてタクシーを降りかけた。運転手に呼び止められて、慌てて一万円札を差し出した。つりを受け取るのももどかしく、狭い路地を走った。だが、その家の前までは、たどり着けなかった。

黄色いテープが貼られ、制服警官が立っていたのである。警視庁と書かれた大型のバンも停車していた。その奥には黒塗りの車が三台。白地に消防庁と書かれた車も見えた。かすかに焦げ臭さが辺りを埋めている。

黒田は身分証を掲げ、辺りに睨みを利かす制服警官の前へ歩いた。

「外務省邦人安全課の黒田と言います。霜村元信さんの調査を担当しています。何があったのでしょうか」

「隊長。外務省の役人さんが来ていますが」

部下に呼ばれて、もう一人の制服警官が車の陰から現れた。黒田を足元から見上げつつ、男が言った。

「何の調査か知らないが、あとで本庁を通して話を聞いてほしい。今はまだ検証中でね」

「中で何があったんですか」

「この先は立ち入り禁止だ。向こうからなら、ちょっとは見えるだろうね」

顎を振られて、反対側の路地方向を示された。黒田は住宅街の狭い通りを迂回し、反対側から霜村邸の前に回った。焦げ臭さの理由が見えてきた。

霜村邸があったと思われる地には、消し炭と瓦礫《がれき》が折り重なり、そこでヘルメットを被った男たちが現場検証を行っていた。

今日の午前三時ごろ、爆発音とともに出火し、霜村邸は全焼していたのだった。

18

もうどうしていいのか、わからなかった。次々と予想を超える事態が目の前で起こり、そのたびごとに瑠衣は心臓を鷲《わし》づかみにされる思いがした。真実と、あってほしくない予測の境界線が曖昧となり、先々を考える精神的なゆとりがなくなっていた。

ロベルトの前に武石忠実というフリーライターが現れたのは、ただの偶然ではない。今になって隠された真相に気づいた者が、日本でも出てきたのだ。彼は一攫《いっかく》千金を狙っているように見えたが、心強い味方になるかもしれない。リカルドをテロリスト扱いしたため、サンフランシスコのバーで諍いを起こしたが、それも天の配剤なのだとロベルトは言った。これを機に、必ず真実が目の前に現れてくる。兄の汚名を晴らすことが、きっとできる。

ところが――。

先に日本へ帰国した武石が何者かによって命を奪われた。さらには、六年前まで住んでいた梅丘の自宅までが燃やされた……。

今も昨夜のことを思い出すと、掌《てのひら》と言わず、背中にまで汗が噴き出してくる。

――いいかい？　あとはもう、君のお兄さんと宇野の接点を調べ出すしかない。

ロベルトの狙いは理解できた。どこかで必ず兄と宇野義也はつながっている。それは瑠衣が思い描いたように脅迫《きょうはく》かもしれなかったし、ロベルトが睨《にら》んだとおりに共謀なのかもしれない。望んでいた研究員の仕事をあっけなく手放し、ボランティアとしてボリビアへ向かった裏には、そうすべき深い理由があったとしか思えなかった。

兄の部屋は、今も梅丘の自宅に、手つかずのまま残されている。瑠衣がそう告げると、ロベルトはすぐに決断した。鍵は持っていなかったが、身内である瑠衣が自宅に入るのだから、たとえ窓を破ったところで罪にはならない。どこかに手がかりが残されているのではないか。

鍵を壊す現場を近所の者に見られたくなかった。ロベルトは深夜の決行を提案し、瑠衣も受け入れた。が、待っていたのは、予想を超える現実だった。

ロベルトは音も立てずにドライバーを使って風呂場の窓にはまっていた格子《こうし》を外した。それから用意したガラス切りで窓ガラスに穴を開けて、鍵を外した。風呂場のドアを開けたところで、灯油に似た臭いに気がついた。

少なくとも三年間は誰もこの家に足を踏み入れていないはずだった。なのに、廊下のほうから灯油のものとおぼしき臭いが漂ってきた。

どう考えてもおかしい。

——逃げよう、ルイ。

ロベルトは、脳裏に武石の死がよぎったという。風呂場の窓を乗り越えようとしていた瑠衣は、彼に押し戻された。外した格子もそのままに、腕をつかまれるまま裏庭から逃げ出した。

——霜村さんの空き家から、ガスの臭いが漂ってきます。かなり臭うんです。おかしいですよ。灯油の臭いまでしますから。

一一〇番通報はしなかった。声を録音されてしまう。ガス会社の電話番号を調べて連絡を入れた。空き家と知れば、警察にもきっと連絡が行く。

その狙いどおりに、まずやって来たのは自転車に乗った制服警官だった。瑠衣はロベルトとともに、近くの路地からその様子を見守った。

警官は裏庭へ回ろうとはしなかった。通報にあったガスの臭いが漂っていないことに不審を覚えたのだろう。空き家という情報は伝わっていなかったのか、警官は霜村家の呼び鈴を押した。家の電源はブレーカーごと切ってあり、インターホンは音を発しない。

警官は門扉を開けて玄関ドアへ近づいた。ノックを三度くり返してから、返事がないことを確かめたあと、ガスの臭いがしないことに安心しきっていたのか、警官はドアノブに手をかけた。

次の瞬間、轟音《ごうおん》とともにドアが吹き飛び、警官が路上まで転がった。遅れてオレンジ色の炎が玄関から噴き出してきたのだった。

あまりのことに足がすくみ、動けなかった。ロベルトに腕を引かれ、ようやく歩けた。路地へ駆け込みながら、瑠衣は燃える自宅を振り返った。警官は路上を這《は》いずるように逃げていた。

しかし、なぜ、誰が――。

アランが知り合いの日本人の名義で借りてくれたレンタカーに走り込み、梅丘から離れた。ラブホテルを見つけて、とにかく身を隠した。もちろん、ベッドへ横になったところで、二人とも眠れなかった。

何者かが霜村家に爆薬を仕掛けた……。現実を目にしたのに、信じることができなかった。が、すでに武石が殺されている。事実の重みが胸を締めつけた。

ロベルトが兄の過去を探ろうとして、霜村家に忍び込むのではないか。そう予測した者がいたのだ。真相を暴《あば》き出されては困る者が、この日本にいる。その人物が武石の命を奪い、霜村家にも発火物を仕掛けた……。

そうまでしても守り通さねばならない秘密が、この事件の裏には横たわっている。兄の不始末だけではない何かが必ず——。

昨夜から、二人とも疲れ果てていた。夕方には別のラブホテルに入った。今は身を隠しているしかなかった。ロベルトは、武石の仕事先を回って話を聞く方法はないか、と言った。が、警察は武石殺害の捜査に動き回っているはずで、近づくのは危ない。兄リカルドのように、罪を着せられ、逮捕されるのではないか。

携帯電話が鳴った。やはりアランが知り合いの日本人の名義で借りてくれたものだった。ロベルトが素早く手を伸ばして電話に出る。

スペイン語での会話が続いた。ロベルトが急に起き出し、壁の前に置かれた薄型テレビに近づいた。リモコンをつかんでスイッチを入れる。

「ルイ。見てくれ」

ロベルトが振り返り、携帯を耳に当てたまま、昨日からずっと思い詰めていた顔をさらに曇《くも》らせて言った。

映し出されたのは、ニュース番組だった。瑠衣はベッドを押して身を起こした。輪郭を表した映像の中、見間違うはずもない人物の姿があったからだ。

「――家族の要望もあって、警察は早い時期での公開捜査に踏み切ったと見られます」

アナウンサーの声が遠くどこかへ吸い込まれて消えた。マイクを突き出されて、伏し目がちに何かを語る父の姿が、そこにはあった。娘が行方をくらまし、心を痛めた親を懸命に演じていた。

我が家の中で、父はずっと特別な存在だった。お父さんは国のために働いている。大変な仕事を任されているから仕方がない。母はいつもそう言っていた。父は仕事にしか興味がなく、家のことをすべて母に任せていた。

今の歳になってみれば、厚労省の官僚という父の仕事に多少の理解はできるが、あのころは両親の気持ちが想像もできなかった。国の仕事を担う立場にあると、なぜ家を顧《かえり》みずとも許されるのか。そういう父の無関心さが、毅の心を歪ませたのではないか。

母が突然の脳梗塞《のうこうそく》で帰らぬ人になったあとも、父は二人の兄に家のことを任せて仕事に没頭した。それがいけなかったのだ、と父もあとになって嘆きはした。毅のことがあって以来、父は確かに変わった。だが、その裏で、ずっと隠し事を秘めてきたのだった。

そして今も、悩める父親を演じて、多くの人々に嘘をついている。これではまるで、ロベルトを誘拐犯人扱いするようなものに思えた。

父は、ロベルトと瑠衣が何をする気でいるのか、知ったのだ。だから、一刻も早く瑠衣を見つけ出そうと躍起になっている。

「……罠《わな》だよ。アランもそう言っている」

ロベルトが哀しげな目で瑠衣を見た。胸の奥で、気持ちを支える芯《しん》の一本がまた折れる音を瑠衣は聞いた。

そうなのだ……。今、父がこれほどにも隠そうとしている真実を、娘の自分が暴こうとしている。父は娘の決意を悟り、藁《わら》にもすがる思いで警察に協力を求めたのだ。

「言っただろ。来ないほうがよかったんだ、君は……」

ロベルトまでが苦しげに声を詰まらせた。

だが、瑠衣はぐらつく決意の足場を踏み固めるため、強く首を振り返した。これは、家族だからこそ、自分が見据えなければならない真実なのだ。家族の一人が逃げたのでは、絶対にいけない。

「残された方法は、もう私が父にぶつかるしかないわ」

何度も父に真実を打ち明けてくれと訴えた。最初は笑い、次には怒り、最後にはおまえの気持ちがわからないと言って父は泣いた。あとはもう実力行使しかない。日本に来たからこそ、きっと真実に近づける。

瑠衣の目をのぞき込むようにして、ロベルトが言った。

「方法は、ボクとアランで考える。何とかなる、と思う」

「お願い」

テレビの中で、また父が見えない世間に向かって深く深く頭を下げていた。

19

爆発に近い火災でありながら、消防の到着が早かったせいもあって、隣家への延焼は食い止められた。第一発見者となった警官以外には、怪我人も一人として出なかったという。瓦礫の下からも、犠牲者は発見されなかった。それが近所の住人から仕入れることのできた情報のすべてだった。現場の警官は黙して語らず、黒田を追い払うことにのみ熱を上げた。あとは、外務省から正式に問い合わせをするほかはなかった。

なぜ霜村家が焼け落ちたのか。それも、爆発音とともに——。

捜査一課の新居たちが霜村を出迎えたことと、この火災がどこかで関係していそうだった。ロベルトや瑠衣の仕業だとは考えにくい。彼らは七年前のボリビアでの轢き逃げ事件を調べていると思われる。かつての自宅に毅の私物が残されており、それを調べに来たという可能性は考えられる。そこで何かを発見したとしても、家ごと焼き払うまでの意味があるものか。

自宅が全焼したとなれば、帰国した霜村に帰る場所はなかった。都内のホテルに宿泊していると想像はつくが、捜査権のない黒田に、その場所を特定することは難しい。電話を入れて問い合わせたところで、正直に答えてくれるホテルがあるはずもない。

黒田は霜村の携帯に電話を入れた。海外ローミングサービスがある機種なら、日本でも通話ができる。が、またも電子音の響きを帯びた女性の声が英語で不在を告げた。

「……外務省の黒田です。せっかく日本へ帰国されたのに、ご自宅が全焼され、お困りのことと思います。捜査一課の依頼を受け入れて公開捜査の真似事《まねごと》をするのはかまいませんが、私どもに連絡をいただけない場合には、娘さんがサンフランシスコで偽造パスポートを手に入れていた事実を公表せざるを得なくなります。同時にご自宅が焼けた件も発表しましょう。マスコミ各社が喜んでくれることは間違いないでしょう。連絡をください。待っています」

脅迫めいたメッセージを残したにもかかわらず、霜村からの電話はかかってこなかった。日本からではメッセージを聞けない機種があるとは思いにくい。捜査一課に相談して、黙殺すべきと決めたのだろう。いずれ警視庁から正式な抗議がくるのかもしれない。当たってほしくない予測ほど的中する。中目黒のマンションに帰りついたところで、携帯電話が鳴った。片岡博嗣からの電話だった。

「ずいぶん手を焼いているようじゃないか。君にしては珍しい」

帰国の挨拶をしていなかったことに腹を立てているわけでもないだろうが、片岡の声は不機嫌の荊《いばら》を帯び、黒田の耳に棘《とげ》がいくつも刺さってきた。

「まさか外務省事務方のトップに、警視庁から苦情が寄せられるとは思ってもいませんでした」

「警視庁にも、大学の同期がいるんだよ。あそこの刑事部長はかなり切れる男らしい。上司の交友関係を調べ出して、副総監から外務省にねじ込んでほしいと言ってきたそうだ。霞が関の横のつながりを正しく理解している男のようだ」

「そうですね。どこかの落ちこぼれとは違いますね」

「まったく違う。上昇志向があるかないかで、霞が関の歩き方は大きく変わる。断っておくが、出世と上昇志向はイコールではない。簡潔に言えば、やる気の有無だ。君の同期は、警察庁や警視庁にいないのかな？」

もちろん、いたはずだ。が、噂で聞いたにすぎず、同期組の飲み会にも、出席はしてこなかった。無論、出席できるほど日本にいなかったからではない。

「いいかな、黒田。おれだって、いつまでも今の地位にいられるとは限らない。おまえが本気で、日本人同胞の安全のために働きたいと考えるなら、おれに代わる保護者を今から作っておけよ」

片岡らしい言い方だった。少しは黒田を保護する立場にあるとの自覚は持ってくれているらしい。

「しかし、謎だよ。霜村は七五年の入庁組だ。ところが、稲葉のほうは七九年なんだ。なのに、なぜ稲葉が神坂君を動かしたのか……」

片岡は、キャリア官僚としての年次を言っていた。娘の所在がわからなくなった霜村がSOSの電話を日本の外務省関係者に入れたとしても、サンフランシスコの神坂に協力要請を発した稲葉外務審議官とは、入庁時期が違っているのだ。霜村と稲葉の間には、また別の何者かが介在する可能性を口にしていた。

「謎が多い事件だよ。充分、周りを疑ってかかれ。どうも次官の頭越しに指示を出しておきながら、姿を見せようとしない謙虚な者が多くて困る。裏を返せば、いつどこから矢が飛んでくるかわからないと覚悟しておいたほうがいいってことだ。意味はわかるな」

「はい。次官に敵が多いという意味ですね」

「誤解するな。身内に競い合う者がいるから、組織も人も磨かれていく。敵は敵でも、好敵手はありがたいほどだ。その反対に最も質《たち》が悪いのは、好敵手になれないと自分を見限り、外の敵と手を組んで人の足を引っ張りにかかるやつだ。まさしく外敵。つまみ出すに限るが、ゴキブリのように組織の隙間に逃げ込んで姿を隠したがる。しかも、一匹いれば、その周囲にうじゃうじゃ同類が身を寄せている。一人じゃ霞が関を生きていけないから、やたらと力を結集したがる。まったく始末に負えんよ」

その意見に思うところはあったが、下手に言葉を返そうものなら、長々と愚痴を聞かされそうな雰囲気だった。

「どうして黙っている？」

「次官がゴキブリ退治をいつしてくださるのか、と考えていました」

「そのためにも、下手な動き方はしてくれるなよ。いいか、表立って動こうというなら、うまく外事を使え。そうすれば、警視庁同士の縄張り争いになる」

さすがは役所のトップに立つ者らしい的確なアドバイスだった。黒田は笑いを抑えながら、肝《きも》に銘《めい》じておきます、と言い返した。

「少しは頭を使え。この事件、とんでもない裏があるかもしれない。気をつけろよな」

例によって持論を存分に披瀝《ひれき》すると、黒田の返事も聞かずに電話は切れた。


いつのまにか寝入っていたらしい。テーブルの上で携帯電話が身を揺らす音で目が覚めた。反射的に手を伸ばすと、辺りにボリビア関連の資料が散らばった。携帯電話を見て、時刻と発信元を確認する。

午前四時二分。またも心当たりのない番号からの電話だった。至るところから電話がかかってきてもおかしくない状況にはあった。腹の奥に力を込めてから、通話ボタンを押した。

「……夜分遅くにすみません。中央医学研究センターの服部です」

女性の震え声が聞こえてきた。昨日の午前中に話を聞いた副センター長だと記憶が甦《よみがえ》ってくる。宇野義也の名前に聞き覚えがある者はいないかどうか、職員に問い合わせてくれ、と頼んではあった。が、時刻は真夜中。どちらかと言えば、朝に近い。

「こんな時間に何があったんですか」

「あの……。よくわからないんですが、たった今、センターの警備員から緊急連絡が入りました。つい先ほど、センターの正面ゲートに、車が……突っ込んだ、と」

霜村邸の火災に引き続いて、今夜は中央医学研究センターに災厄が降りかかってきた。このタイミングで霜村毅の関係先が襲われたとなれば、ただの偶然と考えるほうがどうかしていた。

「警察への通報はすませたそうです。ですが、黒田さんにもお伝えしておいたほうがいいかと思いまして……」

「ありがとうございました。すぐにうかがいます」

脱いだまま置いてあったジャケットをつかむなり、マンションを飛び出した。東京都下にセンターはある。すでに警視庁へと知らせは届き、捜査一課のメンバーが呼び出されたはずだ。ここは片岡のアドバイスにしたがって、警視庁内での縄張り争いを引き起こすことに決めた。

幸いにも昨日の夕方、大垣警部補から携帯で電話をもらっていた。こちらへの忠告の意味合いは大きかったが、今後も省庁を通さずに情報を交換しようとの思惑も感じられた。

山手通りを走りながら着信履歴を表示し、リダイヤルする。

枕元に携帯を置いてあったのか、二度目のコールで電話がつながった。

「黒田です。おはようございます」

「何か起こりましたか」

真夜中の電話にも慣れた口調だった。彼女は迷惑がる様子も驚きもなく、すぐに訊いてきた。

「七年前に霜村毅が勤めていた研究所に、つい先ほど車が突っ込んだ。この真夜中にね。早く駆けつけないと、また新居とかいう捜査一課の警部補に先を越されてしまう」

「すぐに向かいます」

場所を問うこともなく電話は切れた。


山手通りでタクシーをつかまえられた。深夜なので三十分もかからずに、稲城市内の中央医学研究センター前に到着できた。

周囲にはパトカーが五台、車線の半分を占領して連なり、鑑識のライトバンも停まっていた。辺りに人家がないために野次馬の姿はない。タクシーに気づいて制服警官が警棒を手に近づいてきた。見たところ私服の刑事もちらほらいたが、空港で二度にわたって見かけた男たちの姿はなかった。大垣利香子警部補も到着してはいない。黒田はパトカーを回り込んで、正面ゲートに近づいた。

　六メートルほどの長さを持つ金属製のゲートの真ん中近くに、古びた軽トラックが衝突していた。が、ゲートと車体の双方に凹《へこ》みができただけで損傷の度合いは低く、そう大したスピードで突っ込んだわけではなさそうだった。

　黒田は警官に声をかけ、副センター長の服部に呼ばれたのだと告げた。

　若い制服警官が白亜の殿堂へと確認に走ってくれた。やがて、電話をくれた副センター長が走ってきた。ところが、彼女の前に私服の刑事が立ちはだかった。呼び止めて話を聞いたあと、黒田のほうへとがに股《また》を強調するような歩き方で近づいてきた。最初から、なかなかに対決ムードを醸《かも》していた。地元署の捜査係と思われる。

「外務省のお役人が、どうして厚労省傘下《さんか》の施設に駆けつけるんだろうか？」

「我々は海外から寄せられたテロリスト情報をもとに、警視庁外事三課と捜査に動いています。まもなく大垣警部補がこちらに駆けつけます。もし私の調査を妨げるというのであれば、あなたの所轄の幹部に警視庁から正式な抗議が入ると思ってください」

　長年役所で苦労してきた者のアドバイスは、実に有益だった。勇ましげに肩を揺らしてきた私服刑事が、尻尾を丸めた猫へと変わり、黒田はゲート横の小さな通用門からセンターへの立ち入りを許可された。が、黒田の語った方便も、新居たち捜査一課の者が到着するまでの効用しか期待はできそうになかった。早いところ話を聞くに限る。

出迎えに来てくれた副センター長は、化粧気のない顔を歪め、心なしか肩先を震わせていた。まだ動揺が収まりきっていない。センター始まって以来の事件なのだろう。

「被害の状況を教えてください。ゲートを破壊されただけではありませんよね」

「私もつい先ほど駆けつけたばかりでして……。実は、物音に気づいた警備員がゲートの様子を見に行き、その間に何者かが通用口から中へと――」

予想は当たった。黒田は被害の少ないゲートを振り返った。あの軽トラックは囮《おとり》だったのだ。軽く追突させて警備員を誘い出しておき、その隙にセンター内へ忍び込んだ……。

「防犯カメラの映像を確認させてください」

「今、警備の者が警察の方と……」

黒田は副センター長をうながし、昨日訪れたばかりの警備室へ急いだ。

私服と制服が一人ずつ立ち会い、警備員にパソコンを操作させて防犯カメラの映像を確認していた。副センター長と一緒に入室したため、黒田が軽く会釈《えしやく》をすると、私服刑事は咎めることなく、その場への立ち会いを認めてくれた。滅多にない厚遇に甘えて、黒田は副センター長の後ろから控えめにディスプレイの映像をのぞき込んだ。

防犯カメラは、正面ゲートと正面玄関、それに裏の通用口と駐車場、内部は玄関ロビーと通用口へ通じる廊下の計八ヵ所だった。が、夜間はロビーと廊下、内部四ヵ所のカメラの電源が落とされる。つまり、夜間は外部からの侵入に備えた防犯体制になっているのだった。

「これだと、中へ入った犯人がどこで何をしてたのか、まったくわからないじゃないですか」

　私服刑事があきれたように言って、副センター長を振り返った。しどろもどろの言葉が返される。

「各研究室はもちろん、事務室から休憩室、それに各棟をつなぐ廊下の三ヵ所。すべてに鍵がかけられています。カードキーがなければ開けられません」

「もう何度も聞きましたよ。でも、現にこうして通用口から犯人は中へ忍び込んでいるんですよ」

　黒田は副センター長の後ろから声をかけ、再度、裏口の映像を再生してもらった。私服刑事が初めて誰何《すいか》するような目を向けたが、昨日も会ったばかりの警備員が黒田に疑問を抱いたふうもなく頷き返すのを見て、ますます関係者と早合点したらしく、切り替わった画面に目を戻してくれた。

　まず最初に、表の正面ゲートをとらえたカメラの映像が映し出された。軽トラックは最初から無人だったようだ。カメラの視界の中に、コマ落としのような動きで白いトラックが現れ、鉄製のゲートに突っ込み、画面が揺れた。枠の外には、午前三時五十二分との表示がある。

横のディスプレイには、裏手の通用口をとらえたカメラの映像が流れている。おおよそ三分後の三時五十五分二十五秒に、人影が走り寄った。

目出し帽を被り、白手袋をした上下ジャージ姿の男だった。身長は、あとで実際の裏口へ行って確認しないと断言はできなかったが、そう大きな男ではない。おそらく百七十センチ弱ほどだろう。痩《や》せ型。手足が長め。走り方から見て、運動神経は悪くない。二十代から三十代。体のシルエットと身のこなしを総合して考えるに、まず男と見て間違いない。白黒映像なので色はわからないが、ショルダーバッグを右の肩から斜めにかけている。

通用口に走り寄った犯人は、手にしたカードをドア横にあるスリットに差し入れて下に動かし、鍵を開けて中へと侵入した。そして、ほぼ五分後の、四時〇分三十二秒、犯人の姿が裏口から駆け出ていった。

「止めてください」

黒田は後ろから声をかけ、ディスプレイを指さした。犯人が肩にかけていたバッグに注目する。

侵入時より、わずかにふくらんでいるように見えた。もちろん、わざわざショルダーバッグを持って忍び込んだのだから、何かを盗み出すのが目的だったはずなのだ。たった五分で、手ぶらのまま逃げていくほど人の良い男が、軽トラックをゲートに衝突させるという大胆な手口を使うわけもなかった。

「服部さん。裏口の鍵はカード式なのですね」

黒田が尋ねると、刑事が、まるでおれの台詞を取るなとばかりの抗議に近い眼差しを寄せた。黒田の発言内容から、センターの人間じゃなかったのか、という戸惑いも混じって見えた。だが、気にせずに今は問いかけを続けた。

「ここの職員なら鍵は誰もが持っている。そう考えていいのですか」

「はい。このIDカードが鍵になってます」

首から下げた写真入りのカードに手をやり、刑事と黒田を見比べた。

「アルファベットと数字、十二桁《けた》の暗証番号を設定してあります。複製ができるとは、ちょっと考えにくいのですが……」

責任者としては、そう思いたい。が、現に何者かが侵入していた。磁気カードであれば、コピーなどは簡単だろう。

「暗証番号は、何日ごとに変えているのですか?」

「通常はひと月ごとです。もちろん、誰かがキーを紛失したことが判明したなら、その時点ですぐに変更します」

「最近、変更はありましたか」

「いえ……」

少なくとも七月の暗証番号は変更されてはいない。

まずは徹底した職員のアリバイ捜査と、IDカードの追跡が行われるはずだ。が、今はスキャニングの技術が向上している。バッグの中にしまった銀行カードを、外部から読み取ることさえ可能な時代だった。少しばかり技術に詳しい者であれば、IDカードの情報を盗み読むことは不可能ではない。もちろん、IDカードの中に、十二桁の暗証番号が記憶され、それが鍵になっている事実を知る者でなければならなかった。

犯人は、ここの職員の一人に近づいた、と考えていいだろう。

「何か盗まれたものはないか、確認できるでしょうか」

続けて副センター長と警備員に質問を重ねると、やっと刑事が不快げに眉を寄せて黒田を睨みつけた。

「あんた、誰だ。このセンターの者じゃないな」

いくら副センター長が助け船を出してくれても、黒田は即座に警備室から追い出された。罵倒に近い言葉までが浴びせられた。捜査の邪魔をすれば、外務省に正式な苦情を言いつけてやる。脅し文句のつもりだろうが、所属官庁に頼りきった、あまりにも他愛ない攻撃の仕方だった。

ここは礼をわきまえて謝罪の言葉を残したうえで、退散した。あとは外事課からの情報に期待するほかはない。

シャッターを半分ほど開けた正面玄関から外へ追いやられると、何やらゲート方向が騒がしかった。男と女の怒鳴り声が夜の静寂を切り裂き、響いていたのだ。

「ふざけたこと言ってんじゃないよ。すでに機捜が駆けつけてるんだ。うちら刑事部が先に押さえたヤマをハイエナに荒らされてたまるか」

「どんな事件だろうと、普段から飛び回ってるトンボ班が先に現着するのは当然です。問題は、事件の性質のほうです。ここには霜村瑠衣が素姓を偽って兄のことを尋ねに来ています。その霜村瑠衣は、あなた方がまんまと見逃してくれたおかげで、今なおテロリスト情報の消えないロベルト・パチェコと行動を共にしている可能性が高い。あなた方に捜査を任せるわけにはいきません」

「いいかい、霜村瑠衣が入国していた事実を、あんたらがつかめなかったから、おれたちが尻ぬぐいをさせられてんだよ」

「帰った、帰った。お嬢さん方の出る幕じゃない。第一、香水漂わせて徘徊《はいかい》されたんじゃ、せっかくの犯人の臭《にお》いまでが飛んじまう」

「どこに香水の匂いがします？　漂ってるのは、あなたの安っぽい整髪料の臭いだけです」

四人の男に周りを固められ、大垣警部補が一人で果敢に立ち向かっていた。体面と意地と部署への忠誠心が火花を散らし、所轄の制服警官があきれ半分に彼女たちを見やっていた。

「遅かったですね、新居警部補」

黒田が横から声をかけると、いっせいに男たちが体を揺らし、振り向いた。十年来の逃亡犯に向けるような眼差《まなざ》しが集まった。ただ一人、彼女を囲みながらも涼しげに遠吠《とおぼ》え合戦を眺めていた新居が、さも珍しいものを見たかのように大きく頷いてくれた。

「これは、お早いお着きですね、黒田さん。いつぞやは貴重な資料を提供いただき、ありがとうございました」

新居が言って、口元を歪めた。本人は笑ったつもりなのだろうが、四角い顔に皺が走っただけで終わった。

「そちらの副総監から、わざわざうちの次官に電話で忠告をいただいたと聞きました。誤解なきように言っておきますが、私はそこにいる大垣警部補の手足となって動いているだけです。わざわざトップと同期の者を探しだしていただくのは面倒だったでしょうから、次から苦情はすべてお身内の外事三課へお願いします」

助け船どころか、こっちに責任まで押しつける気か、と大垣利香子が新居たちに負けない目つきになった。その彼女に微笑みつつ歩み寄った。

「多勢に無勢ですから、ここは退却しましょうか、警部補」

ふくみを込めた目を送ると、大垣利香子が戸惑いながらも承諾の目配せを寄越した。黒田は一度、彼女の横に並んで人相の悪い男たちを見回した。

「では、ひとまず我々は退散します。霜村邸の火災に続いて、このセンターに何者かが潜入したことも、あなた方はマスコミ各社に隠そうとするのでしょうね。しかし、必ず嗅ぎつける者が出ると思います。どうぞお気をつけください」

黒田が親切心から忠告すると、新居がたちまち阿修羅《あしゅら》を気取るかのように目をむいた。

「よく聞け、外交官さんよ。この事件は、国家公安委員長までが承知ずみなんだ。外務省が横槍を入れるなら、政治判断ってやつで、あんたのトップの首が飛ぶと覚悟しておくんだな」

ここでもまた、所属官庁を背負った捨て台詞だった。行きがけの駄賃としては少しばかり威勢が良すぎた。外務審議官までを動かす霞が関の大物が、すでに関与していると思われる。あながち大言壮語ではないのかもしれない。

「公開捜査なんていう下手な芝居を打ったんですから、早く霜村瑠衣とロベルト・パチェコの身柄を確保してください。心から期待しています」

嘘偽りのない本音を語った。早くそうしてくれないことには大変な事態になる。まだセンターのゲートに軽トラックを衝突させた者の本意を理解していない刑事たちは、ただの皮肉と受け取ったように見えた。

「なぜ簡単に引き下がるんです」

大垣警部補をうながしてゲート前まで引き下がると、今度は彼女が雷神《らいじん》の目つきで黒田の前に立った。時刻は五時をすぎて、陽の長い夏の一日をそろそろスタートさせるべく、東の空を明るくさせ始めていた。

「君が捜査一課の連中を玄関先で足止めしてくれたおかげで、あらかた情報は仕入れさせてもらった。お礼に包み隠さず報告しよう」

黒田は仕入れたばかりの最新情報を洗いざらい打ち明けた。大垣警部補はすぐさま手帳をポケットから取り出し、丹念に文字を書き連ねていった。情報をひとつ語るたびに、彼女の手がわずかに止まりかけた。

手帳をたたんで黒田を見つめ返してきた目は、夜明けの薄暗さを嘆くかのように思い詰めていた。おそらく、黒田も似たような目をしていたと思う。

「君たちだって、このセンターが何を研究しているのか知っているはずだ」

「まさか、黒田さんは犯人が――」

その先の答えを曖昧にして言い、彼女は遠目に白亜の研究施設を眺め渡した。

「ほかにどういう目的があるだろうか。細菌とウイルスを研究する施設に、わざわざ軽トラックを衝突させて警備員の目を盗み、中へ忍び込んだすえに、現金を探し回るという風変わりな泥棒がいると思うのかな」

　犯人は、たった五分で目的を遂《と》げ、センターから早々と逃げ出していた。目的のものがどこに置かれているか、最初から知っていたとしか考えられない素早さだった。

「少なくとも霜村毅は、ここを辞める直前まで、コロナウイルスの研究班に在籍していた。その毅の仕事について、武石も瑠衣も詳しく取材をしていっている。そこに今回の侵入者だ」

「コロナウイルスの変種が、ＳＡＲＳを引き起こしたんですよね、確か――」

　外事課でもすでに調べは進めていたらしい。黒田は頷き、南米課の青山が集めてくれた新聞記事にあった情報を披露した。

「二〇〇三年、毅が轢き逃げで死亡したその年、ボリビアでもＳＡＲＳの感染者と死者が出ている」

　大垣警部補の唇がわずかにわななき、声が押し出された。

「まさか、霜村毅は七年前に――」

「断定はできない。しかし、南米でＳＡＲＳの感染者が出たのは、ボリビアとコロンビアだけだ」

　もちろん、この段階での断定は早計にすぎた。中国で保菌者となった者がボリビアに帰国していたとすれば、南米での発生にも納得はできる。事実、そう当時は解釈されていたはずなのだ。

ただ、コロナウイルスの研究者が突然退職し、ボランティア団体に加わってボリビアに入国していた。そして、その地で轢き逃げ事件の被害者になって命を落としていた、という事実があるのみだった。さらには、その事件を調べるために、轢き逃げの犯人とされた者の弟が、被害者である毅の妹に近づき、ともに日本へ来ている――。

世の中には恐ろしい偶然が存在する。天の配剤としか思えない奇跡も、時として起こる。黒田としても、偶然だと思いたかった。

世にも希な偶然でなかったとするならば――細菌とウイルスを研究するセンターに何者かが潜入し、何かしらの病原体を盗み出していったのかもしれないのだった。

20

空が明るむとともに、呼び出しを受けた職員が次々と到着したが、ゲートの現場検証が終わっていないため、敷地内の駐車場に車を乗り入れることはできず、警察官の指示のもとに、違法駐車の長い列が路上に伸びていくこととなった。黒田は大垣警部補とゲート前に留まり、呼び出されてきた職員をつかまえて話を聞いた。

中央医学研究センターでは、玄関や通用口とともに、部署ごとのドアにも鍵があり、身分証のカードキーを使って開閉するのだという。キーとなる十二桁の暗証番号は、やはり基本的には月ごとに変更される。さらには、研究用の細菌とウイルスを保管しておく冷凍庫も、扉を開けるには別の十桁の暗証番号が必要になる、と教えられた。

「その三つのキーを、一人で身分証に記憶させている方はいるのでしょうか」

「ええ、います。各研究班のリーダーなら、すべてのキーを管理しています。でも、冷凍保管庫に限っては、さらに上の責任者のカードキーも同時に必要になるんです」

「では、少なくとも二人の職員が同時にキーを使わないと、冷凍保管庫の扉は開かない仕組みになっている、と」

「二つのキーを犯人が盗み出していたというなら別ですがね。ただし、所内の鍵はすべてコンピュータによって管理されているので、誰がいつドアを開けたのかは記録されています。犯人が職員の身分証から暗証番号をスキャニングしたのなら、総務のコンピュータを調べてみれば、すぐにわかると思います」

「今、センター内には鑑識と捜査一課の者が入っておりますが、早朝の事件でもあり、多くの者がこの場に来ていて、連絡系統に不安が出ています。もしカードキーの確認ができたら、ご面倒ですが、我々にも連絡をお願いします」

質問は警察手帳を持つ大垣警部補に任せていたが、黒田も横から言わせてもらった。素早く携帯電話の番号をメモして若い職員に渡した。疑う素振りもなくメモを受け取った二十代の男は、カードキーをゲートに立つ警備員と警官に提示し、センター内へと入っていった。

やがて車両を移動させるための大型車が乗りつけ、軽トラックが撤去された。締め切られていたゲートが開放され、夏の陽射しが小高い丘の上にすっかり顔を出したころになって、黒田の携帯電話が震えた。

「あ――刑事さん。やはり冷凍庫の扉が三時五十八分に開けられていました。キーのコードナンバーから、第三研究室のカマタさんと、保管担当の副主任のクラハシさんのキーが使われたとわかりました。もちろん、コピーだとは思いますが」

蒲田美佐子《みさこ》。センター内では古手の研究員の一人だった。倉橋崇《たかし》は厚労省からの出向組で、ともに呼び出しを受けて警察から事情を訊かれている最中だという。無論、二人が身分証を落としたことはなく、犯人に進んで協力したわけもないはずだった。

犯人は、センターの事情を詳しく知る者であり、あらかじめ鍵を持っている人物を探り出したうえで、蒲田美佐子と倉橋崇を尾行するなどして密かに接近し、カードキーの磁気情報をスキャニングし、複製を作って内部へ侵入したのである。

「冷凍庫から紛失したものはあったのでしょうか」

「それが……ないんですよ。液体窒素の中の試験管、棚に置いたシャーレやアンプルも、すべて数は一致してました」

横で見つめる大垣警部補に首を振ってみせると、彼女が黒田の手を引き寄せ、横から携帯電話を奪うようにして言った。

「だからといって、盗まれたものがなかったとは、言えませんよね。何しろ目に見えないほどの小さな細菌が保管されていたのですから」

たとえばスポイトで一部を吸い上げてしまえば、容器ごと盗まずに目的を果たすことができるのではないか。黒田も負けじと彼女の手から携帯電話を奪い返そうとした。職員の返事が聞こえる。

「そうですけど……。もし赤痢菌を持ち出したとしたら、まず最初に犯人が犠牲者となるでしょうね。よほど扱いに慣れた者でないと……」

まだ大垣警部補は携帯から手を離してくれない。聴取は任せろとの目が向けられたが、重ねて黒田は送話口に問いかけの言葉を送った。

「細菌やウイルスを安全に輸送するには、どうすべきなのでしょうか」

「国連規格の認定を受けた容器を使うのが一番でしょうね」

医療機関や研究所の間で、細菌やウイルスを輸送するには、国連で定めた厳重な規格があり、それをクリアした容器を使わねばならないのだという。

病原体は、生命に及ぼす危険度と感染力の強さから、カテゴリー分けがされている。炭《たん》疽菌《そきん》やボツリヌス菌、結核菌、日本脳炎ウイルスにエボラウイルスなど、生命の危険を及ぼす四十九種類がカテゴリーAに分類される。その輸送には、圧力に耐えうる不漏出型《ふろうしゅつ》の容器に収納し、緩衝材《かんしょう》を入れて二重に守ったうえで、九メートルの高さから落下させても破損せず、また七キロの錘《おもり》を一メートルの高さから落下させても問題のない頑丈《がんじょう》さを有する外箱に収めなければならない決まりがあるのだった。そのために、世界の梱包《こんぽう》業者が、国連規格をクリアした輸送容器を販売していた。

だが、防犯カメラがとらえた犯人は、ショルダーバッグを下げているのみだった。

「不漏出型容器というのは、どの程度の大きさからあるのでしょうか」

「国連規格のものだと、高さ百五十ミリくらいからあったと思います。重さも一キロ弱。ネットで調べれば、細かいサイズまで紹介した通販のページがいくつもあります」

高さ十五センチの容器なら、まったく嵩張《かさば》らずに持ち運ぶことができる。ショルダーバッグに隠し入れたとしても、わずかにふくらんだようにしか見えなかったろう。

「その容器に、細菌を収納するのは、簡単にできるのでしょうか」

「素人でも、無理なことはないと思います。定着させた固形培地《ばいち》を切り取って、ピンセットで収めるだけなら簡単でしょうから。培地の性質にもよりますが、その基礎知識があれば、何とかなるでしょうね。ただ、先ほども言いましたように、入れるものの種類によっては真っ先に自分の身が危なくなります。ある程度の覚悟は必要でしょう」

だが、不可能ではないのだ。

すでに犯人はセンター内の事情を探り出し、国連規格に準ずる不漏出型容器を用意してきたと思われる。病原体を盗み出す手順についても、それなりの準備はしただろう。

センターでは、立ち会い者のキーもふくめて、都合四つのカードキーで細菌やウイルスを守っていた。防犯カメラも設置され、警備員も二十四時間体制で目を光らせていた。だが、今回のようなスキャニングでなくとも、冷凍保管庫のキーを持つ二人が同時に襲われるなどしてキーを奪われれば、カテゴリーAの病原体を外部に持ち出されてしまう事態は起こりえたのである。

工業用のシアン化カリウム——いわゆる青酸カリが盗難される事件が時として発生する。過去には大学の研究室から、放射性物質が紛失する事件もあった。厳重な管理体制を敷いて当然のケースでも、人が管理をしている以上ミスは生じる。想定外の事態も起こる。日本の安全神話は、もはや成立しない時代となった。今回の犯人も、入念な準備のもとに、管理体制の不備を突いてきたのである。

「犯人は相当このセンター内の事情に詳しい者ですね」

通話を終えて黒田が携帯を切ると、大垣警部補がふくみを込めた目で言った。

殺された武石が取材に来ていたとしても、冷凍保管庫の鍵の状況までを、問われたままに語る者はないはずだった。その武石も何者かに殺されている……。

「瑠衣が、死んだ兄から何かを知らされていた可能性はあるかもしれませんね……」

言わんとすることは、黒田にも想像はできる。毅は七年前、何らかの病原体を持ち出し、ボリビアへ向かったのかもしれないのだ。当然ながら彼はセンターに勤務していたので、冷凍保管庫の管理状況の知識もあったはずだ。

当時彼は、まだセンターに勤め始めた新人であり、冷凍保管庫の暗証番号を知らされていたとは思いにくい。彼が何らかの病原体を持ち出していた場合も、今回同様にスキャニングなどの方法でキーを複製した可能性は高い。その方法を、毅がどこかに書き写していたのではないか……。万事疑ってかかる習性を持つ刑事の一人として、彼女はそう言っているのだった。

七年前のボリビアでの轢き逃げ事件を探る者の中には、その真相とは別に、冷凍保管庫から病原体を持ち出す方法を知りたがっていた者がいたとしてもおかしくはなかった。そして、東京の霜村邸が全焼している。

かつて毅が住んでいた自宅を探った何者かが、証拠隠滅を図るために火を放った――。そういう見方もできた。

七年前、ボリビアに旅立ち、毅が轢き殺された直後に、日本へ帰国していた宇野義也。その宇野を捜し出すべくボリビアへ向かい、サンフランシスコでロベルト・パチェコと会った武石忠実。そして、ロベルトと瑠衣の日本入国――。

「黒田さん。まだ情報が足りません。今すぐロベルトの詳しい体格をサンフランシスコやボリビアに問い合わせてください。身長体重はもちろん、足のサイズに胸囲や首回りまで。できる限り詳しい数字を大至急かき集めてください、お願いします」

防犯カメラの映像を解析して犯人の体格を割り出し、ロベルトと比較しようという気なのだ。ロベルトにはテロリスト情報がある。真の目的はこのセンターへ潜入し、何かしらの病原体を持ち出すことにあったのではないか。疑問は膨れあがる。

だが、彼は自分のパスポートで日本に入国している。テロの下準備として日本に渡ろうという者が、素直に自分のパスポートを使うとは思いにくい。入国審査の際に採取した指紋と顔写真から、ロベルトが日本に入国した事実は判明しているのだ。日本国内で何かしでかせば、出国の際に必ず素姓が暴かれ、即時に拘束される。

もう一冊、出国用の偽造パスポートを用意していた可能性は考えられる。瑠衣はサンフランシスコで偽造パスポートを手に入れた。その際、ロベルトまでが――。

ゲート前に、また黒塗りの車が到着した。見ると、昨日の朝、警視庁の応接室で、大垣利香子とともに現れ、名乗りもしなかった男が降り立った。

「君の上司が、ようやく駆けつけたようだ」

「ロベルトの件、お願いします」

大垣警部補は黒田の軽口を睨むに近い目で一蹴《いっしゅう》してから、言った。上司が素姓を認めていない以上、部下である彼女が認めるわけにもいかないらしい。面倒なことだ。

彼女は一度踵《かかと》を合わせて黒田を見つめた。それから一礼することもなく、到着した上司たちのもとへ走り去った。また捜査一課との縄張り争いが演じられるのかもしれない。

午前八時二分。そろそろ外務省にも職員が集まり始めているころだった。

21

黒田は再びタクシーを飛ばして霞が関へ向かった。その車中で、サンフランシスコの細野久志に電話を入れ、ロベルト・パチェコの体格を可能な限り詳しく、確かな数字まで調べだしてくれ、と要請した。

「大学に問い合わせてみます。留学生ですから、健康診断の義務があってもおかしくないと思います。——何があったんですか」

「話せる時が来たら、話す」

「その言い方からすると、そこらの防犯カメラの映像に、ロベルトらしき人物が映ってたわけじゃないんでしょうね」

黒田の口ぶりから深読みして、細野が探りを入れてきたが、不確定な情報を広めるわけにはいかなかった。

「ミスを異様に嫌う幹部が、警視庁にいるんだよ。君も現職の警官なら、幹部の体質はわかっているだろ」

「そういう黒田さんも、確か一種試験の合格組だと聞きましたが」

「どこにだって島流し者はいるさ」

笑いに紛らせたが、細野はくすりとも乗ってこなかった。

「問い合わせの件は承知しました。警視庁側の動きは、元の職場から仕入れてみます。動いているのは、捜一と外三ですよね」

「とにかく、頼む」

警備局畑を歩いてきた警官は鼻が利きすぎて困る。通話を切ると、南米課の青山にも電話を入れて、ボリビア大使館に連絡を取るよう伝えた。

「やってみますが、期待はしないでください。お国柄もあるんでしょうが、今日中に確認を取るのはまず難しいと思います」

昨日は早々に帰宅しており、腰の引け具合は想像していたが、自己弁護の前振りをしてくるとは、この男も先を読む力はあるようだった。認めたくはないが、そういった保身の技術ばかりが省内で幅を利かす傾向が年々強くなってきている。脅《おど》しの意味を匂わせて、言った。

「一刻を争う事態だと伝えてくれ。すでに警視庁の副総監から、うちのトップに圧力がかかってるんだ。南米課の情報収集力が試されていると思え。いいな」

「直ちにかからせます」

冗談ではなく、状況次第では、省全体を巻き込んだ騒動になりかねなかった。おそらく警視庁は、日本全国の入国管理局と、国際航路を持つ港と船舶会社に、ロベルト・パチェコと瑠衣の写真と指紋を密かに流すはずだ。二人の関与は立証されてはいなかったが、最重要参考人としてなら緊急手配もできる。

だが、何かしらの病原体を持ち出したとなれば、安易な指名手配は難しい。追い詰められたと知り、苦し紛れにその病原体を使って逃げようと、捨て鉢な策に出られたのでは大事だった。

もはや事態は、警視庁と外務省のみで対処できるレベルを超えていた。もしマスコミが嗅ぎつけようものなら、日本は大混乱になりかねない。

都心に近づき、渋滞に巻き込まれた。黒田は最寄りの地下鉄駅で降ろしてもらい、東京メトロに乗り換えて霞が関へ急いだ。かつてこの地下鉄で、サリンという猛毒が撒《ま》かれて十二人が亡くなり、五千人を超える重軽傷者を出す事件があった。あの時の騒動がまざまざと甦ってくる。

病原体が持ち出されたとの確証は、まだない。その特定もできない現状があるだけなのだ。が、カテゴリーAに属する細菌とウイルスが、センターの冷凍庫に保管されていた事実は動かなかった。もし持ち出しが現実のものとなれば、その種類によってはサリン事件を上回る惨事に発展するおそれもあるのだ。

霞ケ関駅の階段を上り始めたところで、携帯電話が震えた。表示を確認すると、昨夜に引き続いて、またも片岡からだった。早くも外務省の事務方トップに、緊急事態の発生が告げられたのだ。

「はい、黒田です……」

「いいか、誰にもしゃべるな。斎藤にもだぞ。やつにはおれから伝える。下手に報告を上げるな」

片岡は一切の前置きもなく、ひと息に言った。普段から慌てる素振りを決して見せまいとしてきた男にしては、珍しい切り出し方だった。さらに片岡は声を低めた。

「警視庁にもセンターにも、箝口令が敷かれた。問題はマスコミだ。記者クラブの中に、おまえの帰国に関して問い合わせをしてきた者はいるか」

「今はまだいません」

「よし。それなら、おまえはサンフランシスコ市警と一悶着《ひともんちやく》を起こして、帰国命令を受けた。そう広報課とも口裏を合わせておく。その一点張りで逃げろ。無論、霜村とは会ったこともなければ、名前も知らない。サンフランシスコとボリビアには、おれから釘を刺しておく。斎藤と市川に青山、吉村、ほかに今回の件にかかわった者はいるか」

黒田は安達香苗と松原宏美の名前を告げた。

「待て。どうしてIT準備室の新人までが関係してる。そこそこの美人だと噂は聞いたが、おまえ、手が早すぎるぞ」

「実は、彼女は商社時代にボリビアへ行ったことがあり、轢き逃げ事件の情報を寄せてくれました」

「そういや、一人いたな……。大手の商社を辞めて、事務官になった娘が。専門職試験を受け直すとかいう話だったが――。まあ、いい。その二人も、おれが呼び出して脅かしておく。手が足りない時に備えて、安達君をおまえにつかせる。事情を知らない者に手伝いを絶対させるな。それと、うちには人の仕事ぶりに目を光らせたがる者が多いから、気をつけるんだぞ。いいな」

香苗にはまた恨まれるかもしれないが、よその部署の新人をこき使うわけにはいかなかった。いくらか頼りにもなる。

「了解です。それと――吉村さんに、ボリビアの詳しい話をまた訊きたいのですが」

「わかった。おれの部屋で話せ。あと十五分ほどで着く。おまえは今どこだ。まだセンターなのか」

「いえ。霞ケ関の駅を出るところです」

「二十分後に来てくれ。吉村君を呼び出しておく」

外務省に入って二十年近くになるが、事務次官の執務室に入るのは二度目だった。一度は新人のころで、初めての赴任先で大使の素姓をかぎ回った経緯を、当時の幹部たちによってたかって問い詰められた。片岡が次官になって三年になるが、ここへ直接呼ばれるのは初めての経験だった。

次官付きの秘書官に見つめられながらドアをノックすると、中からわざと間延びの演技を心がけたような声で返事があった。

「おう、来たか。入ってくれ」

一枚板のドアを押し開けた。奥の窓を透《とう》して国会議事堂の重量感ある姿が目に飛び込んでくる。それを背にして、畳三枚分はあろうかというデスクが置かれ、そこで片岡博嗣がいつもの無愛想に輪をかけた仏頂面で待ち受けていた。

デスクの前にはソファセットが置かれ、吉村進が律儀に席を立ち、黒田に向かって軽く頷いてきた。

「大変なことになったね、黒田君。今、次官から話をうかがったところだ」

「ここなら、ひとまず盗聴の心配はない。週に一度は調べさせているからな」

片岡が頰を緩めもせずに言った。本当なのか、得意の冗談なのか、見当もつかなかった。

黒田は持参したボリビアの新聞記事をテーブルに置き、吉村の向かいに腰を下ろした。

「お尋ねしたいのは、二〇〇三年、ボリビアでも感染者が出たＳＡＲＳの件なのです。南米ではコロンビアとボリビアのみ感染者が出ています。当時のことを覚えておいででしょうか」

「本省にも感染者の情報を伝えた覚えがあるね。ただし、私は領事部に在籍していたので、その担当者ではなかったがね」

「いつ死者が出たのでしょうか」

新聞記事は、あくまで二〇〇三年時の統計であり、詳しい経緯までは書かれていなかった。登庁してすぐネット検索をしてみたが、時間が足りず、記事を探し出すことができずにいた。

吉村が片岡のほうを見てから、小さく首を振った。答えたのは、片岡のほうだった。

「実は今、おれもその事実を吉村君に確かめてみた」

斎藤から事件の報告は受けていたのだろう。警視庁からの情報も寄せられていたに違いない。

吉村が背筋を伸ばしたまま、黒田に向き直った。

「ＷＨＯは二〇〇三年の七月時点で、一応の終息宣言を出している。つまり、ボリビアでの死者も、それ以前に出ていたわけだ。つまり、霜村毅が入国した十月より前の話になる」

「そうでしたか……」

予想のひとつが外れたことになる。無論、毅の入国以前に、SARSによる死者が出ていたとしても、彼が中央医学研究センターから何かしらの病原体を持ち出していなかったとの証拠になるわけではなかった。

「霜村毅はコロナウイルスの研究班にいた。だが、彼が突然センターを辞めてボリビアへ向かったことと、現地のSARSの犠牲者とは何ら関係がなかったわけだ。ひとまず厚労省は安心しているだろうな」

片岡が皮肉めいた物言いをして、鼻先で笑ってみせた。

黒田はもう一枚のペーパーを吉村に差し出した。宇野の顔写真をコピーしたものだ。

「七年も前になりますが、この宇野義也というフリーの記者が、ちょうど轢き逃げ事件のあった時期、ボリビアに入国していました。霜村毅や父親の元信、または世界の医師団に、取材の名目で近づいた日本人ジャーナリストに覚えはないでしょうか」

「それも僭越《せんえつ》ながら、おれから質問させてもらった」

またも片岡が無表情に告げた。考えることは皆同じなのだ。

吉村がわずかに視線を落としてから、言った。

「残念ながら、当時はガス戦争の余波がボリビア全土に残っていてね。大使館のあるラ・パスの町も、殺伐《さつばつ》としていた。日本からの記者が何人か来ていたのは確かだったと思うが、宇野という名前は記憶に残っていない。次官にも言われたので、あとでそれとなく当時広報課にいた宮出《みやで》君にも確認してみようと思う」

黒田は違和感を覚えて、窓辺から動こうとしない片岡の表情を横目でうかがった。

すでに彼は、黒田と同じ問いかけを吉村にしていた。事件の概略を聞き、自ら確かめたかったのだろう。病原体が持ち出されたとなれば、事件の早急な解決がまず望まれる。だが、吉村は言った。あとでそれとなく確認してみる――と。

なぜ今ではないのか。外務省事務方のトップとして、片岡にも事件解決の責任がある。本来ならば、直ちに確認させてしかるべきもののはずだ。ところが、吉村は「あとで」と口にし、片岡も平然と聞き流していた。

先に吉村を呼び出し、片岡は話をすべて聞いたうえで、黒田を呼び寄せたのだ。そのための二十分だった、と思われる。この状況で、今すぐ確認をさせないとは理解しがたい。確認する必要はない――だからつい本音が現れてしまったのではないか。

あまり片岡の表情をうかがっていたのでは、こちらの疑念を見抜かれる。だてにトップまで上り詰めた男なのではない。黒田は片岡に尋ねた。

「日本に戻ってきた霜村元信から、我々外務省が話を聞くことはできないのでしょうか」

質問の意味を吟味《ぎんみ》でもしようというのか、片岡は盛んに頷きだけをくり返してから、言った。

「残念ながら、警視庁側から宿泊先は教えてもらっていない。つまりは、手を出してくれるな、ということだと思う」

「私に部下をつけてくださるからには、まだ調査を続けろということなのですね」

「もちろんだとも。警視庁外事三課と協力して、瑠衣とロベルト・パチェコを見つけ出す。捜査一課も同じように動いてはいるが、縄張り争いをしているような状況ではない」

「それなら、せめて霜村元信と話をさせてもらうよう、警視庁にかけ合ってはいただけませんでしょうか」

「会ってどうする。すでに警視庁が詳しく事情を聞いている」

片岡のいつもの無表情が、見えない防御壁でさらに覆われたかのようだった。つい昨日は、外事課を使って警視庁内の揉め事にする手があると、一度はけしかけておきながら、今は正反対のことを言っていた。

もちろん事情が変わったこともある。役人ならば、状況の移り方を見て、器用に身の振り方も変えていくのが当然の対処法ではあった。

「いいか、あくまで外事に手を貸し続けるんだ。もし手を引いたように思われたなら、あとで言い逃れができなくなる。できる限りのことをするだけだ」

事態は深刻化していた。必ず責任の押しつけ合いが、どこかで始まる。言われたとおりに外事課に協力はしていた。捜査一課が情報を隠さずにいれば、もっとできることはあった。下手に霜村と会って何かを聞き出した場合、捜査一課と同じく責任の矢面に立たされる事態になりかねない。外務省としても力を出し惜しみしていなかった事実を残しておく必要がある。いわば、アリバイ作りのための調査のようなものなのだった。

片岡が、省益を第一義に置く役人であるとは思いがたい。彼でも手出しのできない裏事情が横たわっている、と考えるべきなのだろう。

「警察庁はもちろん、防衛省情報本部に公安調査庁も動きだしている。場合によっては、アメリカの当局に協力を求める事態も考えられる。我々のみで何かを決められるような状況ではない。特に、捜査権のない我々は、側面支援が鉄則だからね」

いつもなら、それが悔しいとのニュアンスを忘れずにつけ足すはずが、今はそこに縋《すが》ればいいとの達観を感じさせる口調だった。置かれた立場が違えば、発する声にも影響は出る。

片岡のデスクで携帯電話が鳴った。着信表示を見るなり席を立った片岡が、携帯を手にしながら黒田たちに言った。

「あとは頼む。また口止めをうながす電話みたいだ。すまないが、席を外してくれたまえ」

言うと同時に、片岡は二人に背を向け、電話を手に窓の前へと歩いた。二人の耳を意識してか、はい、と言ったきり、あとは相槌しか聞こえてこなかった。吉村と目で頷き合って、執務室から退散した。事態はすでに黒田のような一職員では手の届きそうもない高みへと向かっているのだった。

廊下へ出たところで、吉村があらたまるように足を止めた。黒田の目をのぞき込んできた。

「警視庁と検察には気をつけたほうがいい」

「は？」

意味がわからず、吉村の細い目を見つめ返した。

「またぞろ外務省の機密費を裏金と見て、探り始めているという噂を聞いた」

知らなかった。機密費問題はもう過去のものと思っていた。

外務省には、海外の情報を入手するための、表に出せない金の動きが昔からあり、それを機密費として処理してきた経緯がある。だが、今では調査協力費として明確に帳簿上で処理するようになっていた。たとえ名目上でも、会計処理に問題はない、と言われていたはずなのだ。

「その件はもう片付いた、と思っていました」

「皆そう信じていたさ。だが、うちの省内に、検察に協力する者がいるとささやく連中がいる。気のせいかもしれないが、私のデスクも何者かに探られたような形跡があった」

「吉村さんまで……」

「ああ。私は下積みが長かったからね。キャリアでもないのに抜擢《ばってき》されたからには、省内の秘密を何か握ったんじゃないのか。そう多くの者に言われてきた男だ」

馬鹿馬鹿しくて仕方がない、そう嘆くように吉村は笑った。

キャリアでもないのに出世の道をつかみ取った者として、彼には少なからぬ嫉妬《しっと》が集まっていた。だが、彼のように誠実な仕事をする者が認められる状況があるのだから、その分まだ外務省には人への正当な評価があるとも思えるのだった。

「外事課との連携ならば、まず心配はないかと思う。でも、一応君の耳に入れておいたほうがいいと考えた。心に留めておいてほしい」

黒田が頷くのを待ってから、吉村は一人で廊下の先へ歩きだした。

その背中を見送ってから、再び次官執務室のドアを振り返った。

ここはまさに伏魔殿《ふくまでん》だ。いつだったか豪腕の元首相を父親に持つ有名女性大臣がマスコミ相手に語った言葉が、ふいに思い出されてきた。

22

新庁舎のオフィスへと戻る途中の廊下で、斎藤修助とすれ違った。彼は朝一番で事務次官から呼び出しを受けた理由に思いを巡らせていたらしく、近づいて初めて黒田に気づき、そこで多くを悟るような目を作ってみせた。さすがに今朝は、まだいつものサンダルに履き替えていなかった。互いを憐《あわ》れむような憂《うれ》いを眉に漂わせて、納得げに頷いた。

「そうか。君も呼び出しを受けたか。部下のほうが先に次官と話をしてきたとすれば、普通はもう少し煽《あお》られる気になるのに、今は少し安堵しているよ」

「形ばかりの調査を続けて、すべては警視庁側に任せろ、そう言われました」

「省の体面を守れというわけだろうね。――箝口令は珍しくもないが、かなり手強い事態に発展したようだ。覚悟を決めてドアをノックすることにしよう」

苦笑まじりに溜め息までついてみせた。どこまでが本気なのか、相も変わらず本心を顔に出さない。

そこに、彼の背後に見えた階段から、南米課の市川課長とボリビア担当の青山までが肩を並べて現れた。市川が黒田を見るなり疫病神《やくびょうがみ》を嫌うような目つきに変わり、青山のほうは足取りを急に乱してつまずきかけた。ここまでの道すがら、邦人安全課への不満を二人で語り合っていたのだろう。

「いやあ、自分一人じゃないとわかって、少しは気が楽になった。さあ、雁首《がんくび》揃《そろ》えて謁見《えっけん》に行こうじゃないか」

斎藤が近寄るなり、青山の肩を軽くたたきつけて一人で笑った。市川課長は足を止めようともせず、さっさと先を歩いていく。三者三様、心構えによって、省内での歩き方が変わってくる。

黒田は三人と別れて、邦人安全課のオフィスへ戻った。すると、例によってまたも廊下に、ボリビアへの意外な執着を見せる新人事務官の姿があった。ドアから黒田の席をのぞくように立っている。転職の道を選んだものの、ろくに仕事を任せてもらっていないであろうことは想像がつく。そのもどかしさを振り払うのと、自己アピールの狙いもあるのだろう。

呼びかけを躊躇《ためら》っていると、松原宏美が振り返った。黒田を見つけて、いつものようにまた律儀に頭を下げてくる。

「おはようございます。青山さんが市川課長とどこかへ呼ばれていきました。もしかしてまた例の事件で何かあったのかと――」

「君にも呼び出しがあるはずだ。部署に戻っていたほうがいい」

彼女はすぐに何かを感じ取ったようで、目をわずかに伏せたあと、また黒田に頭を下げてから廊下を引き返していった。これでいい。よその部署の仕事に首を突っ込んでいたと広まれば、彼女までが問題にされる。

デスクに戻ると、A４判ほどの角封筒がラップトップの横に置いてあった。女性の文字で「ボリビアの資料です」とのメモ書きがあった。香苗が気を回して調べてきたとは思えないので、松原宏美の手によるものだとわかる。

中を開けると、ボリビア国内にある日系人会と、その連絡先をまとめあげたリストだった。用紙をめくると、さらに驚かされた。昨日、青山が拾い集めた新聞記事に関する追跡調査までが仕上げられていた。アルフォンソ・ロペスという元副大統領の詳しいプロフィールを日本語で打ち直した文書。ブライトンの研究施設がボリビアで開設された日時と住所に、その仕事内容を紹介する記事。ブライトン製薬本社の詳しい役員リストもふくまれていた。

商社時代の仕事ぶりがうかがえる資料だった。が、当時の上司からは商談の席を飾る花としての扱いを受け、語学を活かす道へと転職を決意した。専門職試験を受け直す気でいると聞いたが、彼女の資質を知れば、今でも各部署から引く手あまたとなるに違いない。

資料の最後には、アルフォンソ・ロペスが有罪判決を受けた裁判の詳しい経緯までが添えられていた。過去の新聞記事を調べ、彼女がまとめたものだった。

アルフォンソ・ロペスは、ゲリラ討伐部隊の指揮官として、軍の中で頭角を現した。彼の徹底した弾圧作戦により、ボリビアのテロ組織として名高い〝トゥバック・カタリ〟は、一九九二年、メンバーの大半が逮捕された。その後、ロペスは各地の労働者団体の摘発に乗り出していく。ボリビア農民統一労連をはじめとして、労働団体には過激なテロ活動に及ぶ者たちがいたためである。

中でも、日系人の団体の摘発に、ロペスは力を入れたとあった。貧しい農家の出だった。

彼は、両親や親族がかつて日系人に仕事を奪われた話を聞かされ続け、その意趣返しとも取れる摘発に取り組んだのである。

ロペスの逮捕容疑は、労働団体への弾圧により死者を出した件にとどまっていた。が、その裏には、逮捕者の拷問《ごうもん》という事実が隠されていると、現地のプレスは書き立てていた。当時の政府は、弾圧の責任をすべて副大統領のロペスにかぶせ、違法な取り調べの実態を隠そうとしたのではないか、というのだった。

収監から七年で恩赦を受け、仮釈放が認められたのも、最初から密約があったのでは、という噂さえある。そうリポートの最後に書かれていた。

黒田は資料をデスクに置いた。足を運んだこともないボリビアという国を、自分なりに思い描いてみる。二〇〇三年、霜村毅が轢き逃げされて死亡した時点で、すでにブライトン製薬は研究施設をボリビア国内に置いていた。その関係者に、日本から持ち出した何らかの研究成果を渡した可能性もあるのではないか、と考えた。

病原体の研究は、ワクチンや治療薬の開発につながる。研究成果を持ち出してボリビアへ渡り、ブライトン製薬の関係者と接触を図った形跡はなかったのだろうか。

毅の死の直後に、霜村元信は厚労省を退職し、そのブライトン製薬の日本法人に転職している。霜村は、息子がボリビアへ渡ったのは、ブライトンからの誘いがあったためではないか、そう考えて、真実を探るために自らブライトンへの転職を決めた。そういう事情も考えられた。ボリビア、ブライトン製薬、日系人を弾圧したアルフォンソ・ロペス。獄中で死んだというリカルド・イシイ……。どこかで必ずつながっている。

背後に足音が近づいた。顔を上げると、早くも斎藤修助がフロアに戻ってくるところだった。努めて表情を変えないようにしているのがわかる、ぎこちない無表情で黒田を見つめてきた。周りの目を意識して、横の空いていた椅子を引き寄せて、腰を下ろした。

「まったく、厄介な事件を拾ってきてくれたものだね、君も」

黒田のせいなどではない。斎藤もわかっているのだ。せめて一言嘆かせてくれ。平静を装って笑おうとした斎藤の鼻先に、黒田は新たな爆弾にもなりかねない資料をそっと差し出した。

「この事実を警視庁はつかんでいるでしょうか。課長の意見を聞かせてください」

「まだ何かあるのか」

「IT準備室の新人が揃えてくれた資料です」

課長として差し出された書類を拒むわけにもいかないと諦めてくれたらしく、斎藤が吐息まじりに受け取った。

人は驚愕《きようがく》の事実を突きつけられると、確かに顔が青ざめていくものだと知った。資料に目を通し終えた斎藤が、天を仰ぐなり立ち上がった。が、声は荒立てずに、言った。

「今すぐ警視庁にこれを送れ。それから青山君を呼んで、詳しい報告を大使館から上げさせろ。全面協力をあらためて警視庁側に約束したほうがいい。私はまた上へ報告に行く」

そう言うなり、自分で警視庁に送れと言いつけた資料を手につかんだまま、斎藤は慌ただしく廊下へと出ていった。

黒田は上司の言いつけを守り、つい一時間ほど前に別れた大垣警部補の携帯に電話を入れた。

「はい、大垣です」

二度のコールで張り詰めた声の返事があった。向こうでも上を下への騒ぎになっているのだろう。遠くで男の怒鳴り声が聞こえている。送話口を手で覆ったのか、彼女の声がくぐもった。

「また何かありましたか？」

「ええ。見逃せない情報がボリビアから舞い込んできました」

今手元に資料はないが、すぐに送ると前置きをしてから、アルフォンソ・ロペスとブライトン製薬、さらには霜村元信の関係を伝えていった。

「では……黒田さんは、霜村毅がブライトンの研究施設に？」

彼女もすぐその可能性に思い当たり、声をわずかに詰まらせた。

黒田はひとつの提案を持ちかけた。

「霜村に会えないだろうか。彼は息子の死という重要な情報を我々に隠していた。まだ隠し事をしている可能性は高い。ブライトン製薬に転職した事情を訊きたい。息子が突然仕事を辞めたからといって、なぜボリビアまで追いかける必要があったのか。彼は息子がセンターから何かしらの研究成果を持ち出したと知ったんじゃないだろうか」

「親としても、厚労省の幹部としても、息子を止める使命があった——。そういうことですね」

「捜査一課にこの情報を伝える手もある。だが、我々でこの情報を直接ぶつけたほうが、霜村の反応を確かめられるはずだ」

電話口で彼女は黙り込んだ。いつのまにか周囲が静まりかえっている。外務省からの電話が入ったと知った一同が、聞き耳を立てている光景が見えるようだった。

「事は外事三課だけの問題ではなくなっています。上に話してはみますが、難しいかもしれません」

「外事は蚊帳《かや》の外なのか」

「いえ。警察庁からも本部に人が送られてきています。現場の声が反映される状況ではなくなっていて——ですので、あまり期待はしないでください」

それで電話を切られた。彼女も黒田と同じく捜査の方向を限定され、自由な動きを封じられているのだ。もはや警視庁内の縄張り争いを続けていられるような状況ではない。内閣府の外局である国家公安委員会にも話は通っているはずだった。

「どういうことなんですか」

抑えた非難の声が、背中に近づいた。椅子ごと振り向くと、安達香苗だった。よその部署への遠慮も見せず、廊下から一直線に黒田へと向かってくる。周囲の目を気にして足音を立てないようにする配慮はあったが、足さばきに険しさが出すぎていた。

「黒田さん。あの子が手伝いたいと言ってるんだから、任せればいいじゃないですか。なのに、なんで私なんですか」

どうやら松原宏美は事務次官に呼び出されながらも、果敢に自らの主張を述べたらしい。入省一年目の新人にできることではなかった。その態度も、香苗の目には好みに合わない姿と映ったのだろう。同性への目は、ここまで厳しい。

「彼女は部署が違う。わかるだろ。今回の件を広めたくない。関係者を絞るためだ」

周囲の目と耳をあえて気にするようにして言うと、香苗は不満を表しながらも仕方なさそうに口を閉じた。

「うちの斎藤課長がある資料を持っている。青山君にはボリビア関係を、君はブライトン製薬に関する調査を頼む」

「待ってください。黒田さんはどこへ行く気なんです」

席を立った黒田を見て、敵前逃亡は許さないとする目で凄まれた。

「我々にできることは少ない。警視庁は、ますます瑠衣とロベルトの確保に全力を挙げるはずだ。その裏で、見逃される者が出てくるのでは困る」

「宇野ですか」

驚いたことに、香苗はあっさりと正解を導き出して口にした。

「わかってるじゃないか。警視庁がどこまで宇野の仕事を探っていたか、不安を感じるんだ。あとは課長の指示にしたがってくれ。頼むぞ」

不服を目で訴える香苗に手を振り、黒田は邦人安全課のフロアから駆け出ていった。

23

午前十時八分。地下鉄で築地へ向かった。改札を抜ける時、過去の忌《い》まわしい事件がまた脳裏をよぎった。病原体が持ち出されていたのであれば、何を目的としての行動なのかが問題だ。たまたま霜村毅という人物の過去を掘り起こし、その元勤務先から病原体を持ち出す手口を知ったわけか。その目的が、単なる金銭を脅し取ることにあるなら、まだ救われる。理想のために使用するとの狙いを秘めていたとすれば、地下鉄サリン事件に比肩する事態ともなりかねないのだった。

警視庁の捜査方針は、残念ながら外務省にまで流れてきてはいない。あくまで協力要請が入ってこそ、黒田たちは動ける。が、未曾有《みぞう》の惨事になりかねない事態を承知していながら、安穏とデスクに座ってはいられなかった。ロベルトと瑠衣は何をしようとしているのか。その方向から真相に近づく手はまだ残されていた。

　武石が契約していた週刊誌の編集部を再び訪ねた。編集部内に宇野と顔見知りの者はいない、と言われていたが、彼の仕事ぶりや、つき合いのあった会社ぐらいはわかる。校了日ということで、多くの社員が朝から編集部に出ており、デスクと呼ばれる髭《ひげ》の男が応対してくれた。

　宇野は、武石と違って、硬派な記事を得意にするライターではなかった。新聞社系の週刊誌ではなく、もっと軟派な記事の多い雑誌の編集部に出入りしていたと教えられた。具体的な雑誌名は心当たりがないと言われ、芸能記事や社会風俗ネタの多い雑誌の編集部を端から訪ねていくほかはなかった。

　二軒目で、初めての手応えがあった。

「警察だけじゃなくて、外務省までが人捜しをしてるんですか。その人、何をしたんです？」

　雑誌を統括する部局の責任者は、首をひねるようにして黒田の名刺を眺めていた。やはり警察も、宇野の足取り調査はしていたのだった。が、彼らは宇野と面識のある者を聞き出すと、手がけた仕事に関しては一切質問せずに帰っていったという。

「宇野さんの仕事ねえ……。外務省の人が、何でまたそんなこと知りたがるんです」

局長の肩書を持つ男はなぜか半笑いになり、また質問してきた。曖昧に答え返すと、彼は五年前までその雑誌の編集長をしていた社員を呼び出してくれた。

「刑事さんにも訊かれたんですが……本当に私らも心配はしてたんですよ。何しろ急に連絡が取れなくなったんでね。どこか海外へ行くとは聞いてましたけど、それっきり音信不通で。けど……彼のようなライターは、編集部で何人も雇っていましたから。特に宇野さんじゃなきゃ困るって仕事でもなかったもので。それっきりになってしまいました」

「普段から宇野さんはよく連絡を絶つことがあったのでしょうか」

「張り込みとかになると、携帯にも出られないという状況はあったでしょうね。これは刑事さんにも伝えたことですが――仕事を変えるとかいう知らせがはがきで来ていたように記憶しています」

「仕事を変える？」

もう昔のことなので、記憶が定かではないと前置きをしてから、元編集長は答えた。

「縁あって業界紙の記者になるとか……そんなことが書いてあったと思います」

七年前、ボリビアから帰国した直後に、宇野は業界紙の記者へと転職したらしい。残念なことに、転職先の会社名や紙名などは届いたはがきに書いてなかったという。

「当時、宇野さんはどんな事件を追いかけていたのか、覚えておられるでしょうか」

宇野は、芸能界のゴシップや、男女関係の事件を専門に追いかけるタイプのライターだったという。とても中央医学研究センターとの関連記事は想像しにくい。

元編集長はわざわざ資料室まで足を運び、七年前の週刊誌を引っ張り出して、過去の記憶を掘り返してくれた。

「あ、これなんか、彼の記事じゃなかったかな」

差し出された記事は、バンコクの有名な歓楽街を潜入ルポしたものだった。ストリップやその種のナイトショーを楽しめる店から売春宿まで。中には男娼を買える店のレポートまでが載っていた。とてもボリビアとの関連が出てくるとは思いにくい記事だった。

大胆に想像を広げたとすれば、どこかの歓楽街で霜村毅と知り合い、何らかの関係を持つにいたった。その直後、毅が勤めを辞めてボリビアに向かったと知り、宇野は事件の臭いを嗅ぎつけ、追いかけていった。そういう可能性は考えられる。だが、少し飛躍がありすぎるかもしれない。

過去の振り込み記録を調べてもらうことで、宇野の七年前の住所は確認できた。江東区《こうとう》住吉《すみよし》。そこから一度転居したことが警察の捜査によって確認されている。その後、彼は忽《こつ》然《ぜん》と行方を絶った……。

元編集長からは、宇野が出入りしていた別の雑誌名を聞き出すこともできた。黒田は礼を言って編集部を出ると、携帯電話で外務省の香苗に連絡を入れた。

「宇野を調べて何か出てきましたか」

すでに警察が調べているのに、と否定のニュアンスを込めた言葉を返された。まだ不機嫌が続いている。

「念のための確認だ。毅の出国記録を調べてみてくれるか」

「入管に問い合わせればいいんですね」

「とにかく頼む。晴れて正規の仕事になったんだからな。結果が出たら、電話をくれ。あ――できれば、警察から同じ問い合わせがあったかどうかも確認してくれるか」

「はいはい。了解です」

いかにも不承不承そうな声を出してくるが、任せておいて不安はなかった。拗《す》ねてみせたいだけなのだ。

教えられた雑誌の編集部へ足を運んだ。やはりここにも、宇野から転職のはがきをもらったという者がいた。だが、やはりどの業界紙に転職したのか、詳しい話はわからないという。ボリビア行きのことさえ、その雑誌の関係者は聞かされていなかったのである。

収穫もなく出版社を出ようとした時、携帯電話が震えた。外務省からの電話なので、早くも香苗が依頼を果たしてくれたと見当がついた。

「実に羨ましいですね。厚労省の幹部の息子だからか、子どものころから何度も海外へ出かけてますね、毅は。ハワイ、ケアンズ、パリ、香港、バンコク……」

「いつだ。タイにはいつ行ってる」

「あ……ボリビアのひと月ほど前にも行ってますね」

毅もタイに入国していた――。

これではないのか。宇野もボリビアへ向かう直前、タイへ入り、バンコクの繁華街を探訪する記事をまとめ上げていた。

「よほど好きだったのか、二〇〇〇年から都合五回。その最後が二〇〇三年九月。ボリビアのちょっと前ですね」

「宇野も同じころタイに入国してるはずだ。おれのデスクに宇野の記録もある。確認してくれ」

返事もなく、通話が切れた。タイ入国という共通項を聞かされ、香苗も事態を悟ったらしい。

ほぼ三分後に携帯電話が震えた。

「いつだ。毅と同じ時期だな」

「いいや、残念だが、すれ違いだ」

聞こえてきた声は、斎藤修助のものだった。香苗が黒田のデスクに駆けつけたのを見て、斎藤自らが調べたものと見える。

「いいかな。毅のバンコク行きは、九月十日だ。四日後に帰国している。宇野のほうがバンコクへ入ったのは十月に入ってからだ。十月十八日。三日後に帰国して、さらにその後ボリビアへ旅立っている」

　まさにすれ違いだった。

　二人がバンコクで知り合ったのでは、という見方は否定された。だが――。

「ボリビアへ向かった毅と宇野、二人がともにその直前、バンコクに行っていた。これは偶然なんでしょうか」

「気持ちはわかる。しかし、宇野はそれ以前に二度もバンコクに行っている。最初が九一年、次が九八年三月。仕事かもしれないし、遊びだったのかもしれない。毅のほうは、二〇〇〇年の夏が最初。次が二〇〇一年の夏。さらに二〇〇二年年始め。そして二〇〇三年の正月。すべて時期が違う。向こうで二人が会っていた可能性は一パーセントもないだろうな」

　二人ともにバンコクへ幾度も渡航していた。東南アジアには有数のリゾート地もあり、気に入っていれば何度出かけていったとしても不思議はない。だが、そこに何らかの意味があるのではないか。単なる偶然ですませるには、納得しにくい共通項だと思えてならなかった。

「警察は、宇野の渡航記録は問い合わせても、毅のほうまでは手を出していなかったらしい。また警視庁側に伝えておくべきだろうね」

　悔しいが教えてやるほかない、と斎藤が珍しく舌打ちでもするように言った。それから声の調子をわずかに張り詰めて続けた。

「黒田君……」

「はい」

「正直に言おう。私は君を見くびっていた。片岡さんの威光を笠に、多少は勝手な振る舞いをしても許されると勘違いしてる男と思っていたところがある」

黒田としても、周囲からそう見られているのは理解していた。が、こうまではっきりと口にされたことはなかった。

「だが、やっとわかったよ。片岡さんが君に目をかけてきた理由が。一緒に仕事をして一年半になって、やっとだ」

「いえ……」

何と答え返していいかわからず、黒田は言葉を濁した。

「君の好きなようにしていい。警視庁の抱える情報を引き出すための餌《えさ》として使う手もあるだろう。あとは任せよう。私は聞かなかったことにする。ただし、今日いっぱいぐらいしか、私のところで止めておくことはできないからね」

「ありがとうございます」

わずか半日。それで何ができるか。黒田は礼を言って通話を終えた。

すぐに登録番号を表示させて、外事三課の大垣警部補に催促の電話を入れる。

だが、つながらなかった。上司にかけ合っているとしても、少し時間がかかりすぎていた。外務省との接触をはばかるべき理由が生じたのだろうか。

「電話をもらえるだろうか。またひとつ興味深い話が出てきた」

ふくみを込めたメッセージを残した。

黒田は先ほどの出版社に引き返した。宇野が最後に仕上げた記事について詳しく尋ねていった。

当時の記事を、宇野と二人で仕上げたという社員を紹介された。記事の中身を卑下《ひげ》でもしているのか、担当者は黒田とあまり視線を合わさず、うつむきがちに言った。

「この記事……。何度かバンコクに行ったとか聞いたんで、宇野さんに頼んだ記事でしたね。格安チケットを取って二人でバンコクへ行って。地元のガイドに色っぽい店を教えてもらい、端から取材して回りました」

「取材の最中に、宇野さんが特別興味を持ったものがあったとか、今にして思うと気になる行動があったとか、当時のことを思い出して引っかかるような出来事はなかったでしょうか」

曖昧な訊き方しかできずに、もどかしさが募る。

「どうだったかな……。ぼくは二泊で帰って来たんで」

宇野は三日後に帰国していた。少なくとももう一泊、彼は一人でバンコクに滞在してい

れたのだ。

宇野の仕事仲間についても尋ねたが、心当たりはないと言われた。その代わりとして、。

七年前に仕事を発注していた外部記者のリストを、過去の振り込み記録から調べだしてくれた
リストにある名前は八人。これを片っ端から当たっていくほかはなかった。

出版社のロビーを借りて、それぞれ振込先の電話番号に連絡を入れてみる。七年も前の住所なので、今も同じところに住んでいるか不安はあった。最初の二軒が空振り。すでに使われていない番号だった。次が留守番電話。外務省の名前を出して用件を残しておいた。さらに次の二軒もまた空振りだった。

次の番号を押そうとした時、携帯電話が震えた。やっと大垣警部補からの電話だった。周囲の目を気にしながら、階段の陰へ歩いて電話に出た。

「遅くなりました。なかなか確認が取れず、うちの部署でも困っていました。今はとても霜村と会うことはできなくなりました」

「どういう意味だ。何かあったのか……」

「実は、ここ とは目と鼻の先の丸《まる》の内《うち》署内に、誘拐事件の捜査本部が置かれ、各マスコミに報道協定の申し入れが行われたところです」

ここで誘拐事件を話題に出してきた意味が、すぐにはわからなかった。辺りの騒音がど

こかへ消えていく。霜村と無関係な話だとは思えない。であれば――。

「まさか……瑠衣、なのか？」

「うちの部長が副総監にねじ込んで、やっと確認できました。本日午前十一時、霜村の携帯に脅迫電話がかかってきたそうです。少し片言の日本語で」

片言の日本語を話しそうな者が、今回の事件の中に一人、いた。

「――ロベルトだな」

「まだ確認はできていません。でも、間違いないでしょう。おそらく、そちらにも確認のための協力要請が行くと思われます」

「瑠衣を誘拐したと言ってきたのか」

「黒田さんはどう思われるでしょうか？　ロベルトとおぼしき犯人は、霜村に言ったそうです。娘を誘拐した。今日中に身代金五百万円を用意しろ――と」

24

不可解極まりない脅迫電話だった。

その言葉どおりに、誘拐事件が発生したとは、とても思えなかった。何しろ瑠衣は、在留ボリビア人を尾行にかかった刑事たちを妨害していた。日本へ来た便は違っていても、彼女はロベルトと行動を共にしていると思われるのだ。その瑠衣が、よりによって誘拐された——?

大垣警部補が一語ずつを区切るように言った。

「理屈が通りませんよね、誘拐だなんて」

まったくそのとおりだ。黒田は壁に背を預けて思考に集中した。ロベルトは一人で日本に入国している。その彼を追いかけ、偽造パスポートを手に入れて帰国した瑠衣。どうして今になって誘拐したと、霜村に告げてくる必要があるのか見当もつかない……。

「電話口に、瑠衣も出たと聞きました。助けて、と父親に救いを求めたそうです」

「どこまで本当なんだろうか。君たちの読みは?」

「捜査一課の大芝居ではないか。そういう見方も出ました。しかし、瑠衣の公開捜査は大々的に発表されています。そのうえに、マスコミまで巻き込んだ芝居を打つ理由があるとは思えません。あとで誘拐の事実がなかったと判明したなら、首がひとつやふたつではすまないほどの大問題になります」

「でも、誘拐事件をでっち上げれば、事実上、報道管制を敷ける。センターでの盗難事件を表沙汰《おもてざた》にしたくないため、強引にマスコミを黙らせる策を採ってきた……」

「誘拐と盗難は、まったく別の事件です。センターの件まで報道しないように依頼はできません」

では、本当に、瑠衣を誘拐したという電話が霜村にかかってきたわけなのか。

その狙いは何か？　黒田はひとつの可能性を口にした。

「……ロベルトと瑠衣が逃走資金に困り、狂言誘拐を仕掛けてきた」

「あるいは、海外へ脱出するための手段として、最初から考えていたか……」

「じゃあ、五百万は見せかけの身代金」

「受け渡しの真似事をすると同時に、別の要求を出してくるとも考えられます。いずれにしても、霜村は今、捜査一課に守られています。こちらが正式に霜村の聴取を願い出ても、許可が出るような状況ではありません」

どこかさばさばとした口調で彼女は言った。確かに事が誘拐事件となったのでは、外事はもちろん、外務省が到底かかわれるものではなかった。事件は今、捜査一課が主導権を握っているのだ。

「メッセージにあった興味深い話を教えていただけますでしょうか」

言葉は控え目ながらも、強い要請が込められていた。

黒田は少し考えたのち、携帯電話を口元に引き寄せた。

「霜村毅と宇野義也。二人はバンコクに何度も渡航している。ボリビアに向かう直前も、どういう偶然か二人はバンコクに渡っている。残念ながらすれ違いで、二人が同じ時期にバンコクにいた事実はないがね」

その意味を考えるように彼女はしばし電話口で黙り込んだ。

「貴重な情報をありがとうございました。上司に伝えておきます」

早くも電話を切られそうな雰囲気だった。

「待ってくれ。誘拐事件の捜査に手出しができなくとも、宇野のほうから探っていく道があるように思うんだ」

「申し訳ありません。ロベルトがセンターに忍び込んだ犯人であった可能性もあるため、身代金の受け渡しには、警視庁がすべての力を結集し、待ち受け態勢を取ると決まりました。今回の件にかかわっている私たちにも、待機の命令が出ています」

それはそうだろう。何かしらの病原体が盗み出されたと見られているのだ。犯人の特定はまだできていなくとも、すでに瑠衣が素姓を偽って中央医学研究センターを訪れており、潜入のための下調べだった可能性もある。誘拐は単なる隠れ蓑で、別の目的が隠されているのではないか、そう警視庁は見ているはずなのだ。

「わかった……。では、こっちで調べてみる。昔の仕事仲間のリストを手に入れた」

「すでに捜査一課が調べたと聞いていますが」

「向こうは毅の渡航記録との共通項まではつかんでいなかったはずだ。違うだろうか。手を出せないのなら、足で駆け回る。それが君たち刑事の仕事のやり方だろ」

「三分後にまた電話をします」

いくらか彼女の胸をノックできただろうか。刑事の習性として、ただ上から指示を与えられて動くのではなく、自ら真実に近づきたいと考えているはずだった。

彼女が口にした三分後に、携帯電話は震えなかった。向こうでまた込み入った事情が起きていると思えた。いつまでも待っていられず、先に動こうと出版社のロビーを出たところで、電話が入った。

「遅くなってすみません。説得に時間がかかりました。そちらで手に入れたリストを送ってください。住所の確認なら、こちらにお任せください。手分けして当たりましょう」

「いいのか？　待機命令が出ていると言ってたはずだ」

「私は早退しましたから大丈夫です。うちにも生理休暇くらいは認められています」

黒田は携帯電話を手に笑いだした。


「宇野さん……？　ああ、酒好きのうーさんのことですか。──そうなんですよ。もう五、六年になるかなあ、この業界から足を洗って。昔はずいぶん一緒に飲んだんですけど、転職した途端、連絡ぷっつりでしょ。冷たいもんですよね。まあ、どこか取っつきづらかったし。本当はあの人、ライター仕事を自分で蔑《さげす》むようなところがあったんで、だから足を洗ったんでしょうね。いえ、一度も連絡取ったことはありませんよ」

「タイ？　いやいや、あのうーさんにリゾートホテルなんて似合いっこないですよ。バンコクに決まってるでしょう。どうせパッポンやナナ・プラザ辺りに入りびたってたんじゃないかな。……そうでしたね、趣味が仕事になったって言ってましたよ。結構いい取材ができたみたいでね。あの時はかなり喜んでましたから」

もっとも貴重な情報を口にしてくれたのは、武石とも面識のある五十代のフリー記者だった。彼は今、契約社員としてあるフリーペーパーの編集部に在籍していた。

「そういえば……。確かにSARSの話題に食いついてきましたね。あの人、いつも軟派な記事ばかり書いてたし、本人もそっちのほうが好きだったように見えたんで、珍しいこともあるな、と思ったことを覚えてます。ウイルスの種類がどうとかこうとか、珍しく高尚なことを言いだしたんで、みんな、目を丸くしてね」

「それはいつのことでしたか」

「いつだったかな……。昔のことなんで、ちょっと思い出せませんね。でも、SARSって一時だけの話題でしたからね」

「決まりかもしれませんね」

黒田が電話を入れると、大垣警部補はリストにあった名前の追跡調査をすべて終え、ちょうど警視庁を出たところだと言った。

「宇野はバンコクに滞在中、霜村毅がひと月ほど前に来ていた事実をつかんだ。よほど興味を覚えたくなる情報が、毅の周辺にあったのでしょうね。それを宇野がつかみ、日本に帰国して毅に連絡を取った。そう思えてきます」

推測としては、誰もがそこに行き着く。宇野は、毅がセンターを辞めてボリビアへ行こうとしている事実を知り、そこに事件の可能性を嗅ぎつけた。

「宇野はバンコクの繁華街で体験リポートを書いていた。毅のほうは独身。しかも、過去三年の間に五度もバンコクを訪れている」

「言いたいことはわかる。でも、彼は医師の資格を持っている。女性に不自由していたとは思いにくい」

「では、黒田さんは——薬のほうではないか、と？」

近年、アジア諸国は、麻薬売買の取り締まりを強化している。中国やシンガポールでは、その売買量によっては死刑を宣告されるケースもあった。だが、いまだアジアの歓楽街では、麻薬に類する薬物が日本とは比較にならないほど手に入りやすい現状がある。海外で薬物に手を出し、事件に巻き込まれるケースは多く、在外公館でも広く注意を呼びかけていた。

「毅の出身校は、そっちで調べてあるだろうね」

「友人から話を聞くつもりですね」

「大学関係者は君に任せる。こっちはまたセンターへ行って、元同僚から話を聞いてみる。ついでに刑事部による捜査の進展具合も確かめてみるつもりだ」

「了解です」

時刻は早くも午後四時をすぎていた。また今日も昼食をとっていない。

帰国してからというもの、ろくに食事を味わった覚えがなかった。余裕をなくすと、人は視野と考え方が狭くなり、柔軟さが失われていく。見かけたコンビニでとんかつ弁当とゆで玉子、シュークリームなどのエネルギー効率が良さそうなものを手当たり次第に買い、今朝に引き続いてタクシーで稲城市へ向かった。役人としての習性で交通費の額が気になってくるが、あとは斎藤がどうにかしてくれると今は信じた。

車中で腹を満たす前に、副センター長の服部郁子に電話を入れて、霜村毅の元同僚から話を聞きたいと申し入れた。すると、電話に出た服部が煮え切らない声になった。

「今も警察が中にいて……。立ち入り制限が出されています」

「急を要する事態です。立ち入りが許されないなら、外で話を聞いてもかまいません。私は警視庁外事三課の指示で動いています。そう警官に伝えてください」

外事の使いだと称すれば、話を聞くことぐらいはできるだろう。その段取りを考えながら、機械的に食事を呑み込み、ペットボトルのお茶で流し込んだ。味はともかく、腹を満たすことには成功した。

中央医学研究センターのゲート前には、今も四人の制服警官が配され、タクシーを正面玄関まで乗り入れることはできなかった。黒田は身分証を掲げて訪問理由を彼らに告げた。すると、無線でどこかへ連絡が入れられ、さらに身体検査の通過儀礼を終えたあとで、ようやく敷地内へ通された。

玄関ロビーにも二人の制服警官が目を光らせていた。侵入者を許したあとで、いくら警備を固めても無駄に思えたが、職員の聴取を滞りなく進めさせるための牽制の意味は感じられた。センター内に見慣れた捜査一課の者はおらず、代わりに捜査三課の刑事が黒田を出迎えた。

「外事が捜査一課とともに待機を命じられた件はご存じだと思います。彼らが動けないため、私が調査に来ました」

刑事は、真贋《しんがん》を見極めようとする質屋の店主に負けじと身分証を見つめたあと、同じ視線を黒田に向けた。

「内部への立ち入りは禁止だ。ここで話を聞きたまえ。いいね」

話が聞ければ椅子などなくてもかまわなかった。

玄関先で監視の目を浴びながらしばらく待つと、副センター長の服部が三十代の男とともに廊下の奥から小走りに現れた。二人ともにＩＤカードを首から下げただけで、白衣は羽織っていない。今日は仕事にならないのだろう。

ＩＤカードには、岩田《いわた》克人《かつひと》、第三研究室主任、とあった。彼は、毅と同じ年に勤め始めた職員の一人だった。毅より二歳上で、やはり医師の資格を持っているため、センター内では比較的親しかったほうだと服部が説明した。

上司と制服警官が見ている前では話しにくいこともある。黒田は岩田をロビーの端に誘った。

「副センター長が、比較的親しかったなんて言いましたが、実はそうでもなかったんです」

申し訳ないというように頭をひとつ下げてから、岩田克人は小さな声で切り出した。

「霜村君は、いかにも研究者肌の男で、人づき合いには興味もなかったようで。一応は同期でしたから、ぼくとは少し話をしたほうだと思います。けど、それだけの仲でした」

「では、このセンターに親しくしていた人はいなかった、と?」

それが退職する理由になったのだろうか。そのニュアンスを込めて黒田は訊いた。

「仕事は好きだったように思えました。だから、突然辞めると聞いて、驚いたんです。どうする気なのか、って声はかけました。そうしたら、医者は人を助けなきゃいけない、そう思うようになった、とだけ……。勤め始めのころは、患者とつき合わなくていいから、こっちの仕事のほうが楽だって言ってたので、急に考え方が変わったな、と違和感を覚えました。何かあったのか、そう訊いてもみたんですけど、医師としての務めに気づかされた、と。何か言い訳のように聞こえましたが……」

「こちらに就職する前から、彼は何度もタイに行っていたようですが、そのことはご存じだったでしょうか」

「タイって、東南アジアのタイですか？　さあ……聞いたことありませんね。彼、色白でしたし、タイのビーチに行ってたなら、すぐにわかったと思うんです。海外へ行くのが趣味だと聞いたこともなかったし……」

「恋人の話を聞いたことはなかったでしょうか」

「つき合ってる人はいたみたいですけど、彼の口から彼女の話を聞いたことはなかったと思います。うちの職員にも若い子がいたんですけど、ちょっとレベルに問題があるとか、何か見下すような言い方をしていたのを覚えてます。だから、よほど可愛い彼女でもいるんだろうな、と思ってたんです。女性の趣味にはかなりうるさかったですね。テレビのCMに女優とかモデルが出ますよね。その話題が出た時も、やたらと趣味じゃないと連発してました」

人づき合いが下手で、医師の資格を持つことに自負を持ち、若さゆえの不遜《ふそん》さを抱く青年。ありがちな人物と言ったのでは、若い医師全般を軽んじることになってしまう。だが、己の優秀さを強く自覚する若者に見られやすい未熟さが、岩田克人の語る毅の人物像からは感じられた。

七年前、毅が退職した直前に、冷凍保管庫から何かしらの病原体や研究中の細菌が持ち出された形跡もなかったという。警察にも問われたが、そういった痕跡が見つかったなら大問題で、もっとセンター内で噂が広がったはずなので間違いない、と言われた。

ただ、その前後から、所内の防犯カメラの数が増え、カードキーの暗証番号が十二桁へと増やされたということだった。怪しむべき形跡は見つからなかったものの、警備を強化すべきという意見が、どこかで出されたようだった。

「参考までにお訊きするのですが、あなたのような研究者が、他人の身分証をスキャニングなどして冷凍保管庫の暗号キーを読み取ったとします。その場合は、許可を得て保管庫に入ったという記録が残されるだけですよね」

内部の侵入者という可能性を一度も考えたことがなかったらしく、岩田は不当に見下してきた者に対するような目を黒田に向けた。多くの役所にも見られるように、ここでも身内を疑わないという性善説に基づく管理体制が取られていたのだ。センター内に設置された防犯カメラが夜間になると切られていた状況からも、それはうかがえた。おそらく今ごろは警察も、厚労省の監督不行届を嘆いているに違いなかった。

最後に、冷凍保管庫から盗まれたと思われるものの見当はついたのか、と尋ねてみた。だが、不安を浮かべた顔で首をひねられた。

「警察にもしつこく訊かれましたが……」

耳かき一杯のウイルスを持ち出されたとしても、確認のしようはないのだった。もちろん、噂を広めたくないために箝口令が出されている可能性もあった。

「カテゴリーAに分類される病原体は、何種類が保存されていたのでしょう?」

「ぼくの口からは言えません。上の者が正式な回答を送っているはずです」


大垣警部補が指定してきたのは、夜の日比谷《ひびや》公園だった。外務省にも警視庁にも近く、密談にもってこいの薄闇には困らない場所である。公会堂と図書館に挟まれた路地へ足を向けると、いつしか背後に足音が聞こえだし、振り返ると彼女が闇の中から姿を見せた。普段から、情報提供者とこういう接触の仕方を心がけているのかもしれない。街灯《まちあか》りを背負っているために、その表情は暗く沈んで見えた。

「女性関係をしつこく尋ねてみました。ですが、霜村毅はかなり慎重な性格だったようです。研修先の病院でも、看護師にはほとんど近づかないようにしていたと言います。将来ある身なので、おかしな女に引っかかってたまるか。そう吹聴してたというから、なかなか鼻持ちならない男ですね」

黒田もセンターの元同僚から聞き出した話を報告した。すると、彼女がまた一刀両断の論評を下した。

「父親譲りの性格でしょうね、おそらくは。まさに高慢な官僚タイプ……。うちの上にも、似た男がごろごろいます」

霜村元信はかつての霞が関人脈を使い、娘が姿を消したと知るなり、ＳＯＳを外務省に発信してきた。その担当者に指名された黒田に、息子がボリビアで死んでいた事実を打ち明けず、再三の問い合わせにも電話をかけてこなかった。さらには、刑事部に協力して公開捜査に訴える父親役を見事なまでに演じてもいた。人に助けを求める時の態度ではない。そこに、不遜さが臭い立ち、息子も明らかにその血を引いていたとしか思えない、と彼女は言っているのだった。

「あとは、どうされますか、黒田さん」

次なる一手に何を考えているのか。黒田と外務省の出方をうかがっていた。

わざわざ本部を抜け出し、黒田の調査に手を貸してきた裏には、外務省の本音を知りたいとする、警察幹部の意志があったと見える。

黒田はまだ辺りに淀《よど》む蒸し暑さに、襟元をゆるめてから言った。

「宇野はなぜ消えたのか。君たち警察はどう考えているんだ」

「黒田さんは、どう考えられます？」

質問で返すのは卑怯《ひきょう》ですよ。そう言わんばかりに、さらなる質問で返された。外務省より男社会と思われる職場で働くだけあって、切り返しも堂に入っていた。

心して黒田は言った。

「健康保険を使った形跡はなく、家族のもとにも一切連絡はない。自らある目的を持って行方を絶ったか。たとえば、偽造パスポートで国外へ出たか。他人の戸籍を買い取るかして、別人として生きているか。あるいは、身元不明の遺体と化したか……」

もうひとつの可能性が考えられた。が、口にするのは躊躇われた。自分でも少し想像が逞しすぎると思っていた。

思案に身を委ねていると、大垣警部補が声を落とした。

「本部でも、見方はふたつに分かれています。宇野は何かしらの危険を察知して、行方をくらませたのではないか。ボリビアで毅が殺害された件を、独自に調べていたとも考えられます。その過程で、姿をくらますべきと考えて実行に移した。あるいは……危険が現実のものとなり、命を落としたか――。念のため、過去に発見された身元不明の遺体との照合作業を行いましたが、宇野と特徴の合致する遺体は見つかっていません」

警視庁は、現状から考えうるあらゆるケースを想定して捜査にかかっていた。だが、それでも宇野の行方にはつながっていない。明確な意志を持って、彼は姿を消したのだ。

気になる点を確かめるため、黒田は尋ねた。

「センターの防犯カメラに映っていた侵入者と、ロベルトの体格は一致したのか？」

「情報がまだ少ないようです。今のところ、似てはいても、断定するにはいたっていません。正式な鑑定結果ではありませんが」

「それと――霜村の自宅が燃えた理由はわかったんだろうか」

「放火です。それも、発火装置を用いたとしか思えない状況がそろっていました。ガスは止めてあったにもかかわらず、爆発音を近所の住人が聞いています。火元の特定もできないほどに、火の手は一気に燃え広がったと考えられるそうです。火種があるとは思えない玄関までが、跡形もなく燃え尽きていました。通常の燃え方ではなく、ガソリンなどの燃料をかけられて燃えた時と似ているそうです。決定的なのは、玄関と廊下から、焼け焦げた電気コードの一部が発見されています」

発火装置を使っての放火——。

やはり何者かが、家の中を探ったことを隠す目的で火をつけたのだ。が、発火装置とは、少しばかり手が込みすぎていた。最初から家を焼き尽くすつもりで、犯人は発火装置と燃料を用意してきたと考えたほうがいい。

大垣警部補が歩道へと回り込むように歩を進めた。

「我々外事課は、あくまでロベルト・パチェコの捕捉が任務です。霜村毅の周辺よりも、在留ボリビア人の追跡に重点を置いた捜査を命じられていました。捜査一課は、武石殺害事件を核心に据えていたはずですが、誘拐事件へと進んだことで、新たな捜査態勢の見直しが始まっています」

そこに霜村家の火災と、中央医学研究センターへの侵入事件もあるのだ。少なくとも毅の周辺調査はストップしているのだろう。ぜひとも霜村を問い詰めてみたいが、誘拐事件の渦中にある身となれば、それも難しかった。

「身代金を用意するタイムリミットとして、犯人が指定してきたのは今日いっぱいです。明日には新たな動きがあるものと思われます」

「何か進展があったら、連絡をもらえますか。こちらも、もう少ししつこく食らいついてみますよ」

「情報をお待ちしております。明日の件は、上の者と相談したうえで、話せることがあれば、お伝えしたいと思います。では――」

大垣警部補は一切の確約をせずに言って姿勢を正して頷くと、薄暗い路地から足早に消えていった。

25

時刻は早くも午後九時をすぎようとしていた。疲れを引きずりながら中央の通用口から外務省庁舎に入った。邦人安全課へは向かわずに、南庁舎の二階へ上がった。

宇野が消えた意味。そのもうひとつの可能性を考えるために、黒田は国際協力局のフロアを訪ねた。まだ多くの職員が仕事を続けており、五日後に迫ったサンフランシスコでの環太平洋農水相会議の資料を作る者たちもいた。

参事官の席に吉村進の姿はなかった。黒田は若手の職員に声をかけ、ボリビアの件で至急確認を取りたいことができた、と告げて吉村の連絡先を聞き出した。

「黒田さんなら、独自に調べ出す方法はありますよね。でも、わざわざここへ来た。正式な調査だと断っておきたいわけなんでしょうね」

若手の職員はメモを差し出すと、得意そうな表情を作りながら声を落としてみせた。その推測は当たっていたが、黒田は無言でメモを受け取った。吉村は今日も事務次官に呼び出されており、そこから局内に噂が立ったと思われる。箝口令など、この程度のものだ。省内情報の入手が箔《はく》につながる。そう誤解して探りを入れたつもりだろうが、相手にするのも馬鹿らしく、黒田は無言を貫き、国際協力局のフロアを出た。

照明の半分消えた廊下の奥へ歩いてから、吉村の携帯に電話を入れた。

「夜分遅く失礼します。邦人安全課の黒田です」

すぐには返事がなかった。戸惑いだけとは思いにくい沈黙のあと、吉村が事もなげな口調で言った。

「何かあったのかな、こんな時間に」

「七年前の件で、確認させていただきたいことができました」

「警視庁からの問い合わせかね」

「いえ。私の独断によるお願いです」

とても警視庁に伝えられる筋の疑問ではなかった。吉村の口から否定してもらいたくて電話をかけているようなものだった。黒田は言葉を選び、その質問を口にした。

「七年前、最初に霜村毅の遺体を確認したローカル・スタッフの名前をお教えください。報告書に、その人物の名前はなかったと思いますので」

ひと息に告げて、吉村の回答を待った。

またも沈黙が時を刻んだ。吉村ならば、今の質問の意図はわかるはずだった。だから、答えが遅れている。黒田は暗い窓を睨んで待った。

「――正直に言おう。それと同じ質問を、私は警視庁の刑事からも受けている。もちろん、ありのままを答えておいた」

やはり警察はプロの捜査集団だった。黒田の拙《つたな》い思いつきなど、すでに調査ずみだったのである。つまり、その可能性は完全に否定された。そう考えていい、と思えた。

吉村が淡々と答えを告げた。

「いいかな。アレハンドロ・エンリケ・ディスコバル。彼がまず地元の警察署へ向かい、パスポートの写真と遺体を確認してきた。私があとで血液型と盲腸の傷跡を確認している。遺体は、霜村毅に間違いなかった」

外交官の果たすべき務めに疑いの目を向けた後輩への憤りを、吉村は声に表さなかった。もちろん、胸のうちはわからない。だが、苦労人として知られた男は冷静さを失わずに口調も乱さず、平然と答えを返してみせたのだった。

「……申し訳ありませんでした」

「いや、いいんだ。君が警察と同じ疑いを持つのは仕方ない。宇野という男の行方がいまだにわかっていないと私も聞いた。君は与えられた任務を果たそうとしただけだ。気にすることはない」

「夜分遅くに大変失礼いたしました」

「気になることがあったら、いつでも電話してくれ。私にできることなら必ず協力する」

最後まで吉村は淡然としていた。

黒田は携帯電話を切った。心苦しくてならなかった。望んでいた明確な回答をもらいながら、まだアレハンドロ・エンリケ・ディスコバルから話を聞くべきだと考えていたのだった。

中央庁舎三階の南米課に顔を出した。市川課長も青山英弘も帰宅していた。ボリビアはまだ午前八時すぎ。少なくともあと一時間は待ってから電話をかけたほうがよさそうだった。

邦人安全課のオフィスへ戻った。領事局の各フロアは、すでに半分ほど照明が落とされていた。開いていたドアを抜けようとしたところで、黒田は足を止めた。安達香苗ではない女性が、またも黒田のデスクの前に立っていた。

十数時間前の光景が脳裏に甦る。今朝も同じように彼女は黒田を待っていた。この熱心さは何だろうか。感心を通り越して疑問さえ浮かぶ。今も松原宏美は視線を黒田のデスクに落とし、それとなく上に置かれた書類の辺りを眺めていた。

邦人安全課に居残る者の姿は見当たらなかった。事務次官に呼び出されて、関わるなと忠告を受けたにもかかわらず、彼女は懲りもせずに黒田を待っていたらしい。事務方トップの忠告を聞き流そうというのだから、あきれるほど意志が固く、度胸も据わっている。

黒田はドア横から退き、そっと彼女の動きを見つめた。松原宏美が右手をデスクの上へ伸ばそうとした。いくらボリビアでの事件に関心を抱いていようと、黙って机を探るのでは、少しばかり行きすぎている。

黒田は息を詰めた。彼女の右手がデスクに置かれた書類をつかもうとしている。その奥で、もう一方の手が、抽出《ひきだし》のほうへと伸びたように見えたのだった。

なおも左手が動き、わずかに抽出が開けられた。彼女の視線が下へと落ちる。

「松原君」

声に驚き、松原宏美の背筋が伸びた。暗がりの中で目が見開かれる。と同時に、彼女は素早く抽出を元に戻していた。音も立てずに。

「まだ帰っていなかったのか」

黒田は彼女の左手に気づかなかった振りをして微笑み、邦人安全課のエリアへ歩いた。

いつもの律儀さで、彼女が深々とお辞儀をしてくる。

「お疲れ様です」

彼女は一礼するとともに、早くも表情を取り繕っていた。何も知らない新人事務官の顔に戻り、黒田をひとえに見つめてくる。その役者ぶりに、汗が冷えていった。

「次官からこちらの件には関わるなと言われたはずだ」

「はい。ですけど、私にも協力をさせていただいた経緯があります。それを頭ごなしに関わるなと言われても、納得はできません」

熱意あふれる事務官を心がけるかのような言い方だった。目に怯えの気配は見られない。危ういところで声をかけられたはずなのに、動揺の兆しも見せず、悪びれた様子もない。

黒田は頷き、意地悪な訊き方をした。

「君が今夜、何時までIT準備室で仕事をしていたか、確認させてもらおう」

その瞬間、彼女の目にやっと狼狽《ろうばい》が走り抜けた。抽出の中を調べようとしたところを見られたのだ。そう悟るとともに、彼女は一歩、黒田の前から身を引いた。

「ある人が言っていた。省内で、人のデスクをかき回す何者かが徘徊しているようだ、と。君だったとは残念だよ」

「何をおっしゃっているのかわかりません。私はただ、今回の事件がどうしても気になり……」

「それで仕事が終わったあとも、ずっとこの省内に残っていた。そう言うんだね」

「はい」

早くも目に力が戻っていた。彼女は強い心を持っている。まるで信念を持ったうえで黒田のデスクを探ろうとしたのだ、そう開き直るかのようにも見えた。

吉村が言っていたように、機密費について探ろうとする者が、省内にいるとは思いにくかった。だが、黒田は通常の人事から切り離された特例の外交官であり、仕事柄、機密費を使いやすい立場にもある。が、彼女は今年の四月に採用されたばかりの事務官だった。片岡も承知していたほどであり、商社勤めの経験があることは間違いない。よその省庁が人を送り込むという、突飛な細工をするものなのか、疑問もあった。

「誤解を受けるような行動は慎むことだ」

「はい。——今日はこれで失礼いたします」

肩を縮めるような素振りもなく、彼女は黒田の視線を受け止めつつ、礼儀正しく一礼した。すぐに胸を張るようにして、足早に邦人安全課のフロアから出ていった。

疑わしい状況はあったが、黒と断定する確証はない。が、彼女は明確な意志を持って、黒田のデスクを探ろうとした。七年前の轢き逃げ事件を、黒田に教えたのも彼女である。ボリビアに強い関心を抱いているのは疑いないが、何を目的に事件を探ろうというのか見えてこない部分があった。熱意という動機で、ここまでのことをするとは思いにくい……。

デスクを見下ろしながら考えていると、背後から問い詰めるような声がかかった。

「どこ行ってたんですか、黒田さん」

振り返ると、ファイルや紙の束を両手に抱えた香苗が睨みつけていた。南米課の青山が帰ったというのに、彼女はまだ調査を続けていたとわかる。

「ブライトン製薬のボリビア進出は、やはりアメリカ政府の紐《ひも》付きでした。とりあえず、裏付けの資料をそろえておきました」

ドン、とデスクにファイルと紙の束を置いた。突き止めた事実を今ここで口にしたくて堪《たま》らないという顔つきになっていた。

「見てください。ボリビアに建設された病院は、アメリカの無償資金援助によってのものでした。ブライトン製薬の関連会社が医療機器の搬入を落札してます。この案件を推し進めたのは、ドワイト・スミス。当時の上院議員で、今の副大統領。ブライトンの元顧問弁護士で、妻の親族がブライトンの創始者一族です」

妻の母方の伯母の結婚相手が、ブライトン製薬の創始者一族の一人であり、その縁から彼は顧問弁護士を務め、役員にも名を連ねていた時期があったという。ただし、上院議員に当選してからは、会社の仕事からは身を引いている。

「もちろん、逮捕投獄されたアルフォンソ・ロペス元副大統領も関係してます。ドワイト・スミスが外遊のついでにボリビアへ立ち寄った際には、当時の大統領ではなく、ロペスが持てなしていました。もちろん、ブライトン製薬の幹部の娘を妻にしているという関係からでしょうが」

「スミスとロペスは、親戚に当たるのか」

「いいえ。ロペスの妻の父は、創始者一族ではありません。ただし、二代にわたってブライトン製薬を支えてきた大物役員の一人です。ロペスは幹部候補生として陸軍に入り、一年後にサンフランシスコに留学しています。その際に、妻のサラと知り合った、と古い新聞記事にありました」

アルフォンソ・ロペスまでが、ボリビアからサンフランシスコに留学していた。ロベルト・パチェコと同様に――。

無論、ドワイト・スミス副大統領の地盤も、ブライトン製薬が本社を置くサンフランシスコである。

「霜村がブライトン製薬に転職した経緯はわかったのか？」

「そんなこと、言われてませんけど」

香苗は、自らの無実を訴えるように両手を広げた。確かに言いつけた記憶はなかった。与えられた仕事のほかには手を出さないのが役人のルールでもあった。

「明日でいい。厚労省へ行って、当時の事情を知る者を探して、聞き出してくれ」

「私が、ですか？」

「そうだ。霜村のような年代の男は、私や課長が尋ねるより、君みたいな若くて可愛い子のほうが絶対に、べらべらと何でも喋ってくれる」

その意見には気の利いた反論を思いつけなかったようで、彼女は振り上げかけた手を下ろして、横を向いた。それから仕方なさそうに目を黒田に戻した。

「やってみます。期待はしないでください」

「大いに期待している、頼んだぞ」

本音を口にしたつもりだが、恨みがましい目をぶつけられた。香苗はクルリと背を向けたあと、思い出したかのように振り返った。

「黒田さんもそろそろ帰ったほうがいいですよ。シャツの襟、真っ黒になってますから」

最後に一太刀を浴びせてから、香苗は軽やかな足取りで出ていった。

午後十時になるのを待ってから、黒田はボリビア大使館に直接電話を入れた。

「アレハンドロですか？　懐かしい名前ですね」

電話に出た大使館職員の口にした「懐かしい」という言葉が気になった。今はもういない、という意味にほかならないからだ。

「はい。彼は、三年前に退職しています。うちで習得した日本語能力を生かすとかで、ブラジルの商社に転職したんです」

黒田は電話口の前で思案した。無精髭が掌を刺してくる。警察はブラジルに移り住んだというアレハンドロ・エンリケ・ディスコバルを捜し出し、確認を取ったのだろうか。外務省の助けもなく、彼らが独自に調査できたとは思いにくい節があった。

「アレハンドロの件で、日本の警察から問い合わせがあったかどうか調べてみてくれないだろうか」

「今になって、どうしてアレハンドロを日本の警察が……。例の轢き逃げ事件の関連でしょうか？」

「確認が取れ次第、いつでもいい、私の携帯に電話をもらえないか。頼む」

その依頼は、たった二十分で果たされた。

ボリビア大使館の職員が、短時間で手に入れた成果を自慢げに告げた。

「うちのローカル・スタッフが、大使に言われてアレハンドロの転職先を調べて、日本に伝えています。生憎、大使は今、日系人会のほうへ出かけていますが、たぶん、警察から問い合わせがあったんだと思います。アレハンドロのことを知らない大使が、彼の転職先に興味を抱くはずもありませんから」

彼の読みに、まず間違いはないだろう。警察はアレハンドロ・エンリケ・ディスコバルからも話を聞いていると見ていい。

「大変参考になった。ありがとう」

「いいえ。ロベルト・パチェコの調査は続けています。報告書は青山さんのほうへ提出するのでよかったんですよね」

「忙しいだろうが、頼む」

手にした受話器を静かに置いた。ため息しか出てこなかった。

26

国家公安委員会と警視庁が全力を挙げて徹底させた箝口令が功を奏したのか、翌朝になっても、中央医学研究センターの襲撃事件はニュースとして取り上げられていなかった。地元署で発表を控え、ひた隠しにして捜査が続けられていると思われる。誘拐事件にマスコミの目は集まり、地元署の管内で慌ただしい動きがあったことも、別の事件の捜査として説明がされたのだろう。

霜村邸の火災のほうは、誘拐事件との関連から隠されているとも考えられる。その裏で、在留ボリビア人への徹底監視と、宿泊施設のローラー作戦が密かに進められているはずだった。警察関係者はひたすら事件の早期解決を願い、ロベルトからの次なる電話を待ち、あらゆる備えを進めているに違いなかった。

　黒田は朝から再び、宇野義也と仕事をした者を探しに歩き回った。今はできることをやるしかない。昨日とは別の出版社から、フリー記者の住所と連絡先を聞き出し、片っ端から電話を入れた。バンコクの取材で何か興味深い事実を見つけたと言ってはいなかったか。ボリビアへは何をしに行ったのか。彼の口から中央医学研究センターと霜村毅の名前を聞いたことはないか。

「うーさん、半分趣味でバンコクに残ったんじゃないのかな。けっこう好きでしたからね。まあ、だから、いつまでも結婚できなかったみたいですけど」

「へー、ボリビアねえ。よく聞くじゃないですか。インドへ行って人生観が変わったとか。案外似たような経験をして、うちらの商売から足を洗ったのかもしれませんね」

「そういやSARSのことは気にしてましたね。でも、あの人、アジアによく行ってたから、それで心配してたんだと思いますけど」

　転職のはがきをもらった編集者が一人。あとは姿を消したことさえ知らない者たちばかりだった。ここにも一人、人づき合いが苦手で、女気のない男がいたようである。

　移動中の地下鉄駅で携帯電話が震えた。警視庁外事三課からの電話だった。通話ボタンを押すと、名乗りも挨拶もなく、大垣警部補の抑えた声が耳に届いた。

「――動きがありました。十時五分。ロベルトと思われる男からの電話が、霜村元信の携帯にかかってきました。今回は録音に成功したので、外務省に確認していただきたいとのことです」

「邦人安全課にテープを届けてください。サンフランシスコ総領事館の者に確認させます」

「お願いいたします。発信元はやはり霜村瑠衣の携帯でした。犯人は現金の用意ができたことを確認すると、本日十四時ちょうどに、渋谷駅ハチ公前に現金を持ってこい、と霜村元信に伝えました」

渋谷駅という人出の多い場所に呼び出したのでは、私服の刑事がどこに潜《ひそ》んでいようと目立たなかった。本気で身代金を奪う気でいるとは思いにくい。もちろん、そこから別の場所へ誘導し、警察の監視を見極める、という方法はあった。

「我々外事も、十二時三十分には出発いたします。それまでに警視庁へ来られますでしょうか」

意外な思いにとらわれ、返事が遅れた。

「私も、ですか？」

「はい。大きな声では言えませんが、課内には反対する声が多々ありました。ですが、上からの指示では致し方ありません。省庁間で駆け引きという名の泥仕合が演じられたのか。はたまた、そちらにも責任の一端を背負わせるべきとの意見が出たのかは、不明ですが」

前者であれば、おそらく片岡が動いているはずだった。彼と大学の同期に当たる副総監から、直接苦情が寄せられたという話を聞いた。その相手に今度は逆にねじ込んだとも考えられる。やられたまま引き下がっている男ではない。ただし、情報を引き出そうとした代わりに、責任までを押しつけられた。そういう可能性も考えられたが、黒田にとっては幸いだった。

「私とともにモニターの監視役です。霜村瑠衣、ロベルト・パチェコ、ともによくご存じのはずですので、捜査車両に籠もっていただきます」

手出しは決して許さない。それでいいなら立ち会いを認める。やはり責任の押しつけ合いから、黒田という人質を預かる案が浮上し、それで両者が手を打ったに違いなかった。

外事三課が用意した車は、どこから見ても大手宅配便会社の小型トラックだった。荷台には、すでに無線とモニター四台が設置され、両脇に椅子代わりなのか、木製の長い箱が置かれていた。外事の若い刑事が運転席に乗り込み、黒田は大垣警部補に続いて荷台へ上がった。出発の時を待っていると、二日前に名乗りもしなかった大柄な男がまたも現れ、無言で荷台に乗り込んできた。男は黒田を見て、軽く会釈の真似事だけしてみせた。徹底して名前も階級すらも、外務省の者には知らせたくない理由でもあるのかと思いたくなる。

「同乗させていただき、ありがとうございます」

黒田が声をかけても、男は顔の筋ひとつ動かさずに、また小さく頷いてみせただけだった。好きで君を乗せているわけではない。妥協の産物なのだよ。無言で多くを語ろうという思惑が透けて見える。

大垣警部補はすましたもので、男を紹介する素振りも、やはりない。居心地のいい職場ではないらしいことだけは実感できた。彼女はキーボードを操作し、ディスプレイにコマンドを表示させて最後のチェックを行っていた。

運転席の若い刑事といい、遅れて乗り込んできた男といい、これから身代金の受け渡し場所に向かうという緊張感などまったくなく、省略の多い会話で出発前の確認をしていた。

「コウキは完了。マルシーがやや遅い。気にするなと上は言ってる」

「メグロはゼンシュツですね」

「こっちが優先だ。あとはどうにかする。行くぞ」

黒田を存在しないもののようにあしらっておく意図もありそうだった。運転席で無線のスイッチが入れられ、小型トラックが静かに発進した。次々と無線が信号音と男たちの声を発し始める。

――イチキ二班三班、配備にかかれ。

――マルケイ全班、出動しました。

符丁《ふちょう》が多いために、黒田には意味のつかめないやりとりばかりだった。車内の者は誰一人として説明はしてくれなかったが、今回の配備にかなりの人数が動員されているらしいことはうかがえた。

午後一時四十分。黒田の乗った宅配トラックは、ハチ公前の広場とは反対車線に当たる、交差点の手前に停車した。運転席からでも、広場の一部しか見えない場所だった。

四台のモニターが広場の映像を映し出した。カラーもあれば白黒の画面もある。ディスプレイが四分割され、それぞれハチ公前を別角度からとらえている。左の二台には周辺の映像だろう、五秒おきぐらいに切り替わっていくものもある。

近年、繁華街には警備のためのカメラが設置されていたが、いくら渋谷でもこれほどの量があったとは考えにくい。辺りに路上駐車が目立つので、警察車両の内部から広場をとらえた映像もふくまれているのだろう。

――これよりマルタイ、現場に向かう。総員、本部からの連絡に集中せよ。

午後一時五十分。いよいよ霜村元信が指定されたハチ公前へ向かう時が来た。

夏の平日、それも陽射しの強い時間帯とあってか、思っていたよりも人出は多くなかった。ハチ公広場の映像を見比べたが、警察官らしき者の姿は六、七人ほどか。駅の壁に背を預けて座り込んでいる若者。茶髪の女性二人組。あとは、待ち合わせらしきサラリーマン。主婦の二人連れ。まだほかにも多くの捜査員が隠れているはずだ。

「来ました」

大垣警部補が言って、左のモニターの右上部分を指し示した。タクシーを降りた人物が歩道を見回し、歩きだすところだった。名乗りたがらない男が身を乗り出し、その逞しい肩先で黒田の視界を奪おうとする。

五日前、サンフランシスコで会った時と同じジャケットを着た霜村元信が、手に黒い紙袋を提げて歩きだした。落ち着きなく辺りを見回し、通りかかった男に肩をぶつけられてよろめいた。が、紙袋は今も霜村の手に握られている。

黒田は男の肩越しに、モニター画面を見つめた。もとより駅周辺で身代金を受け取るとは思いにくい。どこからかロベルトが霜村の足取りを見ていると考えるべきだ。彼は日系人であり、見た目にも我々日本人と外見にそう違いはなかった。中肉中背。気をつけるべきは、眼鏡や帽子の男だ。ドレッドヘアーなどの特徴的な髪型も、鬘《かつら》の可能性がある。

一時五十五分。霜村がハチ公前にたどり着いた。両手で紙袋を持ち、人待ち顔で辺りを見回している。明らかに挙動不審だが、怪しんで足を止める者はいなかった。駅の改札とスクランブル交差点を結ぶ人の流れが続いている。霜村がその場で足踏みをするように、ぐるりと周囲を眺めながら体をひと回りさせた。汗が止まらないらしく、しきりとハンカチで顔をぬぐう。

　刻々と時が経過していく。無線が声を上げ続ける。

――駅第二階段、眼鏡と帽子の男に接近せよ。

――別人です。ソウイチ、タナベ確認しました。

――銀行ＡＴＭに、サングラスの女。女装の可能性あり。

――別人です。イチゴ、クラモト確認しました。

　三分前になった。分割された画面に目を走らせていく。どこにも怪しい人物は現れていない。そろそろ次の指示が電話で入るのだろう。

――バス停、異状なし。

――はす向かい交差点に自転車接近。

――シブヤニ、オオサワ確認しました。二十代女。別人です。

　霜村が盛んに腕時計を気にしだした。現場の様子を犯人が見に来るとしても、広場を遠望できる場所からに違いなかった。黒田は周辺を映し出すディスプレイを順に眺めていった。だが、横を通りすぎる車の中から、霜村の姿を確認する方法もある。迂闊に近づこうとする者はいないだろう。

　どこからか、二時の時報がかすかに聞こえた。だが、どこにも変化は見られなかった。

　霜村は一人で心細そうに立ち、また腕時計に目をやっている。

——総員待機。油断はするな。

焦れて捜査員が動き出すのを待っているとも考えられた。そろそろ次の指示があるはずだった。

が、三分が経過しても、何も事態は変わらなかった。

「気づかれたな、これは」

運転席で若い刑事が呟いた。大垣警部補は息を詰めたまま動かない。モニター上で霜村の動きが大きくなっていた。なぜ犯人から電話もかかってこないのか。

左下の画面に目が吸い寄せられた。駅のガード下を映すカメラの映像だった。ふらふらと、足取りも怪しく歩く女の姿が見えた。黒田が声を出すより先に、大垣警部補が画面に指を突きつけた。

「——瑠衣です」

断定の口ぶりに、横で男が体を揺らした。彼女が振り返りざま、小声で黒田に確認してくる。

「瑠衣にしか見えません。黒田さん、どうです」

その足取りが乱れているため、黒田も気にはなっていた。ディスプレイの中では一センチほどの大きさにすぎず、往来の列に隠れもするため、全体の雰囲気から想像を逞しくするほかはなかった。が、写真でしか知らない女性を見分けるのは簡単ではない。髪型ひとつで印象は大きく変わる。

「この映像、大きくなりませんか。確かに似てはいますが」

グレーのTシャツにジーパン。髪は短めで、あちこちが乱れて見える。大垣警部補が自らキーボードをたたいた。画像が一気に拡大された。

写真で見た瑠衣の顔にあまりに似ていた。目の焦点が合っていないようで、口が半開きになっている。喘《あえ》いでいるのか、肩が大きく上下に動いた。

「確認だ。ガード下。霜村瑠衣らしき女性がいる。グレーのTシャツ、ジーパン」

大柄な男が無線に叫んだ。即座に指示が飛ぶ。

――ハラソウ。確認だ、急げ。

画面の中に、一人の男がガードの奥から走り込んできた。瑠衣らしき女性はまだゆっくりと歩いている。そこに後ろから刑事が近づいた。声をかけられたのか、女が振り返った。刑事のほうを見て、くずおれるように座り込んだ。刑事が肩を抱くようにして横から彼女を支えた。

――ハラソウ、ヨシダ確認。霜村瑠衣です、本人が名乗りました。マルヒ発見。外傷はなし。霜村瑠衣を保護しました！

27

現場はたちまち人であふれかえった。これほど多くの捜査員が潜んでいたとは思わなかった。ガード下で座り込んだ霜村瑠衣を十重二十重《とえはたえ》に刑事たちが囲み、彼女の姿が隠される。横の道路を封鎖すべく、駆けつけた制服警官が路上へ飛び出し、両手を広げた。

「ここで待機だ」

そう言い残して、上司らしき男も宅配便のトラックから飛び出していった。無線で指示が交錯し、信号音ばかりが聞こえていた。

黒塗りの大型バンが現場の横に到着した。男たちの群が動いて、辺りの路上を封鎖する。人の垣根が多すぎて、瑠衣の姿は確認できない。スライドドアが開けられ、四、五人が乗り込んでいった。ドアも閉まりきらないうちに、大型バンが出発する。

気がついた時には、ハチ公前に立っていたはずの霜村元信の姿も、いつしか消え去っていた。

「おかしすぎる……。金も奪ってないのに」

大垣警部補がまたキーボードをたたき、歯噛みするような声を出した。

ディスプレイの中で、映像が逆回転の動きを見せ始めた。ガード下を捉えた映像が、ひとつのディスプレイに大きく映し出されて、動きを止めた。瑠衣は東口方面からガード下へと歩いてきたのだ。ハチ公前だけでなく、この周辺には多くの警官が配備されていたはずだが、彼らの目は挙動不審者のみに向けられていた。ロベルトの顔写真は事前に見せられていただろうが、被害者女性の顔を知る者がどれだけ辺りに配されていたかは疑問だった。

「うちの警備対策室の者から聞きました。外事には、人の顔を見たら決して忘れない特技を持つ女性警部補がいる、と。こんな映像からでも見分けがつくとは――」

黒田としては正直な思いを口にしたつもりだったが、強い口調でさえぎられた。

「自慢にもなりませんよ」

「刑事なら当然の資質ですか」

「いえ。……七歳のころに、ある事件を目撃しました」

キーボードをたたく手を止め、息苦しさを感じさせる口調で言った。運転席にいた若い刑事が、そっと横目でこちらをうかがっていた。

「――うちの自宅前で、早朝に新聞配達人が刺されるという事件でした。たまたま窓から目撃して……。その時見た犯人の顔を早く記憶から押しやってしまいたいだけで……。特技でも何でもありません」

脳裏にこびりついた犯人の顔を消し去るために、人の顔を記憶する癖がついていった。

そういうことなのだろう。だが、記憶は意識するたびに深く刻まれていき、新たな記憶をいくら詰め込んだところで押しやれるものではなかった。

大垣警部補がまたキーボードをたたき、録画された映像の確認に戻った。幼い彼女が目撃した事件の犯人は逮捕されたのか。刺されたのは配達人ではなく彼女の身内だったのではないか。気にはなったが、キーボードに向かう彼女の後ろ姿からは、次なる質問を撥ねつける気概が放たれて見えた。運転席の若い刑事が意味もなく腕時計に目をやっている。外事課でも詳しい経緯を知る者はいないように思えた。

五分も経たずに上司とおぼしき男が、携帯を握りしめて荷台に戻ってきた。

「身柄は丸の内署じゃなく、渋谷署へ送られた。姑息《こそく》な手だよ。記者会見を丸の内署で開かなきゃならないからな」

マスコミの取材攻勢をさけるために、会見場所ではない渋谷署へ送るべきとの判断が下されたのだ。おそらく会見では、日本に帰国した霜村瑠衣が誘拐され、身代金の受け渡しもなく、無事に保護された、という表面上のみの発表が行われるのだろう。霜村家の放火事件も、事実のみが公表されるのかもしれない。

「我々は撤収だ。直ちに映像の解析にかかる」

「わかりませんね。なぜロベルトは身代金を奪おうとしなかったのか……」

大垣警部補が上司に問いかけると、運転席でエンジンをスタートさせた若い刑事が初めて声をかけてきた。

「いくら我々の配備に気づいても、怖《お》じ気《け》づいて人質を即解放するんじゃ、あまりにもいい子すぎますよね」

「別の場所へ呼び出すこともせずに、身代金をすぐあきらめるのでは誘拐の意味はない。人質のほうが、逃げ出すことに成功したのか。でも、指定してきた十四時ですからね」

「まったくだな。十四時から遅れること、たったの五分で霜村瑠衣は現場に現れた。つまり、この近くにいたことになる。ロベルトは最初から霜村瑠衣を解放することを考えて、現場の近辺に来ていた可能性はある」

「課長の言うとおりだったとしたら、渋谷一帯に緊急配備をかける必要があったのではないでしょうか」

せっかく今まで素姓を明かしていなかったが、彼女は男の職名で呼びかけていた。当の課長も事態の分析に専念しているため、黒田の存在など忘れたかのように平然と続けた。

「もう無理だろうな。こっちは裏をかかれたも同然だ。人質確保を優先するほかはなかった。今から検問を設けたところで遅すぎるよ。おおかた、そこを捜一《ソウイチ》のミス、とつつく者が出るだろうな。見物だぞ」

「すみません。この辺りで降ろしていただけますでしょうか」

帰途についた車内で緊急の捜査会議を始めた三人に向かい、黒田は後ろから呼びかけた。大垣警部補が真意を問うような顔で見つめてくる。混乱する現場の近くで車を降りて、何をする気なのかと言いたげな顔だった。

「霜村瑠衣は渋谷署へ送られたんですよね。となれば、父親もそこに現れるはずです」

「黒田さん、それは無理ですよ。霜村元信の周りには、一課の者が張りついています。話を聞くことができるとは思えません」

「しかし、夜通し霜村に刑事が張りつくものでしょうか」

「尾行する気ですか？」

大垣警部補が先を読んで目を見開いた。横で課長が苦笑を浮かべている。

黒田は言った。

「霜村は、自宅を焼かれたわけですから、どこかのホテルに滞在しているはずです。たとえば、あなた方が霜村の携帯電話の発信元を探ることで、だいたいの見当はつけられるかもしれません。ですが、あとで問題になりかねない。そうですよね」

課長がはっきりと笑い声を洩らし、肩を揺すった。

「黒田さん。あなたはなぜ外務省に入ったんです？　警察庁に進んでいたなら、今ごろ我々の上司になっていたかもしれない。なあ、大垣君」

「課長。笑っている場合じゃありません」

「いや、すまない。捜査に際しての目のつけどころといい、情報の分析力といい、うちの幹部にも見習ってほしいじゃないか。そのうえ、今時珍しいデカ魂みたいなものを、外務省の役人さんに見せつけられた気がしたんでな。——黒田さん」

浮かんでいた笑みをかき消すと、外事三課長は背筋を伸ばし、黒田に向き直った。

「渋谷署での聴取の情報が入ったら、逐一あなたに、この大垣君から報告させましょう。それと、もし手が足りない場合は、遠慮なく声をかけてください。尾行の協力はできます。ただ、幹部の許可なく霜村親子に近づけば、私と大垣君の首は飛ぶでしょう。腹の据わった協力ができなくて申し訳ない。ですが、我々もできる限りのことをさせていただきます。そこで——」

急に歯切れが悪くなり、課長が言葉を切った。その態度で理解してほしそうな顔だった。捜査の方針と詳しい情報は、警察庁の幹部が一手に握り、現場は指示を与えられるだけなのだ。ロベルトを追うべき任務にある彼らとしては、自由を封じられてもどかしい日々にあると想像はつく。

黒田は見つめる二人に頷いた。

「わかります。こちらも情報はすべて、外事課にお伝えします」

誘拐事件は見せかけにすぎない。その裏に、センターの冷凍保管庫から病原体を盗み出したと思われる真の事件が隠されている。今は、その真相解明が急務なのだった。

黒田は宅配便のトラックを降りると、直ちに許可を得るべく、外務省の斎藤修助に電話を入れた。

「待ってくれないかな。警察に黙って霜村元信を尾行する？　参ったな、私まで巻き込まないでほしい。本心だよ、これは。許可を与えられると思うのかね」

「すみません、前言を撤回します。聞かなかったことにしてください。えー、宇野義也と霜村殺の背後関係を調査するため、ハイヤーを二台借りたいのです」

「それならＯＫだ。安達君と君の分の二台でいいな」

申請の方向を偽って告げると、斎藤は口ぶりを豹変《ひょうへん》させて、あっさりと許可を出した。これで何かあった場合は、すべて黒田の責任となることが決定した。光栄なことだ。

「それと――ついたった今、サンフランシスコ総領事館から連絡があった。大学の協力を得て声を確認してもらったそうだ。ロベルト・パチェコの声と非常によく似ている。担当教授と同級生の二人が確認した」

もとよりわかっていたことだった。やはり霜村元信に脅迫電話をかけてきたのはロベルト・パチェコ本人だったのである。

黒田は続いて安達香苗の携帯に電話を入れた。

「調査は進んでいるか？」

「ダメですね。どうして霜村元信がブライトンに転職したのか、当時の事情を知る者がいないんですよ。同期入省の三人に当たってみました。わざわざ天下り先の財団まで行って話を聞いたんですが……。息子が異国の地で死んだことにだいぶショックを受けていたらしく、二ヵ月後に早くも辞職したことはわかりました。当時、薬事行政のドンと言われた次官がいるので、これからその人物に会ってみようと思っています」

「話が聞けたら、渋谷に来てくれ」

「どうして渋谷なんです？」

「ちょっとドライブをしてほしい。ある人物を尾行するためだ」

手短に説明すると、電話口から悲鳴が聞こえた。

「えー。いつから女刑事にスカウトされたんですか、私は」


警察署のすぐ近くに長く駐車をしようものなら、職務質問を受けるのが落ちだった。黒田は借り出したハイヤーを、渋谷署から離れた路上に停めた。正面玄関のほうが素人でも見張りはしやすい。向かいの車線に面するコーヒーショップに腰を落ち着け、正面を見張った。

裏の通用口は、大垣警部補率いる外事三課の有志が見張ることとなった。プロである彼女たちなら、同業者に気づかれることなく張り込みする方法はいくらでもあるのだろう。

誘拐事件の発生により、霜村元信は被害者の身内となっていたが、娘の行方に関する聴取は受けたはずだ。その情報が、なぜロベルトを追うべき外事課へもたらされずにいるのか。そこに霞が関人脈の力を感じてしまう。

ただ、いくら元キャリア官僚だからといって、それだけの理由で霜村が一部の警官によってガードまでされるとは思いにくい。事件の裏には、まだ隠されている真実があり、そこに霞が関人脈の一端が関わってもいる。そう考えでもしない限り説明がつきにくい状況だった。

午後四時二十分。厚労省のドンと呼ばれた元次官に話を聞いた香苗が、黒田の陣取るコーヒーショップに現れた。暑い中を一日中歩き回っていたためか、化粧が汗で流れかけていた。途中でせめてファンデーションくらい直せばいいのに、それをしなかったのは、自らの奮闘ぶりを黒田に訴える狙いもあったのだろう。

「全国保険振興協会とかいう、何をしてるのか見当もつかない財団の理事長に居座ってました。窓があきれるほど広いコーナーオフィスの理事長室には、足首まで埋まりそうな、ふかふかの絨毯《じゅうたん》が敷《ふ》いてあるんです。羨ましい限りでした」

天下り先で踏ん反り返る元次官の境遇に憤りを見せてから、香苗は今にもガッツポーズを作るのかと思いたくなるほど、テーブルに置いた手を握りしめた。

「秋本兼高《あきもとかねたか》という元次官なんですが、霜村元信の再就職のために、ブライトンの幹部と話を進めた、と自慢げにしゃべってくれました」

「じゃあ、霜村がその元次官に再就職を依頼したのか」

「実は、もうその時点で、例の薬害問題が、アメリカで発覚しそうになっていたというんです。そこで、ブライトンは役所に顔が利く人物をスカウトしたがっていた。本当は、別の人を元次官は考えていたそうなんですが、突然、霜村元信が割り込んできたそうです」

当時、霜村は五十一歳。同期には局長に出世する者もいて、彼の未来は閉ざされかけていた。そこに息子が海外で死亡するという事件が起こり、退官の道を選ぶしかなかったように見えたという。

「決まりですよ。霜村は、ブライトンが役人を欲しがっていると噂に聞きつけ、自分を元次官に売り込んだんです」

その可能性は高そうだった。

ボリビアには、ブライトン製薬の研究施設が作られていた。毅がセンターから何かしらの研究成果を持ち出して、ボリビアに渡った。ブライトンの関係者に渡すためではなかったのか。そう霜村は考えたのだ。

つまり、彼も息子の死に割り切れないものを抱いていた。轢き逃げ事件の犯人リカルド・イシイは逮捕されたものの、テロリストの嫌疑までかけられ、獄中で死亡した。息子の死の裏には、もっと得体の知れない事実が隠されているのではないか。

ブライトン製薬の日本支社に勤めることができれば、本社を通じてボリビアの情報も手に入れられる。できるなら、自らその研究施設に行けるよう、一社員となって働きかけたい。そういう意図を秘めて、彼はブライトン製薬への転職を図ったのではないか。

もしそうであるなら、ロベルト・パチェコと似た目的を持っていたことになる。

が、ブライトン製薬日本支社は、日本の大手製薬会社に売却された。その後、霜村は、日本の被害患者が起こした訴訟の担当者として、サンフランシスコの本社へ引き上げられた。彼はボリビアの研究施設へ足を運ぶことができたのか……。すべては、直接彼に質問をぶつけてみるほかはないことだった。

「このアイスコーヒーを飲んだら、もう一台のハイヤーの中で待機していてほしい」

「時間外手当は出ますよね」

「次官直々による勅命の仕事だ。当然出るさ。そう信じてはいる。信じたいじゃないか」

曖昧に言って笑い返すと、香苗は音を立ててアイスコーヒーを飲み干した。さてと、と年寄り臭い台詞を吐いて、立ち上がった。

昨夜の借りを返すべく、黒田は彼女に微笑みかけた。

「トイレに行っておいたほうがいいぞ。半べそかいたパンダみたいに化粧が崩れてるからな」

歯をむき出して抗議の意を訴えたあと、香苗は店の奥のトイレへ歩きだした。

香苗が店から出ていったあとで、大垣警部補からの連絡が入った。霜村瑠衣に外傷は一切なく、彼女は進んで事情聴取に応えたという。

「どうもできすぎていますよ。瑠衣は、サンフランシスコで手に入れたパスポートまで、ロベルトに脅されて仕方なく用意したと証言しています」

ロベルトは、偽名を使って彼女に接近し、こう脅したのだという。

自分の兄は、霜村毅を轢き殺してなどいない。二十歳を超えた子どもが突然海外へ行ったくらいで、親が追いかけてくるとは不自然すぎる。きっと、おまえの父親が息子を殺したんだ。それを兄は目撃してしまい、犯人に仕立てられた。その証拠を見つけに日本へ行くつもりだ。おまえが協力しないのなら、おれが自らの手でおまえの父親を殺して復讐を遂げてやる。それが嫌なら、証拠探しに協力しろ。

霜村瑠衣は泣く泣く偽造パスポートを手に入れ、ロベルトとは別の便で日本へ向かった。同じ便に乗って偽造パスポートが発覚した場合、ロベルトまでが日本の警察に捕まりかねない。

日本に入国したあとは、在留ボリビア人の協力を得て身を隠し、毅が勤めていた中央医学研究センターに取材と称して訪れ、七年前のことを確認した。さらに、刑事の張り込みに気づいたロベルトに命令されて、その妨害も手がけた。

霜村家の火災は、ロベルトの仕業《しわざ》ではないという。昔の家を訪ねようとしたところ、もう火の手が上がっていた。さらに、中央医学研究センターに何者かが侵入したことも知らない。誘拐の電話を父親に入れたのは、滞在資金が乏しくなったからだったという。そして今日、盗難車に乗せられて渋谷駅の近くまで来たところで、ロベルトの隙を見て、車外へと逃げ出した。

「一応、筋は通っています。でも、用意しておいたような証言ですよ、これは」

「彼女は最初、進んでロベルトに協力していたはずだ。同級生の多くが、二人を恋人同士として見ていたほどだからね」

「では、自ら犯した罪を、すべてロベルトのせいにするためもあって――」

偽造パスポートの入手による私文書偽造の罪。それを行使した際の入管法違反。どちらも重罪とは言えなかったが、明らかに法に反する行為である。

電話の向こうで、大きく息を吸う音がした。

「いや――もしかしたら、その反対もあり得ますね」

彼女もその可能性に気づいたようだ。

黒田は周囲の耳を意識し、声をさらに落とした。

「ロベルトは目的を果たしたのかもしれない。だから、自分に協力してくれた瑠衣の罪をすべて被ることにした。そっちのほうが、頷ける気がする」

「瑠衣とロベルトは、本当に想いを寄せ合っていた、と――」

どこか清涼感を帯びたような声で言ったあと、彼女はまた声を張り詰めた。

「考えられますね。サンフランシスコで二人は恋人だと思われていた。二人は日本へ来て、目的を果たした……。でも、その目的が、センターから何かを持ち出すことにあったとは、思いにくい気もしますが」

「センターの保管庫に、どういう病原体が保存されていたのか、そっちで調べはもうついているんだろうね」

「はい。有名どころでは、結核菌、炭疽菌、ボツリヌス菌、B型肝炎ウイルス、ラッサウイルスにエボラウイルスまで。表向きには日本にない、と言われているウイルスまで、ざっと二十八種類のカテゴリーAを取りそろえてあったそうです。中には死亡率が五〇パーセント近い病原体もあるそうです」

黒田にも名前を聞いたことのあるものが多かった。炭疽菌は、アメリカの議員に封書で送りつけるというテロのニュースがあったはずだ。ラッサ熱にエボラ出血熱は、死亡率の高い感染症として世界に知られている。若い二人の本当の目的が、それらを持ち出すことであったのでは、やりきれなくなる。

「霜村瑠衣はいつまで渋谷署に留め置かれるんだろうか」

「あくまで人質事件の被害者です。偽造パスポートの所持がロベルトの脅しによるものだと証言している以上、それを否定する材料が見つからない限り、ひとまずは親族のもとに戻すほかはないと思われます」

「いよいよ我々の出番というわけだ」

「幹部の動きから、釈放の時期がわかるかもしれません」

あくまで被害者として事情聴取に応じていたのであり、彼女が言ったような釈放という言葉は事実に即してはいない。が、この誘拐事件には裏がある、と外事課では確信しているのだった。

おそらく捜査一課も瑠衣の証言を疑っているはずだ。カテゴリーAに分類される病原体が、何者かの手によって奪われた可能性は高く、その第一容疑者と言えるロベルト・パチエコはまだ身をひそめ続けていた。その消息を知ると思われながらも、瑠衣を拘束する理由が見つかっていない。疑わしくとも、推定無罪の原則が適用される。警察庁の幹部たちは歯ぎしりしているに違いなかった。

だが、今夜中に、霜村瑠衣は解放される。

その時を、今は待つしかなかった。

28

ずっと重い足枷《あしかせ》を引きずってきたかのように、全身が重かった。胸の苦しみも変わらずに続いていた。だから、下手な演技を心がける必要はなかった。たとえ声が出なくとも当然の状況にあった事実は、刑事たちも承知している。用意してきた言葉が途切れ、つたない話し方になろうと、身を任せるまま答えればいいのだからわけもなかった。

——君ならできる。ボクは草の葉を濡らす朝露ほども心配しちゃいない。ルイは必ずやり遂げられる。心の底から信じている。

ロベルトの描いた計画は、確かによくできていた。アメリカへの留学を勝ち取った成績優秀者の一人に選ばれただけのことはある。偽造パスポートの所持容疑さえごまかすことができたなら、瑠衣はどこから見ても誘拐事件の被害者となる。

「もう一度確認させてください。あなたは絶えずロベルト・パチェコに監視されていたわけではない。それなのに、なぜもっと早く我々警察に助けを求めようとしなかったのです」

日本の警察は優秀だった。彼らは瑠衣の説明を信じていないどころか、狂言誘拐であった事実をすでに見抜いていた。だが、証拠がないため、今は瑠衣に同じ質問をくり返して、証言の不自然さを引きずり出し、全面自供へ持ち込もうと狙っていた。

「……彼は優しい人だったんです。偽名を使っていたと知った時は、それは驚きました。でも、彼のお兄さんとわたしの兄の事件を考えれば、本名を打ち明けられなかったのは当然だと思いました。そうですよね、刑事さん」

恋人を今も信じたいと思う女を演じるのは簡単だった。今も彼を信じているのだから、演技などではない。彼の心情は察するにあまりある。

「彼は今も信じているんです。お兄さんが無実だった、と。わたしの兄を殺してはいない、と。そこに武石という男が現れました。ちょうど兄が死んだあの時、ボリビアに宇野という記者が滞在していたという情報を持って……」

ロベルトにとって、降って湧いたに等しい新たな情報だった。天の配剤に違いない。ようやく真相に近づける。頭上を何年も厚く覆っていた雲間から射す、ひと筋の光のようなものだった。

だが、武石という男は、ありもしない疑いを、宇野とロベルトの兄、そして瑠衣の兄に抱いていた。どこかで麻薬が関係している。ロベルトの兄が現地での調達係を務め、ボランティアの医師団を隠れ蓑にして、瑠衣の兄が日本への持ち込み役を担い、その仲介役として宇野が存在していた。ところが、利益の分け前でもめて事件が起こった。宇野の姿が消えたのも、麻薬を売り渡して手に入れた莫大な資金があったから、海外への逃亡ができたに違いない、と。

――おまえ、兄から旨味《うまみ》のある話について何か聞いてはいなかったのか。

その一言から諍いに発展し、ロベルトはサンフランシスコ市警に逮捕された。

――心配するな。おれは麻薬に興味があるんじゃない。事件そのものを掘り起こして、スクープを手に入れたいだけだ。霜村毅の周辺をもう一度探ってみる。息子が死んだからといって、どうして一家でアメリカに移るんだよ。息子の事件から離れたかった理由があったとしか思えないだろ。

武石が現れたことで、ロベルトの心にいくらか迷いが生まれたのかもしれない。だが、真相を探り出すには日本へ渡る必要がある。そうロベルトは決意するにいたった。

あれほど一緒に行くと瑠衣が言ったにもかかわらず、ロベルトは一人で日本へ向かった。瑠衣にも間違いなく、事件を受け止めねばならない理由があった。すぐにもあとを追いたかった。が、パスポートを使えば、父に知られる。それだけはさけたかった。

「彼は武石という男と会って、すっかり人が変わってしまいました。おまえの父親まで事件に関係していたんじゃないのか。だから、おまえも手を貸す義務がある、そう言われました。脅されたというよりも、最初は手を貸すべきだと、私自身も思いました。ところが、もう一人の兄まで巻き込んでやる、と言いだして……偽造パスポートまでをわたしに用意させたんです。父に気づかれたら邪魔をされる、と彼が警戒したからでした。何か焦《あせ》っているようでしたが、真実を知りたいという気持ちはわかりました。ですから、彼が用意したチケットを受け取り、日本へ向かうしかないと思いました。――でも、お金がなくなった途端……彼は私を、急に……。どうして、こんなことになったのか……」

瑠衣はあくまでロベルトの言いなりになったにすぎない。誘拐の被害者であり、今も恋人と信じる男を案じている愚かな女。逮捕するまでの罪状は見当たらない。狂言だったと自供するまで、執拗な聴取をくり返せばいい。警察はロベルトの読みどおりに動いた。

「今日は帰っていただいてもけっこうです。でも、明日にはまた聴取にご協力ください」


廊下の先に父が待っていた。

すでにこの警察署へ運ばれた時点で、一度顔は合わせていた。誘拐という恐怖を味わいながら、肉親を前にしても抱きつくどころか目すら合わせようとしなかった被害者を見て、刑事たちは何を思ったろうか。父も、救い出された娘を前に、喜びや安堵とは縁遠い目を作っていた。たとえ演技であっても、今はもう父の腕の中へ飛び込んでいくことはできなかった。

父は明らかに何かを隠している。

今も瑠衣の前に現れた父は、万引きした娘を引き取りにきて声もかけられずにいる気弱な親のように見えた。ご迷惑をおかけいたしました、と警察に頭を下げてばかりいた。今もつき通している自らの嘘を詫びる気持ちもあったに違いなかった。

「刑事さんから聞いたよな。梅丘の家は火事で焼けてしまった」

瑠衣は頷いたが、刑事たちに聞かされるより前に知っていた。単なる放火ではあり得なかった。ドアが開くと同時に家が燃え出すよう、何者かが発火装置を仕掛けたのだ。あのまま家の中に入っていたなら、ロベルトと二人、炎に包まれていた。

誰が東京の自宅に発火装置を仕掛けたのか……。

武石を殺害した者の仕業。ロベルトはそう断言していた。

殺の過去を探るために、かつて住んでいた自宅を調べようとする者がいるはずだ。真実を暴かれたら困る者が先手を打ち、死へと導く仕掛けを施したのだ。

七年前の事件の裏には、人の命を奪ってもなお隠しておきたい真相が隠されている。

「こっちに来てからホテルに泊まっている。ひとまず帰るところは、そこしかない」

娘の心がとうに離れていることを自覚する目で、父が見つめてきた。

「うん。こんなところにいたくない。どこでもいい」

瑠衣は今度こそ演技で、か弱げな目を作って父を見つめ返した。父は娘を勇気づけようとするニュアンスもなく、淡々と言った。

「そうだな。帰ろう」

刑事たちに囲まれて、父と薄暗い階段を下りていった。裏口なのだろう。制服警官が守るドアを抜けると、一台のタクシーが待っていた。父がまた刑事たちに頭を下げてから、瑠衣の横に乗り込んできた。

驚いたことに、警察の車が先導した。リアウインドウを振り返ると、後ろにも黒塗りの車が続いていた。誘拐事件の被害者ということで、スクープ・インタビューを取ろうというマスコミが瑠衣の所在を追い回しているからだろう。

瑠衣はさらに驚かされた。到着したのは、帰国した当日、瑠衣が泊まったのと同じホテルだった。父も東京駅から近いという理由で、このホテルを選んだという。何か親子の因縁のようなものを感じさせられた。

そう。疑いようもなく、親子だった。

二十二年、瑠衣を育ててくれた。母が死んだのは十二歳の夏だった。その時だけは、父も仕事を休み、母の病室へと通い詰めた。二人の兄と瑠衣も、毎日病室を見舞った。母を見送ったあとは、二人の兄と家事の一切を引き受けた。子ども心に、父の仕事が国にとって大切なのだということは理解していたつもりだった。二人の兄も同じだったろう。だが、母という家の要《かなめ》をなくし、あの時家族はそれぞれの方向へと離れていったのだった。

毅が不慮の死を遂げ、残された者はようやく家族の大切さを知った。そう瑠衣は信じてきた。大きな誤解だった。父だけはまだ別の方向を一人で見ていたのだ。そして今も、瑠衣に悟られまいと下手な演技を続けている。

「一緒の部屋でいいよ。一人じゃ眠れないと思う」

「そうか……。そうだろうな。徹《とおる》も、無事だったと聞いて喜んでたよ。おまえも声を聞かせてやるといい」

自分を疑っている娘を前に、父は懸命に善良な親になりきろうと努めていた。

名のあるホテルだけあって、コンシェルジェに相談すると、種類は少ないが下着を取りそろえてある、と教えられた。あまりロビーはうろつきたくなかった。偽名で泊まっていたが、瑠衣の顔を覚えているホテルマンがいないとは限らなかった。手早くサイズだけを確認して、下着を購入した。

部屋は高層階のツインルームだった。一人での帰国なのに、なぜ父はツインを選んだのかと疑問が湧いた。ここで誰かと会う予定でもあったのかもしれない。部屋の中を見回したが、ふたつのベッドはすでに調えられたあとだった。訪問者があったような形跡は見つからなかった。

父に断り、バスルームへ入った。先に風呂をすませておく必要があった。本当なら、安堵感から長く湯につかって疲れを取るべきなのだろうが、気が急《せ》いて仕方がなかった。

「もういいのか」

備えつけのナイトガウンを着てバスルームを出ると、荷物の整理をしていた父が驚き顔で振り返った。携帯電話はテーブルの上に置いてあった。

「ごめん。先に眠るね」

「ああ……」

「今日はありがと」

「うん。ゆっくり休むといい」

親子の会話が弾むわけはなかった。気まずさをごまかそうと、父も早々にバスルームへ向かうはずだ。

思ったとおり、父はそそくさとバスルームに消えた。

ドアの向こうから、こちらをうかがっている可能性はあるだろうか、と考えた。だが、時間が惜しくてならなかった。湯を溜める音を聞くと、瑠衣はベッドからすべり出た。手を伸ばして父の携帯電話をつかむ。

まだ湯を溜める音は続いている。一時期、ノキア製の携帯は指紋認証に問題がある、とのニュースが流れた。以来、父は暗証番号ロックを使っている。かつて盗み見た番号を打ちこむと、あっさり画面が表示された。

父の友人や会社の人間を、瑠衣はほとんど知らない。偽名で登録してあった場合、その見分けは難しい。

発信履歴を表示させた。瑠衣が行方を絶って以降、連絡を取っていないとは思いにくいからだ。父がテレビに出て公開捜査に訴えたのが、七日の夕方。ただし、携帯の日時はサンフランシスコの現地時刻になっている。七日の午前十一時からその日の深夜まで、十時間も電話をかけていないのがわかった。成田までの機内にいた時間だ。

成田に到着してから今の時刻まで、父が電話を入れたのは計十四ヵ所。どれも登録していない番号だった。それもそのはずで、サンフランシスコから日本国内へ電話をかけるには、国際電話の識別番号や国番号が必要となる。国際ローミングサービスを利用するにしても、登録していた場所へ電話を入れるには、国番号などを取ったうえでかけなければ通じないのだ。

並んだ数字を眺めていくと、そのうち七回が国際電話だった。国番号はすべて０１。アメリカへの電話だ。そのうちふたつが、見慣れた兄の住まいの番号だった。あとは会社の関係者だろうか。

残りは七つ。四つの市外局番が０３で、東京都内への電話だとわかる。ふたつが０４９で、同じ番号。この市外局番は埼玉県のものだったろうか。残るひとつが、０４６。こっちは神奈川県か。携帯への電話は一件もない。

瑠衣は少し迷った。今時、携帯を持っていない人物がいるとは思いにくい。では、電話を一度もかけていないというのか。それとも、その電話だけは履歴を削除したわけなのか。

あるいはメールで連絡を取り合っていて、その度に削除していたとも考えられる。だとすれば、誘拐の狂言を仕組んでまで父のもとに帰って来た意味がなくなってしまう。

迷っている時間はなかった。父が長湯をしてくれる保証はない。覚悟を決めて、まずは０４９の番号に合わせて、リダイヤルした。

東京ならば、ホテルの予約確認や、警察署への問い合わせも考えられた。行方を絶った娘を追いかけて日本に帰国しながら、埼玉県のどこかへ電話を入れていた意味がわからなかった。

サンフランシスコ時間の二十三時すぎと零時二十五分に、二度も。日本時間では、午後三時と四時二十五分になる。どちらも瑠衣が解放されて渋谷警察署へ送られたあとだった。父はなぜ埼玉県下に二度も電話を入れたのか。

息を詰めてコール音を聞いた。二度で電話がつながった。にこやかな女性の声が聞こえる。

「――お電話ありがとうございます。こちらはアロー製薬西川越支店です。営業時間は、平日の午前九時から午後五時までとなっております。またのお電話をお待ちしております」

アロー製薬西川越支店――。

なぜ父は、瑠衣が解放された直後に、二度も製薬会社の西川越支店へなど電話を入れたのか。薬事行政に関わってきた父には、製薬会社の知人がいたとしても不思議はなかった。だが、娘が解放された直後なのだ。親族に電話をするならまだわかるが、なぜ製薬会社なのか。

アローという会社名に聞き覚えはなかった。ブライトンの日本法人を買収した会社ではない。では、なぜ……。

続いて瑠衣は、０４６で始まる通話ボタンを押した。こちらも瑠衣が渋谷警察署に送られたあとの、日本時間三時十五分に電話をかけている。アロー製薬西川越支店へ最初の電話を入れたあとだ。

こちらも二度のコールでつながった。

「――東条製薬秦野《はだの》支店です。本日の営業は終了いたしました。メッセージがある方は信号音のあとにお願いいたします」

こちらもまた製薬会社だった。

父のかつての仕事を考えるなら、製薬会社に頼み込んで人を雇い入れてもらうことぐらいはできるような気がした。この、どちらかではないのか……。

瑠衣はナイトテーブルに置かれたインターホンの受話器を取った。０発信で番号ボタンを押していく。ロベルトは、アランの協力を得て、レンタルの携帯電話を手に入れていた。日本人名義で借りてあるため、足がつくおそれはない。

「……ハロー」

警戒心を帯びたロベルトの声が聞こえた。

「いい、よく聞いて」

瑠衣は続いてふたつの電話番号を読み上げた。

「サンキュー……」

もっと声を聞いていたかったが、父に怪しまれてはならなかった。

「気をつけて」

そう言い残して受話器を置いた。すでに武石という男が何者かに殺されていた。ロベルトは、それでも決してあきらめないと言った。今チャンスを逃せば、次はいつ日本へ来ることができるかわからない。兄の死の真相を暴き出すことが難しくなる。

あとはロベルトに託すほかはなかった。シャワーの音が聞こえるバスルームを振り返った。ふたつの履歴を素早く消去してから、父の携帯電話をテーブルに置き直した。もし単なる父の知人だったとしたら、また別の手を考えなければならなかった。

すでに父は、瑠衣たちの本当の目的に気がついているかもしれない。それでも、一切その可能性に触れようとはしていない。あってはならないことだと信じているかのように。

父が真実を語っていたのではないか、と思いたい気持ちはいまだにあった。が、真相を探ろうとした武石忠実が殺され、梅丘の自宅までが焼かれた。必ず何かが、ある。そして、父一人が何も知らされていなかったなどという可能性は限りなくゼロに近い。

とても眠れそうになかったが、今は人質から解放された被害者の振りを嘘でも演じ続ける必要があった。

その時——部屋のドアチャイムが鳴った。ベッドへ戻ろうと、そっと足を運んだ。

瑠衣は反射的にドアを振り返った。誰かが部屋を訪ねてきたのだ。

またひとつチャイムが鳴り、今度はドアが小さくノックされた。

廊下から呼びかける男の声が聞こえた。

「霜村さん。夜分遅く失礼します。外務省の黒田です」

29

「こんな時間に何ごとですか」

やっとドアの向こうから、霜村元信の声が聞こえてきた。

時間はあまり残されていなかった。大垣警部補のもとに、上司の山路《やまじ》課長から緊急連絡が入ったというのである。今どこにいて、黒田は何をしているのか。それを問い合わせるための電話だった。すでに山路課長も今回の尾行については承知していた。にもかかわらず、まるで部下の行動にストップをかけるかのような連絡が来たのである。

警視庁内でまた新たな動きが起きている。山路のもとに、上から突然の指示が出された。そうとしか考えられない、と彼女は断言した。

——どう考えてもおかしいですよ。急いでください。電話の切れ方も気になります。上の目を盗んでかけてきたとしか思えません。

尾行はひとまず成功していた。黒田は電話を受けて、直ちに動いた。まずはフロントへ足を運び、身分証を掲げて協力を求めた。警視庁捜査一課の新居警部補の名前を出し、今夜は外務省邦人安全課が霜村親子の警固を担当することになった。念のために、別の部屋へ移ってもらうので、両隣があいている部屋をキープしたい。そう申し入れた。

身分証から外務省の者に間違いはなかったし、スイートルームを前金で払うと告げたのだから、ホテルマンはあっさりと信じてくれた。新たなルームキーを受け取り、ついでのように黒田は言った。今の部屋を確認したい、と。彼らは疑う素振りもなく、この部屋番号を教えてくれた。

「ここを開けてください。ぜひともお二人にうかがいたいことがあって参りました」

「迷惑です。娘はやっと救い出されたばかりなんだ。今はゆっくりと休ませてください」

「あなたまで、娘さんが誘拐されたなんて信じているわけではないでしょうね」

「何を言うんだ、君は……」

「霜村さん。冷静に考えてください。娘さんとロベルトは、七年前の事件の真相を調べだそうとして日本へ来た。あなただって見当はつけていたはずだ。瑠衣さんはロベルトに協力して、あなたを調べようとしている。そうは思いませんか」

「警察を呼ぶぞ」

多少凄《すご》まれたくらいで、引き下がるわけにはいかなかった。黒田はドアに近づき声を低めた。

「誘拐は狂言だった。身代金を要求してきたのは、逃走資金が尽きたからではない。瑠衣さんに一切の罪を着せず、何事もなくあなたのもとへ戻すための狂言だった。そう考えたほうが自然です。その意味はわかりますよね」

「まだ言うのか……。警察に来てもらおう」

「聞いてください、霜村さん。あなたのもとに戻って、娘さんは何をしようというのか。あなたは瑠衣さんが行方を絶ってから、昔の事件の真相を知る人物に連絡を取ったのではないか。二人はそう考え、狂言という手段を執った」

苦情の声は続かなかった。ドアの向こうで息を詰め、互いの表情をうかがい合う親子の様子が見えるかのようだった。

「六月十一日、サンフランシスコの自宅に何者かが侵入しています。あなただって、疑ったはずだ。娘が自分を探るために、わざと鍵を壊し、何者かが忍び込んだと見せかけたのではないか、と」

「違う。娘がそんなことをするわけがない」

瑠衣に聞かせるための言葉だった。黒田も、ドアの向こうで身をすくませているであろう彼女に呼びかけた。

「瑠衣さん。警察だってもう勘づいていますよ。だから、あなたの下手な言い訳を信じた振りをして、あなたを父親のもとへ帰らせたんだ。まさか君は、お父さんの何かを探り、ロベルトに電話をかけてはいないだろうね」

ドアの向こうで足音が響き、「よせ」という霜村元信の声が聞こえた。争うような物音が響いた。ドアへ走った娘を父親が懸命に制止しようとしている。板をたたきつけるような音が鳴り、鈍い振動が廊下にまで伝わってきた。どちらかが床に倒れたと思われる。

「やめなさい、瑠衣……」

苦痛を帯びた霜村元信の声が響き、ドアの鍵を外す音が耳に届いた。

ドアが開き、息を呑む瑠衣の顔が突き出された。化粧はしていなかったが、若さのために肌が輝いている。とても人質扱いを受けてきた者の顔ではなかった。ナイトガウンを揺らすようにして、瑠衣が言った。

「入ってください」

黒田はドアを押して、身をすべり込ませた。瑠衣が身を翻して黒田の背後へ回り、後ろ手にドアを閉めながら言った。

「警察が勘づいているって、どういうことです」

黒田が何者かを問うこともなく、瑠衣が詰め寄ってきた。開け放たれたバスルームのドアをつかみ、その床に倒れていた霜村元信が起き上がった。

「瑠衣。この男を外に出すんだ」

「父さんは黙ってて。あなたは警察の何を知ってるんです？」

「瑠衣さん。少し冷静になってください。あなたはお父さんの携帯電話を調べるために戻ってきた。違いますか」

「あんたは黙っていてくれ！」

霜村元信がまた言って、黒田の前に迫ってきた。三歩下がって、彼が伸ばしてきた腕をかわした。殺意に近い感情を漂わせた目つきに見えた。

「そうでしたか。あなたも警察に協力しているわけですね」

「うるさい、黙れ！」

「父さんこそ、私を騙したのね！」

すでに瑠衣は、黒田の言葉から多くを悟っていた。頭のいい娘だからこそ、ロベルトに協力し、真実を導き出すべきだと考えたのである。

娘に隠し事を続けてきた父親が、「違う」と言い返したが、すぐに言葉は続かず、部屋の奥へ苛々と歩きだした。その態度で彼は自らの発言の信憑性を台無しにしていた。

「瑠衣さん、あなたはお父さんの携帯電話を調べて、ロベルトに連絡を入れましたね。おそらく警察は、お父さんの携帯とこの部屋に備えつけられた電話、ともに盗聴していたでしょうね」

瑠衣が髪を振り乱し、父親へと怒りに染まる目をぶつけた。娘の視線を跳ね返せずに、霜村元信が横を向く。

「父さん……。こっちを見てよ」

「馬鹿な話を信じてどうする」

「どこが馬鹿なの。ロベルトは本気よ」

「目を覚ませ、瑠衣。毅はあの男の兄に殺されたんだぞ。リカルドにはテロリストの疑いがあった。そうですよね、黒田さん。外務省も調査したことですよね」

「否定はしません」

「見ろ。ロベルトも同じだよ。あいつは毅がセンターから細菌を持ち出したと信じ込んで、日本に来たんだ。センターから細菌を盗み出すために、な」

「違うわ。ロベルトは細菌のことなんか気にしてなかった」

「おまえは騙されてるんだ。現に何者かがセンターを襲って冷凍保管庫に侵入したんだ。ニュースにはなってないが、事実だ。ねえ、黒田さん」

自分の都合によって、黒田を頼ってくる。が、事実は認めておかねばならなかった。

「本当です。生命に重大な危機を与える病原体が奪われた可能性があるため、厳重な箝口令が敷かれています」

「聞いたな。危険な細菌が、毅の勤めていた研究所から持ち出されたんだ。あいつとテロリスト仲間の仕業だ」

「違う。父さんこそ嘘をつかないで！」

隣の部屋にまで響き渡りそうな声だった。そばに立つ黒田の存在など忘れたかのように、親子が感情をぶつけ合っていた。霜村が娘の両肩へと手を伸ばし、それを払いのけて瑠衣が黒田のほうへと逃げてきた。

「瑠衣さん。あなたのお兄さんの遺体は、我々大使館の職員二人が確認しています」

黒田の言葉を聞き、瑠衣が髪を振り乱した。その様子を見て、確信が広がっていく。

瑠衣は、兄――毅が生きているのではないか、と信じているのだった。

その事実を父親がひた隠しにしている。だから、真実を突き止めるためには、父親に自分が日本へ帰国したことを絶対知られてはならない。そう考えて、偽造パスポートを手に入れるという違法手段に出たのである。

「ロベルトは兄の無実を信じるため、轢き逃げ事件の周辺を調べ回った。兄が殺していないのだから、犯人は別にいる。しかし、ボランティアでボリビアに来たばかりの日本人を殺害しようと企てる者がなぜいたのか。その答えを導くために、ロベルトはもう一人の日本人がいたのではないか、と考えた。そうですよね、瑠衣さん」

瑠衣の唇がわななき、目が見開かれた。

「ロベルトは、ボリビアに来ていた宇野という記者の存在を、現地で探り当てたのではないでしょうか。だから、真実を知ろうとして、あなたに会うため留学の道を選んだ」

そこまで語った時だった。ドアチャイムが立て続けに四度鳴った。

相手を追い詰めるような忙しなさから、緊急の用件だと伝える意図が感じられた。霜村親子が動きを止めて、ドアに目を走らせた。

タイムリミットなのかもしれない。黒田がドアへ歩むと、廊下から声がかかった。

「霜村さん。警視庁外事課の者です。直ちにここを開けてください。娘さんに逮捕状が出ています」

わけがわからなかった。黒田はドアノブへ伸ばしかけた手を止めた。霜村瑠衣を、外事課が逮捕する――。なぜ今ここで、なのか。

狂言誘拐を自供させるためなのではない。黒田は瑠衣を振り返った。やはり彼女は、この部屋からロベルトに電話を入れたのである。その確認ができたから、彼女の身柄を押さえるべき、と考えた。

先ほど大垣警部補に入った緊急の電話は、この計画を知らされた山路課長が、幹部の目を盗んで警告を与えるためにかけてきたものだったのだ。

「今すぐここを開けなさい。抵抗する意思ありと見て、あなたまで署に連行しなければならなくなります」

霜村親子が救いを求める目を黒田に向けた。霜村元信も警察の計画に協力していたはずだが、娘の逮捕という事態までは予想していなかったらしい。

黒田は二人に頷いてから、ゆっくりとドアノブを回した。

五人の男と一人の女が、逃げ道をふさぐように立っていた。先頭に立つのは、四十代の厳《いか》つい私服刑事だった。その後ろに、山路課長と大垣警部補がいた。二人ともに、黒田がこの場にいた事実など露ほども知らなかったような顔を保っている。

「どうして君がここにいる？」

わかりきったことを、山路が尋ねた。事情を知らない捜査員に聞かせるための台詞だった。承知していたとなれば、あとで必ず問題となる。

「外務省邦人安全課の務めとして、霜村さん親子から詳しい話を聞いていました」

「どきたまえ」

山路が黒田の肩を押し、部屋の中へと進み出た。後ろに続こうとした大垣警部補を見ると、ここでは説明のしようがない、と言いたげな目を返された。彼女も直前に、この逮捕の件を知らされたはずで、無理もなかった。

「霜村瑠衣だね。旅券法違反、並びに犯人隠匿の容疑で逮捕する。すぐに着替えなさい」

山路が手に持っていた逮捕状を開いて突きつけた。

瑠衣が父親へと倒れるようにすがりつき、霜村元信が抱きかかえた。外敵の出現に、いがみ合っていたはずの親子が今になって血の絆にすがりつくような姿を見せていた。

「聞いてないぞ。私は君たちに協力したじゃないか」

父親の叫びを聞き流すように、山路が無表情のままに宣告した。

「我々はドアの外で五分待ちます。それを超えても現れない場合は、そのままの姿で連行させていただきます。よろしいですね」

30

どこかでまた何かが密やかに動きだしていた。

黒田は三人の若い刑事と山路にうながされて部屋を追い出された。視線で疑問をぶつけてみたが、山路は腕時計を気にする振りをして、黒田を黙殺した。かなり上のほうから直々の命令が下されたのだろう。警察幹部はこの機に何があってもロベルトの逮捕まで持ち込む気で動いているに違いなかった。

「外務省にもう用はない。帰りなさい」

明らかに歳下とわかる刑事が、警察の威信を笠に着て前に立ちはだかった。抵抗したところで、軋轢《あつれき》のほかに得るものはない。ここは引き下がるしかないようだった。山路は疚しさを隠すためなのか、黒田に背を向け続けていた。

仕方なくエレベーターでロビーに降りた。二十分が経過しても、外事課の面々はエレベーターから現れなかった。黒田が待っていることを見越し、別の場所から降りていったと見える。

ロビーに置かれたインターホンで九〇一号室に電話を入れてみたが、受話器は取り上げられなかった。霜村元信までが連行されたとは思いにくい。霞が関人脈を駆使して、どこかへまたSOSの連絡を入れているのだろう。

試しに九階へ上がり、部屋のドアチャイムを押してみたが、いくら待っても返事はなかった。

またもすごすごとロビーへ戻って、大垣警部補の携帯にメッセージを残した。

「何があったのか、教えてもらいたい。瑠衣はロベルトに電話をかけたはずだ。君たち警察は、霜村瑠衣の狙いを読んで、罠にかけた。もしそうであるなら、彼女を拘束するのは逆効果じゃないだろうか。連絡をくれ」

続いて斎藤修助の携帯にも電話を入れて、報告を上げた。

「また警視庁に先を越されたわけか……」

もう自宅にいるのか、電話の向こうは静まりかえっている。人の気配はまったくなかった。

「まるでこちらの動きをつかんでいるかのようにも思えますね」

「待ってくれないか。うちに警察へ内情を洩らした者がいる、と言いたいわけかな」

「いいえ。仮にいたとしても不思議はありませんが、警察はあくまで瑠衣の狙いを読んで、罠を仕掛けたものと思えます」

「気を遣わなくていい。上に報告する際、君が疑っていたことも伝えておこう。そうしたほうが、仮に内通者がいた場合、少しは牽制の意味にもなると思う」

平然と斎藤は言った。そもそも霜村元信は霞が関人脈を頼って日本にSOSを出したと思われるのだ。病原体の盗難という事態もあって、あらゆる情報を集めようと躍起になっている者がいたとしてもおかしくはなかった。そこに、過去の事件を隠蔽しようという意図が隠されていないことを祈るだけである。

「次の手はあるのか？」

「考えてみます」

「嫌な言い方だが、慎重に考えることだ」

外務省はあくまで協力を要請された身なのだ。それを考えて行動しろよな。そう言われているのだと理解した。


十二時をすぎても、大垣警部補からの電話はなく、仕方なく中目黒のマンションに戻った。携帯電話が身を揺すりだしたのは、午前一時が近くなってからだった。

「先ほどは失礼いたしました。上司から色々言われているものでして」

大垣警部補はまた言葉だけは丁寧な話しぶりに変えて、言えることとそうでないことがあるのだとの事情を匂わせるように切り出してきた。

「メッセージにも残しておいたが、君たちは霜村瑠衣に罠をかけたな」

「私どもは正式な手続きを踏み、霜村瑠衣の逮捕に踏み切りました」

「役人答弁のような言い方だな。上層部から、よほど厳しい箝口令が言い渡されたらしいね」

「いえ。黒田さんの考えすぎです」

「とにかく聞いてくれ。君たちの幹部は霜村瑠衣の誘拐がでっち上げで、彼女を父親のもとへ戻すための狂言だと判断した。彼女とロベルトは父元信を疑い、毅が生きている証拠をつかもうと考えたわけだ。その証拠として、二人が狙いをつけたのは、携帯電話の記録だった。瑠衣が偽造パスポートを使って帰国し、ロベルトに誘拐された。そうなれば、七年前の事件を良く知る人物と連絡を取り合うのではないか。その記録を密かに調べようと、瑠衣とロベルトは考え、狂言誘拐を演じた。そう推理し、霜村の協力を得て、彼の携帯に何らかの電話番号を残しておいた。そこへロベルトをおびき寄せるためだ」

「なかなか面白いストーリーですね」

「いいかな。よく考えるんだ。君たちがあのタイミングで踏み込んできたからには、瑠衣が外部へ電話した事実を君たちはつかんだわけだろう。その罠にかかって、ロベルトの所在が突き止められれば、それにこしたことはない。だが、偽の電話番号の場所へ誘《おび》き出すことを計画していたのなら、瑠衣を拘束するのは逆効果じゃないだろうか。その電話番号を伝えた直後から、彼女の連絡が途絶えるんだ。まるで罠だとロベルトに伝えるようなものだとは、思わないのか」

「ご安心ください。我々は捜査のプロです」

「なるほど。警察の存在を匂わせないようにするため、霜村元信を使う気だな」

黒田は素早く先を読んで言った。

「瑠衣がホテルからかけた番号を霜村に伝え、彼にかけさせる。そうすれば、瑠衣の行動を制限しているのは警察ではなく、父親だとなる。瑠衣との連絡が取れなくなれば、ロベルトとしても、教えられた電話番号を調べる以外にはなくなるわけだ」

「黒田さん。うちの課長が申していた言葉を、私もそっくり伝えたいと思います。あなたは外務省ではなく、警察庁を志望すべきでした」

「いいや、とんでもない誤解だよ。起きてしまった犯罪を調べ回ることで幹部と腹の探り合いをするより、今困っている同胞に手を貸す仕事のほうが、どれほどやり甲斐を感じられるかわからないからね」

「素晴らしい志をお持ちですね。でも、外務省の中にも、昔の事件を掘り起こされたくないと考えるあまり、今困っている人に手を差し伸べるどころか、見捨てようとなさっている方がいるのかもしれませんね」

意味ありげな言葉を残して、大垣警部補は電話を切った。

彼女の言葉を信じるなら、外務省の上層部までが今回の事件に関して、あまり誉められない動きを見せている、ということなのだろう。つまり、事件を穏便に葬るという方向で——。

すでにトップの片岡は、見せかけでも警視庁に協力せよ、と言っていた。何らかの圧力もかけ、黒田を身代金受け渡しの現場に立ち会わせることもした。警察から情報を引き出そうという意図があるのは明白だった。

すべての責任を警視庁側——ひいては警察庁——に押しつけたいと考える者が、外務省の中にいるのは理解ができた。が、ボリビアからのテロリスト情報もあり、中央医学研究センターへの侵入事件もあるのだ。もし何らかの病原体が盗み出されていたのなら、外務省としてもすべてを警察庁に任せていられるような状況ではない。

霜村瑠衣の誘拐事件は、すでにマスコミにも発表されていた。東京に残されていた霜村家が全焼した事実は隠しようもなく、いずれは嗅ぎつけられる。毅と中央医学研究センターの関係も表沙汰になるだろう。

そうなる前に、ロベルト・パチェコをテロリストとして逮捕し、事件解決を大々的に発表したい。警察庁と外務省の思惑は一致を見たのだ。そのためになら、霜村元信を利用して罠を仕掛け、瑠衣を逮捕しようが問題にもならない。今は一刻も早くロベルト・パチェコを逮捕に持ち込め――。政府の要人も介在して、そう指令が出されていると考えられる。

警察庁と外務省の上層部が見込んだように、ロベルト・パチェコがテロリストの一員であったのならば、見事な手腕と褒め称える者も出てこよう。が、もしロベルトが、瑠衣の言うように何ひとつ罪を犯していなかったとすれば……。

一人の罪もない者を犠牲にして、国の体面を守るに等しい愚かな選択となる。しかも、病原体を盗み出した真犯人が、まだどこかに存在することにもなってくるのだ。

大袈裟でなく、国の威信にかかわる事態だった。

警察庁と外務省を率いる官僚たちは、確信があって動いているのか。幕引きだけに気を奪われ、犯人はロベルトという先入観に縛られていそうな気がしてならない。

黒田は六時前に起きだすと、支度を調えてマンションを出た。コンビニで朝刊を手当たり次第に買ったが、期待するほどの情報はどこにも載っていなかった。テレビのニュースと同じく、誘拐されていた女子大生が自力で逃げ出し、救出された、と表面上の事実のみを伝えていた。霜村瑠衣に怪我はなかったが、念のために病院ですごしている。都内にある霜村邸が全焼した事実も明かされ、今回の事件との関連も捜査中である。旅券法違反で逮捕された事実は、もちろん隠されていた。

そして、肝心要の犯人についても、不明と発表されていた。

できるものなら、ロベルト・パチェコを指名手配にしたい。だが、彼が中央医学研究センターから病原体を持ち出し、今なお所持しているのであれば、指名手配は彼をいたずらに追い詰める事態となる。逃亡を図るため、手中にある病原体を使おうとしかねなかった。見えない爆弾を抱えながら身を隠しているも同然なのだ。もし病原体が撒き散らされる事態となれば、地下鉄サリン事件に匹敵する災厄がまたも日本を襲うこととなる。ロベルトを指名手配することはできなかった。だから、霜村の協力を得た上でロベルトを誘き出す罠を仕掛けてきたのである。

地下鉄で霞が関に着くと、遠回りして警視庁の前を歩いてみた。午前七時をすぎたばかりで、人通りはまだ少ない。マスコミ関係者が頻繁に出入りしているような形跡はなかった。今ごろは梅丘にある霜村邸の前にテレビ中継車が出ているに違いない。報道陣の目は、誘拐事件へと集められ、中央医学研究センターが襲撃された事実を突き止めた者はまだいないのだろう。いれば、警視庁記者クラブは大混乱に陥っているはずなのだ。警察による箝口令は、今のところ見事なまでに成功していた。

ゆっくりと桜田門《さくらだもん》に近い正面方向へと回り込んだ。早くも登庁する男たちが何人もいた。霞が関の役所は、どこも勤勉な職員たちによって支えられている。ロベルトを誘き出す罠を仕掛けた以上、すでに配備の計画は着々と進んでいるはずだった。その詳細を外務省の幹部が知らされているとは思いにくい。すべては警察の手に委ねられたのだ。

何ひとつ成果のない朝の散歩を終えて、外務省に登庁した。

まだ七時半にもなっていなかったが、邦人安全課のフロアには、斎藤修助が課長席で一人、新聞を読んでいた。まだいつものサンダルには履き替えていない。上から呼び出しを受けた、とも考えられる。

斎藤は、黒田を見ても視線を上げず、新聞による表面上の情報を集めることに専念していた。

「課長。お早うございます」

「君も早いね。桜田門に散歩でもしてきたのかな」

まるで見ていたかのような指摘をされた。案外、駅を出たところを見られていたのかもしれない。黒田は斎藤の手元の新聞に目をやり、ささやきかけた。

「警視庁は誘拐事件の情報をマスコミ各社に隠しています。我々外務省が警視庁の捜査に協力している事実も、こちらから発表してはならないわけですよね」

「どういう意味かな」

斎藤が新聞をゆっくりと畳んで置き、背もたれに細い身を預けた。明らかに警戒心を抱いたような顔になっていた。

「我々は警視庁外事課に言われるまま協力したまでであり、マスコミへ発表する義務も資格もない。そう警察庁と話はついている、と考えていいのでしょうか」

「私はそう聞いているが」

「いずれ外務省にも問い合わせが入るはずです。テロリスト情報があり、霜村毅の殺害事件も絡んでいるのですから」

「物騒なことを言わないでくれ。殺害ではない。あくまで轢き逃げという不幸な交通事故だった」

過去の不幸な事故は把握していたが、事件性はない、と確信していた。すべては警察の判断に任せている。なぜなら外務省は、捜査権も逮捕権もないのだ。そういう逃げ道にすがるとの方針が幹部の間で決定されたのだろう。だから、片岡も形だけは協力を続行しろと命令し、斎藤も詳しい報告だけは忘れるなと言っているのだった。

七年前の事件につながる事実を察知しながら、組織を守るために手を引く、と決めたようなものに感じられた。

「黒田君。私たちは頬被《ほおかぶ》りをするわけではない」

君の考えていることぐらいはお見通しだよ。斎藤が真顔で深い頷きをしてみせた。

「海外で邦人が事件に巻き込まれた際と同じだ。その国の捜査機関に任せて、我々は最大限の側面支援を心がける。場所が日本であろうと、立場は同じだ」

理屈はその通りだった。組織を守るための常套手段とも言えた。

だが、反論の道はあった。

「支援をすべきは、霜村元信なのでしょうか。それとも娘の瑠衣のほうでしょうか。どちらなのか、私にはわかりません。霜村元信は我々外務省に助けを求めてきながら、過去の事件を隠していました。ブライトン製薬とボリビアの関係も何ひとつ話してくれませんでした」

「誰にだって、ほじくり返されたくない過去はあるだろう。霜村瑠衣が無事に保護されたことで、我々外務省の本来の役目は終わったとも言える。あとは警視庁側から協力を求めてきた際に手を貸せばいい。違うかな」

まったくその通りだ。巣をつついてスズメバチを怒らせたのでは、こちらの命にもかかわりかねない惨事となる。

「今回の動きは、ロベルトをテロリストと見なしての罠に思えます。しかし、本当にそうでしょうか。七年前に毅がセンターから研究成果を持ち出した事実を知り、瑠衣には兄の無実を突き止めると言って同情を引いて近づく。そして本当の狙いは、センターから病原体を持ち出すことにあった。そう考えたくなる状況は確かにあります。しかし、ロベルトはすべての罪を引き受け、瑠衣を父親のもとに戻しました。七年前に死んだのは毅ではなく、宇野ではなかったのか。そう信じているから、瑠衣を父親のもとに戻し、携帯電話を調べさせた。警察の読みどおりに、狙いが病原体を盗み出すことにあったのなら、瑠衣を戻そうとするでしょうか」

斎藤がもっともらしい頷きをみせた。同意にも思えたし、筋道を立てて考えようとすること自体は悪くない、と認めるためのものにも見えた。待っても、言葉は返ってこない。

「ロベルトがテロリストでなかった場合、センターに侵入した犯人は誰なのか……」

「我々は、すべての情報を警視庁に上げている。あとは、彼らの判断だよ。何度もくり返したくはないが、我々に捜査権はない」

「わかりました。外務省としてできる限りの側面支援と独自の情報収集を行います」

「待て。独自の情報収集とは何のことだ？」

斎藤としても、わかって訊いているとしか思えなかった。黒田は立ち去りかけた足を止め、目だけを戻して言った。

「ボリビアから入ったテロリスト情報をさらに裏づけるための調査です」

「黒田君。忠告しておこう。警視庁から裏づけ調査をしろと言われた時だけでいい。わかるね」

実質的な待機命令だった。黒田が動き回ることに懸念を覚えた警視庁側から、よほど念の入った忠告が入ったに違いなかった。だから、この早朝から斎藤が待ち受けていたのである。

手の届かない場所で多くの決断が下され、ロベルト逮捕の方針が進められている。

斎藤が理解ある上司を気取るような顔になった。彼自身の思いは、どこにも表れてはいない。まさにウナギと称される男に相応しい顔つきに思えた。

「少しゆっくりしたまえ。このところ働きづめだったじゃないか。少し休んだところで、君を責める者は誰一人いない。私に言えるのは、ここまでだ。わかるね」

充分に。組織の一員としては。


打ちのめされて席に戻った。斎藤の視線を意識しながら椅子に腰を落とした。すると、廊下の奥に人影がちらついた。見ると、こちらの様子をうかがう安達香苗の姿があった。登庁早々、黒田に昨日の首尾を尋ねに来たところ、斎藤とのやり取りを耳にしたため、入るに入れなかったと見える。黒田は目で頷いてから、意味もなく書類を広げた。

二分ほど、溜まった伝票をまとめる振りをしてから、斎藤の様子を見つつ椅子から腰を上げた。視線は黒田をとらえていなかったが、どこへ行く気だと関心を抱いているのは間違いないだろう。あとをつけられるのなら、それも良かった。疚しいことをするわけではないのだ。

廊下へ出たが、足音は続いてこなかった。香苗は旅券課のフロアへ戻らず、階段の前で待っていた。すぐに問いかけの目を寄せてくる。

霜村に会うことはできたが、すぐに外事課が瑠衣を逮捕に来た事実を手短に伝えた。

「無茶しますね、警視庁も」

「だからなのか、警視庁から次の協力依頼があるまでは手を出すなと課長に言われた。おそらく警察庁辺りから、何か言われたんだと思う」

「綱引きに、うちが負けたんでしょうか」

香苗はトップ同士の縄張り争いが生じたのか、と誤解していた。

「いや、泥のなすり合いだよ。足を引っ張られたら困る者が多いんだろう」

香苗はその意味を考えるように視線をそらした。立ち去りかけた黒田を追って、前へと回り込んできた。

「黒田さん。うちまで事実を隠蔽する側に回るわけなんですね」

「どうかな。上層部が判断することだ」

「おかしいですよ。テロリストの手に何らかの病原体が渡ったかもしれないのに、その事実を隠しとおそうとするなんて……」

黒田を壁に追い詰めつつも、声の大きさには気をつけていた。彼女も成長したものだ。

香苗が急に横を向き、唇をひとつ噛みしめた。ゆっくりと息を吸った。

「もしかすると……七年前にも似たようなことがあって――」

自分で見つけ出した答えに驚きつつも、香苗が一人で頷いた。

その可能性は確かにあった。七年前、霜村毅が勤務先から何かしらの病原体を持ち出していた場合、厚労省と外務省が結託し、その事実を闇に葬ろうとした可能性はある。

毅は轢き逃げ事件で死亡し、幸いにも病原体は外部へ渡らなかった。霜村元信が息子を追いかけてきたのは、息子の愚かな行為を止めるためだったとすれば、筋は通る。ただ、霜村としては、誰が息子に病原体の持ち出しを唆《そそのか》したのか、それが気がかりでならなかった。だから、ボリビアに研究施設を持つブライトン製薬への転職を願い出た——。

毅の死により、厚労省は病原体持ち出しの事実を知った。傘下にある財団法人の不始末が表沙汰になった場合、前代未聞の不祥事として、父親である霜村のほかにも責任を取らされる者が続出する。そこで、事件を葬るべく、外務省に協力を求めた。

可能性はありながらも、証拠はどこにもなかった。ただ……。

毅の遺体を確認した吉村は、ノンキャリアでありながら異例の出世を遂げている。七年前のボリビアでチャンスをつかみ、ほとぼりが冷めたあとになって、出世の階段を上ることになった。そうも考えられてくる。

「黒田さん……。やはり宇野が持ち出しの仲介をしたんじゃないでしょうか。けれど、毅が死亡したことを知り、事態の発覚を恐れて日本へ帰国した。その後も、何者かから逃げ回るかのようにして取材記者の仕事を辞め、ついには姿を消した」

「想像を逞しくするのはいいが、君は絶対に手を出すな」

「でも……」

「当時の大使館職員にそれとなく相談を持ちかけてみるつもりだ。彼らなら、何かに気づいていたかもしれない。しかし、あの時は上の動きを見て、皆口をつぐんだ。役人らしい保身があったとも考えられる」

「わかりました。探り出しに成功したら、私にも教えてください。約束ですよ」

一方的に確約を取りつけると、香苗は廊下の先へと足早に歩いていった。

31

ボリビア大使館に勤務していた者に、どういう理屈をつけて相談を持ちかけたらいいか。黒田は席に戻って思案した。すぐ横のデスクでは斎藤が目を光らせているため、溜まった領収書の精算をしながら手順を考えていった。

あらかた精算作業を済ませたところで内線電話が鳴った。

「はい、邦人安全課、黒田です」

「適当に相槌を打ってください。たった今、入管から連絡が来たんです」

旅券課に戻った香苗からだった。彼女も声をひそめている。

「実は今回の件でずっと協力してくれてた入管の人が、気になるので外務省にも、と連絡をくれたんです」

「ええ、今やってます。サンフランシスコの領収書はいつものように処理しますから」

「警視庁捜査一課から在留ボリビア人の問い合わせがあったそうです。アラン・グスマン、二十九歳。指紋と顔写真の提供を求められ、自宅の連絡先も確かめていったそうです」

「ええ。遅れずに提出したいとは思います」

「ついでにアラン・グスマンの電話番号も聞き出しておきました。スペイン語は大丈夫でしたよね」

「任せてください」

「じゃあ、二分後に、廊下で」

「了解です」


二分後に席を立って廊下へ出ると、階段の下で待っていたらしい香苗が姿を見せた。

「お願いします」

人目を気にしてなのか、すれ違いざまに小さな紙片を手渡してきた。そのまま一人で廊下を歩いて行った。どうやら彼女のほうも、旅券課の上司から忠告を受けたようだ。その事実を黒田に伝えず、内線電話をくれたらしい。彼女の逞しさは、本物になりつつある。

メモにはアラン・グスマンの連絡先が書かれていた。黒田は一階まで降りて、周囲に誰もいないことを確認してから携帯を取り出した。三度のコールで取り乱した女性のスペイン語が聞こえてきた。

「まだ何かあるんですか。まさかアランに何かあったんじゃないでしょうね……」

「どうか落ち着いてください。まだ詳しい状況はわかっていません」

黒田はとっさに、どうにでも取れる言葉をスペイン語で語りかけた。身内か知り合いの一人なのだろう。若い女の声が上擦るような響きで語りかけてくる。

「彼の妻と義理の弟がそちらへ向かいました。彼女はずっと取り乱していて、これ以上何かあったら、とても……。アランの容体でしょうか」

「失礼ですが、そちらに連絡をしてきた者は、どちらにおいでを願いたいと言ったのでしょうか」

「病院って聞きましたが。何か問題でもあったんですか？」

「現場が少し混乱しています。病院名が伝わっているかどうか、確認させてください」

身内の容体を案じるボリビア人は、疑うことを知らない純真さで答えてくれた。

「ニシカワゴエ、ソウゴウビョウイン。姉たちはそちらへ向かいましたが……違うんですか」

「いいえ。どうか落ち着いてください。また詳しいことがわかり次第、連絡を入れます」

心の中で詫びを入れながら、黒田は通話を終えた。

単に在留ボリビア人が事故か事件に巻き込まれた、とも考えられる。だが、西川越で入院を余儀なくされる事件や事故があった場合、その捜査に動くのは埼玉県警のはずだった。警視庁捜査一課から、アラン・グスマンに関する問い合わせが入管に入るわけはなかった。

黒田は迷わず外務省庁舎を飛び出した。歩きながら大垣警部補の携帯に電話を入れる。長いコールのあと、留守番電話サービスにつながった。

「川越で何があった？　君たちは罠を仕掛けてロベルトを川越の近くに誘い出した。ところが、そこにやって来たのはロベルトではなく、在留ボリビア人アラン・グスマンだった。だから言ったじゃないか。瑠衣と連絡が取れなくなったため、ロベルトが警戒して知り合いのボリビア人を向かわせたんだ。警視庁はそんなことも想像できなかったのか」

怒りに声が震えかけた。もどかしさに襲われて、地下鉄への階段を駆け下りた。

アラン・グスマンをロベルトと勘違いした捜査員が、血迷って発砲でもしたか。いや、アランが逃走にかかり、その途中で事故が起きたという可能性のほうが高そうだった。いずれにしても、怪我を負うべきでないボリビア人が犠牲になった。そうとしか思えない状況だった。

改札を駆け抜けた時、携帯電話が身を震わせた。大垣警部補からの電話だった。

「よけいな犠牲者を出して、楽しいのか」

「待ってください。私たちにもよくわからないんです。今朝からこっちは振り回されどおしで、もうロベルトは現れないと思ってました。ところが、そこに埼玉で爆破事件があったと連絡が入り、その犠牲者がボリビア人のパスポートを所持していたと聞かされました。我々もわけがわからず、現場待機を命じられたところです……」

「現場待機？　川越にいるんじゃなかったのか」

「ええ、違います。我々は神奈川県警の協力を得て、秦野市内にいます」

埼玉ではなく、神奈川県内にいるという。

警視庁がロベルトを誘い出そうとした先は、秦野市なのか？

足が止まった。では、川越で発生した爆破事件とは何か。携帯電話の声が変わった。

「黒田さん、山路です。どうでしょうか、お互いの情報を交換できないでしょうか」

勝手な言い分だった。昨日は警視庁独自の動きに出て、黒田を邪魔者扱いしておきながら、今は外務省側の情報に頼ろうとしている。が、抜け目ない者でなければ、出世の階段を上がってはいけない。こちらも事態を把握しておきたかった。黒田は了承し、数少ない情報を告げた。

送話口を覆われたらしく、確認しろ、という山路の声が遠く聞こえた。それからまた声の大きさが戻り、今朝からの行動を教えられた。

警視庁は、昨夜から神奈川県警と連携して、ある製薬会社の支店を見張っていたのだという。

「霜村元信の携帯電話に、そこの番号を残しておいて、ロベルトを誘い出そうとしたわけですね」

ロベルト・パチェコと霜村瑠衣は、毅がまだ生きていると考えたのである。父親ならば、必ず息子に連絡を取るはずと信じて、誘拐の真似事をして霜村のもとに瑠衣を戻した。その狙いは警察も読んでおり、偽の電話番号を霜村の携帯に残しておいた。そこにロベルトが現れる、という計画だった。

「ところが、我々の監視を嘲笑うかのように、近くで小火騒《ぼや》ぎが続いて……。あげくは、その支店に朝からピザ十枚にハンバーガーの詰め合わせが十セット、大盛り餃子定食が十人前も届いたんですよ。どちらも宅配店に片言の日本語で注文が入ったという」

気配を察したロベルトが、警察の動きを見るために小火騒ぎと偽の注文を出したに違いなかった。もうロベルトは現れない。現場はそう考えていたところ、本部からは待機の指示が出されたという。そこに、黒田からの電話が入ったのである。

「昨夜、霜村瑠衣はロベルトに電話をかけた。それをあなた方は盗聴していた。そうですよね」

「その件に関しては、話せないことも多くてね」

山路が言葉を濁した。正式な令状を取っての盗聴ではなかったのだ、と黒田にも想像はできた。警視庁は形振りかまわず、瑠衣とロベルトを罠にかけたのだ。

「その時、瑠衣は電話番号をひとつだけ伝えたのですか」

「私も今、同じことを考えてました。上層部に確認してみましょう」

そこで、黒田の返事を待つことなく、通話は切れた。外事による盗聴ではなく、その事実を教えられただけだったらしい。

電話がかかってくるか心配したが、おおよそ五分後に携帯電話が身を震わせた。大垣警部補の声が聞こえてくる。

「黒田さんの推測どおりでした。瑠衣はふたつの電話番号をロベルトと思われる人物の携帯に伝えていました」

「もうひとつの番号は？」

「アロー製薬西川越支店です」

もう間違いなかった。どちらにも川越という地名がつく。

ロベルトたちは警察の監視に気づき、秦野市内の製薬会社ではなく、アロー製薬西川越支店へ向かったのである。そこで、何らかの突発的な事態が発生し、ロベルトに手を貸す在留ボリビア人アラン・グスマンが怪我を負った。

「君たち外事は知らされていなかったんだな。もうひとつの電話番号があった事実を」

「そうなんです。でも、今日の監視態勢が伝えられた際には、刑事部や警備部の者も加わっていました。外事にだけもうひとつの番号を隠していたなんて、あまりにも悪質すぎます。どこの——」

「待ってくれ。そうじゃないのかもしれない」

黒田はもうひとつの可能性に気づき、憤りの声を燻《くすぶ》らせた大垣利香子をさえぎって言った。

「警察ではない何者かが、もうひとつの番号を霜村の電話に残した可能性も考えられる」

「我々ではない何者か、がですか？」

「至急、霜村に確認するんだ。もうひとつの番号は、どういう経緯で携帯の中に残してあったのか。君たち警察は、紛らわしい番号を消すように指示したんじゃなかったのか」

「待ってください」

また通話が切れた。

警察のほかにも、霜村瑠衣の狂言誘拐に気づいた者がいるのだ。

その人物も、ロベルトの行方を追っていた。警察の先手を打ってロベルトを捕まえるため、もうひとつの電話番号を霜村の携帯に残しておいた……。

三たび携帯電話が震えた。すぐに大垣警部補の声が耳に飛び込んでくる。

「今、そちらに向かっています。我々外事は現場を離れました」

「霜村に確認はできたのか」

「まだです。課長が上層部にかけ合ってますが、指示を待てと言うばかりで……。それより、少し詳しい状況がわかってきました。黒田さんが睨んだとおりでした。何者かがロベルトを川越に誘き出したんです。アロー製薬に埼玉支店はあっても、西川越支店はありませんでした」

「どうして今まで気づけなかった！」

黒田は駅の床を力任せに蹴りつけた。警察はまんまと何者かに出し抜かれたのである。

「ホームページです。うちの課員が確認しました。アロー製薬のホームページが何者かによって改竄《かいざん》され、西川越支店の住所と電話番号がつけ加えられていました。外部からのハッキングにより、何者かがホームページを勝手に書き換えていたんです」

あるいは、フィッシング詐欺の手口を使ったのかもしれない。アロー製薬のホームページを開くと、犯人が作り上げた偽のホームページへとつながってしまう。黒田の知識では、その詳しい方法はわからなかったが、ホームページの改竄やフィッシング詐欺は、今や日常的に行われている。その手法を使い、ロベルトを西川越に誘き出した――。

「ありもしない支店を、ロベルトたちは訪ねていったんですよ。埼玉県警に問い合わせたところ、川越市三番町のあるマンションで爆発事故が発生し、一人の怪我人が出ています。その人物がパスポートを持っていたため、身元が判明したそうです。アラン・グスマン」

爆発事故などでは、絶対になかった。梅丘の霜村家が全焼したのと同じく、何者かが爆発物を仕掛けたのである。ロベルト・パチェコを殺害するために――。

「ロベルトは爆発したマンションの近くにいた可能性がある。緊急配備はかけたんだろうな」

「埼玉県警が動いています」

「今すぐ瑠衣に事情を伝えて、ロベルトの携帯に電話をかけさせるんだ。ロベルトの命が狙われている。そう知れば、彼女も協力をしてくれるはずだ」

「やってみます。少し時間をください」

西川越行きという方針を考え直すと、黒田は霞ケ関駅の改札を出て、再び外務省庁舎へとんぼ返りした。まだ材料が少なすぎた。事件の図柄は朧気《おぼろげ》に見え始めていたが、全体像はまだ霧の中に隠されている。南庁舎の二階へ急ぎ、国際協力局のフロアを訪ねた。一昨日の夜と同様に、吉村進の姿は参事官席になかった。

「吉村さんなら、サンフランシスコへ発ちましたが」

近くにいた職員に言われて、黒田は自分の迂闊さを呪った。

どうして忘れていたのか。本来なら自分が警備を務める予定だった環太平洋農水相会議が、三日後に迫っていた。農水関連の海外支援についても事務方の会議が開かれる予定で、国際協力局からも三名が参加し、吉村参事官もそのリストに名を連ねていたのだった。

今日がその出発日だということを、事件に引きずり回されていたために、すっかり失念していた。一昨夜、吉村の携帯に電話を入れた際、彼はすでに準備を進めていたはずだが、おくびにもその事実を匂わせなかった。故意に触れまいとしたのではないか、と今さらながら思えてくる。

吉村ほど七年前の真実を詳しく知る者はいなかった。武石もロベルトも七年前を掘り起こそうとしていたのは疑いなく、嫌でも吉村の存在が重みを増すが、黒田には多くを語らずにサンフランシスコへと旅立った。あえて黒田とは距離を置こうとするかのように。

大使館を辞めてブラジルの商社に転職したというアレハンドロ・エンリケ・ディスコバル。彼は本当に、霜村毅の遺体を確認していたのか。その疑問が、今になって再浮上してくる。

吉村はアレハンドロから転職の知らせをもらっていたのではないか。ブラジルへ渡った者が確認したと言えば、すぐに証言を得ることは難しい。ボリビア大使がその確認に動いたというのだから、アレハンドロから証言を得ようとした者がいたとは思われる。霞が関人脈の中に住む警察関係者。あるいは外務省の者という見方もできる……。

黒田は腹を決めると、事務次官室へ向かった。

生憎と、片岡博嗣はまだ登庁していなかった。携帯電話の番号は教えられていたが、秘書室を通じて至急会いたい旨を正式に伝えてもらうことにした。電話を黙殺される可能性もある、と思えたからだ。彼なら黒田が連絡を取りたがっている理由に見当をつける。

邦人安全課へ戻ったのでは、斎藤の目を絶えず気にしなければならない。南米課へ立ち寄り、黒田を煙たそうに見る青山の尻をたたき、七年前にボリビア大使館へ赴任していた者を調べさせた。

そのさなかに、秘書室からの電話が入った。片岡が執務室に入ったというのである。登庁と同時に、まず黒田の面会依頼に応えようというのだから光栄極まりなかった。向こうにも相応の理由があると見て間違いはない。

執務室のドアをノックすると、声の質で機嫌の悪さを伝えたがっているような返事があった。

「入れ」

議事堂を背負った片岡博嗣が、被告の入廷を待つ検事のような顔つきで椅子に腰を落ち着けていた。まさしく検事の口調で言った。

「君は、警視庁からの依頼があって、動いているんだろうな」

「外事三課から情報提供を求められました。すでにご存じだとは思いますが、ロベルト・パチェコに手を貸した在留ボリビア人が、川越市内で爆破事件に巻き込まれて怪我を負っています」

「その報告のために、私の貴重な時間を潰しに来たのではないだろうね」

「七年前のボリビアで何があったのか。外務省でも把握はされているはずです。それをすべて警視庁に伝えるべきです」

「霜村毅の轢き逃げ事件に関しては、すべて吉村君がわざわざ警視庁に出向いて伝えている。そう君も、一昨日の夜に電話をかけて、彼から直接話を聞いたと思っていたがね」

吉村は、黒田から電話があった事実を、この片岡に報告していたのである。無論、そうすべき理由があったからだ。一介の外交官が、外務省が隠そうとする秘密に近づけば、報告しないわけにはいかなかったろう。

「厚労省側にも、聴取の要請はあったのでしょうか」

その質問には黙殺で答えるべきと判断したらしく、片岡は無表情に徹して黒田を見ていた。あながち的外れな指摘ではなかったのだろう。黒田はさらなる指摘を続けた。

「霜村毅はセンターから何らかの病原体を持ち出し、ブライトン製薬の関係者に渡すつもりだった。警視庁はそう考えているのですね」

「彼らがどう邪推しようと、真実はひとつだ。君は外事の女刑事の猫撫で声に突き動かされて、わざわざここまで足を運んだわけなのかな」

「いいえ。霜村邸が全焼した際にも、何者かが発火物を仕掛けた形跡があったはずです。そして、今回はマンションの爆発です。事件の真相を知ろうというロベルト・パチェコを殺害したがっている者が存在するとしか思えません。すでに、同じ目的で動いていた武石忠実が命を奪われています」

「こちらに入ってきた情報によると、警視庁側は事件の全面解決に近づいているという。君に協力依頼を求めてきた外事の女刑事が、幹部から多くを聞かされていなかっただけだろう。筋の悪い情報に惑わされるな」

どこまでが真実なのか。何者かに出し抜かれたとしか思えない状況がありながら、本当に警察は全面解決に近づいているのか。疑問としか思えず、黒田は言った。

「ロベルトの兄、リカルドは、テロリストの嫌疑をかけられ、獄中で死亡しました。日本で同じことが起こるとは思いませんが、すべてをロベルト・パチェコに押しつけ――」

最後まで口にできなかった。片岡が発言をさえぎるように右手を上げた。

「あとは警視庁に任せるんだ。私としても、これ以上は君をかばえなくなる。いいね」

これが最後の忠告だ。すでに直属の上司である斎藤からも、同じ最後通牒《つうちょう》を突きつけられていた。

外務省は捜査機関ではない。日本の国益を守るという重大な任務がある。もし日本からカテゴリーAに分類される病原体が持ち出されたとなれば、日本の医学研究における世界での立場は失墜する。日本という国に、計り知れない損失を与える事態だった。国の威信を守るべく、霞が関の男たちが額を寄せ合い、ひとつの方針が確認された。

「……わかりました」

黒田は素直に頭を下げて、事務次官の執務室から退散した。もとより片岡という男にかばってもらいたいと考えていたわけではない。上司の庇護がなくては任務を果たせないような者では、もとより国益や同胞を守ることなどできるはずもなかった。やるべきことは見えていた。

32

刑事たちの動きが慌ただしくなり、執拗に同じ質問をくり返すだけの事情聴取が中断された。

年嵩《としかさ》の刑事が呼ばれて取調室から出ていき、新たな刑事が現れたかと思えば、耳打ちによる打ち合わせののちに、また誰かが外へ走るという慌ただしさだった。確実に何かが起こっていた。被疑者の取り調べを担当する刑事たちまでを、これほどに慌てさせる事態が、どこかで――。

霜村瑠衣は、胸を覆いそうになる予感を払うため、刑事との間に置かれた小さな机の下で両手を強く握り合わせた。

彼らが、問い詰めるべき被疑者を置き去りにしたがるほどの事態となれば、今回の事件に関して新たな事実が判明した程度のことではないと思えた。捜査の進展につながる事実を探り出すのが彼らの仕事であり、たとえ真犯人が特定できたとしても、被疑者の一人とされる者の前では警察官の威信を保とうと努めるはずなのだった。

その彼らの予想に反した重大事が発生したとしか思えなかった。

瑠衣が伝えたあのふたつの電話番号……。

もし本当に、ボリビアで死亡したのが毅ではなく、宇野義也であったとすれば……。毅は必ずどこかで生きている。父がそのことを知らないわけはなかった。きっと今も連絡を取り合っている。

ロベルトは昨日のうちに、ふたつの製薬会社の支店の所在地を調べだしたはずである。父なら、かつての人脈を使い、製薬会社に就職を斡旋《あっせん》できたのではないか。

アランをはじめとする在留ボリビア人の仲間が、ロベルトにはついていた。彼らと親しい日本人も手を差し伸べてくれ、レンタルの携帯電話も用意してもらっていた。たとえ日本語に難のあるロベルトであろうと、彼らの手助けがあれば、ふたつの支店の住所は確かめられる。

だが、警察は、瑠衣がロベルトに電話を入れた直後のタイミングで、ホテルの部屋を訪ねてきた。

まさか、とは思う。しかし、誘拐の真相が見破られていたとすれば……。

瑠衣は、父の携帯に通話記録を残したくないため、ベッドサイドに備えつけられていた内線電話から0発信を利用した。あの時の電話を警察が盗聴していたとすれば——。

ロベルトは、二社の支店の様子を探りに行ったはずなのだ。そこに警官が待ち伏せていたのではなかったろうか……。想像はつい悪い方向へと転がっていく。待ち伏せに気づいたロベルトが逃げ出し、それを制しようとした警官が——。

取調室のドアが開いた。三人の男が現れた。夏だというのに、見るからに安物のダークスーツを着込み、顔と目で瑠衣を脅しつけようとしていた。今まで取り調べを行っていた刑事たちが、一斉に壁際へと退いた。敵意に近い目を、新たな三人の男に向ける者もいた。彼らとは部署の違う刑事たちなのだ。

先頭に立つ耳のつぶれた男が、あらためて椅子を置き直してから、瑠衣の前に座った。表情を出すまいとするような顔つきからは、己を律して被疑者に向かおうという気構えのようなものが伝わってくる。

「これは、カルロス・コバヤシから預かってきた携帯だ」

どうしてカルロスの携帯電話を刑事が持っているのか。瑠衣は驚きを顔に出さないよう、机の下で握りしめた手に力を込めた。

「我々の仲間が、カルロスを尾行しようとした際、君が車を割り込ませて妨害してくれたよね。そのカルロスも、ロベルトを心配している。この電話を使って、君からロベルトに呼びかけるんだ。一刻も早く警察に出頭すべきだと」

ついに警察はボリビア人仲間を使っての泣き落としにかかってきた。それほど彼らは手詰まりなのだ。つまり、あのタイミングで警察が瑠衣を逮捕に来たのは偶然だった……。そういうことなのか。

耳のつぶれた男が無表情のままに続けた。

「今朝、川越市内のあるマンションで爆破事件が発生した」

安堵のために力を抜きかけていたが、意志に反して両手をまた握りしめていた。

爆破事件……。瑠衣に告げたからには、ロベルトと関係がある、と刑事たちは考えているのだ。

「そこは空き家のはずだった。被害者は一名。かなりの火傷《やけど》を負ったと聞いている。パスポートを所持していたため、身元はすぐに判明した。アラン・グスマン。——そう、草加市に住む在留ボリビア人だった。君も知っているね」

アランの笑顔が瞼《まぶた》の裏を通りすぎた。どうして彼が爆破事件に巻き込まれるのか。息がまともに吸えず、胸が締めつけられた。

「ようやく気づいてくれたようだね。そうなんだよ。爆破されたマンションのドアには、空き家であったにもかかわらず、昨日からアロー製薬西川越支店というプレートが掲げられていたと住民が証言している。昨日、君がロベルトに伝えた番号のうちのひとつだ」

怪しい番号はふたつあった。ロベルトはアランの手を借り、手分けして製薬会社の様子を見に行ったのだ。そして、アランの訪ねた先で爆破事件が——。

「君のお父さんの携帯に、何者かが電話をかけてきたんだ。その番号を、携帯の中に残しておくためだよ。怪しい番号があれば、君が調べだしてロベルトに必ず伝える。犯人はそう考えた。なぜ、そうしたのかは、わかるね」

「じゃあ、あの番号は……」

上擦る声を押し出した。耳のつぶれた刑事は憎らしいほどに表情を変えない。

「そうなんだよ。ありもしない偽の支店だった。アロー製薬に西川越支店などは存在しない。アロー製薬のホームページに何者かが細工を加えて、偽の支店名とその住所に電話番号を書き込んだ。だが、犯人の狙いは叶《かな》わず、偽の支店に誘い出されてきたのは、ロベルトに手を貸す在留ボリビア人アランだった」

あっさりと計画を見抜かれていた。警察にも、真犯人にも……。それを逆手《さかて》に取られて、まんまと誘い出された——。

「アランは助かりますよね」

「大丈夫だ。命に別状はない。顔から肩にかけて、少々手強い火傷を負ってはいるようだがね」

刑事の言葉を信じたかった。無事でいてくれる。アラン……。ごめんなさい。瑠衣は握りしめた両手を胸に押しつけた。どうか神様、アランを助けてください。

すでに武石忠実という記者が命を奪われていた。そのうえに、善意で同胞に手を貸してくれたアランまでが命を奪われるのでは、やりきれない。ロベルトが知恵を絞って立てた計画だったが、犯人はさらに上を行く狡猾《こうかつ》さで、真実を暴こうとする者の命を狙ってきた。

「君なら、わかるはずだ。ロベルトは命を狙われている。犯人は爆発物を仕掛けたうえで、ロベルトを誘い出した。それほど追い詰められているという証拠と見ていい。君たちは犯人を追い詰めたんだよ。あとは我々警察に任せるべきだ。約束しよう。我々は必ず真実を突き止めてみせる。だから今は、ロベルトに呼びかけるんだ。早く出頭せよ、と。全力を挙げてロベルトを守ってみせる。彼を出頭させてほしい。そのほうが必ず真相に近づける。さあ――」

刑事が携帯電話を瑠衣の前へとすべらせた。

もうこれまでだった。刑事の言葉が胸に染みた。自分とロベルトは、やれるだけのことをしてきた。が、そのせいで、罪もないアランを巻き込んでしまった。

そうなのだ……。迷っている時ではなかった。身内の罪を暴き出すことにつながる。シリコンバレーにいる兄はまだ何も知らなかったが、家族の罪は自分たちで引き受ける以外にはないものだった。

警察も真実に近づいている、と思えた。今はこれ以上の被害者を出してはならない。

瑠衣は目の前に差し出された携帯をつかむと、神に祈りながら記憶にある電話番号を押していった。

33

黒田は席に戻らず、再び南米課へ直行した。すでに調べ出しを終えた青山が、市川課長の目を気にしながら待っていた。

「領事部の所属がよかったんですよね。ベテランの事務官は、省内に配属されています。あとの人は、在外公館に出ています」

「名前と所属は？」

青山は言葉にせず、ディスプレイに表示させたリストを指で示した。彼としても省内の空気が変わったことを充分に察知しているのだった。

「安心しろ。責任はすべて、おれが被《かぶ》る」

何の確約にもならない口約束を語ると、青山は正直にも胸を撫で下ろすような顔になった。彼の若さなら、将来を考えて腰が引けたとしてもある意味、仕方はなかった。壁に突き当たるのは、もう少し先のことになる。

見て見ぬ振りをしていた市川課長に、あえて礼を言ってから南米課をあとにした。久しぶりに疫病神を見る目を背中に感じながら、廊下へ走り出た。

経済局国際貿易課を訪ねて、井上富士雄《いのうえふじお》という事務官を呼び出してもらう。ついでにフロアを見回したが、ＩＴ準備室がどこにあるのかはわからなかった。

廊下へ下がって待っていると、サンダルを鳴らしながら小太りの男が現れた。どこかの課長と同じく、自分の出で立ちに疑問を感じたことなど一切ないという風情《ふぜい》で、黒田のほうへ歩み寄ってきた。己の仕事への自信はキャリアに負けじと持っているのだ。

「またボリビアのことですか」

訳知り顔で告げてきたそのひと言で、黒田より先に七年前の事情を尋ねにきた者がいるとわかった。

「お手数をかけます。どちらから井上さんへのアプローチがあったのでしょうか」

「稲葉さんですがね」

皮肉そうな笑みが浮かんで見えたのは、黒田が片岡の引きで今の立場を得られたと知っているからだった。次の次官は、稲葉という見方が省内にはあった。やはり今回の裏で、稲葉外務審議官が片岡とは別に独自の動きを見せていたのだ。そもそも稲葉はサンフランシスコの神坂総領事に協力要請を発した張本人であり、事件の当初から霜村元信とつながる人脈の中枢にいる人物だと黒田は見ていた。

「井上さんは、七年前の轢き逃げ事件を覚えておられるでしょうか」

「あれ？　稲葉さんから何を訊かれたのかは、確かめなくていいのかな」

君は片岡次官の片腕として動いているんだよな。そう決めてかかる訊き返しだった。面倒なので、黒田は頷き、言った。

「私は警視庁外事課の依頼を受けて、調査を進めています」

「なるほどなあ。稲葉さんのほうは、厚労省辺りの大物が裏にいるんだろうね」

外務省の伏魔殿を下から支えてきた井上の見方は、かなり当たっていそうだった。が、今は霞が関の人脈相関図を暴くより、先に尋ねるべきことがあった。平然と聞き流して答えを待った。

井上が、黒田の動機をまだ疑うような目を作り、一人でまた微笑んだ。

「当時、私は会計の担当でね。忘れようたって、無理ですよね。ボランティアでボリビアに来ていた日本人医師が轢き逃げされて、大使までがその家族を手厚く持てなし、異例の出費が重なったんだからね」

「聞いています。あまりのVIP扱いに、大使館でおかしな噂が立ったとか……」

ありもしない勝手な噂をでっち上げて誘いをかけた。

井上がまた微笑み、首を傾けるような仕草を見せた。

「まあ、いろいろ言う人がいなかったわけじゃない。ただ、吉村さんはあのころから、どんな仕事だろうと全力で果たしていた。それを揶揄するほうが、どうかしてるんだ」

　同じノンキャリアとして、彼は吉村を全面的に支持すると自らの態度で示していた。黒田を見つめる目には、一種試験合格組への対抗心が見え隠れした。

「かなりの揶揄があったわけですね」

「君は、吉村さんが、息子さんを亡くしているのを知らないようだね」

　事実なので、頷くほかはなかった。すると、また井上の頰に微苦笑が浮かんだ。君たちは何も知らない。嘆くように首をひと振りしてから、言った。

「吉村さんの人の良さにつけ込む人がいたのかどうかは知らないけど、在外公館勤務が長かったでしょ、あの人は。単身赴任すればいいのに、どこかの大使が小間使いのように使いたくて、奥さんとまだ小さな息子さんまで一緒に来いとか言ったらしいんだな。で、吉村さんはその言葉どおりに、家族でニカラグアへ行った、馬鹿正直にもね。ところが――三歳の息子さんが、どういうわけか風邪をこじらせて急性肺炎を引き起こして……」

　噂にも聞いたことがなかった。在外公館勤務を余儀なくされる外交官にとって、他人事《ひとごと》ではない不幸のひとつだった。

「本当なら、恨み言のひとつも言いたくなる。でも、吉村さんは自分で選んだことだと言って、息子さんの死を受け入れ、誰かを非難するようなことはなかった。もちろん、その当時の大使も、同情はしてくれたんだと思うけどね」

同情はしても、その死んだ息子のために何をしてくれたのかは大いに疑問がある。そう匂わせる言い方だった。

「吉村さんは、大使に命令されたから、あの轢き逃げされた医者の父親に尽くしていたんじゃない。異国の地で息子を亡くして取り乱す親御さんに、昔の自分を重ねて見ていたから、精いっぱいに支援の手を差し伸べた。茶毘《だび》の手配から、食事の世話に、運転手まで。大使館の者は皆、頭が下がると言っていた。でも、吉村さんは、そういう人なんですよ」

その吉村を、相手が厚労省の官僚だったから、小間使いのように尽くしていたのだと言える者たちのほうがどうかしている。君もその一人なのかな。井上はそう黒田に問いかけていた。

だが、相手へのすぎた同情が、その人物を甘やかすことになるのは、よくあるケースだった。度を超えた善意は、人に誤解を与え、思い上がりを生みやすい。

黒田は、井上の視線を受け止め、質問を続けた。

「当時、轢き逃げされた医師が、何らかの薬品を持ち出していた可能性が、今になって出てきています」

曖昧に話をぼかしながらも核心に触れると、井上が驚きを押し隠すように横を見てから、またも首を傾けた。

「どういうことかな？」

「あの事故の当日、被害者はボランティア医師団から離れて、犯人とされる現地の大学生と近くの街に出ていました。その経緯を、大使館関係者が調査確認した形跡はなかったでしょうか」

質問の真意を読み解こうとしているのか、井上が宙を見据えて上唇をひとなめした。

「悪いが、記憶が曖昧なので、はっきりとしたことは言えそうにない。確か、息子さんが働いていた現場を見たいということで、ＶＩＰの親御さんを吉村さんがボランティア医師団のキャンプ地に連れて行ったような記憶がある。あるいは、そういう調査も兼ねていたのか……」

遺体の確認から霜村の世話まで、すべてをほぼ吉村が手がけていたことは間違いなさそうだった。そこで何かを知ったとすれば、当然ながら大使を通じて本省にも連絡が入れられる。

黒田は腕時計に目を走らせた。成田からサンフランシスコへ向かう便は、最も早くて午後三時すぎだったと思う。今から車を飛ばせば、飛び立つ直前の吉村を捕まえて話を聞くことはできる。

証拠と言えそうなものは何ひとつ出てきていない。だが、ロベルト・パチェコを殺害しようと企てた者が存在し、今なおロベルト自身は身を隠し続けている。

「黒田君……。君たちが吉村さんにどういった疑いの目を向けているのかはわからない。

でも、あの人ほど誠実に任務を果たそうとする外交官を、私は見たことがない。どんな小さな仕事だろうと、全力を尽くしていた」

彼の言う小さな仕事が何を意味するのかはわからなかった。多くの外交官は、出世の階段を上がることで、国の政策に関わる大きな仕事をしたがっている。しかし、在外公館を頼るしかない日本人に手を差し伸べるのも、大切な仕事のひとつである。

日本から外遊に来る政治家やその妻のリクエストを聞いて、多くの会談や行事をセッティングし、添乗員のようについて回る。本来、外交官にとっては内向きの小さな仕事であるはずなのに、空騒ぎのような大事になるのはなぜなのか。井上の内なる怒りは理解ができた。吉村が誠実に仕事を果たしてきたのも確かなのだろう。それを信じたい気持ちが、黒田にもある。

だが、吉村は七年前の何かを、確実に知っている。

成田へ向かうべきか。その考えがまた頭をよぎった時、携帯電話が身を震わせた。

屋根に赤色灯を乗せた黒塗りの大型車が財務省側の潮見《しおみ》坂に停車し、その運転席で大垣利香子警部補が一人で待っていた。

黒田が助手席に乗り込むなり、彼女は手帳に目を走らせた。

「爆破は午前八時五十八分。我々が宅配ピザの到着にあたふたする東条製薬の支店を監視していた時には、もう埼玉県警に一一〇番通報が寄せられていました。アラン・グスマンは右半身にかなりの火傷を負い、頭部や背中に打撲の痕もあったそうです。古いマンションだったため、ドアごと飛ばされたことが幸いして、命に別状はないということでした。しかし、怪我の具合からドクターストップがかかり、被害者からの聴取はまだ行われておりません。現場検証は始まったばかりで、爆発物の特定もまだ……」

「部屋の持ち主は何者だった?」

「空き部屋でした。鍵はかけられていたそうですが、古いタイプのシリンダー錠《じょう》がひとつだけ。ちょっと鍵に詳しい者であれば、一分とかからずに開けられたでしょうね。電話番号の持ち主は、近くのマンションに住む三十八歳の男性会社員でした」

身元につながる情報が、すでに判明していたとは思わなかった。が、彼女の苦々しそうな表情を見れば、即犯人とは考えにくい状況なのだと想像はつく。

「オカノアキラ。建設会社の技師で、二ヵ月ほど前から中国のチンタオへ出張中です。その確認は取れています。こちらの鍵も、古いシリンダー錠がひとつだけでした」

犯人は、長期出張中の会社員宅へ忍び入り、電話を拝借させてもらったのである。狂言誘拐の事実に気づいてから動きだしたにしては、手が込んでいた。ホームページを改竄するという手口からも、周到な準備のほどがうかがえる。

あるいは、ロベルトを誘い出す方法をあらかじめ考えていたさなかに、瑠衣の誘拐という事実に接して、彼女たちの狙いを読んだ――そういう可能性はありそうだった。

「霜村は、その電話番号について何と言っている？」

「上層部からの発表はまだありません。ただ、うちの課員がホテルの部屋を訪ねて強引に話を聞き出しました。捜査一課の刑事から、我々が監視していた秦野支店の番号を教えられ、そこに一度電話をかけることで、発信履歴に残しておいたそうです」

「もうひとつの番号は？」

「霜村の携帯にかかってきた番号だと言います。記憶にない番号だったため、警戒しながらも電話に出たそうです。あるいはロベルト・パチェコからかもしれない、そう思って電話に出たところ、すぐに切れてしまった。そこで、迷いながらも折り返しの電話をかけたそうです。すると、聞き覚えのある製薬会社の支店の留守番電話につながったと言います」

「霜村はなぜその電話を警察に伝えなかった」

「厚労省時代に、アロー製薬の幹部とは面識があったそうで、ブライトン製薬を通じて電話番号を聞いたのではないか、と考えたそうです。それで、警察に伝えるほどでもない、と。履歴を削除しなかったのは、製薬会社なので、仕事関係の電話だろうと娘でも想像はできると思っていた。そう語っています」

「待ってくれ。つまり、霜村は、警察から教えられた電話番号が、製薬会社の支店だとは聞かされていなかったというわけなのか」

「そうです。そのことが、裏目に出たようです」

「本当に、裏目と言えるんだろうか」

黒田が疑問を口にすると、大垣警部補がゆっくりと首を巡らし、目を寄せてきた。

「黒田さん……何が言いたいんです」

「いいかな。犯人の狙いは、ロベルト・パチェコの殺害にあった。犯人は、君たち警察同様、狂言誘拐の狙いを読んでいたわけだ。父親が何かを隠しているのではないか。重要な人物の所在——瑠衣たちは、毅がまだ生きているのではないかという疑いを抱いていたわけだが、犯人もその可能性を読んでいた、ということになる。だから、罠を仕掛けてロベルトを誘い出そうと企てた。霜村に電話を入れたとしても、折り返しの電話をくれるかどうかの保証はないし、履歴を消されないとの確証もなかったはずだ」

「では——霜村が、犯人に協力をしていた？」

さして驚いた様子もなく、彼女は淡々と言った。外事課の中でも、同じ意見が出ていたのかもしれない。

「マンションと電話を確保したうえで、ホームページを改竄し、アロー製薬の支店を作り上げるという手の込んだ罠を、犯人は仕掛けてきた。絶対にロベルトが誘い出されて来ないことには、何にもならない」

「わかります。すでに霜村は、あなた方外務省に、七年前の事件を隠していた。娘にさえ知られたくはない秘密があった。ロベルトさえ始末してしまえば、隠し通せるかもしれない」

「そこが問題なんだ……」

黒田は胸で渦を巻く違和感を見据えるため、言葉を選んだ。

「仮に、霜村が手を貸していたとしても、マンションを用意したり、長期出張中の者を探し出して、その電話を利用することは、彼には不可能だったろう。ロベルトを誘い出して、空き家のマンションに爆発物を仕掛けた主犯は、別に存在する」

「当然、そうなりますね」

「じゃあ、訊こう。ロベルトからの脅迫電話は、霜村の携帯にかかってきた。それに間違いはないね」

「ええ、そのとおりです」

「つまり、次の指示があるかもしれないので、警察は、霜村の携帯をいつでも逆探知できるようにしていた。彼の携帯は、すべて警察によって聞かれていたはずだ」

「そう、なりますね――」

彼女にも黒田の疑問が読み取れたらしい。ひとつ頷いてから、手帳のページを急いでめくりつつ、言った。

「霜村の携帯は、狂言の誘拐があって以降、ずっと我々警察の監視下に置かれていた。ただ、瑠衣の解放後は、その限りでなかった。霜村への警察による保護は解かれ、その間に真犯人から誘拐事件の顚末《てんまつ》を確認する電話が、彼のもとに入った。でも、その場合は、霜村の通話記録を調べることで、犯人につながる情報が警察にわかってしまう」

「そうなんだ。そんな危ないことを犯人がするとは思いにくい。となると、霜村のほうから、犯人に電話を入れたのかもしれない。自分の携帯ではない、別の手段を使って、だ」

「霜村を参考人として呼べるかどうか、確認してみます」

自分の携帯電話を取り出した大垣警部補を、黒田は手で制した。

「否定されるだけだろうな。証拠はどこにもない」

「でも、犯人は、マンションを用意するなど、実に手の込んだ準備をしています。誘拐事件は、マスコミとの報道協定により、どこからも発表されていない。霜村が伝えていなかったとすれば、どこから犯人は狂言誘拐を瑠衣たちが仕掛けてきたと知ったわけなのか」

そこに違和感を覚えるのだ。犯人は、どこから誘拐の事実を知ったのか。

瑠衣が解放されたと称する時刻は、午後二時。その時点では、人質確保の発表はマスコミ各社に行われてはいない。午後三時の段階で、警視庁の幹部が記者会見を開いている。

もちろん、事前にロベルトを誘い出す手口を練っていた場合、その会見のニュースに接して狂言誘拐を見抜き、すべての手配をつけるという方法は可能だろう。だが、空きマンションを確保し、出張中の男性宅に忍び込んでから霜村に電話をかけ、ホームページを改竄しておく必要があるのだ。短時間にできることではない。

誘拐の事実を前日からつかみ、すべての罪をロベルトに負わせて瑠衣を父親に返すのが目的で狂言誘拐を演じてきた、と読んでいたというほうが、無理なく準備ができそうに思える。

「たまたま犯人がマスコミ関係者に近い者で、誘拐の一報を聞いたなんて偶然があるとは思えませんよね。霜村が犯人に情報を与えていたのは、もう間違いありませんよ」

確かに、そう思えてならない。黒田も同じ考えである。

だが、もし霜村が犯人に情報を流していなかったとすると……。

彼女はすでに、その可能性に気づいていたようだった。気づきながら、見ないようにして、霜村が犯人とつながっていると信じての発言をくり返していた。手帳をたたみ、そのことをやっと口にした。

「黒田さんは――我々警察と、あなた方外務省に……」

考えたくない可能性だった。だが、霞が関の中で、いくつもの人脈が入り組み、霜村がそのひとつを利用していたと見られるのだ。犯人に手を貸す意図はなくとも、情報を流してしまう者がいたとしても不思議はない。

犯人は、霜村の携帯が、警察の監視から外れたことを事前に知っていたのである。だから、アロー製薬の偽支店として使う電話から、彼の携帯に電話を入れることができた、と思われる。その情報を、どこから仕入れたのか。

いや――。

黒田の脳裏で、ふいにある一場面が甦った。

あれは一昨日の晩だった。誘拐事件の一報を大垣警部補から聞き、黒田は霜村毅と宇野の接点を洗い出すべく動き回った。十時近くになって外務省に戻りついた時のことだ。黒田のデスクを探るように、抽出に手をかけた人物が――いた。

あの光景の裏には何が隠されていたのか。

そもそもボリビアでの轢き逃げ事件を教えてくれた人物は、彼女だった。その後も、折あるごとに黒田のもとを訪れては手を貸すと言ってくれた。現に数々の調査を、南米課の青山とともに手がけていた。

黒田は携帯電話をつかみ出した。大垣警部補が目で尋ねてきたが、答えるのももどかしく、外務省経済局へと電話を入れた。松原宏美を呼び出してもらう。

「生憎と松原は本日、休暇を取っていますが」

「昨日はどうでしたか」

「はい、昨日も休んでおります」

あの抽出に手をかけた現場を黒田が目撃した翌日から、彼女は休みを取った――。

あらぬ疑いをかけられ、仕事に嫌気が差した、とは思いにくい。彼女は事務次官という役所のトップの座にある者にまで、事件の調査に参加させてほしいと願い出ていたのだ。なのに、このタイミングで二日にわたって休んでいる。偶然であると考えるほうがどうかしていた。

「彼女の携帯の番号はわかりますか。邦人安全課の黒田です。大至急連絡を取りたいことがあります」

昨日から、黒田が経済局に顔を出していた事実を知る者であったのが幸いした。教えられた番号を手帳に書き取った。

「なぜ外務省の職員に――」

運転席からの問いかけを手で制しつつ、黒田はダイヤルボタンを押した。だが、長いコールのあとで、留守番電話サービスにつながった。無論のこと、体調を崩して休んでいたのであれば、携帯の電源を落としていたとしても不思議はなかった。

どういったメッセージを残すべきか、とっさには思いつかず、電話を切った。

「誰なんです、その女性は」

「ちょっとつき合ってください」

「どこへですか？」

「松原宏美が去年まで勤めていた商社です」

34

日商物産株式会社。人事へ電話を入れて聞き出した松原宏美の元勤務先は、日本でも指折りの巨大商社だった。

霞が関とは一キロも離れていない大手町の一等地にそびえ建つ本社ビルへ、覆面パトカーで急行した。受付で大垣警部補が警察手帳を提示すると、すぐさま広報担当者が現れて、昨年まで松原宏美の上司だった男を呼び出してくれた。やはり外務省の身分証より、効力がある。

「ああ、今もまだ捜査は続いていたんですね。松原君もあきらめきれないですものね。本当に可哀想なことをしました……」

黒田が松原宏美の名前を出すなり、食品二課の課長は眉の両端を下げて憐れむような表情へと変えた。予想もしていなかった反応に、質問の声がかすれかける。

「捜査とは、どういうことです？」

「え？　違うんですか」

反対に訊き返された。大垣警部補があらためて警察手帳を提示して言った。

「先ほども申しましたように、我々は警視庁外事課の者です。松原さんの件で、捜査課の者が来ていたのでしょうか」

「いいえ、一度も。我々は、単に彼女の同僚ですから。彼女の婚約者がどういう人だったのかも、実はよく知らされていませんでした」

だから、警察が聴取に来ていなくとも当然なのだ。そう彼は信じている目つきだった。

どうも話が見えてこない。さらに問いかけようとすると、課長が先に口を開いた。

「あとになって、我々は話を知らされましてね。相手は弁護士で、学生時代からの知り合いだったとか……。本当なら今ごろはもう、新婚生活をスタートさせていたはずなのに、突然のことですからねえ」

「確認させてください。松原宏美さんの婚約者が亡くなられていたのですね」

大垣警部補の質問に、何を今さらと言いたそうな目を返された。

「そりゃもう、見てられないほどでしたよ。ですから、仕事を辞めると言いだした時も、みんなで止めはしたんです。少し休んでもいいから、落ち着いたらまた一緒に働かないかってね……」

明らかに松原宏美の言い分と食い違っていた。さらなる食い違いを明らかにするため、黒田は尋ねた。

「松原宏美さんはボリビアに出張されていますよね。いつのことだったでしょうか」

「ボリビアですって？」

またも鸚鵡《おうむ》返しに訊き返された。ただの食い違いでは、もはやない。

松原宏美は明らかに真実とはほど遠い説明を、黒田たちにしていたのである。転職の動機は、別のところにあったとしか思えない。

「少なくともうちの食品二課にいた時は、ボリビアどころか、彼女は国内にしか出張はしていなかったはずですけどね」

「彼女の婚約者の名前はわかりますでしょうか」

大垣警部補が一歩前に進み出た。

「すみません。僕はちょっと覚えてませんが……。やり手の弁護士さんとかで、新聞記事にもなってたと思いますから、調べればすぐにわかると思いますが」

「記事に——？」

「ええ。脇見運転の車に撥ねられたんです。その捜査で来たんじゃないんですか？」

日商物産のロビーから外務省の安達香苗へ電話を入れた。

「黒田さん、何考えてるんです？　どうして彼女の渡航記録を調べろだなんて……」

「いいからすぐ入管に問い合わせてくれ。大至急だ、頼むぞ」

横で警視庁に電話を入れていた大垣警部補が、携帯を手に黒田を振り返った。

「名前、わかりました。長谷川《はせがわ》哲士《てつし》。大手の弁護士事務所に所属していたそうです」

彼を撥ねた男は、事故を起こした直後に駆けつけた警官によって、業務上過失致死罪で逮捕されていた。懲役三年六ヵ月の実刑判決を受けて、今も交通刑務所に服役中だという。しかも、ある暴力団事務所に出入りをしていた二十歳の若者だった。

霜村毅に続いて、またも交通事故が表に出てきた。しかも、犯人が暴力団関係者と思われる男であり、裏の事情を勘ぐりたくなる状況だった。長谷川哲士は今回の事件につながる何かを知り、殺された可能性もあるのではないか。

「霜村瑠衣がロベルトの携帯に呼びかけていますが、依然として出てくれないそうです」

「電波は追っているんだよな」

「昨日からやってますが、電源をこまめに切っているため、場所を特定して捜査員が急行しても、それらしい人物を見つけることはできていません」

やはりロベルトは異国の警察組織を信じることができずにいるのだった。兄のリカルドは、テロリストの汚名を浴びて獄中で死んだ。ボリビア人である彼を逮捕することで、日本の警察が捜査のすべてを終わらせてしまう、と警戒しているのだ。

「ロベルトを出頭させる方法はひとつだ」

「はい。真犯人を突き止めるほかにはないでしょうね」

大垣警部補の運転で、新橋駅にほど近いビルの二フロアを占める「トラスト弁護士事務所」を訪ねた。ここでも警察手帳は力を発揮し、五十嵐《いがらし》という代表弁護士の男が応対に出てくれた。どこかの大使館の応接室に負けないソファを勧められ、話を聞けた。

「本当に残念なことをしました。将来を嘱望《しょくぼう》されていた若手で、私どもも彼を信頼して、多くの仕事を任せていました」

「亡くなる直前に、彼はボリビア関係の仕事を手がけてはいなかったでしょうか」

「今になってやっと再捜査ですか」

代表弁護士は硬い表情で黒田たちを交互に見つめた。当時の捜査結果に、彼は最初から疑念を抱いていたようである。

「彼はね、自費でボリビアへ渡ったんですよ。結局、ブライトンとの関係は見出せなかったと言ってましたが――」

「待ってください。ブライトンとは、ブライトン製薬のことなのですか」

予想もしていなかった会社名を出されて、背筋が伸びた。黒田の確認に、五十嵐弁護士が真意を量りかねるといったような目を向けた。

「今さら驚かないでください。長谷川君は、ブライトンの薬害訴訟を担当していました」

頭の中で突風が吹き荒れていた。

ブライトン製薬、ボリビア、担当弁護士の事故死、外務省への転職……。すべてがひとつの糸でつながれていたのだった。

黒田が言葉を探していると、横で大垣警部補が前かがみのまま手帳を広げた。

「長谷川さんはボリビアから帰国した直後、現地の日系人の起こした轢き逃げ事件について何か言ってはいなかったでしょうか」

五十嵐弁護士が小刻みに頷き、黒田たちを交互に見た。

「轢き逃げ事件だったとまでは聞いていませんでした。ですが、気になる事故があったとは言ってました。私どもは薬害関連の事故だと思って詳細について尋ねたんですが、日本人の巻き込まれた単なる交通事故だと聞いて、拍子抜けしたのを覚えています。長谷川君は、なぜ薬害とは関係もない事故が気になるというのか。彼は、個人的にちょっと調べてみたいと言ってました。知り合いが関係しているかもしれないから、と……」

薬害訴訟を担当する弁護士から、気になる事故を見つけたと聞けば、誰もが関連を思い浮かべる。だが、長谷川哲士が自費でボリビアへ渡り、つかんできたのは日本人医師が犠牲になった轢き逃げ事件だったのである。その被害者の名前は霜村毅。そして、ブライン製薬で日本側訴訟の窓口となっている男の名前が、霜村元信。彼はそこに、単なる偶然ではない裏事情が隠されているのでは、と考えた。

「どういう事故だったのかは、長谷川さんから詳しく訊かなかったのですか」

「ですから、知り合いが関係するとは聞いていました」

この五十嵐たちは誤解していたのだ。知り合いとは、薬害事件の関係者のことを指していたのである。だが、個人的に調べてみたいと言われて、長谷川個人の知り合いが関係する交通事故を偶然ボリビアで耳にした、と判断したのである。

長谷川としても、薬害事件に関連があるかどうか、見通しはついていなかった。そこで個人的に調べてみる、と言ったのだろう。それが、両者の間に誤解を生んだ。不幸にも、その誤解は解かれずに、今日まで来てしまった。長谷川哲士が交通事故で死亡したためである。

長谷川は事務所の仲間にも多くを打ち明けず、独自の調査を進めたのだろう。毅の過去を探ったとも考えられる。そして、暴力団関係者と見られる若者の運転する車に撥ねられて、不慮の死を遂げた——。

黙り込んだ黒田たちを前に、五十嵐弁護士が落ち着きなく視線を動かし、尋ねてきた。

「長谷川君が言っていた事故が、今になってブライトンの事件と何かかかわりでも……」

代表弁護士は、刑事の訪問を受けて、自分が大きな勘違いをしていた事実をようやく知ったようだった。彼としては、長谷川が過去に手がけてきた事件の中に、彼を轢き殺した人物の関係者がいたのではないか、と疑ってはいたのだろう。だが、警察による捜査は終わり、犯人が起訴されて実刑判決を受け、事件は終わった。

大垣警部補が手帳をたたみ、立ち上がった。

「これだけはお約束できると思います。長谷川哲士さんの事故をもう一度、我々が捜査し直し、真相を必ず突き止めてみせます」

トラスト弁護士事務所を出るとともに、彼女は外事課に報告を上げた。

「――そうです。犯人の背後関係を徹底的に洗い直す必要があります。……はい、服役中ですので、方法はあると思います。ええ……お願いいたします」

電話を終えた大垣警部補が覆面パトカーの運転席へと回りながら尋ねてくる。

「松原宏美はなぜ外務省の試験を受けたんでしょうか」

それを黒田も考えていた。

松原宏美は恋人を突然失い、日商物産を退職した。彼女は長谷川哲士の死に、大いなる疑問を抱いた。弁護士事務所の者たちも、事故の裏に何かあるのではないか、と考えていたほどなのだ。警察も、事故を起こした犯人の背後関係を見つめ直し、長谷川が担当していた事件との関連捜査をしたはずだ。が、そこに動機となり得る事実を見出せなかった。だから、犯人を業務上過失致死罪で送検するほかはなかった、と考えられる。

が、長谷川哲士の最も身近にいた松原宏美は、彼が抱いていたある疑惑に触れることができた。彼女もボリビアに渡っている。それは長谷川の死のあとだ。ボリビアの地で、彼の言っていた事故が薬害と直接の関係があるものではなく、霜村毅という被害者の名前にこそ興味を覚えたのではないか、と知った。

彼女も長谷川同様、独自に調べてみることを決めた。そこまでは想像がつく。が、彼女は外務省の三種試験をパスして事務官となった。

人は思いを込めて一歩を踏み出す。外務省を新たな仕事先と決めたのは、生活費を得るためではない、と思われる。彼女は晴れて外務省に入り、ボリビア担当の青山に近づいた。そして、テロリスト情報のある日系ボリビア人が入国し、霜村瑠衣という女性が偽造パスポートを取得して日本に帰国した事実を知った。その霜村という名前の符合を知り、彼女は黒田の前に現れ、霜村殺の事件を知らせたのである。

彼女はその時、恋人の死については黒田に告げなかった。

隠すからには理由がある。彼女が外務省への道を選んだのは、恋人が殺された真相を調べるためだったろう。だとすれば——。

外務省の中に、今回の事件に関係する人物がいる。そう彼女は考えているのだ。長谷川哲士の遺品の中に、あるいはそれを思わせる記述や、ヒントのようなものがあったのかもしれない。だから、彼女は藁をもつかむ思いで外務省へと転職し、密かに調査を開始した。だから、黒田のデスクの抽出にも手をかけたのだ。機密費を探る者が省内を徘徊していたのではない。彼女が懸命に恋人の死の秘密を嗅ぎ回ろうとした結果だった。

「黒田さん。松原宏美は外務省を疑っていた。そういうことですよね」

彼女も答えを導き、確信を込めて言った。

そこで黒田の携帯電話が震えだした。外務省旅券課からの電話だった。

「彼女の渡航記録、わかりました。いいですか」

香苗は名乗りもせず、本題に入った。その声が心なしか強張って聞こえた。

「ボリビア行きは、去年の十月。そのあと十二月にはサンフランシスコへ渡っています。どちらもブライトンの関係先ですよね」

香苗もすでに渡航先から想像をつけて、真実へと近づいていた。

黒田はある種の予感を覚えつつ、問いかけた。

「ほかにどこへ行っている？」

「それなんですよ。この五月に彼女、マニラへ行ってます」

マニラ――。フィリピンの首都であり、日本も大使館を置いている地だ。

まさしく予想したとおりの渡航先である。ボリビア、フィリピン。その二国が登場すれば、自然とある人物が浮上してくる。

香苗が声を低めて問いかけてきた。

「彼女、今回の事件の関係者だったんですね。黙ってないで、教えてください、黒田さん。――どう見たって彼女は、ある人物を疑ってますよね。そのために外務省へ転職した。違いますか？」

「吉村参事官が今日の午後の便でサンフランシスコへ発つ。何時の便か調べてくれ。頼む」

通話ボタンを切って、大垣警部補を振り返る。

「成田へ警官を派遣して、吉村参事官をつかまえられるだろうか」

「容疑がはっきりしていれば、すぐに手は打てます」

香苗からの電話は早かった。黒田は震える携帯の通話ボタンを押した。

「残念ながら、午後イチの便でした。出発は、十五時四十分」

腕時計に目を走らせた。三時四十五分。すでに旅客機は空港を飛び立ったところだ。

黒田は礼を言って一方的に通話を切ると、松原宏美の携帯に電話を入れた。またも留守番電話サービスにつながった。

「――邦人安全課の黒田だ。すぐに連絡をくれ。たった今、長谷川哲士さんが勤務していた弁護士事務所で話を聞いた。君は外務省の何者かが彼の死に関与していると考え、商社を辞めて採用試験を受けた。どうしてそう正直に言ってくれなかった。いいか、長谷川さんは、君が睨んだとおり、殺されたと見てまず間違いはない。このままでは、君の命までが危ない。君はもう真実に近づいている。危険な真似はするな。警察も君の行方を追っている。とにかく大至急電話をくれ」

一気に語りかけて携帯をたたんだ。すぐに大垣警部補が前に回り込んでくる。

「どういうことなんです、黒田さん。吉村さんという外務省の職員が今回の事件に関係していたというんですか。でも、どうして松原宏美に危険な真似をするな、と――」

「吉村さんは手を貸しただけだと思う。去年の三月、フィリピンで政治家の息子が死んでいたはずだ。本当に病死だったのか、調べ直してみたほうがいい。吉村さんは去年の三月まで、マニラの大使館に赴任していた」

「待ってください。病死ではない、と言うんですね」

「おそらく外務省も、偽の発表に関与しているはずだ。元環境相に泣きつかれて、病死という発表をしたんだと思う」

ここまでくれば、疑いはなかった。まず間違いなく、病死ではない。自殺。いいや、自殺であるのは間違いないから、病死として発表してくれないものか。自殺の理由を興味本位でマスコミに探られたのでは、死んだ息子があまりにも不憫《ふびん》だ。だから、ここは病死として発表してくれ。そう持ちかけられたのだろう。

そして、その遺体を最初に確認したのは——吉村進。

「——矢田部清治郎《やたべせいじろう》ですね、元環境相の」

日夜事件に追われている刑事であろうと、一年前のニュースぐらいは記憶にある。大垣警部補がすぐに名前を思い出して、口にした。

矢田部清治郎は、息子がフィリピンで病死したのち、半年ほどしてから政界を引退していた。目をかけていた一人息子に死なれ、鬱病《うつびょう》になりかけていたという話を聞いた。が、真実とはほど遠い報道だったのである。

黒田は言った。

「今すぐ矢田部清治郎を拘束するんだ」

「無理ですよ。元政治家の拘束なんて……。理由を教えてください」

「警備が名目なら、たとえ現役の政治家だろうと拘束できる。それと霜村元信も拘束すべきだ。松原宏美は復讐を考えているのかもしれない。彼女の携帯の電波を追ってくれ。大至急だ」

35

ついにここまでたどり着いた。哲士が命を奪われてから、ほぼ一年。やっと真実が目の前にある。

最初は哲士の同僚たちも、事故の裏に何かあるのでは、と考えてくれた。代表弁護士の五十嵐も、警察に相談を持ち込んだと聞いた。だが、犯人が正式に業務上過失致死罪で起訴されると、彼らはまるで重い肩の荷を降ろすかのように、哲士の死から目を背《そむ》けだした。彼らには、警察と同じく、抱える多くの事件があった。警察が正式な捜査を進めても背後関係を見出せなかったのだから、不幸な事故にすぎなかったのだ。そう彼らは信じ込むことで、哲士の死を封印したのだった。

警察も弁護士も、頼りにはならない。ならば、自ら調べるほかに方法はなかった。ボリビアの地へ渡り、ブライトン製薬の本社があるサンフランシスコにも飛んだ。そして外務省の事務官となり、ついに一人の男の関与をつかんだ。

そこに、降って湧いたような霜村瑠衣の事件だった。神が自分と亡き哲士に手を貸してくれていると思えた。そして今、ようやく真実が目の前に見えてきていた。

松原宏美はキーボードをたたいて最後のメールを送信した。

『矢田部清治郎様

お返事をいただき、本当にありがとうございました。私のような者の話を聞いてくださるとのこと。心より御礼申し上げます。

お願いついででまことに申し訳ありませんが、実家の父が病に倒れたとの知らせが届き、今日にも郷里の福岡へ戻らねばならなくなりました。突然ではありますが、これよりお邪魔させていただきたいと思います。五分でもかまいません。お忙しいとは思いますので、時間ができるまで、いつまでも待たせていただきます。なにとぞ面会の時間をいただきたく、重ね重ねお願い申し上げます。

長谷川宏美』

これでいい。あの男は慌てるはずだ。すでに三度もメールを送りつけていた。どう対処すべきかは身内で知恵を出し合ったはずだ。長谷川哲士の妹と名乗る女が、兄の遺品の中からあなたの名前を見つけた。ぜひとも話を聞きたい。外務省の吉村参事官からも話を聞くつもりでいる。そう言われたなら、こちらの狙いは充分に悟れるはずだった。

おそらく、すでに準備は終えているに違いなかった。これから乗り込んでいくと知らされれば、あの男は必ず息子に連絡を入れる。そして、武石忠実と同様に、長谷川宏美と名乗る女を亡き者にしようと図る。

これで必ず真実が明らかになる。

残念ながら、証拠は見出せなかった。だが、すべてを白日の下に引き出すには、彼らに餌を与えてやればいいのだ。

宏美は用意しておいた護身用のナイフをバッグに仕舞った。それから携帯電話の電源を入れた。驚いたことに、黒田康作からメッセージが届いていた。

『――黒田だ。すぐに連絡をくれ。たった今、長谷川哲士さんが勤務していた弁護士事務所で話を聞いた。君は外務省の何者かが彼の死に関与していると考え、商社を辞めて採用試験を受けた。どうしてそう正直に言ってくれなかった。いいか、長谷川さんは、君が睨んだとおり、殺されたと見てまず間違いはない。このままでは、君の命までが危ない。君はもう真実に近づいている。危険な真似はするな。警察も君の行方を追っている。とにかかく大至急電話をくれ』

　残されたメッセージを聞くうちに、涙があふれた。ここにも一人、真相を探り当てた者がいた。邦人保護担当特別領事の肩書きを持つ男だった。

　宏美は外務省に入って、すぐに黒田の噂を聞きつけた。海外を飛び回り、ただ日本人の安全を守るために働いている男。ろくな休みも与えられず、日本人の巻き込まれた事件の調査や要人警護という過酷な現場に臨み、任務をまっとうするためには平然と上司に刃向かいもする。そういう外交官がいるのだ、と初めて知った。

　この男ならば信頼できる。自分の見込みは当たっていた。それどころか、予測の先を行き、すでに黒田は真相を突き止めていると思えた。この人ならば、必ず協力をしてくれる。宏美はあふれる涙をぬぐい、折り返し通話に合わせて決定ボタンを押し、黒田の番号を呼び出した。

　一度のコールで黒田が出た。

「どこにいる。なぜもっと早く電話をくれなかった」

「黒田さんこそ、今どこです」

「日本薬剤安全協会へ向かっている」

　早くもそこまでたどり着くとは、本当に素晴らしい。

　矢田部清治郎は政界を引退すると、財団法人の理事長職に就任していた。受け取っているのは交通費のみで、ボランティアで仕事をしている。そう一部のマスコミが紹介していたが、彼にはせめてもの罪滅ぼしという意味合いがあったのだろう。

宏美は冷静に言葉を継いだ。

「あと何分で到着できますか」

「何でそんなことを聞く。その近くにいるんだな。早まったことはするんじゃない」

こちらの身を案じて懸命に呼びかけてくれる人がいる。心強く思えて、怯えが消えていった。心を決めたはずなのに、死への恐怖が手足を縛るようだった。

「落ち着いて聞いてください、黒田さん。これから日本薬剤安全協会の事務局を訪ねます。そう理事長に、今メールを送ったところです」

「君は……自分の身を、餌として使う気だな、犯人をおびき寄せるための」

「ほかに方法が見つかりませんでした。吉村参事官は出世を引き替えにして口をつぐみとおすはずです。当時の外交官が否定してしまえば、証拠は何ひとつありません」

「待て。あと十分で到着する。それから一緒に乗り込もう」

「黒田さんは見ていてください。必ず――あの男が現れます」

「絶対に早まるな。我々が到着してから、協会の事務局へ近づくんだぞ。一歩間違えば、君の命はないと思え」

「わかっています。現場の近くに到着したら、電話をください。それまでは絶対、協会事務局へは近づきません」

「約束だぞ。信じているからな」

財団法人日本薬剤安全協会の本部事務局は、文京区小石川《ぶんきょうこいしかわ》に建つ近代的なオフィスビルの三階に入っていた。地下鉄を使うのは危険だった。駅から歩いて二分もかからないため、地下鉄を利用して来る可能性は高いと見て、ヤクザ者を配置しているおそれがあった。

宏美は春日《かすが》通りを一本折れた路地でレンタカーを停めた。協会の本部事務局からは八百メートル近く離れている。ここなら安全だろう。が、警戒心はゆるめず、決して素顔をさらさないようにサングラスはまだ外さずにおいた。

彼らは長谷川哲士に妹などいない事実をすでに調べ上げているだろう。おそらく、宏美の存在もつかんでいる。あの男の背後には、暴力団組織の男たちがいるのは疑いなかった。

十分で到着すると言っておきながら、黒田からの電話は入らなかった。もしものことがあってはならないと、警察に手配を依頼したのかもしれない。まさか制服警官を送ってくるとは思えないが、黒田の説明に警察がどこまで理解を示してくれたかは疑問が残る。気づかれて姿を消されてしまえば、手を出せなくなるおそれもあった。

宏美は黒田の携帯に電話を入れた。

「あと三分で到着する。約束したはずだぞ、待っていると」

「警察の配備が遅れているんですね。下手に大量の警官を送らないでください。相手に気づかれてしまいます」

「大丈夫だ。周囲に配慮してくれ、と依頼してある。あと三分待ってくれ」

宏美は迷った。黒田を信じたい気持ちはあった。彼はもうこの近くに到着している。警察の配備が終わるのを待っているのだ。

どうすべきか考えていると、どこかでサイレン音が聞こえた。警察のパトカー。嫌な予感が胸を埋める。

「黒田さん。どういうことです。サイレンが聞こえてきます」

「違う。気づかれないように配備を進めると確約を取った。別の事件のパトカーだ。なんでこんな時に……」

「逃げられてしまうかもしれません。行きます」

宏美は覚悟を決めて電話を切ると、レンタカーのキーをひねった。エンジンを始動させてアクセルを踏んだ。そのまま路地を回り込み、協会事務局が入るビルの手前に乗りつけた。

路上駐車させて、エンジンを止めた。鼓動が激しく胸をたたいた。あの男は来ているだろうか。少なくとも命令を受けたヤクザ者は宏美を待ち受けている。オフィス街を行き交う通行人の数は少ない。ビルのエントランスへ目を走らせたが、緑の植え込みが左右に広がり、人が身を隠すには絶好の場所に思えた。路肩に宅配便の車も停車している。向かいのビルの一階には、スタンド式のコーヒーショップもあった。あの店内からなら、事務局の入ったビルを監視できる。

込み上げる恐怖を振り払って、ドアを開けた。サングラスを助手席に投げ捨てる。この顔をさらさねば、犯人とその一味をおびき出せない。宏美は一度つぶった目を見開き、心の中で哲士に呼びかけながら車外へ降り立った。

背中を丸めてはならなかった。自分の顔を敵にさらすつもりで胸を張った。

次の瞬間――。

炸裂《さくれつ》音がビルの谷間に響き渡った。

36

黒田は助手席のドアを押し開け、覆面パトカーから飛び出した。早くも大垣警部補が歩道を先に走っていた。動きが速い。どこに隠し持っていたのか、その手には小型の拳銃《けんじゅう》が握られていた。

「銃声！　西の方角。ビルの裏かもしれません！」

彼女は走りながら、もう片方の手に握った携帯に叫び続けていた。

青いレンタカーから降り立った松原宏美の姿は、車の陰へと倒れたために、黒田のほうからは見えなくなっていた。銃声は続いていない。辺りにひそんでいた私服の刑事が、ばらばらと路上へ走り出てくる。四人。右手のほうにも三人が見えた。

大垣警部補は一直線に、ビルの横手へと走っていた。銃声の方角を目指しているのだ。男たちもそこへ駆け寄る。相手が銃を持っていると知りながら、一直線に走る男までいる。大垣警部補は車やビルの陰に身をひそめつつ、前方を確認してから、また次の陰へと移動していく。

黒田はひたすら松原宏美のもとへ走った。黒塗りの乗用車もビルの前へと走り込んできた。パトカーのサイレン音が偶然にも聞こえてこなければ、もっと多くの警官で辺りを固められたはずだった。

黒田は青いレンタカーを回り込んだ。倒れ伏す松原宏美の姿が見えた。わずかに肩が動いた。

「松原君！」

走り寄ると同時に、彼女の頭がゆっくりと持ち上がった。

「立つな。そのままでいろ」

後ろから走り寄る刑事の一人が叫んだ。その声に反応して、松原宏美が地にひれ伏した。言葉を理解できている。黒田はアスファルトを蹴って、彼女の横へと転がり込んだ。

「大丈夫か、どこを撃たれた」

並んで地にひれ伏し、肩に手をかけた。彼女が恐怖の涙に濡れた顔を向けた。小刻みに何度も首を振ってくる。

「……大丈夫です。驚いただけで」

「怪我はありません。弾はそれたようです！」

刑事たちに向かって、黒田は叫んだ。そこへ男たちが次々と血相を変えて駆けつけ、松原宏美と黒田を守るように取り囲んだ。一人が声を嗄《か》らす。

「立てますか。車の中へ戻ってください！」

まだ身を震わせる松原宏美に頷き返し、黒田は彼女の腕を支えつつ上半身を起こしてやった。

ビルの横手から刑事の興奮した声が聞こえた。

「犯人逮捕。男を捕まえました！」

「違う。この人は犯人じゃない。霜村さんよ」

続いて聞こえてきたのは、大垣警部補の大声だった。また別の声が聞こえた。

「確保！　手配の男に間違いありません！」

レンタカーに乗り込もうとしていた黒田は動きを止め、ビルの横手を振り返った。細い路地を見たが、刑事たちはビルの陰にいるらしく姿は見えなかった。そこへまた走り込んでいく男たちがいる。

やがて、手錠をかけられて両脇を二人の刑事に抱えられた男が、ビルの陰から現れた。男がスペイン語で叫び、それから発音の怪しい日本語に変えて、また叫ぶ。

「逃げた。あいつが犯人なんだ。早く追って。オレは逃げない。だから……」

「うるさい。抵抗するな」

腕を取った刑事が、男をビルの壁へと押しつけた。その後ろから、大垣警部補と霜村元信が歩いてくる。黒田の横で、刑事の一人が携帯電話に向かって声を張り上げた。

「ロベルト・パチェコです。犯人を逮捕しました」

彼らはまだわかっていなかった。大垣警部補もロベルトを囲む刑事たちに怒鳴っていた。

「違うわ。ロベルトとは別に犯人がいるのよ。早く緊急配備をかけなさい。どこに凶器を持っているというの、この男が。あなたも銃声を聞いたでしょうが！」

「こいつが手配の男だろうが。ここにいる霜村さんを襲っていたじゃないか！」

「だから言ったでしょ。誤解があるのよ。ロベルトは、霜村瑠衣の伝言を聞いて、ここに来た。我々外事が本部に進言して、瑠衣に呼びかけさせたのよ。銃を発砲した犯人は別にいる。直ちに緊急配備をかけなさい！」

「勝手なことを言うな。おれたちは外事の小間使いじゃない」

「もう黙ってなさい。あんたじゃ話にならない。——こちら大垣。ロベルト・パチェコと霜村元信を確保しました。犯人は逃走。銃を所持しています。直ちに十キロ圏配備を願います。猶予はありません。犯人は一名ではない可能性もあり。くり返します。銃を所持しています。十キロ圏配備を願います！」

黒田は携帯電話に叫ぶ大垣警部補に歩み寄った。その隣で、壁に押しつけられてもがくロベルトを見やっていた霜村元信が、気配に気づいて顔を上げた。人生の目的を見失ったかのような目が黒田に向けられた。その目に、黒田は語りかけた。

「霜村さん。あなたまでここにいるとは思いませんでした。あなたもここで犯人を待っていた。そうですすよね」

刑事に両腕を取られていたロベルトが、身をよじりながら顔を上げた。慌てて二人の刑事が、彼をまた抑えにかかる。それでも、ロベルトは声を振り絞った。

「ルイが悲しんでる。彼女、ずっと泣いてた。父を許してって。あんた、ルイの気持ちがわからないのか」

「うるさい。黙れ。静かにしてろ！」

興奮する刑事に、黒田は手を上げ、制しながら言った。

「刑事さん。本当にこのロベルトは一連の事件の犯人ではないんだ。ねえ、霜村さん。もうそろそろ真実を打ち明けるべき時ではないでしょうか。長谷川哲士、武石忠実。罪もない人々がもう何人も殺されている」

「あなたとしては、真犯人を思いとどまらせるつもりだったんでしょうね。でも、一足遅く、銃が発砲された。そこに、ロベルトが駆けつけ、犯人は逃走した。あなたは犯人の逃走に手を貸し、ロベルトの邪魔をしたため、格闘になった。そうですよね」

大垣警部補が前へ進みながら指摘した。霜村の顔から一切の表情が消えていた。息を吸うのさえ忘れていたのかもしれない。その横顔に、黒田は呼びかけた。

「これ以上隠し事を続けていれば、もっと多くの命が犠牲になる。ここまできたら、真実を打ち明けるしかない。違いますか？」

霜村の顔が苦しみにゆがんでいった。突如、体の芯が折れでもしたかのように、その体が沈んだ。アスファルトに膝をつき、握りしめた拳で懸命に身を支えようとしていた。

「もうそれ以上、霜村君を責めないでやってくれ」

背後で震えをともなう声が聞こえた。

振り向くと、黒田にも見覚えのある顔が、ビルの玄関先に立っていた。

かつて環境大臣を務め、七年前には外務副大臣の座にもあった。昨年三月に息子がフィリピンで病死したと偽ったあとに政界から身を引き、今は財団法人の理事長の座に納まっている男。――矢田部清治郎が肩を落とし、うつむきがちに立っていた。昔は強面《こわもて》で押し出しの強さを売り物にしていたはずが、今は萎《しお》れて二回りも小さくなったかのように見えた。

「すまない……。すべては私たちが愚かな親だったせいだ」

「認めるんですね。あなたの息子さんが一連の事件の犯人だったと」

黒田が確認したが、矢田部は何も語らなかった。多くを知らない刑事の一人が疑問を発した。

「待ってください。何の犯人なんです？」

「去年の六月。私の恋人を、交通事故に見せかけて殺させた犯人です」

矢田部の背後から、刑事につき添われた松原宏美が歩み寄ってきた。矢田部は振り返らず、敵意を込めた彼女の目を背中に受け止めていた。その身がまた少し縮んだように見え、肩と頭が下がった。

黒田の足元で、霜村の泣き声が聞こえていた。矢田部はなおも動かず、刑事がさらなる疑問を口にした。

「いや……。この人の息子さんは、確かフィリピンで亡くなったはずでは――」

「それは見せかけの発表でした」

大垣警部補が言い、黒田に目を寄せてきた。彼女に頷き返し、黒田は言った。

「我々外務省にも責任の一端があります。この人の息子は、病死ではなかった。いいや、死んですらもいなかった。現地で遺体を確認した外交官と口裏を合わせて、別の人物の遺体を息子に仕立て上げた。――そうですよね、矢田部清治郎さん」

苦しみに責め苛《さいな》まれた一人の父親が、涙をこらえるようにうつむき、絞り出すように言った。

「何とか、あの子を助けてやりたい……。馬鹿な親心が、多くの人を苦しめてしまった……。今さら言っても始まらないが、心から悔いているよ」

37

「犯人は今なお拳銃を所持している。名前は矢田部一郎《いちろう》、三十五歳。一年前、フィリピンで死んだとされた人物に間違いない。元環境大臣、矢田部清治郎の長男。暴力団関係者が矢田部一郎と行動をともにしている可能性もある。一郎の携帯電話の番号は090の2815……」

多くの野次馬でごった返す中、直ちに緊急配備のための新たな情報が警視庁へと伝えられた。元大臣という経歴を持つ被疑者をどう扱っていいのか、現場の刑事は判断できなかったようで、矢田部清治郎と霜村元信に手錠はかけられず、その場に大型の警察車両が横着けされた。捜査員を移送してきたと思われるグレーのバンで、荷台の窓にはすべてスモークフィルムが貼られていた。

制服警官によってドアが開けられ、ひとまず矢田部と霜村、そしてロベルトが刑事に腕を取られて乗せられた。車内には二列のシートが縦に並び、八人ぐらいは腰を下ろせるスペースがあった。黒田は怪我のなかった松原宏美をうながし、大垣警部補に続いてステップへと足をかけた。すると、現場の刑事が睨むような目を向けてきた。が、ひるまずそのまま荷台へ乗り込み、松原宏美をシートに腰かけさせた。それから、野次馬の目をさけるためにドアを素早く閉め、黒田は早口に告げた。

「一刻を争う事態だ。中央医学研究センターに忍び込んだのは何者か。それをまず確認したい。テロの目的を持った犯人であれば、大事になる」

「ロベルト、あなたじゃないわよね。あなたは瑠衣の呼びかけを聞いて、矢田部一郎をつかまえるために、ここへ来た。間違いないわね」

刑事に挟まれて奥のシートに座らされたロベルトの前に、大垣利香子が立った。長めの髪を振り乱すようにしてロベルトが首を振った。

「オレじゃない。ルイの家も、オレたち、何もしてない、信じてくれ」

「矢田部一郎の仕業ね、きっと」

大垣警部補が頷き、黒田に同意を求めてきた。黒田は刑事の一人を押し分け、うなだれてシートに腰を落とした矢田部の前へと近寄った。かつては与党の論客として鳴らした過去は見る影もなかった。

「あなたや霜村さんには、ロベルトが日本へ来た目的が、当然ながらわかっていた。毅の遺品を調べるためには、必ず梅丘の霜村家へ立ち寄る。そう見込んであなたの息子が罠を仕掛けておいた。矢田部さん——。あなたは、ロベルトが日本に来たことを、息子に伝えたのですね」

その場の視線を一身に浴びて、矢田部が丸めた背を車体に預けて唇を嚙みしめた。力ない声が絞り出された。

「……心配はいらない。今までどおり、身を隠していればいいんだ。そう私はあの子に言っておいたんだ。それなのに……」

「霜村さん。あなたの息子も死んではいなかった。ボリビアで殺されたのは、宇野義也のほうだった。そうですね」

黒田のさらなる問いかけに、矢田部の横で涙に暮れていた霜村が、やっと顔を上げた。

「毅は、宇野という男に脅されたんです。自分は罠にはめられ、写真を撮られた。そうずっと言ってました……」

「バンコクで何があったのですか」

毅と宇野の接点があったとすれば、バンコクのほかには考えられなかった。霜村が両手で自らの肘を抱きかかえるようにして、声を震わせた。

「あの子は……一人でバンコクへ行っては、幼い子どもを……買っていたんです。それを宇野に見つかってしまい――」

あまりにも情けない接点を聞かされ、胸の中が冷えていった。東南アジアの諸国でよく聞く話だ。富を手にした世界中の男たちが、一時の享楽を求めてアジアの貧しい国へ群るという構図がここにもあった。

霜村毅はバンコクの歓楽街で年端もいかない女の子の体を漁《あさ》っていたのである。それが、五度にわたるバンコク行きの真相だった。

性にまつわる幾多の快楽を提供する歓楽街でも、幼児買春は重罪となる。犯人はその現場の写真を撮り、毅を脅迫したのだ。勤務先から病原体を持ち出せ、と。そして、世界の医師団というNPO法人に加わり、ボリビアの地へ持ち込め、と。ほんの数グラムに満たない病原体を持ち出すだけで、君の将来を脅かす事実は抹消《まつしょう》される。無視するのは自由だが、すれば君の未来はタイの刑務所で十数年の時を無為《むい》にすごすことになる、と。

「あの子は正気を失いかけていた……。もちろん、幼い子どもを性の対象としたあの子が馬鹿だったんです。でも、追い詰められたあの子は、私たち家族の目を見ないようになっていた。おかしいと気づいた時には、もうセンターに辞表を出して、ボリビア行きを決めたあとでした。なぜNPO法人なのか……。あの子はずっと、患者と向き合うのは苦手だと言っていたはずなのに。いくら息子が病原体の研究者でも、まさかという思いはありました。ですが、世界の医師団は、国連やユニセフと行動をともにするほど信頼を得たNPOであり、彼らは大量の医薬品を手配して現地へと持ち込みます。その医薬品の中身をひとつひとつ確認しているとは思いにくい。ほとんどフリーパスなのではないか。もしやあの子は世界の医師団を隠れ蓑にして……」

　そう気づいた霜村は中央医学研究センターへ赴き、毅が退職間際に冷凍保管庫へ入室した事実をつかんだのである。センターの関係者には口止めをしたうえで、厚生労働省の幹部のみに報告を上げ、自らはボリビアへの航空券を手配し、息子を追いかけた。

　ところが、待っていたのは息子の死という現実だった。霜村は打ちのめされながらも遺体を確認するため、大使館の外交官とともに現地の病院へ駆けつけた。

「その時の驚きを、どう表現していいか、わかりません。息子に似てはいましたが、どう見ても別人でした。左の顔面を強打していたため、骨折によって顔の判別が多少はつきにくくなっていたのは事実です。髪型もいくらか息子に似てはいました。上着のポケットに入っていたパスポートは、確かに息子のものでした。ボリビア人が見たのでは、日本人だという判別はついたでしょうが、写真と同じ人物なのか、見極めがつかなかったのは無理もなかったかもしれません。何しろ……息子がそうやって宇野の遺体に細工をしていたのですから」

霜村毅は宇野の顔面を岩で殴りつけて大きな傷を作り、自分のパスポートの写真にあった髪型に似せて切りそろえたのだという。

とても誉められた細工ではなかった。だが、ボリビア人医師は死因を特定したのみで、本人確認は日本の外交官と家族に任せたのである。

「世界の医師団のキャンプ地に電話を入れ、あの子には到着便の時間を伝えていました。ところが、息子はちょうどそのころ、一足早くボリビアに来ていた宇野に呼び出されていたのでした。わたしは、ほんの少しだけ遅かったんです……。もし間に合っていれば、こんなことには……」

脅迫者である宇野さえこの世から消えてしまえば……。幸いにもここは南米最貧国の田舎町で、警察組織も医師の水準も決して高いとは言えない。しかも、ちょうど父親がこのボリビアへ向かっているのだ。宇野を殺して、自分のパスポートを持たせれば……。

必ずや父は宇野の遺体を見て真実を悟り、自分を守ろうとしてくれる。追い詰められた毅は、父を頼みに賭《かけ》とも言える手段を執り、宇野の殺害を決意したのだ。

霜村の声が途切れがちになった。こぼれ落ちた涙が荷台の床を濡らしていった。

「私は……真実を口にできなかった。息子ではないとわかった瞬間、あの子が今も生きてくれている。そう喜んだんです。あの子がやったのかもしれない。いや、やったとしか思えない……。でも、この男を息子だと言えば……。きっとこの男は、殺されても仕方がないことを息子にしたはずだ。だから、息子は追い詰められて愚かなことを……。すべてはこの男のせいではないのか……」

「勝手なことを言うな」

スペイン語の叫びが聞こえた。向かいのシートに座らされていたロベルトだった。立ち上がろうと前のめりになったが、両脇にいた刑事が慌てて止めに入った。

「リカルドは殺されたんだぞ、牢屋の中で。軍のやつらに拷問されて、だ」

スペイン語が理解できたとは思えなかったが、リカルドという名前から、彼の怒りの意味は悟ったはずだ。霜村の視線がまた深く床へと落ちた。

「すまない……まさか、君の兄さんが死ぬとは思わなかった……」

この場に瑠衣がいなかったのは幸いだったろう。父とロベルトの狭間に立たされ、彼女は居たたまれず、この場から逃げだしていたに違いない。

ドア近くのシートに腰を下ろしていた松原宏美も、隠されていた真実の大きさを知り、声も出せずにいるようだった。刑事によって押さえつけられたロベルトが、その手を振り払ってから憤然と座り直した。

「リカルドに謝罪しろ。墓の前で謝るんだ。何度もだぞ」

黒田が通訳をすると、霜村は声もなく頷き返した。それでもまだロベルトは荒い呼吸をくり返し、睨み据えていた。一瞬の判断が、多くの者の命を奪い、今の混乱を生んでいた。

「毅はどこです。この日本にいるんですね」

大垣警部補が呼び捨てにして、霜村に問い質した。職務に忠実であるべきと考える彼女は、追及の手をゆるめずに迫った。

「あなたの息子は宇野義也のパスポートを使って日本へ帰国した。宇野のマンションを引き払い、住民票を移動させ、さも宇野が生きているように見せかけるため、再び宇野のパスポートを使って海外へ行くという危険も冒した。娘さんが狂言誘拐を仕組んだのも、あなたの携帯電話を探って、毅の連絡先を調べるのが目的だった。毅は今どこにいるんです」

「あの子は……消えた。もしかしたら、矢田部先生の息子さんと一緒かもしれない。そう思って、ここに……。あの子は、ホームレスから戸籍を買い取り、別の人生を歩みだしていたのに……」

「あなたと一緒に遺体を確認したのは、吉村さん一人だったのですね」

黒田が確認を入れると、霜村の頭がぐらりと揺れた。

「てっきり、気づいていないのだとばかり思っていた……。家族が息子の遺体を見間違えるわけはない。そう頭から信じていると……。でも、あの人は気づきながら、口をつぐんでくれた。私の苦しみようを近くで見ていたから――」

「黒田さん。外務省は、厚労省と結託して、毅が病原体を国外に持ち出した事実を隠蔽《いんぺい》したた。そうですね。吉村という外交官は、その隠蔽工作の中枢にいて、多くの事実を知りながら、出世のために口をつぐんだ」

大垣警部補が斬り捨てるかのような口調で言った。彼女は、吉村が幼い息子を異国の地で失っている事実を知らない。もちろん、彼は遺体確認という外交官としての任務を果たさず、罪を犯した。その事実は変わりようがない。

黒田が答えるより先に、矢田部清治郎が顔を上げた。

「あとは私が話そう。信じてもらえないだろうが、吉村君は出世と引き替えに、罪を見逃したわけではない」

決然とした口調だった。一同の目を自分に引き寄せると、矢田部は、打ちひしがれた同志を宥《なだ》めるように、うなだれた霜村の肩を二度三度と優しくたたいた。あとは自分が引き受ける。君は充分に苦しんだ。そう語りかけるように頷いて、矢田部は一同を見回した。

「吉村君も、おかしいとは感じていたそうだ。それで、毅君の通っていた歯科医を探すべく、日本に連絡を取ろうとしたそうだ。ところが、当時のボリビア大使が、霜村君を丁重に扱え、と言いだした。しかも、今回の件は何があっても口外してはならない。そう忠告も受けて、彼は役人に徹して口をつぐむことを決めたそうだ」

「やはり霜村毅はセンターから病原体を持ち出していた。そうなのですね」

刑事の一人が驚きの声を放った。霜村の頭が小さく上下に動いた。

矢田部清治郎が大きく息を吐き出した。

「霜村君は、息子さんの荷物の中から、細菌を持ち運ぶための不漏出型容器というやつを発見したんだよ。それをまた日本の厚労省へ報告した。私は当時、外務副大臣を務めさせてもらっていてね。日本政府は、直ちに厳重な箝口令を敷いた。政府の管轄下にある研究施設から、病原体が持ち出されて他国へと運ばれたんだ。決してあってはならない不始末だった。事実を知る者は最低限に抑えられ、書類も残さないという方針が、外務省と厚労省の間で決定された」

「毅が持ち出した病原体とは何だったのです」

黒田は最も気になる事実を指摘した。矢田部が素早く、しかし動きはゆっくりと、あえて時間を取ろうとするかのように首を横に振った。

「それは私も聞かされてはいない。真実は毅君のみが知っている。私もその時点で、彼が生きているとは知りもしなかった。発見された不漏出型容器は、ラ・パス郊外のゴミ焼却施設へ運ばれ、三千度を超える高熱で処理された。それが七年前の事件の真相だ」

「霜村さん。毅は何と言ってるんです。持ち出した病原体については」

「脅されたのは事実だが、決して恐ろしい病原体を持ち出してはいない。あの子はそう言っていた。持ち出した振りをしてセンターを辞めてしまえば、また次に脅されたとしても、もう職員ではないので持ち出しはできない、と言い逃れることができる。そう考えたと……。私もその言葉を信じています」

何ひとつ裏付けのない証言にすぎなかった。毅は冷凍保管庫に入り、脅迫者の言いなりとなってNPOの一員としてボリビアに渡ったのである。不漏出型容器は焼却処理され、今となっては確認もできない。

「次はあなたの番です、矢田部さん」

大垣警部補が一応は敬称をつけて、元環境相に視線をぶつけた。

見た目にも彼女は怒りを全身から放っていた。政治家という国民を導くべき立場にある者が、人の生死を偽る犯罪行為に荷担していたのだ。そのために、武石忠実と長谷川哲士、二人の罪もない者が命を奪われていった。

「私は、もっと自分という男に自信を持っていたよ」

「あなたの思いがどうであろうと、今は関係ありません。手短に真実を述べてください」

またも大垣警部補が手厳しい意見を浴びせかけた。言葉で頰を張られたかのような顔になった矢田部が、わずかに身を正した。

「すまない……。刑事さんの言うとおりだ。うちの馬鹿息子は、甘い投資話に手を出して、二億円もの借金を抱え込んだ。簡単に言えば、ヤクザに騙されたんだ。まったく世間を知らないくせに、自分一人で大金を動かし、大儲けができると考えるなど、愚かしいにもほどがある。あげくは、その借金を親に押しつける始末でね」

「そのヤクザ者をフィリピンに呼び出し——殺したのですね」

さらに大垣警部補が容赦のない質問を浴びせかけた。

矢田部が目を閉じ、深く息を吸った。

「借金だけなら、まだ私の力で何とかできた。あの馬鹿は、覚醒剤《かくせいざい》にまで手を出し、強請《ゆす》られたんだよ。やがては息子に地盤を譲ろうと考えていたが、その親心も吹き飛ばされ、私の政治家生命も終わったようなものだった。しかし、せめて息子だけは助けてやりたい。馬鹿な父親は悩んだあげく、かつてボリビアで息子を亡くした厚労省の役人がいたことを、ふいに思い出した。あの息子は、うちの馬鹿と同じように脅されていたのではなかったろうか。研究者の職を突然辞して、なぜボリビアに病原体を持ち込もうとしたのか。売り渡すにしても、そう大金が手に入るとも思いにくい。テロリストとおぼしき背後関係も出てこなかったと聞く。では、なぜなのか」

藁にもすがる思いで、矢田部清治郎はボリビアの事件を見つめ直したのである。そして、遺体のすり替えという可能性に気づいた。

「自分で思いついた想像に、私は体が震えた。マネー・ロンダリングという言葉を聞いたことがあると思うが、海外の口座を複雑に経由させて、不法な資金の出どころを隠し、合法的な資金に変えてしまう。海外で日本人の遺体をまず確認するのは外交官であり、その目を盗むことができれば、マネー・ロンダリングのように人の素姓を綺麗に洗浄することができるのではないか。言わば、ボディ・ロンダリングと言ったらいいのか……」

黒田の横で、松原宏美が身を震わせた。刑事たちが驚きに顔を見合わせている。矢田部が喉に絡んだような声をさらに押し出した。

「私は当時のことを詳しく知るため、マニラに赴任していた吉村君が休暇で帰国していた時期を見て、彼を自宅に呼び寄せた。彼は最初、とぼけようとしたよ。だが、私はその態度を見て、確信した。そして、彼の前で土下座をした。どうか息子を助けてくれ、と……」

強面で鳴らした政治家も、一人の父親にすぎなかった。選挙のたびに、土下座に近い挨拶をくり返してきたのかもしれない。だが、心の底から人を頼り、頭を下げてみせたのは、その時が初めてだったのではないだろうか。

「相手は卑劣なヤクザだ。多くの者が騙され、泣き寝入りをしている。自殺した者は一人や二人じゃない。中には借金返済のためとして、娘の売春を強要させられ、心中を図った者もいる。あの男は人ではない。多くの者を救うためでもある。そう涙ながらに訴えた。すると吉村君は、私が出世を約束すると切り出すまでもなく、協力を誓ってくれた」

吉村がニカラグアで息子を亡くしていた事実を、矢田部は調べだしていたのだろう。この男なら、きっと泣き落としが効く。

「息子はフィリピンへそのヤクザを誘い出し、溺死《できし》させた。水死体は顔が膨れあがって身元の判別がつきにくくなる。私は急遽フィリピンへ飛んで、吉村君とともに遺体を確認した。そして私は外務省にも泣きついて、病死と発表させた。溺死したのは自殺に間違いなく、死を選んだ息子をさらに追い詰めたくない。だから、協力してくれ、と関係者に頭を下げて回った……」

「矢田部さん。正直に打ち明けてください」

黒田の指摘に、矢田部清治郎が身を震わせた。大垣警部補や刑事たちも、何を言いだすのかと見つめてくる。

「借金を作って覚醒剤に手を出しただけなら、たとえ逮捕されても執行猶予を得られるはずです。あなたの政治家生命は終わるかもしれない。でも、息子さんはまだやり直せる。死んだことにして、素姓を変えて生きていくまでの必要があるとは思えない」

「では、矢田部一郎はもっと何か、重い罪を犯していたと……」

刑事の一人が言い、矢田部に視線をぶつけた。屈辱に耐えるように顔を歪ませる男が、そこにいた。

黒田は言った。

「矢田部さん。いずれ警察はあなたの息子を逮捕し、すべてを明らかにします。ここは正直に打ち明けてください。あなたの息子は取り返しのつかない罪を犯した。だから、名前を変えて生きていく道を選ぶしかなかった。違いますか……」

　霜村も多くを知らされていなかったらしい。涙に濡れる目を上げ、もう一人の愚かな父親を見つめていた。

「長谷川哲士さんという若い弁護士を知っていますか。彼はブライトン製薬の薬害訴訟を担当していて、自費でボリビアへ渡り、霜村毅の事件に気づいた。――松原君」

　突然名前を呼ばれて、松原宏美がビクリと背筋を伸ばした。

「君が外務省への転職を決めたのはなぜだね」

「あの人の……哲士さんのスケジュール表を見て、疑問が出てきたんです。彼は、事故に遭う二日前、裁判の合間を縫って、なぜか外務省を訪れていました。なぜ外務省なのか。手がけていた仕事の中に、外務省へ確認に行くような事件はない、と弁護士事務所の人には言われました。だから、ボリビアへ行って、あの人が何を調べていたのか、詳しくあとを追ってみたんです」

「そこで霜村毅の事件を知った」

「はい……。現地の案内役として、彼はある日系人に通訳を頼んでいました。その人物から、七年前の轢き逃げを聞かされていたんです。薬害事件とは違うが、気になる事故があった。そう彼は事務所の人に言ってたので、すぐに向こうで確認が取れました。轢き逃げで死亡した人の名前は、霜村毅。ブライトン製薬の日本側訴訟の担当者は、霜村元信。偶然とは思えません。ですが、彼はサンフランシスコの霜村さんに会いに行くことはなく、なぜか外務省に行った。その謎を解くためには、外務省へ入るのが一番かもしれない」

「外務省へ入った君は、吉村進という、省内では名を轟かせた人物を知った」

「はい。吉村さんがボリビアにいたこと。そしてマニラにも赴任していた、と——」

だから彼女はマニラへも足を運んだのである。その地では、元環境相の一人息子が病死をしており、吉村が赴任していた。長谷川哲士は吉村から話を聞くつもりで外務省へ行ったのではないか。そして、不慮の事故に見舞われた——。

黒田は視線を落としたままの矢田部を見つめた。

「あなたも承知はしていますよね。彼女の婚約者だった長谷川哲士さんは、外務省を訪ねた翌々日、暴力団関係者と見られる若者に轢き殺されている」

「長谷川さんの訪問を受けた吉村が、あなたに報告を入れたんですね」

大垣警部補が先を読み、矢田部の前へと近づいた。目を床に落としたまま、矢田部が大きく首を振った。

「違う……。彼は吉村君に気づいたわけじゃない。大学の同期に外務官僚がいたそうなんだ。その男に七年前のことを尋ねたという。その男が上司に相談し……当時の責任者であった私のもとにも報告が来た……」

「あなたは自分の息子に長谷川さんの名前を伝えた」

またも大垣警部補が語調鋭く斬り込んだ。

矢田部の喉が、悲鳴を呑むような音を発した。喘《あえ》ぐばかりで息がまともに入っていかないのだろう。胸を押さえて、何とか言葉を継いだ。

「違う……。たまたまなんだ……。あいつが、いつものように金をせびりに来ていて。間の悪いことに、電話がそこに……」

事実かどうかはわからなかった。それは矢田部清治郎と息子しか知らないことだ。が、一郎を逮捕すれば、真実は明らかになる。

黒田は再び問いただした。

「あなたの息子は覚醒剤に手を出しただけではなかった。もっと隠さねばならない罪を犯していた。吉村さんの同情を引くため、とにかく一郎を哀れな被害者として説明し、非道なヤクザ者を呼び出して殺すほかはない、と泣きついた。その事実を探られたのでは困る。だから、長谷川さんを交通事故に見せかけて――」

「どうして……」

松原宏美が悲痛な叫びを抑え込んだ。矢田部が頭を抱えたまま、ずるずるとシートの上からずり落ちていった。

「矢田部先生……」

泣き顔の霜村が、同じ苦しみを味わってきた同胞を横から支えた。動物の唸りのような泣き声が車内に響き渡った。

「あの子は……素直で可愛い子だったんだ。我々夫婦には……天使のような笑顔をいつも……。なのに、どうして、こんなことに……」

生まれたばかりの子どもは、誰もが天使のような存在なのだ。その後の生き方次第で、人の心が形作られていく。彼らはどこかで道を間違えたのかもしれない。親の背中を見て育った二人の子どもは、いつしか罪を犯す側へと墜ちていった。彼らは子どもの受け止め方を誤り、罪の隠蔽に手を貸し、自らも罪を重ねる側へと墜ちたのだった。

大垣警部補が携帯電話を手にした。もう矢田部に何を訊いても無駄だと思ったらしい。

「――大垣です。矢田部清治郎の息子一郎は二億円の借金を抱えていました。暴力団関係者に投資話で騙されたようです。その暴力団関係者を至急突き止めてください。その近くに、姿を消している人物がいると思われます。――そうです。一郎がフィリピンで死亡したとされる直前のことだったと思います」

「待ってくれ」

横から黒田は、電話中の彼女に告げた。目で問い返された。

「長谷川を轢き殺したのは、暴力団関係者と見ていいだろう。一郎はまだ彼らとつながっているとしか思えない。暴力団に騙されたというのも、単なる言い訳かもしれない。つい先ほども銃を発砲する者がいた。一郎は暴力団関係者と今なお結託していると考えたほうがいい」

「では……誰をフィリピンで？」

「彼らにとって、邪魔な者だったのは間違いない。矢田部さんも、息子とその一味に騙されていたのかもしれない」

「何てことを……」

大垣警部補が再び携帯に向かい、長谷川哲士を轢き殺した犯人の背後を徹底的に洗い直すべき、と訴えた。その暴力団が、今なお矢田部一郎とつながっている可能性は高い。

「長谷川哲士、武石忠実の殺害も、一郎の関与は間違いないはずです。霜村邸の爆破、それにロベルトを川越のマンションに誘き出して殺害しようとしたのも、一郎だと思われます。はい、お願いします」

携帯電話をたたんだ大垣警部補が、小声で話しかけてきた。

「黒田さん。センターに忍び込んだ者は、誰だったんでしょうか」

ロベルトではない。彼は兄の無実を突き止めるのが目的だった。病原体を手に入れたところで、求めていた真相の究明にはつながらなかった。

「矢田部一郎と暴力団関係者とは思いにくい。麻薬に類するものならまだしも、病原体では彼らの手にあまる」

「残るは——霜村毅。センターの内情を最も知る者は、彼のほかにいませんね」

息子の名を耳にして、霜村が身を揺らして反応した。

「違う。あの子はテロリストの一味じゃない。今日までおとなしく生きてきたんだ。七年前は、宇野という男に脅されたからで……」

七年前、毅によって病原体が持ち出されたことで、中央医学研究センターでは施設内に防犯カメラが増設された。だが、カードキーのシステムは、多少の強化がされたが、大きな変更は加えられていない。おそらく、毅は密かに元同僚へと近づき、身分証をスキャンして、カードキー自体に変更がないことを知った。素姓を偽って取材に来たと言えば、正面玄関の近くには入れる。そこで、七年前にはなかった防犯カメラの存在には気づけただろう。彼ならば、七年前にも病原体の持ち出しをしているし、不漏出型容器の手配先に困ることもなかった。

だが、七年間もおとなしく暮らしていながら、なぜ今になってセンターから病原体を持ち出す必要があったのか。

七年前、本当に霜村毅は宇野義也に脅されてボリビアへ病原体を運んだのか、という疑問があらためて浮かぶ。もし事実であったなら、宇野はその病原体をどうする気でいたのか。

そもそも宇野という男は、硬派な記事を得意としていたわけではない。ブライトン製薬やボリビアとの関係も見出せない。宇野がテロリストの片棒を担いだとは考えにくく、研究成果を欲していたブライトンとの仲介役を務められる男でもないように思えてしまうのだ。

　さらには、彼がバンコクへ渡った時期と、霜村毅が滞在していた時期にも、多少のズレがあった。宇野はバンコクで、毅が幼い女の子を買っていた事実を知り、毅の前に現れただけ、という見方はできないだろうか。

　その毅が突然センターを退職し、ボリビア行きを決めたことを知り、宇野は疑問を覚えた。ボリビアまで向かったのは、そこに何か金につながるものがある、と確信したからではなかったか。そして、ボリビアの地で毅を呼び出し、真相を問い詰めようとした。

「宇野が脅迫者だったという証拠はあるのですか」

　黒田は霜村に尋ねた。毅は日本へ帰国したあと、宇野の住まいを転居させるという偽装工作を手がけていた。彼の部屋を隈無《くまな》く調べる時間はあったはずなのだ。特に写真という脅しの物的証拠を撮られており、その所在を探したであろうことは想像に難くない。

「それが……。例の写真が見つからないと――」

「黒田さん。宇野が脅迫者ではなかったと言うんですか」

すぐに大垣警部補が問いかけてきた。ロベルトの横にいた刑事も疑問を放つ。

「宇野に脅されていなかったのなら、なぜ病原体の持ち出しなんか……」

別の者に脅されていたか……。

毅の現場を写真に撮った者は別にいて、宇野は現地取材で、その事実をつかんだ。毅の不法な買春行為を写真に収めた者の目的は何か。それを調べていくうち、毅が病原体の研究者であり、突然ボリビアへ旅立ったことを知った。そう考えれば、宇野が脅迫者ではなかったという可能性も出てくる。宇野という男に、脅迫という犯罪行為は似つかわしくないようにも思えるのだった。

そしてもうひとつ、今も納得しにくい事実があった。

黒田は、一人だけまだ手錠をかけられているロベルトを振り返った。

「ボリビアの警察は、リカルドにテロリストの容疑をかけていた。そのことは、日本の大使館職員が、直接ボリビア当局に確認している。しかし、君はテロリストではなかったと言う。この食い違いはどこからきているんだろうか」

「リカルドは、テロリストじゃない。兄は、友人たちを止めようとしてた」

「では、リカルドの友人にテロリストがいたわけだね」

黒田が重ねて訊くと、ロベルトはなおも激しく首を振った。

「大学のクラスメートも、テロリストじゃなかった。みんな、ユニオンの運動、していた。それなのに、警察がテロリストと言ってただけだ」

「ユニオンとは、労働組合のことだね。わかるかな、日本語が」

「そう、ユニオンのこと。当時のボリビア、ガスの問題で騒ぎが、続いていた。でも、リカルドの友だち、もっと命にかかわる運動、してた」

「ブライトンだな」

後ろに座る霜村が、確信ありげに声を放った。

ブライトン製薬――。ここでその製薬会社が出てくるとは予想もしていなかった。

ロベルトが敵意を込めた目で、霜村を見つめた。

「ブライトン、恐ろしい会社だ。ボリビアで、ウマノ・エクスペリメント、していた」

ウマノとはスペイン語で人間。エクスペリメントとは、実験。つまり、人体実験――。

霜村は驚いた様子もなく、ロベルトの眼差しを受け止めた。先ほどまで涙に暮れていた目は今も赤く染まっていたが、声には落ち着きが戻っていた。

「その疑惑は、正式に否定された。何も自分の勤める会社を守ろうというわけではない。当時ボリビア政府が施設に立ち入り調査をしたとの報告書があった」

「嘘だ。リカルドの友だちの家族、ブライトンの治療を受けて、死んだ。ほかにも、たくさん死んだ者がいる」

「言っておくが、人体実験ではない。臨床試験なんだ。新薬を開発するには、臨床試験のデータが必要になる」

霜村が言葉を選ぶように言った。いずれにしても、ブライトン製薬はわざわざボリビアに研究施設を作り、そこでボリビア人の患者を相手に新薬開発のための臨床試験をしていたのである。

「なぜボリビアなんだ。新しい薬を作るためなら、アメリカでも、できる。そうじゃないのか！」

「ロベルト君。どうか冷静に聞いてほしい」

大人としての分別を教え込むかのように、霜村が真摯《しんし》な目で語りかけた。

怒りに拳を握るロベルトが、その目に気圧されでもしたように、わずかに身を引いた。

黒田も意外な成り行きに、言葉を失った。松原宏美も事態の推移についていけないようで、窓にもたれかかった身を支えながら見やっていた。

霜村がロベルトを見つめて頷き、静かに言った。

「……うちの息子が、君のお兄さんに運転を頼んだのには意味があった。そう私は毅から聞いている」

毅は宇野に会うため、医師団のキャンプを離れて街へと車で出かけた。その時のことを言っているのだった。

「君は、お兄さんが苦労して進学した大学を休み、なぜボランティアに参加したと思っている？」

「それは……ボリビアの同胞に手を貸してくれる医師たちの支えに、少しでもなれれば、と――」

「君のお兄さんは、医師団のキャンプの薬品庫に、夜中に忍び込んだところを、うちの毅に見咎《みとが》められた」

「嘘だ。リカルドが盗みを働くわけなんか、ない！」

「毅は問い詰めたそうだ。現場を押さえられたわけで、君の兄さんは言い訳もできずに、黙り込んだ。彼が密かに調べ回っていた薬品というのは、すべて麻酔や消毒薬関連だったという。そのことに気づいて、毅は言った。トルエン系の麻酔剤は、もう製造されてはいないし、合成クレゾールも持ってきてはいない。盗み出すなら、建築現場の塗装剤にすべきだった、と」

「どういう意味です？」

刑事の一人が確認した。ロベルトは、話にならないとばかりに横を向いている。大垣警部補の視線が鋭く霜村へと向けられた。

「トルエン系とは聞き捨てならないですね。シンナーの主成分になる薬剤でしょうか」

霜村が頷き、その場の一同を見回した。

「麻酔作用があり、薬物依存症を引き起こす恐れのある溶剤です。今は医療用の薬剤はありません。すべて工業用にしか製造はされていません。合成クレゾールは、トルエンを主成分とした消毒薬で、化学式もよく似ています。トルエン系の薬剤を手に入れて、仲間内で吸飲したり、売りさばくのを目的としてボランティアに加わっていたようには見えず、毅はリカルドにもっと切実な理由を感じたと言ってました」

「トリニトロトルエンの原料ですからね」

大垣警部補が一語の重みを確かめるような口調で補足した。黒田にもある程度の知識はあった。通称、TNT。高性能爆薬として知られる物質だった。

「嘘だ……」

「毅はリカルドから詳しい話を聞くため、彼を運転手として誘ったと言ってました。けれど、リカルドは一切語らなかった、と……」

リカルドは大学の仲間と密かに爆薬を作りあげる計画を抱いていたのだ。その仲間は、ブライトン製薬の研究施設が行っている人体実験まがいの臨床試験を追及しようとする者たちだった。

ボリビア政府の調査によって、人体実験はひとまず否定された。だが、アメリカに本社を置く大企業とボリビア政府が結託し、見せかけの調査と発表をしたのではなかったか、と疑う者は多かった。組合活動を続ける大学生の一部に、ブライトン製薬への抗議活動をするグループがあり、爆弾製造を図っているとの情報をボリビア政府もつかんでいたのかもしれない。だから、リカルドがテロリストの嫌疑で取り調べを受けた。ロベルトが想像するような拷問もあったのかもしれない。その末に、リカルドは不幸にも獄中で死亡した。

折しもボリビア政府は、ガス戦争にまつわる騒動の鎮圧に取りかかっていた。当然、学生らの動きにも目を光らせていたはずだ。その弾圧の中心にいた人物は、ブライトン製薬と深い関係を持つ。

黒田は胸に浮かび上がる予感を見据え、ロベルトを振り返った。

「君なら知っているよな。アルフォンソ・ロペスという副大統領が、ブライトンの幹部の娘を妻にしていたことを」

当惑と消えない怒りがない交ぜとなった目で、ロベルトが強く頷いてきた。

「当たり前だ。ボリビアの国民を踏みつけにして、多くの人々を殺した張本人だ」

「アルフォンソ・ロペスが失脚して逮捕されたのは、ガス戦争のあとだったはずだ。いつだった？」

「翌年の一月。国民にとって、少しだけ遅いクリスマスプレゼントだと言われたんだ」

「副大統領がどうかしたんですか？」

大垣警部補が疑問の目を黒田にそそいだ。なぜ今、副大統領の話題を出したのか、と。

「アルフォンソ・ロペスは今年になって恩赦を受けて保釈された。今はロサンゼルスで静養している」

「ボリビアでは、逮捕の時から恩赦になることが決められていたんじゃないのか、そうマスコミも騒いでる。いくら元副大統領でも、許されるのが早すぎるから」

ロベルトが眉と肩を怒らせ、声を押し出した。

「ロペスが保釈されたことで、ブライトンはボリビアからの撤退を正式に決めた」

霜村が新たな事実を口にした。ロベルトが言葉の意味を察しようとしてか、押し黙る。黒田はその横に近づき、通訳した。

「撤退……？」

「ロペスの妻はブライトンの幹部の娘だ。その縁もあって、アメリカもボリビアには援助を続けていた。しかし、ロペスの保釈で、ブライトンはボリビアから手を引くことを決めた。アメリカの援助も打ち切られるため、もう旨味のある仕事はできなくなったからだ」

「なぜロペスが保釈されると、アメリカの援助がなくなるんです」

事情を知らない大垣警部補がもっともな疑問を放った。刑事たちはもう話についていけないらしく、ただ黒田たちを見回すだけだった。その目に応えて、言った。

「もう一人の副大統領が関係しているからだ。今のアメリカ副大統領は、元ブライトンの顧問弁護士で、一時期、ブライトンの役員も務めていた経歴を持つ」

ドワイト・スミス。ブライトンがボリビアへ進出したのも、アメリカの援助があったからで、その案件を取りまとめたのが、当時は上院議員の職にあったドワイト・スミスだったと言われているのだ。

ブライトンはボリビアから撤退し、アメリカの援助も打ち切られる。それを仕切っているのは、アメリカ副大統領であり、ブライトンの創始者一族と縁戚にあるドワイト・スミスなのではないか。

「ロベルト。君は知っていたのか。アメリカの援助が打ち切られる、と」

黒田がスペイン語で尋ねると、早口で聞き取りにくい返事があった。

「噂は、かなり前からありました。アメリカの援助は、二人の副大統領のおかげだ、と。収監されているボリビアの元副大統領。それに、アメリカの現副大統領。どちらもブライトンが関係してる」

「霜村さん。ブライトンの本社はサンフランシスコですよね。ドワイト・スミスの出身も……」

「ええ、サンフランシスコですが」

ボリビアへの援助打ち切りを決断した副大統領が、ボリビアからの正式撤退を表明したブライトン製薬の本社があるサンフランシスコでの国際会議に出席する。これは単なる偶然の一致なのか。

黒田は携帯電話を取りだした。在サンフランシスコ総領事館の細野へ電話を入れる。時刻は午後五時になろうとしていた。現地はまもなく午前一時。

六度のコールで電話が取られた。寝入りばなを起こされたのかもしれない。細野の間延びした声が聞こえた。

「はい、何かありましたか、黒田さん」

「例の農水相会議に、ドワイト・スミスも参加するんだったよな」

「ええ。大統領は来ませんが、オープニングのレセプションには、副大統領が――」

「今そっちに吉村参事官が向かっている。空港当局に連絡を入れて、参事官を航空機の中から外へ出すな、と伝えるんだ」

「待ってください。どういうことですか」

「我々には外交特権がある。アメリカ国内に何を持ち込もうと自由にできる」

外交官には外交上秘匿すべき書類や物品がある。それらは、いかなる理由があろうと、検品や留置することはできない、と国際法で取り決められていた。その運搬には、外交行《がいこう》囊《のう》と呼ばれる袋を使って持ち込むのである。つまり、たとえアメリカ政府であろうと、外交官の持ち込む外交行囊の中をあらためることはできないのだ。

大垣警部補が反応して、黒田を見つめてきた。携帯電話からは、事態を把握できていない細野の呑気な声が聞こえた。

「まさか、外交行囊の中に何か危険なものでも――」

「落ち着いて聞いてくれ。吉村参事官はアメリカ国内に、ある病原体を持ち込もうとしているおそれがある。こっちで細菌を研究する施設が襲われた」

「吉村参事官の仕業だというんですか？」

「詳しい報告は、旅券課の安達香苗から、あとでさせる。参事官の乗った便は午前九時ごろ、そちらに到着する予定だ。今から準備を進めてくれ。頼む」

返事を待たずに通話を終えると、大垣警部補が黒田の前に迫った。

「遺体のすり替えに協力した外交官ですよね。その人が、サンフランシスコへ向かっているというんですか」

黒田は頷き、続けて片岡の携帯に電話を入れた。じれったいほどに反応がなく、もう出ないのかと思われた瞬間、電話がつながった。

「たった今、警視庁から報告を聞いたところだ」

まだ勝手に動いていたのか。そう咎める響きはなかった。あきれて二の句が継げない、と言いたそうな顔が想像できた。

「センターから持ち出された病原体を、吉村参事官がアメリカに持ち込もうとしている可能性が出てきました。参事官が霜村元信と、元環境相の矢田部清治郎に手を貸し――」

「もうそこまで嗅ぎつけたか。本当に鼻が利くな」

「は……?」

戸惑いに声が裏返った。まるで事実をすでに承知していたと言いたげな声に聞こえた。

警察は真実に近づいている。そう言っていたのは嘘ではなかった、ということなのか。

「実は、君を呼び出そうと思っていたところだ」

「……はい」

「やっと準備が調ったよ。斎藤君から矢の催促を受けて、政府に相談を上げていた。こちらも本腰を入れることになった」

斎藤課長が何を催促し、政府にまで話が上げられたというのか。

不謹慎にも片岡の声に、黒田の戸惑いを面白がるような響きが加わった。

「今すぐ羽田へ向かえ。第一ターミナルのロビーで斎藤君が待っている。急ぎたまえ」

38

あとを大垣警部補に任せて、黒田は一人で羽田へ急いだ。事情もわからず言われたとおりに第一ターミナルに到着すると、斎藤修助率いる外務省の男たちが待ち受けていた。

警視庁外事課の情報を真っ先に伝えてくれた、大臣官房警備対策室長の山口悟の顔があった。総合外交政策局国際テロ対策協力室長代理の原西健介《はらにしけんすけ》。領事局からは邦人テロ対策室の深井護《ふかいまもる》。いずれもテロ対策に当たる部署の代表者たちだった。

「急ごう。すぐに出発する」

一切の説明もなく斎藤が先に立って歩きだした。山口が、互いの災厄を憐れむような目で背中を押し、無言でうながしてきた。羽田へ呼び出したからには、航空機への搭乗時刻が迫っているのだろうとは予想がつく。

黒田たちは出国審査も受けずに空港警備員の開けた特別ゲートをくぐり抜けた。職員専用の通路から駐機場へ走り出ると、専用カートが待っていた。連れて行かれた先はターミナルから五百メートル以上も離れた格納庫の前だった。その先で、小型のプライベートジェットが出発準備を進めていた。やっと山口が、ジェットエンジンの爆音に負けない声を張り上げ、教えてくれた。

「うちの機密費をはたいてチャーターした。さあ、もう時間がない。乗った、乗った」

渡航先の見当はすぐについた。サンフランシスコだ。

シートは左右に一列ずつ。定員はおおよそ十名ほどだろう。もちろん、女性のアテンダントなどは乗っていない。黒田たちがシートに着くと、制帽を被った男がドアを閉めてコックピットへ歩いた。シートベルトを締める間もなく、エンジン音がさらに高鳴り、プライベートジェットがゆっくりと動きだした。

「こっちは小型で重量も軽い。その分、サンフランシスコへは早く到着できるそうだ」

斎藤がシート越しに振り返り、悩ましそうに眉を皺《しわ》めた顔を向けた。

「アメリカ側が外交行嚢をあらためることはできない。それで我々外務省が――」

言いかけた黒田にかぶせて、斎藤が告げた。

「誤解するな。我々日本側は、吉村参事官に近づいてはならない。気づかれてもいけない。そういう命令が、国家公安委員会と、今回の作戦にゴーサインを出した首相からも出されている」

飛び出してきた首相という言葉の意味を考えていると、斎藤が前へと向き直った。離陸のためにエンジン音が高鳴り、プライベートジェットが滑走路を滑るように動きだした。一気に加速し、体がシートに押しつけられた。

まだ機体は斜めになっていたが、斎藤は早くもシートベルトを外し、通路へと乗り出して黒田を振り返った。横の席からも、山口や原西たちが気負いを感じさせる目を向けてくる。

「外交行嚢は、確かによその国が検閲できるものではない。だが、封印を解いて中を確認するだけなら、向こうの領事館の者でも用は足りる。我々がわざわざ出向くまでのことはない」

確かに斎藤の言うとおりだった。首相によってゴーサインが出された作戦という言い方から、アメリカ当局と協力して、吉村参事官の動きを監視しようということは想像できる。だが、彼の持つ外交行嚢には、センターから盗み出された病原体が隠し入れられている可能性が高いのである。もしアメリカ国内への持ち込みを許し、手違いから空港内でばらまかれようものなら、大惨事を引き起こしかねない事態となる。

斎藤が拳を口に当てて、軽く咳払いをした。

「アメリカ側との話し合いは、現場レベルの者がするほかはなく、一方的に押しまくられたらしい。警察庁の官僚も頼りにならないよ。向こうは、日本側にすべて非があるとして、主導権を握りたがっているわけだ。手柄を独り占めにする気でいる。つまり、日本と組んでテロリストの摘発に成功した。それはすべてアメリカの力だ。彼らはそう発表するつもりだ」

「アメリカらしいやり口だよ」

警備対策室長の山口が独りごちた。国際テロ対策室の原西が笑って言い添える。

「警察庁の官僚は、外交上の駆け引きというものを知らなすぎる。日本での主導権を握りたいがために、アメリカ側との折衝を引き受けたんだろうが、荷が重すぎた」

「で、結局は、首相が決断して、我々外務省の者を派遣させるという条件を、アメリカ側に呑ませたわけだ」

テロ対策室の深井が、難事を背負わされたと言いたげに、口をへの字に曲げた。

「つまり、我々は尻ぬぐいに行くわけだ」

最後に斎藤が、大きく吐息をついてみせた。

だが、仕方のない面もあるのではないか、と黒田には思えた。

吉村参事官が、自らの意志で病原体をアメリカへ持ち込むわけではないはずだった。彼は、テロリストの脅しに屈したのだろう。霜村元信、矢田部清治郎に手を貸し、外交官という立場を使って日本人の遺体の身元を偽る――ボディ・ロンダリングを完成させた。その事実を公表する、とテロリストは彼を脅したと思われる。

日本の外交官がテロリストの手先となった事実を知り、外務省はアメリカ側に助けを求めたのだ。日本は無念ながら、病原体の国外持ち出しを食い止められなかった。水際で敵の計画を阻止するとなれば、アメリカ側の手柄と言って差し支えはない気がする。

テロと戦う国を喧伝《けんでん》するためにも、アメリカは成果を公表したい。だが、日本政府は手柄の独り占めを許すまいとして、テロ対策に当たる外務省の職員をアメリカへ送り込むことを決めた。すべてを仕切られたのでは、日本がテロに屈した恥ずべき国家となり、一方的な悪者にされる。それを阻止するため、今回の件を表沙汰にしないよう、両者の間で今なお話し合いが進められているに違いなかった。

「君はまだ誤解しているようだな」

斎藤がひと呼吸おいてから、口を開いた。

「この件に関して、日本とアメリカは、あくまで対等と言える。今回の計画は、我々日本が発案し、持ちかけたものだからだ」

「計画を日本が……」

黒田が尋ね返すと、斎藤が謎かけでもするような目つきになって、わずかに微笑んだ。

「吉村さんは病原体をアメリカに持ち込もうなどとはしていないんだよ」

ようやく作戦という意味が読めてきた。斎藤の言葉どおりであったすれば、すでに吉村はすべてを認めているのだ。だから、日本が計画を立案できた……。

斎藤が通路へと伸ばした足を組み、どこか遠い目を作って言った。

「吉村さんは、霜村親子の犯罪行為を見逃し、矢田部清治郎の頼みを受け入れた。いくら大臣から泣きつかれたにせよ、ヤクザの殺害に荷担したわけだ。決して許されることではない。しかし、あの人は純粋に、子どもの行く末を悩み、苦しむ父親に手を貸してやりたいと思ってしまった。そう私には言っていたよ」

「課長に……」

「ああ。吉村さんは、すべてを認めている。そのうえで、あえて脅迫者の言いなりになって、サンフランシスコへ向かった。あの人は、テロリストの脅しに屈することはできないと考えたんだ。ぎりぎりのところで、外交官としての職務を捨てず、踏みとどまった。外交特権を利用してアメリカへ何かを持ち込め——そう脅されれば、凶器に類する物であると、誰でも予想はつけられる。外交官が脅しに屈して危険物を他国へ持ち込んだとわかれば、日本の、そして外務省の打撃は計り知れない。そう考えた吉村さんは、私にすべてを打ち明けてくれた」

「では、吉村さんは手ぶらでサンフランシスコへ——」

「宅配便で小さなケースが送られてきたそうだ。警視庁が送り主を突き止めようと動いているが、まあ、ボロを出すような相手ではないだろう」

「やはり、病原体だったのですね」

「不漏出型容器と言うらしいね。ずいぶんと小さなものなんで、私も驚いた。直ちに中央医学研究センターへ移送された。中に入られた病原体の特定作業が慎重に進められている」

吉村はすべてを打ち明け、テロリストの脅しに屈した振りを演じて、空の容器を持ってサンフランシスコへ向かっているのだった。アメリカ本国が病原体に汚染される危険は、もうないのである。

「吉村さんは、自らテロリストを誘き出す囮《おとり》の役目をすると言ってくれた。これ以上の罪は犯せないと思ってくれたらしい」

斎藤が口調を湿らせると、警備対策室の山口が視線を上げた。

「あまりにも遅すぎますよ。遺体のすり替えを見逃し、たとえ犠牲となる者がヤクザだと知らされていたとしても、殺人に手を貸したも同然なんだ。外交官の任務を汚すどころか、人としても許されることでは、ない」

義憤を込めた声に、機内が静まりかえった。

邦人テロ対策室の深井が、言葉を選ぶように言った。

「私にはほんの少しだけ理解できるような気がします。今はまだうちの息子は十歳で、生意気な盛りですが、将来もし足を踏み外すようなことになったら……。そう思うと、どこまで厳しい親でいられるのか。理想は子どもを諭すことだとわかってはいても、もし仕事上のことで目をつぶるだけでいいなら、似たようなことをしないと言い切れるものかどうか……」

「君はそんな覚悟で仕事をしてきたのか」

原西が声を角立てることなく、淡々と尋ねた。まだ三十代の深井が悩ましげに見える笑いを浮かべた。

「魔が差して、機密費に手をつける者だっている。仕事より我が子のほうが可愛いと思う者がいたとしても、不思議には思えませんよ」

「まずいに決まってるだろうが。吉村さんは殺人を見逃したんだ。共犯も同じじゃないか」

「殺人に関する件は許せませんよ。でも、気持ちはわかる気がする、と思っただけです」

「そういうものかね。私には子どもがないから、吉村さんの気持ちは、まったく理解ができない。外交官としてではなく、人として、ね」

斎藤があえて力を込めて言っていた。最後に人としてと強調していたが、真意は前者のほうにあったようにも聞こえてならなかった。

何があろうと、外交官の権限を使って、犯罪に荷担するなど言語道断。外交官の風上に置けない。親としての同情心などは関係ない。子どもがないためではなく、斎藤は一人の外交官として、かくあるべきと言いたかったのだろう。

吉村は道を踏み外したのだ。霜村がいくらVIP扱いされようと、見すごしにしていいことではなかった。どれほど大物政治家に泣きつかれようと、殺人を見逃すのでは、同情の範囲を超えていた。彼の胸に、出世を望む気持ちがなかったはずはない。もちろん、追い詰められた親の姿を見るのが忍びなかったのはわかる。しかし、役所の秘密を守り、大物政治家に手を貸すことで、彼は見返りを得たのである。

その欲が、今回の事件を引き起こした。

「多少の危険を冒してテロリストを誘き出す役目を担うのは当然だ。あの人が職務に忠実であったなら、罪もない命は奪われなかった。我々外交官は、日本の国益と同胞の利益を守らねばならない務めがある」

斎藤がまた決意を感じさせる声で言った。

今から七十年前、日本はハワイの真珠湾に奇襲攻撃を敢行した。太平洋戦争の勃発である。その際、日本は宣戦布告をしなかった、とされている。だが、日本政府は宣戦布告の書面を用意していたのだ。ところが、その電文を受けた在アメリカ大使館の外交官が、暗号文の解読に手間取り、アメリカ側への書面提出が遅れてしまった。しかも、前日に、重大な電文を送ると言われていたにもかかわらず、彼らは転勤する同僚の歓送会を開き、大使館を長らく空けていたために、解読が遅れるという失態を演じたのである。その結果、正式な宣戦布告が出される前に真珠湾攻撃が行われてしまった。

卑怯な騙し討ちを許してはならない。リメンバー・パールハーバー。アメリカは悪辣《あくらつ》な日本を打ち砕くべく、挙国一致で戦争へと向かっていった。

日本は奇襲攻撃を仕掛けて、機先を制し、時機を見て和睦《わぼく》を持ちかけるとの作戦があった、とも言われる。だが、宣戦布告の遅れにより、アメリカ側が和睦を呑《の》む可能性はなくなった。そして、日本は完膚無きまでにねじ伏せられて敗戦を迎え、多くの国民と国土を失った。

もし日本が和睦を前提にしたうえで奇襲攻撃を仕掛けたのであれば、外交官の怠慢《たいまん》により戦争が長引き、多くの国民の命が奪われたことになる。

外交官の職務に甘えは許されなかった。国益のみでなく、国に住まう者の尊い命までを背負っているのである。

吉村進は外交官の職に泥《どろ》を塗り、その威信を地に堕《お》とした。さらには、殺人を犯した人物に手を貸し、人の道からも足を踏み外したのだった。

「我々は外交官だ。決して吉村参事官に同情を寄せてはならない。わかるね」

斎藤が多くの意を込め、また黒田たちを見回して言った。

39

プライベートジェットのサンフランシスコ到着は、現地時間の午前八時五十分だった。アメリカ側との打ち合わせができていたため、駐機場には小型のバスと空港職員、それに黒ずくめの男たち、さらには細野久志をはじめとする在サンフランシスコ領事館の職員が迎えに来ていた。

黒田たちが機内から降りると、体格のいい白人が身分証を掲げながら近づいてきた。男はＦＢＩ主任捜査官のフレッド・トーマスと名乗り、黒田たちをバスの中へ導いた。

「市警と州警察の協力を得て、空港と周囲一帯を一千人態勢で囲んでいます。時間がありません。空港の警備センターを当面の対策室としています」

バスは駐機場を遠回りすると、巨大な銀の傘を載せたようなターミナルビルへ乗りつけた。サンフランシスコ空港は、アメリカ西海岸における最大のハブ空港であり、国内線のほうがターミナルビルの規模も大きく、ゲートやコンコースの数も多かった。空港警備センターも、国内線のビルの地下に設けられていた。

関係者専用のゲート前で、トーマス主任が在サンフランシスコ領事館の者たちに向かった。

「あとは任せます。急いでください。普段どおりに動いてもらえば、何も問題はないように手はずは調えてありますので。よろしいですか」

落ち着きすぎた物言いは、日本側に何も期待していない、すべて言われたとおりに動き、邪魔立てしてくれるな、と宣するかのようでもあった。周りの捜査官も、身内との連絡に忙しく、総領事館のスタッフに目を向ける者さえいない。その姿が、彼の任務への自負と、日本という国への評価を表していた。

細野が緊張気味に踵を合わせ、黒田たちに一礼してきた。まもなく到着する吉村と随行の職員を出迎えるためだ。ただし、総領事館の職員は、神奈川県警からの出向者である細野一人で、あとの二人はFBIとサンフランシスコ市警に勤める日系の刑事だった。

吉村は国際会議に出席するための訪米であり、領事館の者が車で出迎える予定になっている。テロリストが接触するとなれば、入国審査のVIPゲートを越えたあと、と思われた。警備の者が多くいる空港よりも、ホテルに入ったあとで接触を図ろうとしてくる可能性のほうが高かったが、油断をするわけにはいかなかった。

「顔が引きつっているぞ。接触を図るテロリストに勘づかれたらどうする」

斎藤が、さらに緊張感を煽るような言い方をした。冗談めかして言ったのはわかるが、細野の喉仏が大きく動き、激しく瞬きをくり返した。黒田は細野の肩をつかんで揺すぶった。

「いざとなったらFBIに任せて、君は身の安全を第一に考えるんだ。いいね」

「――はい。いい経験だと思っています」

「そのとおり。FBIと仕事ができるんだからな。ジャパンポリスの優秀さを見せつけてやれ」

斎藤がおかしな励ましの仕方をして背中をたたきつけた。

「今、到着しました」

無線を耳に当てていた捜査官の一人がトーマス主任に告げた。細野の背筋が伸びた。

「行ってまいります」

現職の警察官らしく、細野は短く敬礼すると、日系の刑事たちと頷き合い、到着ロビーへ歩きだした。黒田は今もエンジン音の鳴り響く背後の滑走路を振り返った。駐機場へと向かう機体が見える。吉村を脅迫した犯人も、この近くで到着を待ち受けているのかもしれない。

「時間がない、急ごう」

トーマス主任にうながされて、黒田たちは関係者専用のドアを抜けた。細い通路を走り、鉄製の階段を下りていくと、分厚い扉で仕切られた警備センターがあった。

壁一面に二十台近いディスプレイが並び、四分割された画面に空港内各所に設置された防犯カメラの映像が流されていた。制服警官のほかにも、スーツを着た男たちの姿が多い。手に無線や携帯を握り、イヤホンを耳に押し込んでいる者が目立つ。捜査関係者だ。

黒田たちはあくまでオブザーバーという立場であり、あらためてＦＢＩの捜査員から周辺警備の概略を告げられ、ここを動かないように、と念を押された。まるで監視をするかのように捜査員の一人が黒田たちの横に残り、あとはディスプレイの並ぶ指揮台のほうへと歩いていった。

「まるで見学者扱いだな」

斎藤がぼやきながらも携帯電話を取りだした。本省への報告だろう。午前九時十五分。日本では深夜の一時をすぎていたが、幹部はもちろん、北米局や大臣官房など、関係部署の職員が事態の推移を見守るために居残っている。

「今、空港内の警備センターに入りました。——はい、予定どおりです。六三四便はつい先ほど到着して、今ターミナルに向かっています」

「Ｇ九十一ゲートに入りました。ボーディングブリッジ、接続します」

「まもなく搭乗客が降りてきます。三番までのカメラがブリッジを映します」

無線に向かっていた捜査員が次々と声を発した。男たちが一斉に、左端の壁のディスプレイへと集まった。黒田たちは五メートルも後方から眺めるしかない。

画面が四分割から切り替わり、ボーディングブリッジ内の映像が大きく映し出された。ほかは吉村が通過するルートを捉えるカメラの映像だった。

「――はい、予定どおり、神奈川県警の細野君がロビーで待ち受けます。ただ、やはり我々は手出しができず、ここで警備を見守るしかありません。……わかっています」

斎藤の声がさらに低くなった。本省にまで不平を匂わせて言うと、最後には窘《たしな》められでもしたのか、殊勝な頷きを見せた。

「第二扉、開きました」

「いました。ヨシムラが出ます」

指揮台で捜査官たちがディスプレイに見入っている。黒田も一歩、足を踏み出した。左上のディスプレイ上に、見覚えのある顔が現れた。キャビンアテンダントに手を振り、ボーディングブリッジへと踏み出していく。心なしかその表情は硬い。

「……気になるのは、例の病原体です。特定作業は終わったのでしょうか。――え？」

まだ本省との話を続けていた斎藤の声が急に跳ね上がった。振り返ると、目の前でちらつく得体の知れない影を見据えるかのような顔を斎藤が見せていた。

「そうでしたか……はい、わかりました。何かあり次第、すぐに報告します」

携帯電話をたたんだ斎藤に、山口が横から声をかけた。

「どうかしたんですか」

「いや……」

「イミグレーションへ向かったぞ。不審者はいないな」

「見てください。電話です」

指揮台からの声を聞いて、黒田は再びディスプレイに目を戻した。イミグレーションへ通じる通路の映像だった。足早に歩く吉村が携帯電話を取り出し、画面を確認していた。

犯人からの指示が入ったのか。

「メールか？」

「いいえ。受信はありません。接触はまだです」

その言葉で、ＦＢＩが吉村の携帯のメールまで同時に受信できるように手配を終えていたのがわかる。吉村は機内にいる間にメールが入っていないかどうかを確認しただけのようだった。

「到着ロビーに不審者がいます。東洋人です！」

別の捜査官が無線を手に、トーマス主任を振り返った。

「どこだ」

「拡大します。コーヒーショップの出口横」

右手のディスプレイに、一人の東洋人が映し出された。口から顎にかけて無精髭を生やし、サンフランシスコ・ジャイアンツの野球帽を目深に被っていた。目の前を通りすぎたアメリカの若者とは大人と子どもの体格に見える。手には携帯電話を握りしめ、その画面に目を落としたかと思えばまた顔を上げ、辺りを見回していた。挙動不審を絵に描いたような男だった。

「おい、あの男……」

斎藤がディスプレイへ歩みだした。横に立っていた捜査官が慌てて斎藤を引き止めようとする。

「霜村毅に似てると思わないか」

言われてディスプレイに目を戻した。七年前の写真よりも、いくらか太っている。帽子と髭が邪魔をしていて、見分けはつきにくい。

ディスプレイへ近づく斎藤を見て、トーマス主任が無線を口元に引き寄せた。

「慎重に囲んでから声をかけろ。凶器を持っている可能性が高い。周りに一般客を近づけるな」

「イミグレーション通過しました！」

捜査官の声が上がる。左隣のディスプレイを見ると、吉村は黒の布地で作られた外交行嚢をＶＩＰゲートで受け取っていた。あの中に、偽の不漏出型容器が入っている。随行員もそれぞれ身分証を提示し、ゲートを通り抜けていく。

「八人で彼を囲みます」

「気づかれるなよ」

トーマス主任がそう無線に語りかけた時、ディスプレイの中で野球帽を被った東洋人が、急に辺りを見回した。近づく捜査官に気づいたのだ。

「逃がすな！」

トーマス主任が叫ぶのと同時に、ディスプレイの中で野球帽の東洋人が走りだした。

横のディスプレイがロビーの一画を広くとらえていた。東洋人が向きを変えようと足を踏ん張り、立ち止まる。そこに横からアフリカ系の男が組みついた。その勢いに東洋人の帽子が跳ね飛んだ。眉と目が確認できた。

写真で見た霜村毅の顔がそこにあった。

「ツヨシ・シモムラです。ツヨシ・シモムラに間違いありません」

黒田が呼びかけた時には、画面の中で男たちが群がり寄り、霜村毅の姿は見えなくなっていた。その周囲から人を遠ざけようと、また捜査員が走っている。

「被疑者、確保。武器は持っていません！」

トーマス主任の握る無線から捜査員の声が流れ出した。警備センターの中で歓声が沸いた。

床に押しつけられた霜村毅の顔がディスプレイの中でアップになる。その横では、到着ゲートを抜けた吉村が、細野たちの出迎えを受けている光景が映し出されていた。

「やはり霜村毅でしたか」

テロ対策室の深井が溜めていた息を吐くように言った。斎藤は身動《みじろ》ぎもせずにディスプレイを見やっている。犯人が逮捕されたというのに、まだ不安に取り憑かれている顔に見えた。

黒田は先ほどの電話での会話が気になり、斎藤の横に歩み寄った。

「霜村毅はセンターからどういった病原体を持ち出していたのです？」

「――コロナウイルスだそうだ」

かつて毅が研究を担当していたウイルスだった。

山口が頷き、予想をつけて確認する。

「コロナ、と言うと――SARSウイルスですね」

「いや……。どこにでもあるごく普通のコロナウイルスだったらしい」

斎藤が電話口で驚きの声を上げたのも無理はなかった。通常のコロナウイルスでは、たとえ人体に感染したとしても、鼻風邪を起こす程度の症状にしかならないと聞いた。

斎藤が皮肉を語るように唇をわずかにゆがめた。

「この七年で、保管ケースやラベルの変更がされていたという。毅はもっと致死率の高い病原体を持ち出したつもりだったんだろう」

中央医学研究センターでは、暗証番号の変更や防犯カメラを増設するとともに、保存の仕方そのものにも変更を加えていたのである。だが、その事実を霜村毅は知らずにいた。センターへの侵入には成功しながら、彼が持ち出した病原体は、致死率を問題視するまでもない、ごく普通のコロナウイルスだった。

斎藤が声を抑えながら低く笑いだした。

「まさに大山鳴動、ネズミ一匹だな。結局は、身内の外交官が手を貸した犯罪を、我々は暴き出したにすぎなかったようだ」

テロリストの逮捕に沸く警備センターの中、斎藤の乾いた笑い声が虚しく響いた。

40

うながされて廊下に出ると、手錠をかけられた父が刑事に両脇を挟まれながら、階段を上がってくるところだった。

父は瑠衣を認めると、懸命に笑おうと頰を動かした。が、下手な福笑いよりも哀しげに眉が下がっただけだった。父の泣き顔を見ていられなかった。

今ここで何を話しかけたらいいのか。二十二年、今日まで瑠衣を育ててくれた父。その父の罪を暴き出した。息子を思う親だからこその犯罪ではある、と理解はしている。自分もこの先、子を持つようになれば、もっと多くを感じることができるのだろう。けれど、兄と父の誤った判断が、さらに多くの悲劇を生む最初の一歩になったのは疑いない事実だった。

父の後ろには、ロベルトもいた。彼の手に手錠はなかった。警察もすべてを承知しているのだ。が、ロベルトも父に負けず、どちらが罪を犯した者かわからない顔になっていた。きっと、自分も同じだったろう。

父が、瑠衣の視線を受け止め、立ち止まった。刑事も先をうながしはしなかった。父の視線が床に落ち、それからまた瑠衣へと赤い目が向けられた。

「本当に恥ずかしい父親だよ。瑠衣は正しいことをした。そんな顔をしなくていい」

「無理よ……。多くの人を苦しめたのは、私の家族だもの。一緒に罪を償っていくしかないじゃない」

嘘はないつもりだった。だが、強がりがかなり混じっていた。本当は逃げ出したかった。父と兄が勝手にやったことで、自分は関係ない。そう言えたなら、どれほど救われただろうか。

うつむいた父の肩が小刻みに震えていた。

瑠衣は父に語りかけた。

「ロベルトが教えてくれたの……。強い心を持ち続ける。それが必ず自分を救ってくれる」

とてもロベルトには敵《かな》わないだろう。兄の無実を七年も信じとおし、アメリカ留学という道をつかみ取り、ついには真実を突き止めた。その強さには感動すら覚える。

彼は自らを励まし、強くなるしかなかったのだ。自分の力で道を切り拓くほかに方法はない、と信じて自分を貫きとおした。恵まれすぎた人生を歩んできた瑠衣は、二十歳をすぎてもまだ本当に子どもだった。多くの日本人が、この島国で子どものまま生きている。そう感じられてならなかった。

日本は半世紀と少し前、欲張って背伸びをして大人を演じ、戦争の道を突き進んだ。そして、多くの犠牲を内外に出した。そういう悲しい事実がありながら、日本人は、与えられた自由のもと、無理に背伸びをした昔の罪を忘れて、子どもの生を謳歌《おうか》している。日本を離れたことで、見えてくるものが多かった。ロベルト・パチェコという鉄の意志を持つ人からも、多くを教えられた。今はロベルトに謝罪と敬意の気持ちしかない。

「大学の友人に頼んで、休学届の書類を送ってもらうつもり」

「ルイ……」

ロベルトが驚いたように一歩を踏み出した。父の肩の震えが大きくなった。

瑠衣は強がって、ロベルトに微笑み返した。

「父と兄の裁判を見守らなきゃならないし、二人に代わって謝りに行かなきゃならない人も多いから……」

命は無事だと聞いて安心したが、まずは火傷を負ったアランを見舞いに行かねばならない。ボリビアへ足を運び、リカルドの墓前で手を合わせるとともに、彼の家族にも謝罪をしておきたい。

すべてのことに目をつぶってアメリカへ帰れたならば、どれほど楽になるだろうか。アメリカでならば、マスコミの目にさらされることもなく、事件などなかったこととして暮らしていける。けれど、自らの手で父と兄の罪を暴き出した以上、見届けねばならない責任があるのだった。ロベルトと会っていなければ、こんな考え方はできなかったに違いない。

目の前で、父の体が沈んでいった。刑事に抱きとめられたが、父は手錠を鳴らして両手で顔を覆った。嗚咽《おえつ》を呑むような荒い息が廊下に響いた。

自分で言っておきながら、自信が少しも持てなかった。本当にできるのか。自信がないからこそ、今は言葉にしておくべきだと思った。決意を表明しておけば、もう後戻りはできない。

瑠衣は、喉の奥へこもりそうになる声を、懸命に押し出して言った。

「ご迷惑をおかけしまして申し訳ありませんでした、刑事さん。父をお願いいたします。兄を早く見つけ出してください」

あとは自分が引き受ける。家族としての責任を果たす。

くじけそうになったら、多くの失われていった命を見つめるのだ。そして、ロベルトにだけは弱音を聞いてもらいたい。

思いを込めてロベルトを見た。

瑠衣を勇気づけるための強い頷きが返ってきた。

41

深夜の薄暗いストリートに波の音が響き渡っていた。道の両脇にはパインツリーが背を競い合い、辺りには広大な敷地を持つ大邸宅が並ぶ。

ロサンゼルス空港から南に約三十キロ。ロングビーチ・ハーバーを見下ろす高台に、その邸宅は建っていた。サン・ペドロ湾から優しい南風が吹き、保養地としての立地は申し分もない。隣家とは優に三十メートルは離れていながらも、コンクリートの高い壁が取り巻き、近づく者を許すまいとする気配に満ちた邸宅だった。

予想したとおりのドライブが、そこで終わりを告げた。前方を行くレンタカーがスピードを落とし、路肩に寄せて停まった。蛍のようにささやかな車内灯が淡く光を放った。運転席で今一度、地図と住所を確認しているのだろう。

後部シートで携帯電話をかけていた大垣警部補がささやくように告げた。

「すでに配備は終わっています。行く気ですか、黒田さん」

黒田はフロントガラスを見つめたまま頷き、ブレーキを踏んだ。助手席では早くも細野がドアに手をかけ、窓から外の様子をうかがっていた。

　前方の車で車内灯が消えた。背後の路上にヘッドライトを消した一台の車が現れ、音も立てずに停車したことに、彼も気づいたはずだった。おそらくは、ミラーでこちらの動きを見ていることだろう。

　黒田は、相手を刺激しないよう、そっとドアを押し開けた。恐怖はなかった。こちらが名乗りを上げれば、彼は撃たない。すべてを悟ってくれると信じていた。

　夜風を頰に浴びながら路上に足を下ろし、ことさらゆっくりと立ち上がった。

　続いて後部ドアが開き、大垣警部補が降りてくる。彼女たち警視庁の捜査員は、黒田たちを追って、昼前にサンフランシスコへ到着した。私文書偽造と犯人隠匿、さらには殺人幇助の罪で吉村進を逮捕し、日本へ移送するためだった。

　彼女に続いて細野も助手席から降り立った。街灯が極端に少ない通りではあっても、三人のシルエットは向こうの車内からも確認できたに違いなかった。

　黒田は運転席へ手を伸ばしてヘッドライトを灯した。青いレンタカーが光の中に照らし出された。それでも車は動かず、車内から人が降りてくることもなかった。

　黒田は一歩を踏み出し、彼のもとへと歩み寄った。前方の車内にも聞こえる声で呼びかける。

「斎藤課長。どうか、そのまま動かないでください。すでにこの周辺には、ＬＡＰＤの警察官が配備されています」

「黒田さん……」

それ以上近づいては危険だ、と大垣警部補が呼びかけてきた。だが、余計な心配だった。凶器は準備していると思われるが、彼は撃たない。ここで黒田に向けて発砲したところで、彼の目的が果たされることはなかった。

警視庁の捜査員がサンフランシスコに到着し、外務省で確保しておいたホテルへ場所を移し、吉村進は正式に逮捕された。その夕方になって、斎藤の姿がホテルから消えた。

危惧していた予想が的中したのだった。黒田は大垣警部補を誘い出し、サンフランシスコ空港へ車を飛ばした。目的地の予想はある程度ついていた。空港ロビーへ駆けつけると、国内線のカウンターを離れて搭乗ゲートへ小走りに進む斎藤の後ろ姿を見つけた。すぐさまカウンターへ走って確認すると、やはり行き先はロサンゼルスだった。

直ちに空港職員をつかまえて説得を試みたものの、事情が込み入っていたし、彼らに警視庁の身分証を見せても通じなかった。黒田たち外交官にも捜査権はなく、離陸準備を進める航空機を止めろと言ったところで無理な相談だった。その間に、大垣警部補が再びカウンターに取って返したが、斎藤と同じ便のチケットの販売はすでに締め切られたあとだった。彼を追いかけるには、三十分遅れの便でロサンゼルスへ向かうしかなかった。黒田は在サンフランシスコ総領事館の細野に電話を入れて、現地の領事館と警察に協力を求めるように要請した。

　在ロサンゼルス総領事館の者が、すぐさま空港へ走ってくれた。だが、ここでも空港職員への説得に手間取り、斎藤をつかまえることは叶わなかった。細野の要請は実を結ばず、ロサンゼルスの総領事が当局への電話をかけている間のことだったという。

　だが、斎藤の行き先の予想はついた。おおよそ一時間後、ロサンゼルス市警に話が通り、レンタカーの追跡とロングビーチでの待ち伏せが決定された。空港レンタカーのオフィスへ回って調べてみると、斎藤の名前が見つかった。

　そしてついに、深夜の二時近くになって、斎藤の運転する車がこの地に現れたのである。

　前方のレンタカーで、運転席のドアが静かに開いた。後ろに続こうとした大垣警部補と細野が足を止める。が、黒田は斎藤へと歩み寄った。

「課長。動かないでください。こっちの警察は日本と違って気が短いですから、おかしな動きをすれば撃たれると思ってください」

　半開きになったドアから、斎藤は姿を見せなかった。黒田たちのヘッドライトに照らされて、運転席に座ったまま身動きしない男の姿が確認できた。

「もし銃を手に入れてきたのなら、路上に落としてください。ゆっくり、とです」

　斎藤はなおも動かず、ただシートに背を預けていた。声を出すこともしない。黒田は一歩を踏みしめ、斎藤へ近づいた。

「課長。霜村毅を操っていたのは、あなたでした。七年前も、そして今も」

「――いつ気がついた？」

落ち着きある問いかけが耳に届いた。

「ずっと不思議でなりませんでした。疑問点はふたつ。ひとつはなぜ七年も経った今になって、また霜村毅はセンターに忍び込む必要があったのか。そして、警察が捜査したにもかかわらず、宇野義也の背後にテロリストとの接点が見つからずにいたことです。彼と毅のバンコクでの滞在期間も、一日も重なってはおらず、宇野が毅を罠にかけたとは、どう考えても思いにくかった」

「それで、どうして私だと思う？」

「宇野が毅を脅していなかったら、と考えたんです。宇野はバンコクで、日本人を罠にかけたという噂を現地の者から聞き出し、霜村毅に行き着いたのではないか。そして、毅の行方を追ってみた。すると、勤めていた中央医学研究センターを退職して、NPO法人に加わり、ボリビアの地へ旅立つところだと知った。宇野は、毅が何らかの病原体をセンターから盗み出し、NPO法人を隠れ蓑にしてボリビアに持ち込もうとしているのではないか、と疑った。武石と同様に、スクープをものにできると考えたんでしょう。自ら証拠をつかむために、毅のあとを追ってボリビアへ渡った」

事実は、逮捕された毅の証言から、少しずつ見えてきていた。ＦＢＩとサンフランシスコ市警によって取り調べを受けた毅は、中央医学研究センターへ侵入した事実を認めたという。だが、七年前と同様に、脅迫を受けて仕方なく病原体を盗んだのである。そして、七年前と同様に、彼は脅迫者の命令どおりには動かず、別の病原体を持ち出したのだった。

脅迫者が盗み出せと命令してきたのは、エボラウイルスだったという。

エボラ出血熱は、コウモリや齧歯類《げっしるい》を媒介して感染する出血性の熱病である。治療法は確立されておらず、四日から二週間程度の潜伏期間ののち、高熱に下痢と嘔吐《おうと》が続いて脱水症状へと進み、やがて吐血《とけつ》や下血などの出血症状を経て意識障害を引き起こす。死亡率は、過去の発生例から見て、五割から九割という恐ろしい感染症だった。空気感染はせず、体液によってウイルスが感染し、発病にいたる。

霜村毅は、バンコクで幼い女の子を買い、その現場を写真に撮られただけではなかった。もっと事実は手が込んでいた。幼女の母親という女が部屋を訪ねてきて揉み合いとなり、その女を殺してしまった、と彼は信じ込まされていたのである。

脅迫者は、遺体が発見されたホテルの部屋で、毅の身分証を拾ったと言い、脅してきた。もちろん、その身分証は、彼がシャワーを浴びている間に盗み取ったものである。

霜村毅は、身の破滅を知った。だが、脅迫者を道連れにしてやると考え、要求を受け入れた振りをして、センターから通常のコロナウイルスを持ち出し、ボリビアへ向かった。

ところが、そこに現れたのが、宇野義也だった。

毅は宇野が脅迫者だと信じて言い争いとなり、彼を殴り倒した。打ちどころが悪かったために、命を落としてしまった、と彼は打ち明けていたが、真実のほどはわからなかった。打撲の傷と、車に轢かれた傷を、たとえボリビアの田舎町でも、医師が間違えるとは思いにくい。

毅は呼び出しに応じる振りをして、車で撥ねた可能性が高いだろう。そして、顔を殴打し、髪を切るという細工を施したのだ。

「毅は宇野になりすまして日本へ帰ったあと、宇野のマンションを調べて愕然《がくぜん》となったと言います。宇野の残したメモから、彼が脅迫者ではないとわかったからです。だが、霜村毅という男はボリビアで死んだ。彼はもう脅迫者に怯える必要はなくなった。ところが、七年を経て、またも脅迫者が毅の前に現れた。脅迫者はなぜ七年間も鳴りをひそめていたのか」

黒田は高い塀に守られたその別荘を振り仰いだ。今も監視のためのオレンジ灯がいくつも敷地内に輝いている。

「この七年間、ずっとボリビアの刑務所に収監されていて、今はここの別荘で静養する人物がいる。――アルフォンソ・ロペス」

ボリビアの元副大統領。ブライトン製薬の幹部の娘を妻としていた男。ガス戦争で抗議活動が全国規模で続発した際、多くの住民を弾圧し、死にいたらしめたとして逮捕され、懲役十五年の実刑判決を受け、今年になって恩赦を受けた。

「脅迫者の真の狙いは、アルフォンソ・ロペスの殺害にあったのではないか。ところが、ロペスは逮捕、投獄され、もはや手出しができなくなった。しかも、病原体を持ち出してボリビアへ到着したはずの毅は轢き逃げ事故で命を落としてしまった。犯人は泣く泣く殺害を諦めるしかなかった。だが、恩赦の報を耳にして、またも懲りずに殺害を計画し直した。七年の時を経て——。では、なぜ犯人は、霜村毅を罠にはめて、エボラウイルスを手に入れようと考えたのか」

後ろで足音が近づいてきた。細野と大垣警部補だ。黒田は二人を手で制した。斎藤を追い詰めてはならなかった。今は説得を優先すべき時だった。

黒田は慎重に言葉を選んで続けた。

「エボラウイルスは空気感染をしない。体液の中でなければ、ウイルスは生きていけないからです。そのウイルスを使ってアルフォンソ・ロペスを殺害するには、確実に副大統領という立場にある彼に近づき、ウイルスを付着させた針のようなものでロペスを刺すしかないでしょう。ロペスは副大統領であり、一般市民が簡単に近づける相手ではない。今も、保釈されたこの別荘で療養中の身であり、簡単には近づけない。だが、犯人は、副大

統領にも近づける、それなりの身分があったのではないか。たとえば、外交官のように
――」

力のない拍手が車内から聞こえてきた。斎藤がまるで柏手《かしわで》でも打つように、ゆっくりと手をたたいていた。かすかな呼びかけが聞こえた。

「ロペスのスケジュールを確認したね」

「――はい。アルフォンソ・ロペスはあの一月、逮捕されずにすんでいたなら、その一週間後に、アルゼンチンを訪問するはずだった。そう、ボリビアの隣国であり、七年前、あなたが赴任していた国です」

「私は大きな失敗をしたようだ。君なら真実に近づくはずだ。そう見込んで調査を任せたが、それが自分の首を絞めることになるとは……」

「課長は昨年、矢田部清治郎の息子がフィリピンで溺死したと知り、霜村毅が生きていたことに気づいたのですね」

「ああ。箝口令が敷かれて、吉村さんがまた登場してきたとなれば、想像はつく。七年前と、まったく同じだからね」

「あなたはサンフランシスコへ渡り、霜村元信の周辺を調べ回った。今年二月、霜村元信の自宅に侵入した泥棒の正体は、あなただったのではありませんか？」

「七年が経っていたからね。霜村も油断していたんだろう。クリスマスカードが届いてい

たよ、息子から。吉倉和人《よしくらかずと》とかいう名前になっていたがね。文面を見て、すぐに怪しいとわかった。何事もなく暮らしている、ありがとう、だなんて書いてあるんだから」

霜村は自宅に何者かが忍び込んだ事実を知り、慌てたはずだ。おそらく、毅の痕跡をすべて処分したのだろう。今度は六月に瑠衣とロベルトが同じように調べた際には、だから毅の痕跡を見つけ出すことができなかったのである。

「あなたは、アルフォンソ・ロペスが恩赦を受けて保釈されることを知り、毅が生きている事実を突き止めた。ただ、ウイルスをアメリカに持ち込むには、仕事で自分がアメリカへ渡る必要があった。環太平洋農水相会議が七月にサンフランシスコで開かれる。その時なら、邦人安全課の課長という立場ならば、強引にアメリカへ行くことができる。黒田一人では心配なので自分も行く。そう理由を作るつもりだったんでしょうね」

ところが、そこに霜村瑠衣の失踪事件が起きた。

斎藤は慌てたに違いない。霜村瑠衣とロベルトは七年前の事件を掘り起こそうとしている。そこで、黒田を日本へ戻すことで、自分がサンフランシスコへ飛び、外交特権を利用して自らがウイルスを持ち込もうと作戦を変えた。

ところが、毅と同じく身元をすり替えていた矢田部一郎が、武石忠実を殺害し、事件は大きくクローズアップされることとなり、警察までが動きだした。真相を読んだ斎藤は、またも計画を変更せざるを得なくなった。

吉村に病原体を運ばせることで、自らもサンフランシスコへ乗り込める。吉村を脅してもうひとつの不漏出型容器にすべての目を集めさせることもできる。斎藤は、あのプライベートジェットの機内でも、どこかに不漏出型容器を隠し持ち、アメリカ国内へ入ったのである。

ところが、七年前と同様に、霜村毅は斎藤の脅しに屈することなく、エボラウイルスではなく、単なるコロナウイルスを持ち出していた。それを日本からの電話で聞き、斎藤は愕然となった。自分が持ち込んだウイルスも、エボラではなく、単なるコロナウイルスだったのである。

「課長。霜村毅が盗み出したウイルスが、エボラだという確信が、あなたにはあったのですか」

「あいつはずっと怯えていた。ウイルスを接種させたハムスターの死に様も、指示どおりに動画で送ってきていた。あれもすべて演技だったとは……。外務省のお偉方に負けない、役者だよ、あの男も」

いくら外交官という身分があっても、銃を所持してアルフォンソ・ロペスに近づくことは難しい。なぜならロペスは、この別荘で八人の警備員に守られて療養生活を送っていたからである。それを知り、斎藤は再び霜村毅を脅してウイルスを盗み出させた。今度こそ、目当てのウイルスを手に入れ、憎き男を殺害できる。

だが、霜村毅が斎藤を欺《あざむ》き、偽のウイルスを盗み出した。独自に脅迫者を捜し出すつもりもあったのだろう。だから、斎藤の誘い出しに乗って、サンフランシスコまでやって来た。

自白によると、彼はサンフランシスコで環太平洋農水相会議が開かれると知り、その関係者に犯人がいるのでは、とも考えていたという。脅迫者の手がかりをつかむためにも、指示にしたがう振りを続け、犯人の目的を見届ける覚悟だったらしい。が、到着したばかりの空港で、霜村毅はまんまとFBIに拘束された。それも、斎藤の計画のうちだった。毅にテロリストの容疑をかけることで、FBIが捜査の主導権を握り、日本の外交官はサンフランシスコでの仕事を奪われる。その隙に、ロサンゼルスまで足を伸ばし、アルフォンソ・ロペスの別荘を訪ねるつもりだったのである。

その計画は、毅がウイルスをあえて別のものにしたため、瓦解《がかい》した。それでも斎藤は、この場に現れた。エボラウイルスを忍ばせたうえで、外交官として訪問するという方法は、もう使えなかった。銃を手に入れ、深夜に襲撃すれば、ロペスの命を奪えるのではないか。無謀と言える決意を秘めて、ここへ来たとしか思えなかった。斎藤は、間違いなく、ロサンゼルスのどこかで銃を手に入れ、この場に来ている。

「教えてください、課長。なぜ、そうまでしてロペスを殺そうというのです」

「やつはボリビア人を弾圧しただけじゃない。多くの日系人を拷問によって殺したんだ。

死んで当然の男だよ」

斎藤には妻も子もなかった。アルゼンチン時代に、ボリビアの日系人と知り合っていたのだろう。その人物が、ロペスの拷問によって命を落とした。そういう事情があったと思える。

「黒田……そこをどいてくれないか」

「できません。ロペスを守るためではありません。銃を持って乗り込んでいったところで無駄だからです」

斎藤の声に怒気がこもった。

「どくんだ。やつを殺させてくれ」

「もうロペスはここにいません」

「嘘を言うな」

「ロペスが恩赦を受けたのには理由がありました。彼は癌《がん》に冒され、余命半年と宣告されたんです。今朝、病状が悪化したため、緊急入院したそうです。あなたが殺すまでのことはない」

気がつくと、ショットガンを構えた警察官が路上に音もなく現れていた。もっと多くの者が銃を手に接近しているのだろう。

「もう終わりにしましょう。銃を捨ててください」

黒田は波の音を聞きながら、静かに語りかけた。

やがてレンタカーの車内から、すすり泣きが聞こえだした。斎藤が体を折るようにしてハンドルに突っ伏していた。遅れて路上に金属片が転がり落ちる音が響いた。

黒田は車に歩み寄り、斎藤が捨てた拳銃を拾い上げると、周囲を固める警察官に向かって手を上げ、すべては終わったと合図を送った。

42

斎藤修助は、霜村毅への脅迫と、彼を脅して中央医学研究センターから病原体を盗み出させた窃盗教唆の容疑で、大垣警部補の手によって緊急逮捕された。

ロサンゼルス市警は、殺人未遂での逮捕を主張したが、斎藤の目当てとするアルフォンソ・ロペスは入院しており、別荘への侵入もまだ行動には移しておらず、黒田の説得によって銃も手放していたため、未遂の前段階にあるのは明白だった。よって、殺人未遂の容疑は適用されない。彼がアメリカ本国で犯した罪があるとすれば、銃の不法所持という微罪にしかすぎなかった。

ロサンゼルス総領事からも市警本部長に電話を入れることで、日本側への引き渡しが決定したのである。

ＦＢＩも、斎藤の身柄を引き渡せと総領事館を通して外務省に要請を入れてきた。しかし、彼はテロを目的として病原体を盗ませたわけではなかった。テロ準備罪は適用されない。しかも、斎藤が持ち込んだ病原体も、どこにでも存在する、ごく普通のコロナウイルスだった。ＦＢＩが斎藤を逮捕できるような容疑は見当たらないというのが実情だった。もちろん、日本の外務大臣とアメリカの国務長官による電話会談が密かに、かつ速やかに持たれ、両者の間でその確認が行われた。が、日本とアメリカ、両国からその事実は発表されはしなかった。霜村毅もテロリストではないとの事実が確認され、その身柄も、手続きが終わり次第、日本側へ引き渡されることが決定された。

逮捕された吉村進と斎藤修助の二人は、日本から来ていた大垣警部補たち警視庁外事課員によって、日本へ移送された。黒田は空港へ見送りに行く時間もなかった。そのままサンフランシスコに残り、当初から予定されていた環太平洋農水相会議の警備を指揮したためである。

各国から農水相がサンフランシスコに到着したその夜、黒田は細野久志とともに神坂総領事の公邸に呼び出された。

例によって応接室に通されると、予想もしなかった男が待ち受けていた。

「そこに座ってくれたまえ。二人とも初対面と言っていいので、簡単に自己紹介をさせてもらおう」

男はソファから立って黒田たちを出迎えた。呼び出した理由を顔で物語るかのように眉を寄せ、二人を見据えながら顎を引いた。

「外務審議官の稲葉だ。農水相会議のサポート役という名目でここへ来させてもらった。本当の目的は、もちろん、君たち二人に会うためだ」

稲葉知之。外務省のナンバー2であり、片岡の後釜と目されている男だった。その隣で、さも訳知り顔を作って頷いてみせている神坂総領事を動かし、霜村元信をサポートせよと命じた男でもあった。

黒田たちにソファを勧めてから、稲葉が先に腰を下ろした。今夜は外務審議官が同席するからか、お茶の支度が調っており、アールグレイの香りが張り詰めた場を多少は和ませていた。

「ここであらためて私が言うまでもなく、君たちは公務員だ。職務上知り得た秘密は守らねばならない義務がある」

神坂から呼び出しを受けた時から、予想はついていた。細野も同じだったようで、驚きもなく背筋を伸ばしたままの姿を変えずにいる。彼が勤務してきた神奈川県警にも、外部へ決して洩らすわけにはいかない秘密はあるはずだった。

「細野君は警察官だから、事情はよくわかっていると思う。昔から警官の不祥事はなくならないが、その中には、守秘義務を守らなかったために、別の罪状を押しつけられて逮捕される者もいないわけではない」

「はい。話にはよく聞いています」

「今回は、レベル3の守秘命令だ。単に外務省や神奈川県警だけの問題ではない。政府関係者のすべてに箝口令が出された。もし義務違反をすれば、君たちの将来にも多大な影響が出る、とわきまえてくれたまえ。いいね」

「――はい」

細野が固い声音で言って、頷き返した。

黒田は何も言わず、動きもしなかった。日本政府の方針は理解できる。厚労省の管轄する研究施設から病原体が盗まれ、海外へ持ち出されたのだ。しかも、脅しという不法行為によってそれをさせたのは外務省の官僚だった。さらには、遺体のすり替えを見逃しただけでなく、殺人に手を貸すに等しい故意の身元確認を外務省の職員が手がけていた。すべてが公表されたならば、外務省への信頼は失墜する。ひいては日本という国の威信すらも地に墜ちる。とても事実を詳《つまび》らかにすることはできなかった。

稲葉外務審議官が、返事をうながすように、威圧的な目つきを送ってきた。

黒田はその目を見つめ返しながら、手錠をかけられた際の吉村進の言葉を思い出していた。

――誤解しないでもらいたい。我が子のために苦しむ父親に同情なんかするものか。私はまともな仕事をしたかっただけだ。

なぜか吉村は、黒田だけに向けてその言葉を語っていた。手錠をかけた大垣警部補たち刑事に何を語っても始まらない、と悟りきったような目に見えた。

――今は私の裁量ひとつで、途上国の子どもたちの命を救うプロジェクトが動く。何千、何万もの命が救われていく。ヤクザが一人死んで、誰が困る？

誰も困りはしなかった。世の中のためになるのかもしれない。だが、世界の子どもたちに手を差し伸べる仕事は、吉村が手がけなくとも、外務省の誰かが必ず実行に移すはずだと思えた。

――君にはわからないだろうね。

片岡次官の引きがあるから、君は上司を恐れず、自由に仕事ができる。羨ましい立場だ。君と違って、外務省には、ただ上司の言いなりとなって動くしかない者たちがいる。

吉村は、外務省の職員として胸を張って仕事をしたいと念じるあまり、遺体のすり替えを見逃した。黒田は今、この先も海外の地で同胞を守るという誇るべき仕事を続けるため、罪を見なかったことにして口をつぐめ、と言われていた。

どちらも罪を知りながら、黙っているという行為は変わらない。その両者に、どれほどの差があるというのか。

「黒田君。君は今までも、多くの秘密を見てきたはずだ。だから、今の君があると言える。違うかな」

稲葉審議官は、黒田の胸中を読んで言っていた。口をつぐんでいる限り、君は今の立場を守れる。誇りある仕事が続けられる。そもそも守秘義務は命令であって、君の信念がどうであろうと、公務員である限りは守らねばならないものだった。だから、罪に目をつぶるわけではない。法を犯した者には、相応の罪を償わせる。

「政府の方針だ。アメリカ側との話もついている。我々は、本来の仕事にまた戻る。それが日本のためだ。わかるな、黒田君」

「……はい」

国を守る一員として、黒田は吉村進の放った言葉に目をつぶり、ゆっくりと頷き返した。


翌日、日本からひとつのニュースが飛び込んできた。

元環境相で今は政治家から身を引いた矢田部清治郎の、死んだと思われていた息子が生きており、殺人の容疑で逮捕された、という報道だった。警察発表のどこを見ても、吉村の関与は伝えられていなかった。あくまで、現地の司法機関での遺体確認が曖昧であったのと、父親である矢田部清治郎が、別人の遺体を故意に息子だと確認したための取り違えだった、とされていた。

そして、似たようなケースが過去になかったか、外務省で確認中との発表もされた。

元大臣自らが関与した事件であり、そのニュースはアメリカ国内でも報道された。殺人を犯した息子を守るためとはいえ、遺体の身元を故意にすり替える証言をしたことは、犯人隠匿の罪に当たり、矢田部清治郎本人の逮捕は時間の問題とされていた。また、日本での過熱する報道のありようも、同時にニュースとなるほどだった。

その翌日には、矢田部清治郎の逮捕と、七年前にボリビアで死んだとされていた霜村毅が生きており、現地で事故を起こして日本人記者を死にいたらしめていた事実が判明し、業務上過失致死罪で逮捕されたとの発表が続いた。

病原体持ち出しの事実は、闇に葬られることが決まったのである。その事実を公表しないかわりに、殺人罪ではなく業務上過失致死罪での逮捕となったものと思われた。あとはボリビアの地でも、テロリストの容疑をかけられ獄死したリカルド・イシイの名誉回復が図られることを祈るばかりだった。

サンフランシスコでの環太平洋農水相会議が無事に終わり、黒田が日本へ帰国した当日、またもふたつのニュースが警視庁から報告された。

ひとつは、矢田部一郎の余罪と共犯者に関してだった。彼は、当時交際していた女性を殺害し、東京都下の山中にその遺体を密かに埋めていたのである。マニラに呼び出して殺した男は、殺害した女の兄で、暴力団組織に所属していたという。

また、遺体すり替えの事実に気づいた長谷川哲士弁護士を交通事故に見せかけて殺害していた事実も発表された。犯人として刑に服していた若者は、多額の借金を肩代わりしてもらう報酬として、矢田部一郎の身代わりになったものだった。武石忠実の殺害も自供し始めるとともに、矢田部はある暴力団関係者の関与も匂わせているという。

もうひとつのニュースは、外務省の官僚が告発されたというものだった。二人の職員が、在外公館に勤務していた時代、それぞれ公金を横領していた事実が発覚し、告発を受けるとともに警視庁捜査二課が逮捕したのである。内部調査の結果、判明したもので、かつて話題となった機密費とは無関係である事実が、外務省側からも同時に発表された。

逮捕された二人の氏名は、吉村進と斎藤修助。二人はおそらく、自らが手を染めた犯罪に科せられるのと同等の刑罰を受けることになるはずだった。ただし、政府による隠蔽工作に手を貸すことで、何らかの裏取引がされた可能性はある。刑を終えたあとの再就職先か、わずかな減刑か。あるいは、生涯にわたる監視はしない、という確約かもしれなかった。

いずれせよ、外務省自らの内部調査という形を取ることで、省のメンツを最低限守るという思惑は成功していた。きっと片岡と稲葉がひとまずは手を結び、省益を守ることを優先した結果だろう。もちろん、彼らの保身のためではなく、日本とその威信や国益を守るためだと信じたかった。

帰国と同時に、松原宏美から電話が入った。

「黒田さんのおかげです。本当にありがとうございました」

「いいや。すべては君自身が成し遂げたことだよ」

「いえ……」

「なあ。もう外務省に戻る気はないのかな？」

「多くの方にご迷惑をおかけしました」

「辞表は次官の権限で預からせてもらうように頼んでおく。何だったら、専門職試験を受け直してからでもいい」

「実は……香苗さんからも、同じことを言われました」

知らなかった。黒田が帰国し、外務省の廊下ですれ違った時も、安達香苗はただ静かに黙礼を返してきただけだった。省内には多くの目があるため、当面は黒田との接触を禁じられていたからだった。もっとも、彼女としては、余計な仕事を押しつけられる心配がなくなった分、助かったに違いなかったろう。

「君なら、安達君より仕事もできそうだ。日本という国のために働いてみないか」

「……少し考えさせてください」

「本当だぞ。辞表は次官のところでストップさせる。ただし、専門職試験はもう間近に迫っていることを忘れないでくれ」

「――はい」

その日は、溜まっていた領収書の精算を邦人安全課のデスクですませた。帰り支度を始めた時、携帯電話が震えだした。時刻は午後十時二十分。嫌な予感がして着信表示を確認すると、片岡の携帯からだった。

「――はい、黒田です」

「内部調査のおかげで、何とか首の皮一枚で救われた片岡だよ」

黒田に皮肉を言われるのが嫌だったらしく、片岡はいきなり卑下するかのようにこぼしてみせた。

「お疲れ様でした」

「本当に疲れたよ。政治家の間を走り回って、他人の尻ぬぐいだからな。もっと国家のために働きたいが、その時間がまったくない。まあ、部下たちに思う存分働いてもらえる環境を整える。それが役目だとはわかっているつもりだがね」

「ありがとうございます」

「そこで君にも思う存分、働いてもらいたい」

そんなことだろうと思っていた。だが、今この瞬間、世界のどこかで救いの手を待つ日本の同胞がいるのだった。黒田は腹に力を込めて尋ね返した。

「どこで何があったんでしょうか」

「アフガニスタンで日本の国連職員が行方を絶った。武装勢力による誘拐も考えられる状況だそうだ」

「直ちに向かいます」

「例によって、向こうの担当者から、君のもとへ連絡を入れさせる。頼むぞ」

「わかりました」

「それと——。ロサンゼルスから入った最新情報を伝えておこう」

「——はい」

「つい先ほど、現地時間の午前五時、アルフォンソ・ロペスが入院先の病院で息を引き取ったそうだ。死因は、驚いたことに、風邪をこじらせての肺炎だったという。まるで、コロナウイルスにでもやられたみたいじゃないか」

もちろん、ただの偶然にすぎなかった。霜村毅が斎藤修助に命じられて盗み出したウイルスは、日本国内で焼却されている。斎藤がアメリカへ持ち込んだウイルスも回収され、たとえコロナウイルスの仕業であったとしても、神のなせる業にすぎなかった。

斎藤修助は別の罪状によって逮捕されたため、その詳しい自供の内容は黒田にまで伝わってきていなかった。知り合いの日系ボリビア人が、アルフォンソ・ロペスの手によって拷問され、命を奪われた、と彼は信じていた。ロペスが逝《い》った今、その真偽を確かめることさえできなくなった。

日本政府による隠蔽がなくとも、多くの事実が異国の地で深い眠りにつこうとしていた。

「次官もお疲れでしょうから、夏風邪には気をつけてください」

「ずいぶん冷や汗をかかされたから、今日ぐらいはゆっくり風呂に入って寝させてもらうよ。君も出発に備えてくれ」

「了解しました」

通話を終えて邦人安全課のオフィスを出た。省内にはまだ多くの職員が残り、日本という国のために働いていた。おそらく今日も夜を徹する者がいるのだろう。

北庁舎の一階へ出たところで、携帯電話が震えた。着信表示を見ると、国番号の９３が頭についていた。アフガニスタンからの国際電話だとわかる。

黒田は電話に出ながら、外務省北庁舎の通用口から夜の霞が関へ歩きだした。

本書は二〇一二年一月に講談社ノベルスより刊行されたものです。

なお、本作品はフィクションであり、実在するいかなる場所、団体、個人等とも一切関係ありません。

|著者|真保裕一　1961年東京都生まれ。'91年に『連鎖』で江戸川乱歩賞を受賞。'96年に『ホワイトアウト』で吉川英治文学新人賞、'97年に『奪取』で山本周五郎賞と日本推理作家協会賞長編部門をダブル受賞し、2006年には『灰色の北壁』で新田次郎文学賞を受賞。他の著書に『暗闇のアリア』『おまえの罪を自白しろ』『ダーク・ブルー』、シリーズでは、『デパートへ行こう！』『ローカル線で行こう！』『遊園地に行こう！』『オリンピックへ行こう！』の「行こう！シリーズ」がある。
本書は『アマルフィ』に続く外交官シリーズ第2作となる。

天使《てんし》の報酬《ほうしゅう》　外交官《がいこうかん》シリーズ
真保裕一《しんぽゆういち》

講談社文庫
定価はカバーに
表示してあります

2021年2月16日第1刷発行

発行者——渡瀬昌彦
発行所——株式会社　講談社
東京都文京区音羽2-12-21　〒112-8001
電話　出版（03）5395-3510
　　　販売（03）5395-5817
　　　業務（03）5395-3615

デザイン—菊地信義
本文データ制作—講談社デジタル製作
印刷———株式会社廣済堂
製本———加藤製本株式会社

Printed in Japan

ISBN978-4-06-522449-6

講談社文庫刊行の辞

二十一世紀の到来を目睫に望みながら、われわれはいま、人類史上かつて例を見ない巨大な転換期をむかえようとしている。

世界も、日本も、激動の予兆に対する期待とおののきを内に蔵して、未知の時代に歩み入ろうとしている。このときにあたり、創業の人野間清治の「ナショナル・エデュケイター」への志を現代に甦らせようと意図して、われわれはここに古今の文芸作品はいうまでもなく、ひろく人文・社会・自然の諸科学から東西の名著を網羅する、新しい綜合文庫の発刊を決意した。

激動の転換期はまた断絶の時代である。われわれは戦後二十五年間の出版文化のありかたへの深い反省をこめて、この断絶の時代にあえて人間的な持続を求めようとする。いたずらに浮薄な商業主義のあだ花を追い求めることなく、長期にわたって良書に生命をあたえようとつとめるところにしか、今後の出版文化の真の繁栄はあり得ないと信じるからである。

同時にわれわれはこの綜合文庫の刊行を通じて、人文・社会・自然の諸科学が、結局人間の学にほかならないことを立証しようと願っている。かつて知識とは、「汝自身を知る」ことにつきていた。現代社会の瑣末な情報の氾濫のなかから、力強い知識の源泉を掘り起し、技術文明のただなかに、生きた人間の姿を復活させること。それこそわれわれの切なる希求である。

われわれは権威に盲従せず、俗流に媚びることなく、渾然一体となって日本の「草の根」をかたちづくる若く新しい世代の人々に、心をこめてこの新しい綜合文庫をおくり届けたい。それは知識の泉であるとともに感受性のふるさとであり、もっとも有機的に組織され、社会に開かれた万人のための大学をめざしている。大方の支援と協力を衷心より切望してやまない。

一九七一年七月

野間省一

講談社文芸文庫

庄野潤三
世をへだてて
解説=島田潤一郎　年譜=助川徳是
突然襲った脳内出血で、作家は生死をさまよう。病を経て知る生きるよろこびを明るくユーモラスに描く、著者の転換期を示す闘病記。生誕100年記念刊行。
しA16
978-4-06-522320-8

庄野潤三
庭の山の木
解説=中島京子　年譜=助川徳是
家庭でのできごと、世相への思い、愛する文学作品、敬慕する作家たち——著者のやわらかな視点、ゆるぎない文学観が浮かび上がる、充実期に書かれた随筆集。
しA15
978-4-06-518659-6

講談社文庫　目録

島田荘司　異邦の騎士〈改訂完全版〉
島田荘司　御手洗潔のメロディ
島田荘司　Ｐの密室
島田荘司　ネジ式ザゼツキー
島田荘司　都市のトパーズ2007
島田荘司　21世紀本格宣言
島田荘司　帝都衛星軌道
島田荘司　ＵＦＯ大通り
島田荘司　リベルタスの寓話
島田荘司　透明人間の納屋
島田荘司　占星術殺人事件〈改訂完全版〉
島田荘司　斜め屋敷の犯罪〈改訂完全版〉
島田荘司　星《せい》籠《ろ》の海(上)(下)
島田荘司　屋上
島田荘司　名探偵傑作短篇集 御手洗潔篇
島田荘司　火刑都市〈改訂完全版〉
清水義範　蕎麦《そば》ときしめん
清水義範　国語入試問題必勝法〈新装版〉
椎名　誠　にっぽん・海風魚旅〈怪し火さすらい編〉
椎名　誠　大漁旗ぶるぶる乱風編〈にっぽん・海風魚旅4〉
椎名　誠　南シナ海ドラゴン編〈にっぽん・海風魚旅5〉
椎名　誠　風のまつり
椎名　誠　ナマコ
椎名　誠　埠頭三角暗闇市場
真保裕一　連鎖
真保裕一　取引
真保裕一　震源
真保裕一　盗聴
真保裕一　朽ちた樹々の枝の下で
真保裕一　奪取(上)(下)
真保裕一　防壁
真保裕一　密告
真保裕一　黄金の島(上)(下)
真保裕一　発火点
真保裕一　夢の工房
真保裕一　灰色の北壁
真保裕一　覇王の番人(上)(下)
真保裕一　デパートへ行こう！
真保裕一　アマルフィ〈外交官シリーズ〉
真保裕一　ダイスをころがせ！(上)(下)
真保裕一　天魔ゆく空(上)(下)
真保裕一　ローカル線で行こう！
真保裕一　遊園地に行こう！
真保裕一　オリンピックへ行こう！
篠田節子　弥勒
篠田節子　転生
篠田節子　竜と流木
重松　清　定年ゴジラ
重松　清　半パン・デイズ
重松　清　流星ワゴン
重松　清　ニッポンの単身赴任
重松　清　愛妻日記
重松　清　青春夜明け前
重松　清　カシオペアの丘で(上)(下)
重松　清　永《と》遠《わ》を旅する者〈ロストオデッセイ　千年の夢〉
重松　清　かあちゃん
重松　清　十字架

講談社文庫　目録

講談社文庫 目録

富樫倫太郎 風の如く 高杉晋作篇
富樫倫太郎 スカーフェイス〈警視庁特別捜査第三係・淵神律子〉
富樫倫太郎 スカーフェイスII デッドリミット〈警視庁特別捜査第三係・淵神律子〉
富樫倫太郎 スカーフェイスIII ブラッドライン〈警視庁特別捜査第三係・淵神律子〉
豊田 巧 警視庁鉄道捜査班〈鉄血の警視〉
豊田 巧 警視庁鉄道捜査班〈鉄路の牢獄〉
夏樹静子 新装版 二人の夫をもつ女
中井英夫 新装版 虚無への供物(上)(下)
中島らも 僕にはわからない
中島らも 今夜、すべてのバーで〈新装版〉
鳴海 章 フェイスブレイカー
鳴海 章 謀略航路
鳴海 章 全能兵器AiCO《アイコ》
中嶋博行 ホカベン ボクたちの正義
中嶋博行 新装版 検察捜査
中嶋博行 新検察捜査
中村天風 運命を拓く〈天風瞑想録〉
中山康樹 ジョン・レノンから始まるロック名盤
梨屋アリエ でりばりぃAge

梨屋アリエ ピアニッシシモ
中島京子 妻が椎茸だったころ
中島京子ほか 黒い結婚 白い結婚
奈須きのこ 空の境界(上)(中)(下)
中村彰彦 乱世の名将 治世の名臣
長野まゆみ 簞笥のなか
長野まゆみ レモンタルト
長野まゆみ チマチマ記
長野まゆみ 冥途あり
長野まゆみ 45°〈ここだけの話〉
長嶋 有 夕子ちゃんの近道
長嶋 有 佐渡の三人
永嶋恵美 擬態
永井 均 内田かずひろ 絵 子どものための哲学対話
なかにし礼 戦場のニーナ
なかにし礼 生きる力〈心でがんに克《か》つ〉
なかにし礼 夜の歌(上)(下)
中村文則 最後の命
中村文則 悪と仮面のルール

中田整一 編/解説 真珠湾攻撃総隊長の回想〈淵田美津雄自叙伝〉
中村江里子 女四世代、ひとつ屋根の下
中野美代子 カスティリオーネの庭
中野孝次 すらすら読める方丈記
中野孝次 すらすら読める徒然草
中山七里 贖罪の奏鳴曲《ソナタ》
中山七里 追憶の夜想曲《ノクターン》
中山七里 恩讐の鎮魂曲《レクイエム》
中山七里 悪徳の輪舞曲《ロンド》
長島有里枝 背中の記憶
長浦 京 赤《セキ》刃《ジン》
長浦 京 リボルバー・リリー
中脇初枝 世界の果てのこどもたち
中脇初枝 神の島のこどもたち
中村ふみ 天空の翼 地上の星
中村ふみ 砂の城 風の姫
中村ふみ 月の都 海の果て
中村ふみ 雪の王 光の剣
中村ふみ 永遠《とわ》の旅人 天地の理《ことわり》

講談社文庫　目録

夏原エキジ　C　o　c　o　o　n〈修羅の目覚め〉
夏原エキジ　C　o　c　o　o　n　2〈蠱惑の焰〉
西村京太郎　七　人　の　証　人
西村京太郎　華　麗　な　る　誘　拐
西村京太郎　寝台特急「日本海」《メモリー・トレイン》殺人事件
西村京太郎　十津川警部　帰郷・会津若松
西村京太郎　特急「あずさ」《アリバイ・トレイン》殺人事件
西村京太郎　十津川警部の怒り
西村京太郎　宗谷本線殺人事件
西村京太郎　奥能登に吹く殺意の風
西村京太郎　特急「北斗1号」《スーサイド・トレイン》殺人事件
西村京太郎　十津川警部　湖北の幻想
西村京太郎　九州特急「ソニックにちりん」殺人事件
西村京太郎　東京・松島殺人ルート
西村京太郎　新装版　殺しの双曲線
西村京太郎　愛の伝説・釧路湿原
西村京太郎　山形新幹線「つばさ」殺人事件
西村京太郎　新装版　名探偵に乾杯
西村京太郎　十津川警部　君は、あのSLを見たか
西村京太郎　南伊豆殺人事件
西村京太郎　十津川警部　青い国から来た殺人者
西村京太郎　十津川警部　箱根バイパスの罠
西村京太郎　新装版　天使の傷痕
西村京太郎　新装版　D機関情報
西村京太郎　十津川警部　猫と死体はタンゴ鉄道に乗って
西村京太郎　韓国新幹線を追え
西村京太郎　北リアス線の天使
西村京太郎　十津川警部　長野新幹線の奇妙な犯罪
西村京太郎　上野駅殺人事件
西村京太郎　京都駅殺人事件
西村京太郎　沖縄から愛をこめて
西村京太郎　十津川警部「幻覚」
西村京太郎　函館駅殺人事件
西村京太郎　内房線の猫たち〈異説里見八犬伝〉
西村京太郎　東京駅殺人事件
西村京太郎　長崎駅《ナガサキ・レディ》殺人事件
西村京太郎　十津川警部　愛と絶望の台湾新幹線
西村京太郎　西鹿児島駅殺人事件
西村京太郎　札幌駅殺人事件
西村京太郎　十津川警部　山手線の恋人
仁木悦子　猫は知っていた
新田次郎　新装版　聖職の碑《いしぶみ》
日本文芸家協会編　愛　染　夢　灯　籠〈時代小説傑作選〉
日本推理作家協会編　犯人たちの部屋〈ミステリー傑作選〉
日本推理作家協会編　隠　さ　れ　た　鍵〈ミステリー傑作選〉
日本推理作家協会編　Play《プレイ》　推理遊戯〈ミステリー傑作選〉
日本推理作家協会編　Doubt《ダウト》　きりのない疑惑〈ミステリー傑作選〉
日本推理作家協会編　Bluff《ブラフ》　騙し合いの夜〈ミステリー傑作選〉
日本推理作家協会編　Propose《プロポーズ》　告白は突然に〈ミステリー傑作選〉
日本推理作家協会編　Acrobatic《アクロバティック》　物語の曲芸師たち〈ミステリー傑作選〉
日本推理作家協会編　ベスト8ミステリーズ2015
日本推理作家協会編　ベスト6ミステリーズ2016
二階堂黎人　ラ　ン　迷　宮〈二階堂蘭子探偵集〉
二階堂黎人　増加博士の事件簿
新美敬子　猫のハローワーク
西澤保彦　新装版　七回死んだ男
西澤保彦　人格転移の殺人

西澤保彦　麦酒《ばくしゅ》の家の冒険
西澤保彦　新装版 瞬間移動死体
西村　健　ビ　ン　ゴ
西村　健　地の底のヤマ(上)(下)
西村　健　光陰の刃《やいば》(上)(下)
楡　周平　陪　審　法　廷
楡　周平　宿　命(上)(下)〈ワンス・アポン・ア・タイム・イン・東京〉
楡　周平　血　戦〈ワンス・アポン・ア・タイム・イン・東京2〉
楡　周平　修羅の宴(上)(下)
楡　周平　レイク・クローバー(上)(下)
西尾維新　クビキリサイクル〈青色サヴァンと戯言遣い〉
西尾維新　クビシメロマンチスト〈人間失格・零崎人識〉
西尾維新　クビツリハイスクール〈戯言遣いの弟子〉
西尾維新　サイコロジカル(上)〈兎吊木垓輔の戯言殺し〉(下)〈曳かれ者の小唄〉
西尾維新　ヒトクイマジカル〈殺戮奇術の匂宮兄妹〉
西尾維新　ネコソギラジカル(上)〈十三階段〉
西尾維新　ネコソギラジカル(中)〈赤き征裁 vs. 橙なる種〉
西尾維新　ネコソギラジカル(下)〈青色サヴァンと戯言遣い〉
西尾維新　ダブルダウン勘繰郎 トリプルプレイ助悪郎《スケアクロウ》

西尾維新　零崎双識の人間試験
西尾維新　零崎軋識《ぜろざききしき》の人間ノック
西尾維新　零崎曲識の人間人間
西尾維新　零崎人識の人間関係 匂宮出夢との関係
西尾維新　零崎人識の人間関係 無桐伊織との関係
西尾維新　零崎人識の人間関係 零崎双識との関係
西尾維新　零崎人識の人間関係 戯言遣いとの関係
西尾維新　xxxHOLiC アナザーホリック ランドルト環《かん》エアロゾル
西尾維新　難　民　探　偵
西尾維新　少　女　不　十　分
西尾維新　本　題〈西尾維新対談集〉
西尾維新　掟上《おきてがみ》今日子《きょうこ》の備忘録
西尾維新　掟上今日子の推薦文
西尾維新　掟上今日子の挑戦状
西尾維新　掟上今日子の遺言書
西尾維新　掟上今日子の退職願
西尾維新　新本格魔法少女りすか
西尾維新　新本格魔法少女りすか2
西尾維新　新本格魔法少女りすか3

西尾維新　人類最強の初恋
西村賢太　どうで死ぬ身の一踊り
西村賢太　夢　魔　去　り　ぬ
西村賢太　藤澤清造追影
仁木英之　まほろばの王たち
西川善文　ザ・ラストバンカー〈西川善文回顧録〉
西川　司　向日葵《ひまわり》のかっちゃん
西　加奈子　舞　台
貫井徳郎　新装版 修羅の終わり(上)(下)
貫井徳郎　妖　奇　切　断　譜
貫井徳郎　被害者は誰？
A・ネルソン　「ネルソンさん、あなたは人を殺しましたか？」
法月綸太郎　雪　密　室
法月綸太郎　誰《たそ》　彼《がれ》
法月綸太郎　法月綸太郎の冒険
法月綸太郎　新装版 密　閉　教　室
法月綸太郎　怪盗グリフィン、絶体絶命
法月綸太郎　怪盗グリフィン対ラトウィッジ機関
法月綸太郎　キングを探せ

講談社文庫　目録

法月綸太郎　名探偵傑作短篇集　法月綸太郎篇
法月綸太郎　新装版　頼子のために
乃南アサ　不　発　弾
乃南アサ　地のはてから　(上)(下)
乃南アサ　新装版　鍵
乃南アサ　新装版　窓
野沢　尚　破線のマリス
野沢　尚　深　紅
野村克也／宮本慎也　師　弟
橋本　治　九十八歳になった私
原田泰治　わたしの信州
原田泰治／原田武雄　泰　治　が　歩　く〈原田泰治の物語〉
林　真理子　幕はおりたのだろうか
林　真理子　女のことわざ辞典
林　真理子　さくら、さくら〈おとなが恋して〉
林　真理子　みんなの秘密
林　真理子　ミスキャスト
林　真理子　ミ　ル　キ　ー
林　真理子　新装版　星に願いを

林　真理子　野　心　と　美　貌〈中年心得帳〉
林　真理子　正　妻　(上)(下)〈慶喜と美賀子〉
林　真理子　大《お》原《はら》御《ご》幸《こう》〈帯に生きた家族の物語〉
林　真理子／見城　徹　過　剰　な　二　人
帚木蓬生　日　御　子　(上)(下)
帚木蓬生　襲　来　(上)(下)
坂東眞砂子　欲　情
花村萬月　信　長　私　記
花村萬月　續　信　長　私　記
畑村洋太郎　失敗学のすすめ
畑村洋太郎　失敗学実践講義〈文庫増補版〉
はやみねかおる　そして五人がいなくなる〈名探偵夢水清志郎事件ノート〉
はやみねかおる　都《ま》会《ち》のトム＆ソーヤ(1)
はやみねかおる　都《ま》会《ち》のトム＆ソーヤ(2)〈乱！　ＲＵＮ！　ラン！〉
はやみねかおる　都《ま》会《ち》のトム＆ソーヤ(3)〈いつになったら作戦《ミッション》終了？〉
はやみねかおる　都《ま》会《ち》のトム＆ソーヤ(4)〈四重奏《カルテット》〉
はやみねかおる　都《ま》会《ち》のトム＆ソーヤ(5)〈Ｉ《イ》Ｎ《ン》塀戸《VADE》〉(上)(下)
はやみねかおる　都《ま》会《ち》のトム＆ソーヤ(6)〈ぼくの家へおいで〉
はやみねかおる　都《ま》会《ち》のトム＆ソーヤ(7)《怪人は夢に舞う〈理論編〉》

はやみねかおる　都《ま》会《ち》のトム＆ソーヤ(8)《怪人は夢に舞う〈実践編〉》
はやみねかおる　都《ま》会《ち》のトム＆ソーヤ(9)〈前夜祭《EVE》　内人《ないと》ｓｉｄｅ〉
はやみねかおる　都《ま》会《ち》のトム＆ソーヤ(10)〈前夜祭《EVE》　創也《そうや》ｓｉｄｅ〉
服部真澄　クラウド・ナイン
原　武史　滝山コミューン一九七四
濱　嘉之　警　視　庁　情　報　官
〈シークレット・オフィサー〉
濱　嘉之　警視庁情報官　ハニートラップ
濱　嘉之　警視庁情報官　トリックスター
濱　嘉之　警視庁情報官　ブラックドナー
濱　嘉之　警視庁情報官　サイバージハード
濱　嘉之　警視庁情報官　ゴーストマネー
濱　嘉之　警視庁情報官　ノースブリザード
濱　嘉之　オメガ　対中工作
濱　嘉之　ヒトイチ　警視庁人事一課監察係
濱　嘉之　ヒトイチ　画像解析〈警視庁人事一課監察係〉
濱　嘉之　ヒトイチ　内部告発〈警視庁人事一課監察係〉
濱　嘉之　カルマ真仙教事件　(上)(中)(下)
濱　嘉之　新装版　院　内　刑《デ》事《カ》
濱　嘉之　新装版　院　内　刑　事〈ブラック・メディスン〉

講談社文庫　目録

2020年12月15日現在